KB084012

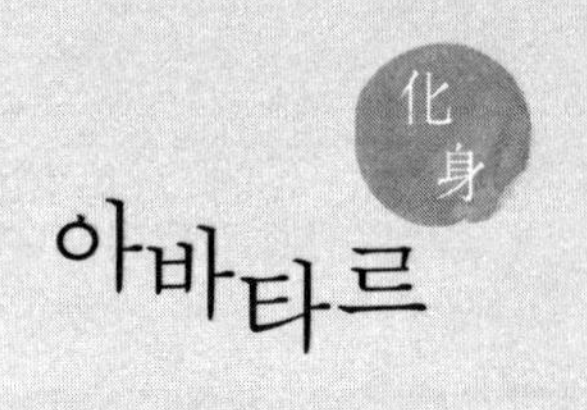

『자신에게 주어진 일을 다하며
백 년의 수명을 소망할지어다.
그대에게 이 길 말고
카르마에 얽매이지 않을 다른 길은 없으리니.』

—이샤 우파니샤드 1장 中에서

아바타르(化身) 3

초판 1쇄 찍은 날 § 2007년 6월 25일
초판 1쇄 펴낸 날 § 2007년 7월 5일

지은이 § 이지환
펴낸이 § 서경석

편집장 § 문혜영
편집책임 § 이종민
편집 § 한지윤

펴낸곳 § 도서출판 청어람
등록번호 § 제1081-1-89호
등록일자 § 1999. 5. 31
어람번호 § 제5-0148호

주소 § 경기도 부천시 원미구 심곡1동 350-1 남성B/D 3F (우) 420-011
전화 § 032-656-4452 팩스 § 032-656-4453
http://www.chungeoram.com
E-mail § eoram99@chollian.net

ISBN 978-89-251-0758-5 04810
ISBN 978-89-251-0755-4 (SET)

化身

아바타르 3

이지환 지음

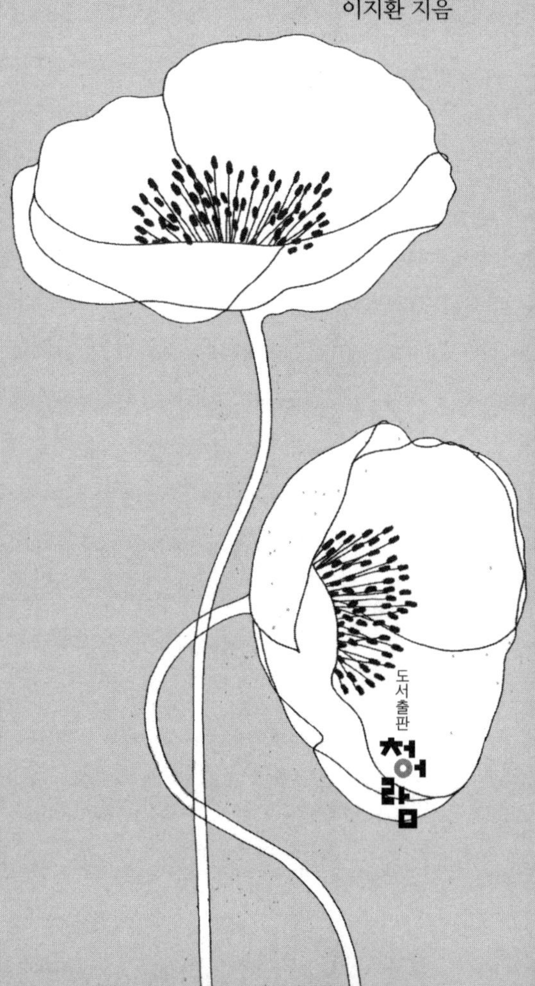

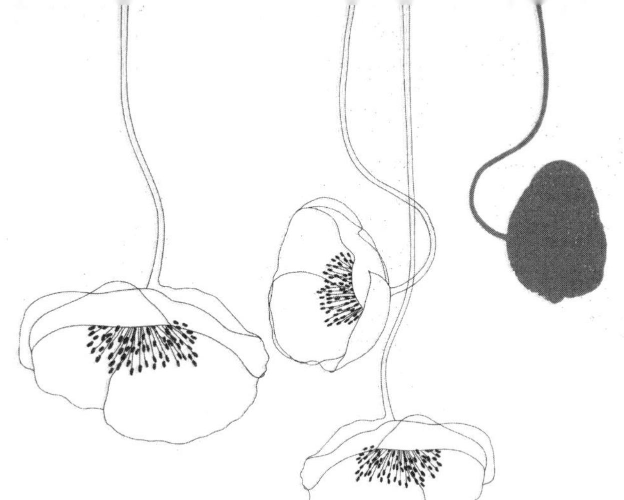

*[ ] 안의 '영어' 체의 대사는 영어입니다

*[ ] 안의 '힌디어' 체의 대사는 힌디어입니다

제1장

—루비 하트—

두 사람은 바라나시에서 아그라로 가는 승용차 안에 앉아 있었다. 차가 움직이는 희미한 소음 말고는 아무것도 깔려 있지 않는 여백.

[졸려요.]

한동안 꺼뭇한 차창 밖만 바라보고 있던 서린이 나지막하게 중얼거렸다.

[자. 괜찮아.]

라탄은 편안하게 기댈 수 있도록 서린의 머리를 자신의 어깨에 기대게 했다. 상처를 치료하기 위해 병원에 들렀다가, 가트 근처 발코니 식당에 앉아 갠지즈강과 바라나시에 작별하고, 그리고 아그라로 떠난 것은 자정 무렵이었다. 졸릴 만도 했다.

[어차피 아그라까지 열다섯 시간이나 걸려. 넉넉하게 가면 스무 시간이고. 자. 깨어나면 도착해 있을 거야. 음악 들을래?]

라탄은 귀에 꽂고 있던 이어폰 한쪽을 서린의 귀에 꽂아주었다. 한쪽 팔을 내밀어 편안하게 잠을 청할 수 있도록 안아주었다. 그리고 다시 침묵. 승용차가 움직이는 낮은 소음 사이로 흐릿한 밤안개처럼, 혹은 갠지즈강의 아침 물결처럼 낮고 은밀한 목소리가 흘러나오고 있었다.

[노라 존스?]

그가 고개를 끄덕였다. 서린도 좋아하는 음악을 라탄 역시 좋아하고 있다는 사실이 새삼 놀라웠다. 따로, 또 같이 이렇게 우리는 서로의 세상에 향하고 있었던 것.

공명하는 마음을 담고, 한줄기의 음악이 두 개의 귀를 뚫고 저 멀리 사라지고 있었다.

[노라 존스의 아버지가 우리나라에서 가장 유명한 시타르 연주자인 라비 상카야. 미국 순회 연주 공연을 하는 동안 한 여인을 만났지. 하룻밤의 사랑. 그래서 낳은 딸이야.]

인도인의 피를 이어받은 미국 여자의 노래를 들으며 그의 어깨에 기대고 있다. 몇 천 번이나 그러했던 것처럼 정말 자연스러웠다. 자꾸만 졸린 이유를 알았다. 편안해서 그런 거다. 한때는 세상에서 제일 불편하던 이 남자 곁이 이제는 세상에서 가장 안전하고 편안한 곳임을 알아버렸다. 서린은 다시 눈을 감았다.

꿈꾸듯 중얼거렸다.

[무작정 아그라로 가자고 고집 피우다니……. 어차피 한 번은 가야 할 곳이라 따라가기는 하는데요. 좀 놀랐어.]

[뭐가?]

[당신은 타지마할을 싫어한다고 그랬던 것 같은데…….]

[싫어하는 것하고 아름다운 건 별개의 문제니까. 내일이 보름이잖아. 만월 아래의 타지마할은 고생해서라도 볼 가치가 있어.]

서린은 아직 라탄과 함께 돌아간다고 말하지 않았다. 라탄 또한 그녀에게 묻지 않았다. 다만 아그라로 가서 함께 타지마할을 보자고 주장했을 뿐이다.

대답은 그때 듣겠다고 했다. 함께 삶으로 돌아가든지 서린 혼자 그를 두고 떠나든지. 어떤 선택을 하든 그것은 그녀에게 달려 있다. 이 착한 남자는 까뭇한 눈을 하고 서린이 가는 길을 바라보며, 또다시 언제까지 기다리고 있을 테지.

[많이 아프고 그러지는 않지? 열이라도 날 것 같으면 당장 말해줘.]

안쓰러워하는 시선이 여린 얼굴을, 바지에 낡은 셔츠를 걸친 서린의 가냘픈 몸 전부를 샅샅이 훑고 있었다.

벌써 몇 번째인지도 모른다. 아프지 않느냐고 이 남자, 십 분마다 묻고 있다. 슬며시 눈을 떴다. 라탄의 근심 어린 시선은 내내 서린의 다리 쪽에 머물러 있었다. 개에게 물린 바로 그 자리이다.

병원에 들렀을 때 다행히 이빨이 생각보다 깊이 들어간 것은 아니라고 했는데, 그는 자신의 심장을 물어뜯긴 것마냥 괴로운 표정을 짓고 있었다.

[벌써 두 개로군.]

그가 혼잣말처럼 중얼거렸다. 라탄은 무릎 위에 놓여진 서린의 팔목을 바라보고 있다. 입술은 다정하게 웃고 있는데, 눈은 아파하고 있다. 그녀 대신 울고 있는 걸. 서린은 본능적으로 스스로 끊어내려 했던 팔을 뒤로 감추고 말았다.

처음에는 팔목, 이번에는 종아리. 날카로운 금속으로, 사나운 짐승의 이빨로 만들어진 상흔. 지울 수 없는 상처, 여린 피부에 도드라진 아린 고통의 시푸른 혈류. 생생한 흉터로 흘러가고 있는, 흘려보내야만 하는 과거. 그에게도 깊은 고통일 수밖에 없는.

그가 서린의 팔목을 억지로 잡아 올렸다. 아직도 붉게 흔적 남은 상처에 가만히 입술을 댔다. 금세라도 부서질 것만 같은 유리그릇을 어루만지는 듯하다. 그만큼 조심스럽고 다정한 손길과 입술의 따스함 속에 든 말없는 속삭임. 서린은 들었다. 사무치게 깨달았다.

사랑해. 다치지 마. 네가 다치거나 울면 난 죽어.

강한 그가 심장으로 우는 소리를 들었다.

[……당신 탓이 아니에요, 라탄.]

[내 탓이야.]

그가 억눌린 목소리로 내뱉었다. 서린의 귀에는 핏물이 흐르는 소리로 들렸다.

[내가 나쁜 거야. 내가 당신을 힘들게 만들어. 그래서 당신의 몸에 상처가 늘어나. 내 죄의 무게도 그만큼 커져만 가.]

그녀의 상처조차 자신의 탓이라고 자책하는 이 가엾은 사람에게, 사랑하고 기다리는 일밖에 알지 못하는 이 남자에게 무엇인가 아름답고 착한 말로 대답하고 싶었다. 하지만 말이란 공허하고 덧없는 것. 물기 머금고 살아 움직이던 마음들도 말로 드러내면, 전부 다 죽어버린 것이 된다.

서린과 라탄의 시선이 얽혔다. 그가 나직하게 중얼거렸다.

[미안해. 이 말은 꼭 해야 할 것 같아. 난 또 약속을 지키지 못했어.]

오지 않으려고 했는데, 당신이 내게 올 때까지 기다리려고 했는데, 당신을 믿고 그저 기다리려고 했는데. 또 내가 먼저 와버렸어. 울 것 같은 눈동자가 그렇게 속삭이고 있었다.

내내 그를 괴롭히던 것은 바로 이것인가? 자존심 강한 그가 차마 어설픈 변명은 더 이상 하지 못하고, 그저 아린 시선을 통해 말하고 있었다.

서린은 몸을 바로 세웠다. 단호하게 고개를 흔들었다.

[내가 불렀어요. 그래서 당신이 온 거예요.]

그가 쓰디쓴 미소를 지었다. 거짓말. 내가 또 허락도 없이 당신을 쫓아왔어. 흔들리는 눈동자가 그렇게 말하고 있었다.

[기다리는 건 내 몫. 사랑하는 것도 내 몫. 괜찮아. 당신이 더

멀리 도망치기 전에 잡고 싶었어. 그게 솔직한 내 이기심이야. 미움받는다 해도, 당신이 옆에 있어 행복해.]

그가 고개를 기울여 서린에게 살짝 키스했다. 감각적인 혀끝으로 살살 아랫입술과 치아와 혀를 건드리고 자극했다. 이내 입 안으로 밀려드는 뜨거움, 타버릴 것만 같아. 언제까지나 이 달콤한 고문 안에서 살고 싶다.

서린은 수줍게 그의 입맞춤을 받아들였다. 서툴고 주저했지만 결국은 열렬한 애정을 담았다. 당신뿐이에요. 이젠 내 삶 안에도 당신만이기를 바라요.

대놓고는 차마 하지 못한 말, 수줍어서는 홀로 마음 안에서만 겨우 되뇌는 말, 이미 서린은 그에게로 걸어가고 있는 중이라는 것을 어떻게 알릴까. 두 사람은 이미 같은 세상 속의 사람이라는 것을 어떻게 이야기할까?

[라탄, 아까 바라나시 가트에서요.]

[음.]

[강물에 들어갔다 나왔잖아요. 생각하면 할수록 나, 잘한 거 같아요.]

외국인이 갠지즈강의 물에 닿으면 피부병이 걸린다고, 절대로 물에 접촉하지 말라고 임 선생이 경고했었다. 보트 뱃사공도 마찬가지였다. 하지만 바라나시를 떠나기 전 꼭 한 번 인도인들이 그러하듯 서린도 강물에 몸을 담그고 싶었었다. 그러한 소망을 라탄만은 이해해 줄 것 같아 말해보았다.

역시나 그는 흔연히 허락해 주었다. 가트를 한 계단 한 계단을 내려가니, 이내 찰랑찰랑 강물이 발목을 적셨다. 처음에는 괜찮은 듯했지만, 거의 허리까지 물이 찰 정도의 깊이까지 내려가니 저절로 입술 사이로 비명이 새어나왔다. 늦은 밤이라 물은 차가웠고, 피부에 닿은 서늘함은 정신이 번쩍 들 정도였다.

허리까지 물에 잠겨선, 라탄은 두 팔로 서린의 몸을 꼭 잡아주었다.

[하나, 둘, 셋 하면 머리끝까지 물에 담그는 거야. 절대로 안 놓칠 테니까. 안심해.]

이삼 초쯤 되는 아주 짧은 시간이었다. 서린은 라탄의 팔에 의지하여 갠지즈강의 물결에 몸을 맡겼다. 숨을 삼키고, 호흡을 멈추고, 기억들을 전부 버리고, 세월을 흘려버렸다. 신의 물에 닿아 이승의 죄업을 씻는 일을 마쳤다.

언젠가 다시 돌아올 수 있을 테지.

이별의 눈물이 새로운 삶의 흐름으로 뒤섞이는 그곳. 눈물과 바람과 생의 인욕이 담긴 연기 냄새와 화장터의 죽음과 그 옆에서 살아가는 일을 하는 사람들의 움직임과 소음들과 그 사이에서 빨래를 하고 몸을 씻는 삶의 웅성거림.

불가사의와 불협화음과 이질적인 것들이 모여 함께 움직이던 기묘한 세상을 떠올리며 서린은 나직하게 속삭였다.

[바라나시에 간 건 정말 잘한 일 같아요. 비록 마지막이 좀 끔찍한 경험이긴 했지만요. 들끓는 마음이 가라앉아. 동이 터오는

가트에 앉아 있으면, 살아온 나날의 모든 기억들이 전부 사라지는 것 같아. 희미해져 버려요. 그래서 내가 정화되는 기분이 들었어요.]

[강가의 흐름에서 무엇을 깨달았다면, 당신은 그곳과 깊은 인연이 있는 거야.]

[내가 전생에 그곳에서 살았는지도 모르죠.]

[그럴지도 모르지. 여하튼 강가의 물에 몸을 적셨으니, 당신도 이제 부정한 카르마를 벗었어. 누구도 부인할 수 없지. 당신은 나와 같은 '[1]auqat' 가 된 거야.]

[auqat?]

라탄은 그 말에는 대답하지 않았다. 대신 [2]강가의 물에 인도인에게 얼마나 중요한지 이야기해 주었다.

[우리나라 사람들은 강가의 물에 몸이 닿아야만 모든 죄가 씻긴다고 생각해. [2]강가의 흐름에서 몸이 멀어지면 부정해진다고 믿지. 그래서 마하라자들은 외국 여행을 할 때면 강가의 물을

---

1)auqat: 한국어로 '지위', 혹은 '사회적 위치' 로 번역될 수 있다. 계급이나 계층으로도 설명할 수 있으나 정확한 것은 아니다

2)힌두교도들이 갠지즈강에 대하여 가지는 믿음. "이 강물에서 목욕을 함으로써 정화되고, 최종적 해방을 얻는다. 사람들이 강에 관한 말을 듣고, 강을 갈구하고, 강을 바라보고, 강물을 만지고, 강물에서 목욕을 하고, 혹은 강을 찬송할 때, 신성한 강은 날마다 모든 존재를 정화한다. 그리고 백 요야나(1,400㎞)가 떨어진 곳에 살더라도 '강가 강가' 를 거듭 외치는 사람들은 세 번의 전생에서 범한 죄로부터 벗어난다." —「비슈누 푸라나」

담은 은 항아리를 지참하고 다녔어. 자이푸르에 가면 그렇게 만들어진 세상에서 가장 큰 항아리가 있지. 언젠가 같이 보러 가자.]

[당신이랑 같이 앉아 있으니까, 갠지즈강의 밤이 정말 예뻤어요. 마음까지 푸근했어요.]

이번에는 서린이 먼저 라탄에게 키스했다. 라탄인들 그에게 공명하고 순응하는 착한 입맞춤을 느끼지 못했을 리 없다. 그의 눈빛이 기쁨으로 까뭇하게 깊어졌다. 상대방만을 담은 눈동자가 마음을 담고 부딪쳤다. 뜨거운 입술 사이로는 노라 존스의 음악이 흘러간다. 더 이상은 그 무엇도 필요하지 않았다.

'현조 오빠, 너무 미안해서, 부끄럽고 염치없어서 오빠를 잠시 잊는 죄를 용서해 달라고 부탁하지도 못해. 하지만…… 내가 살아남기로 결정한 것을, 미소 짓는 것을, 살아 하는 모든 일들을 염치없이 다시 원하게 된 것을 너무 미워하진 마.'

서린은 라탄의 어깨에 기댄 채 눈을 꼭 감았다. 어느새 젖어드는 눈 아래를 살며시 지웠다.

라탄을 다시 만난다면, 살아 하는 일을 그와 함께 다시 시작하기로 결심했다. 그리고 그들은 운명처럼 다시 만났다.

언제 어디서든 두 사람은 서로에게로 향일하는 존재들. 그래서 운명. 이젠 어둡고 아픈 것들로만 점철된 과거를, 눈물로 젖어 있는 고통스런 기억들을 넘길 것이다.

누군가가 그랬다. 머리로 살아가지 말고 가슴으로 살아가라고. 언제나 머리로 생각했던 건 그 남자 라탄을 사랑하면 안 된다는 것. 어찌하든 그를 거부하고 그를 떠나야 한다는 것. 하지만 가슴으로는, 언제나 그를 원했다. 그만 사랑, 해버렸다.

늘 뒤에 서 있던 사람. 먼지투성이가 되는 것도 마다않고 수천 개의 골목길을 그녀의 이름을 부르며 걸어와 준 이 사람. 수억의 인간들 목소리를 뚫고 오직 그녀의 부름을 들어 달려온 이 남자. 아래로 처졌던 서린의 입술이 그만 갓 피어난 봄꽃처럼 반달 모양으로 휘어졌다.

이렇듯이 서린으로 하여금 자그마한 미소라도 짓게 만들어준 이 사람. 갈기갈기 찢어진 종이인형 같았던 서린을 다시 붙이고 기워주고 안아준 이 사람.

'언제나 손을 뻗은 채 한발 물러서서 기다리고 있는 사람인걸. 이제는 나를 이 사람에게 주고 싶어. 오빠, 미안해. 용서해.'

서린은 이날, 이 순간부터, 현조를 담은 생의 페이지를 넘긴다. 그를 기억하며 평생 눈물 흘리는 대신, 열심히 살아가리라. 그와 사랑했던 추억을 떠올리며 기쁘게 웃을 것이다. 현조가 이루지 못한 행복의 몫만큼, 명윤이 맛보지 못한 생의 단즙을 마음껏 빨고 흡입하고 누릴 것이다. 이것이 그들에 대한 최선의 예의일 것이다.

보름달이 뜨는 날이다.

어스름이 깃들면서 어슴푸레하던 야무나 강의 물빛이 서서히 주홍빛이 얼룩진 탁한 비취빛에서 검푸른 어둠으로 변해가고 있었다.

저녁 일곱 시 반. 라탄과 서린도 타지마할로 들어가는 문 앞에 줄을 선 관광객들 가운데에 서 있었다. 보름달 아래 떠오르는 타지마할의 야경을 구경하기 위해서였다.

타지마할로 들어서는 것은 결코 쉽지 않다. 길고 지루한 줄서기 끝에 온몸을 더듬는 검색과정을 통과해서야 비로소 그곳으로 들어서는 것이 허락되었다. 하지만 세상 각처에서 모여든 관광객들은 지상에서 가장 완벽한 건축물이라는 타지마할을 보기 위해 줄을 서는 수고와 밤늦어 깨어 있는 불편함을 즐겁게 감수하고 있었다. 바라나시에서부터 스무 시간 남짓 달려온 라탄과 서린과 마찬가지로.

천공 위로 휘영청 떠오르는 달은 투명한 유백색이었다. 청색 치맛자락 같은 하늘 안에 콕하니 박힌 달은 젖몸살 앓는 산모의 가슴같이 풍만하게 부풀어 있었다.

문 하나를 사이에 두고, 타지마할 경내로 들어섰다. 〈무케두아르〉란 메인 게이트를 넘어 마침내 모습을 드러낸 영묘 타지마할. 달과 해의 사랑을 받는 아름다운 신부였다. 소란한 바깥의 세상과는 전혀 다른 적막함과 평온함이 펼쳐졌다. 수백 년치의 슬픔과 수백 년어치의 경건함이 한꺼번에 몰려드는 기분이었다.

[〈타지마할, 순수하고 성스럽고 불행한 모든 것〉. 작가 키플

링이 한 말이야.]

라탄이 말하지 않아도 그냥 보였다. 느껴졌다. 눈앞에 나타난 타지마할의 광휘 앞에서 서린은 그만 숨을 멈추고 말았다.

달빛의 순일한 광채 아래 물의 길이 뻗어나 길게 흔들리고 있었다. 검푸른 빛이 도는 밤하늘 아래 타지마할은 고고하게, 조용하게 존재하고 있었다. 투명하리만치 순백한 대리석의 자태, 환상적인 대칭을 이루는 네 개의 탑을 호위병처럼 두르고 정교한 선을 그리는 돔이 투명한 달빛과 은은한 조명 안에서 고고히 서 있었다. 유백색 오팔로 만든 조각 같았다.

보석보다 더 귀한 자태. 백색 대리석으로 만든 영혼의 궁전. 사랑과 슬픔의 완벽한 교향곡이었다. 보름달 아래 꿈의 노래처럼 타지마할은 순결한 신부처럼 다소곳하게 자리하고 있다. 은은한 빛을 두른 건물은 혼신의 힘을 다해 스스로의 아름다움과 고귀함을 증명하려는 듯해 보였다.

[타고르는 저 건물을 두고 '영원히 마르지 않는 눈물' 이라고 말했지. 보는 사람 전부를 홀리는 타지마할의 전설이야.]

[정말, 정말! 아름다워요. 이건 인간의 솜씨가 아냐.]

[타지마할을 보게 되면 이 세상 그 어떤 건축물도 시시해 보인다고 해. 그래서 가장 마지막에 타지마할을 보아야 한다고 주장하는 사람도 있어. 절대적인 아름다움은 치명적이지. 저 속에 담긴 모든 죄악과 어리석음과 광기를 잊어버리게 되거든.]

달이 떠올라 타지마할 앞에 있는 긴 연못의 조명과 어우러져

유려한 빛의 기둥을 이루고, 돔에서 반사되는 유백색 빛이 달빛과 공명하여 다시 부드러운 신비의 광채를 만들고 있었다.

[달빛 아래 타지마할은 요술을 부린대.]

[요술이요?]

[어둠 속에서 하늘의 달빛과 지상의 불빛이 어울려 안으로 스며들면, 대리석 벽에 박힌 보석들이 빛나기 시작한다지. 돌벽 안의 꽃들이 일제히 피어 향기를 터뜨린다고 해. 한 번 홀리면 벗어날 수 없어. 운명의 사랑처럼.]

연못 속에서 물의 달이 흔들리고 있었다. 매끄러운 돌바닥에 졸졸 흐르는 물소리가 달빛의 그림자인 양 들려왔다. 최면에 걸린 사람처럼, 표집등을 따라가는 나방처럼 서린은 달빛 아래 드러난 타지마할을 향해 걸어갔다. 고개를 돌릴 여유조차 주지 않았다. 그 자체의 완벽한 아름다움으로 타지마할은, 그곳에 들어선 모든 사람의 시선을 빼앗고 영혼을 홀리고 마음을 사로잡는 마력의 여왕이었다.

타지마할에 올라가기 위해서는 신발을 벗어야 한다. 맨발에 닿는 차가운 감촉이 오히려 서늘해서 기분이 좋았다.

[아내를 얼마나 사랑했으면, 이렇게 아름다운 영묘를 지어주었을까요?]

한숨 같은 서린의 말에 라탄이 피식 웃음을 뱉어냈다. 분명한 비웃음이었다.

[살아 있을 때 마음껏, 오롯이 사랑하면 그게 전부인 거야. 썩

어가는 주검 위에 화려한 보석 옷을 입히면 무슨 소용이 있어?]

[하지만 이렇게 아름다운 묘지를 지어준다면 죽는 것도 나쁘진 않아요.]

[웃기지 마! 죽은 자의 집을 꾸미진 않아. 우리 같이 살아갈 집을 보석으로 장식하라고 해.]

[이렇게 싫어하는 타지마할에 나를 왜 데리고 온 건데요?]

한쪽은 감격하여 탄성의 한숨을 내쉬고 있는데, 정작 이곳에 데려온 사람은 매사 삐딱하게 냉소를 짓고 있다. 부풀었던 마음에 피식 바람이 빠지는 기분이었다. 마음이 상했다. 서린은 돌아서서 라탄에게 따져 물었다.

[악취미야. 기껏 데려와 놓고 불평만 해. 이런 거, 싫어요.]

[무슨 일이 있더라도 당신에게 꼭 보여주고 싶은 게 여기 있거든.]

[타지마할은 무조건 싫다고 그래 놓고?]

[이곳에서 가치있는 건 딱 하나야. 타지마할에서 그것만 보면 돼. 이리 와.]

라탄이 서린의 손을 아프게 잡아끌었다. 이곳에 처음 온 서린을 배려할 생각 따윈 전혀 없어 보였다. 주변을 돌아볼 여유도 주지 않았다. 서린은 줄에 달린 돌멩이처럼 끌려갈 수밖에 없었다.

타지마할에 상주하다시피 하면서 관광객을 상대로 안내도 하고 간단한 설명도 하면서 팁을 받는 얼치기 가이드들이 달려들었다. 손전등을 들고 아름다운 조각들이 새겨진 벽면을 비추며 자신을 따라오라 성가시게 굴었다. 라탄이 그중 한 사람에게 팁을 주고는 손전등을 건네받았다. 타지마할 내부로 들어가는 문 쪽으로 갔다. 부드러운 어둠 안에 잠긴 벽면에 손전등을 비추면서 속삭였다.

[자, 봐.]

손전등 빛을 받아 투명하면서도 짙붉게 떠오르는 빛의 문양. 그것은 하나처럼 연결된 두 개의 붉은 하트였다.

[루비를 박아서 빨갛게 빛나는 거야. 타지마할 전체에서 이런 문양이 새겨진 벽은 여기뿐이지. 뭐로 보여?]

[……하트요.]

[그래, 심장이야.]

목에 내내 걸려 있던 몽우리가 울컥 다시 치솟았다. 무어라고 형용할 수 없는 마음이 시렸다.

서린은 영롱하게 빛을 발하고 있는 붉은 루비의 선을 손가락 끝으로 따라가 보았다. 하나로 얽히고 겹쳐진 마음과 붉은 영혼. 죽음으로도 끊어지지 않는 사랑의 흔적. 뭄타즈 마할과 샤자한의 심장이 영원토록 연결되어 있다는 의미. 죽음을 넘어서서 영생까지 이어지는 그러한 사랑. 서늘한 대리석의 촉감이 불꽃인 양 뜨겁게만 느껴졌다.

너무나 사랑하는 아내의 무덤에, 살아 있는 그의 심장을 함께 새기라고 명령했을 때, 샤 자한 황제는 무슨 생각을 했을까? 그는 그때 이미 아내와 함께 이곳에 묻힌 거나 다름없었던 것이다.

서린의 손가락 위로 라탄의 손이 닿았다. 그녀의 손가락이 따라가는 길을 그의 손가락도 함께 따라왔다. 영원한 사랑의 흔적을 같이 따라갔다. 그렇지 않아도 뜨겁던 심장에 불꽃이 더 치열해졌다. 심장에 화상을 입은 것 같았다.

[한 남자로서 그는 이런 사랑, 했던 거야.]

한 여자로서 뭄타즈 마할 또한 이런 사랑을 받았던 거다. 황제도, 황후도 아닌 한 남자와 한 여자로서, 그들은 이런 사랑을 했던 거다. 영원토록 희미해지지 않는 붉은 사랑만으로 족한 삶을 살았던 거다.

경이. 혹은 숨 막히는 감동. 달빛 아래, 영원히 끓고 있는 뜨거운 심장의 박동. 그들의 신성한 루비 하트.

라탄이 등 뒤에서부터 서린을 가만히 끌어안았다.

[나도, 이렇게 사랑해.]

왈칵 눈물이 날 것 같아 서린은 몇 번이고 눈을 깜빡여야 했다. 귓불 위로 뜨겁디뜨거운 입김이 닿았다.

[그러니까, 서린…….]

비로소 그가 묻고 있다.

죽음을 향해 홀로 떠날 것인지, 삶을 따라 자신에게로 돌아올 것인지. 서린의 입에서 어떤 대답이 나올지 내심 두려운가. 그토록 강하고 오만한 그 남자의 목소리는 떨리고 있었고, 자꾸만 바닥으로 내려앉고 있었다.

정직하게 온 힘을 다해 사랑하기에, 사랑 앞에서만 오직 약자가 되는 이 사람. 그래서 더없이 감사하고 아름다운 사람. 이 남자가 서린의 루비 하트였다.

서린은 어깨를 감싼 라탄의 팔을 그녀 가슴 앞에서 꼭 잡았다. 망설이지 않았다. 망설일 필요가 없었다.

[라탄, 난, 당신과 함께 돌아가요.]

서린은 돌아섰다. 달빛 아래 어둠에 반 젖은 얼굴을 똑바로 응시했다.

[난 살 거예요. 살아서 하는 모든 일들. 당신하고 같이할 거예요.]

루비처럼 붉게 떨리는 광염의 심장으로 또렷하게 대답했다. 오직 그녀를 향해 달려온 그 사람을, 죽음 안에서 부유하던 그녀를 끝내 잡아준 그 남자를 마침내 온 생으로, 온 마음으로 얼싸안았다.

라탄의 아그라 별장은 타지마할이 바라보이는 야무나 강변에 있었다. 아그라 성 근처였다. 새벽이 되어서야 간신히 잠자리에 들었기에, 눈을 떠보니 벌써 태양은 중천에 떠 있었다.

막 욕실에서 나오는데, 어디선가 전화벨이 울렸다. 라탄이 휴대전화를 깜빡 잊고 서린의 침실에 두고 나간 것이다. 잠시 끊긴 듯도 하던 전화벨 소리가 다시 울렸다. 몇 십 초나 계속해서

울리는 것을 보아하니, 상당히 급한 전화 같다. 서린은 잠시 망설이다 전화를 받았다.

[여보세요?]

—[……저런. 작은 마님 아니십니까?]

수화기 저쪽에서 잠시 침묵이 흘렀다. 이내 반가워하는 목소리가 들렸다.

[오랜만이에요, 아시프. 잘 지냈어요?]

—[아아, 역시 대단하신 분. 기어코 마님을 찾아내시다니! 마님께서는 물론 별일없으시겠지요?]

아시프의 목소리는 따뜻했다. 그 역시 라탄만큼이나 바라나시로 홀로 떠난 서린을 걱정해 주고 있었던 것이다.

[걱정해 주신 덕분에요. 고마워요, 아시프. 라탄은 자기 방에 있어요. 전화가 왔었다고 전할게요.]

—[그래 주시면 감사하겠습니다. 뭄바이 본사에서 회장님을 급히 찾고 있군요. 물론 콧방귀도 뀌지 않으시겠지만, 살다 보면 반드시 해야 할 일이 생기는 법이지요. 부디 곧바로 연락 부탁드린다고 전해주십시오.]

느긋하게 굴려고 애를 쓰고는 있으나, 아시프의 목소리에는 그녀도 알아차릴 만큼의 조급함이 서려 있었다.

서린은 망설이다가 휴대전화를 들고 방을 나섰다. 라탄의 침실은 복도를 사이에 두고 그녀의 방과 마주 보고 있었다.

문을 살짝 노크했다. 대답이 없었다. 잠시 망설이다가 서린은 문을 열었다.

[라탄, 전화 받아요.]

방은 텅 비어 있었다. 꼭 닫힌 안쪽의 문 안에서 물소리가 흘러나오고 있었다. 침대 위의 이불이 제멋대로 구겨진 것으로 보아, 그도 이제 일어나 느긋하게 샤워 중인 모양이다.

라탄이 서린을 찾아온 적은 많아도, 서린이 라탄을 찾아 방을 들어와 본 적은 없다. 어쩐지 신기해서 서린은 이리저리 방 안을 둘러보았다.

침실은 인도 특유의 향기가 가득 묻어 있었다. 잠자는 곳이니만큼, 어렸을 때부터 보아온 민족 특유의 편안함을 원하는 모양이다. 흑단에 자개가 박힌 낮은 침대에는 황금빛 비단과 화려한 자수가 놓인 침구가 깔려 있었고, 바닥에는 이리저리 원색의 비단방석이 굴러다니고 있다. 사이드 테이블로 쓰이는 자개로 장식된 나지막한 흑단 나무 상자와 흠집이 난 크리켓 배트도 구석에 굴러다니고 있었다.

벽에는 멋진 요트 사진과 가족들이 함께 찍은 사진들이 무질서하게 걸려 있었다.

학생 때일까? 머리카락을 길게 길러 땋은 후에 뒤로 묶은 기묘한 모습의 앳된 라탄이 담겨 있었다. 히피족을 찬양하는 홍보스틸 사진 같았다. 어떻게 입고 어떻게 꾸며도 몸서리쳐지도록 아름다운 것은 그때나 지금이나 똑같았다.

짙은 갈색 턱수염을 기르고 안경을 쓴 호리호리한 청년과 어깨를 두른 채 찍은 사진도 있다. 펜싱복을 입고 투구와 검을 든 채 나란히 웃고 있는 사진 역시 그 남자와 함께였다. 〈에릭, 하버드, 199*년〉이라고 적혀 있었다.

라탄만큼은 아니라 해도 그 남자 역시 아주 멋있었다. 혼혈인가? 서양인도 아닌 동양인도 아닌 묘한 느낌이다. 요트 선미에서 수영복을 입고 나란히 맥주 캔을 든 채 웃고 있는 사진도 있다. 가족 말고는 라탄이 함께 자신을 찍은 것은 그 남자가 유일했다.

'굉장히 친한 사이인 모양이네.'

하지만 서린은 그 사진 바로 옆에 붙은 또 하나의 사진을 보고는 그만 고개를 흔들었다.

그때나 지금이나 거의 변함이 없는 라탄과 비교되어 그 남자는 축 늘어진 뱃살에다 100kg은 될 듯싶은 체구로 변해 있었던 것이다. 저절로 혀가 내둘러졌다. 거의 얼굴을 가리고 있는 뭉툭한 모양의 안경까지 해서 더 둔해 보였다. 서양 남자들이 살이 찌면 못 말린다고 하더니, 이 남자도 그런 모양이다.

'몇 년 사이 완전히 망가졌네? 얼굴은 똑같은데, 이렇게 뚱뚱해지고 안경에다 텁수룩한 수염까지. 아이고.'

[무투, 아시프에게 연락해서……]

그때 문이 달칵 열렸다. 허리에 긴 수건만 걸치고, 라탄이 욕실에서 나왔다. 젖은 머리카락을 털며 힌디어로 무엇인가를 말하다가 우뚝 멈추어 섰다. 몸을 돌이키던 서린도 놀라기는 마찬가지였다. 이삼 초, 두 사람은 멍하니 서로를 바라보며 서 있기만 했다.

이내 라탄이 입술 한쪽 끝을 치켜올린 채, 더없이 관능적이고 나른하게 미소 지었다.

[저런, 린. 내 방에 직접 납시는 영광을 베풀어주다니. 어젯밤 내가 굉장히 좋은 꿈을 꾼 모양이야.]

단지 그 한마디뿐인데도, 온몸이 뜨거워져 견딜 수가 없을 지경이었다. 얼굴이 붉어진 채로 서린은 손에 들고 있던 휴대전화를 내밀었다.

[아시프가 급히 연락을 해달래요. 당신이 휴대전화를 내 방에 놓고 갔어요.]

[핑계도 잘 둘러대시는군. 늠름한 내가 그리워 찾아온 거면서? 그대의 시선이 날 찬미하고 있잖아. 댄니와드, 서린.]

라탄이 휴대전화를 받아 들며 짓궂게 윙크했다. 틈만 나면 유들유들 느른하고 엉큼한 유혹을 시작하는 버릇이라니, 정말 어쩔 수가 없다니까.

[아니에요!]

뻔한 놀림인 줄 알고 있다. 그런데도 서린은 기를 쓰고 소리치고 있었다. 그의 말이 사실 같아서, 삽시간에 정말로 아름다운 이 남자에게 다시 매혹되어 버려서, 부득불 더 부인하게 되는 모순이었다.

[라탄, 제발 농담 그만 하고 전화나 해요. 아시프가 굉장히 급

한 것 같더라구요.]

[저런, 잊어버렸네. 고마워. 잠깐만.]

그가 전화기의 단축키를 눌렀다. 돌아서서 침대에 놓인 셔츠를 집어 들며 힌디어로 통화를 시작했다. 그제야 서린은 라탄의 팔에 늘 감겨 있던 붕대가 사라졌다는 것을 발견했다. 내내 가려져 있던 왼쪽 팔의 상처를 비로소 볼 수가 있었다.

[세상에! 라탄, 이렇게나 많이 다친 거였어요?]

서린은 자신도 모르게 그에게 다가가 어깨를 어루만지며 소리치고 있었다. 다 아물었다고 하지만 가로세로 누더기처럼 꿰맨 실밥 자국이 아직도 생생했다. 서린이 조금만 더 심약했다면 충격을 받아 그 자리에서 기절이라도 했을 정도였다. 설마 이 정도로 깊이 다쳤을 줄이야.

[아시프, 그건 내가 뭄바이로 돌아가서 처리할 거야. 아, 상처? 별거 아냐. 다 나았어. 겨우 몇 바늘 꿰맨 거잖아. 너무 놀라지 마.]

그가 힐끗 서린을 바라보며 대수롭지 않게 내뱉었다. 다시 전화기를 귀에 대고 통화를 시작했다.

[하잘이 귀국? 웃기지 말라고 그래. 내가 안 된다고 했어. 두 번 말하게 하지 마.]

[이게 어떻게 몇 바늘이야? 족히 서른 바늘은 되겠네요! 세상에, 이런 상처를 입었는데 어쩜 그리 아무렇지도 않은 듯이 태연하게 굴었대요? 아직도 아픈 건 아니죠? 제발 자신의 몸을 좀

아껴줘요. 이것 봐, 이 상처! 얼마나 피가 많이 났을……. 맙소사! 이건…… 이것은……?]

정말 놀랐나 보다. 평상시 조용한 서린의 성품치고는 의외라 할 정도로 잔소리가 늘었다. 그러다가 그를 걱정하던 목소리가 문득 멈추었다. 갑자기 아래로 툭하니 떨어졌다.

[라탄! 이, 이게 뭐죠?]

라탄은 곁눈질로 서린을 살폈다. 서린은 그의 왼쪽 어깨를 응시하고 있었다. 하지만 상처를 보고 있는 게 아니었다. 그 아래, 흉측한 선을 그린 분홍빛 더께 밑으로 드러난 문신에 박혀 있었다. 반팔 셔츠를 입는다 해도 바로 어깨 아래쪽에 새겨진 문신이라, 어지간해서는 잘 드러나지 않는다. 붕대를 푼 지 얼마 되지 않았으니, 지금껏 서린이 이것을 볼 기회는 없었다. 라탄은 손으로 문신을 쓸어내렸다.

[멘디. 우리 집안 특유의 풍습이지. 아시프, 내일 내가 뭄바이로 돌아갈 거야. 그때 이야기하자.]

라탄은 전화기를 침대에 던져 버리고 셔츠를 입으려 했다, 그러나 서린이 허락하지 않았다. 그의 팔을 잡고 늘어졌다.

[설명해요! 이게 뭐라구요?]

대체 서린이 갑자기 왜 그의 문신에 집착하는 건지 알 수가 없었다.

[멘디라니까. 아이를 잃어버리지 않게 하기 위해서 우리 가족이 알아볼 수 있는 문신을 새기는 거야. 나의 수호신 크리슈나

를 찬양하고 그의 가호가 나에게 내리기를 비는 의미라고 하더군. 우리나라에서는 보통 하는 풍습이야.]

놀란 건가, 아니면 신기한 건가. 마치 무엇에 홀린 것처럼 서린의 손가락이 다시 다가왔다. 나비 날개 같은 손가락이 아주 천천히 그 문신 위로 움직였다. 라탄은 몰랐으나, 지금 서린의 영혼은 밑바닥까지 떨리고 있었다. 창백하게 떨리는 분홍빛 입술이 망설이다가, 마침내 은밀한 비밀을 토해냈다.

[이런 문신…… 본 적이 있어…….]

이번에는 라탄이 경악했다. 타다 가문의 아들에게만 새기는 문신을 본 적이 있다 한다. 이런! 아버지, 나 말고도 가족들 몰래 자손을 한 명 더 보았던 겁니까? 마음속으로 험한 욕설을 내뱉으며 그는 재차 침착하게 물었다.

[언제, 어디서?]

[……꿈에서.]

그를 바라보는 서린의 눈동자에는 혼란과 더불어 꿈의 것을 현실로 만난 자의 경악이 가득히 담겨 있었다.

그녀만큼 놀랐고 그녀만큼 절박했다. 라탄은 망설이지 않고 서린의 팔을 잡아챘다. 침대에 눌러 앉히고 자신도 곁에 앉았다.

[다시 말해봐. 뭐라고 했어?]

[아주 오래전에, 어렸을 때부터라고 확신해. 밤마다 꿈을 꾸었어요. 이런 문신을 한 남자가 피리를 불죠. 그러면 난 뛰쳐나

가요. 그에게 안기기 위해서. 억제할 수 없어요. 그가 부르면 난 가요. 언제나 그랬어…….]

아아, 크리슈나. 그녀도 나를 꿈꾸었던 겁니까? 나만 기다리고 바라고 찾아 헤매던 것은 아니란 말입니까? 라탄은 잠시 기도했다. 부디 그러하기를, 이제 너도 나를 알아주기를. 굴러가는 윤회의 바퀴 안에서 서로만을 찾아 헤맨 우리의 운명을 너도 이제는 깨달아주기를.

[얼굴은 볼 수가 없었어요. 하지만 그는 나에게 말해요. 라다, 라고.]

간절하게 사랑받는 그녀 라다. 본신의 이름을 말하는 목소리가 떨리고 있었다. 꿈이 현실이 되고 현실이 꿈으로 나타난 지금, 지금껏 알았던 서린의 세상이 산산조각 부서졌다.

지금까지 살았던 시공은 전부 다 꿈이련가. 아니면 꿈 아닌 꿈. 대체 이게 어떻게 된 일인지…… 어째서 라탄이 그 남자의 표식을 가진 거지? 영혼과 심장이 요동치듯, 충격에 빠진 서린의 입술까지 하얗게 되어 떨리고 있었다.

서린의 어깨를 감싸 안은 그의 손가락에 다시 힘이 주어졌다. 하얀 살갗에 붉은 각인을 남겼다. 크리슈나의 라다. 운명의 연인. 널 찾아내겠다고 맹세했어. 설사 네가 날 잊어버리더라도 난 널 찾겠다고 약속했어.

[계속해. 전부 다 내게 말해봐. 하나도 남김없이…….]

[그는 내게 약속해요. 무슨 일이 있어도 날 찾아내겠다고 맹

세했어요. 내가 그를 잊어버려도, 그는 날 잊지 않겠다고 말해요.]

[그래, 난 잊지 않았어.]

라탄은 힌디어로 중얼거렸다. 지난 세월, 삶의 길 내내 이 여자만을 찾았다. 찾아내서 함께해야지만 마침내 행복해진다는 것을 언제나 분명히 알고 있었다.

라탄의 손가락이 서린의 얼굴을 쓸어내렸다. 하얀 이마에서부터 콧날을 거쳐, 놀라움에 반쯤 벌려진 입술까지, 그녀의 얼굴 윤곽 하나하나를 다 기억 속에 잡아놓기라도 하듯이 어루만졌다. 그 자신 깊은 기억 속에 간직해 둔 것들을 다시 꺼낸다. 실제로 존재하는 이 사람의 모습을 통해, 꿈에서 만나던 사랑하는 그 사람을 확인하고 있다.

아아, 나의 라다. 나의 서린. 이제야 네가 날 찾았어. 내가 널 찾았듯이, 너도 날 찾았어.

[더 이야기해 봐, 서린. 그는 꿈속에서 어떻게 하지? 우린 너의 꿈속에서 무엇을 하고 있었지?]

[……그들은……. 그와 라다는…….]

[그래. 우린…… 너와 나는…….]

서린의 눈동자는 몽롱했다. 환상을 되새기고 꿈길을 걸어가는 듯한 기묘한 어조였다. 서린은 손을 들어 라탄의 한쪽 볼에 가만히 댔다.

단지 그것뿐이었는데도, 남자의 혈관 속에는 뜨거운 불길이 일었다. 성적인 접촉의 시도도 아니다. 유혹의 몸짓도 아니다. 그런데도 라탄의 영혼은 강한 술에 취한 것처럼 어지러웠다. 끔찍하게 황홀했다. 지금껏 경험한 모든 쾌락을 합친 그것만큼 행복하다고 느꼈다.

꿈과 현실의 그 경계에 서서, 꿈속의 남자가 자신의 앞에 앉은 이 남자라는 것을 확인하며, 서린은 마침내 은밀한 심장 안에서만 알고 있던 것들을, 그럴 리 없다고 밀어냈던 진실을 고백했다. 인정했다.

[오직, 사랑만 해요.]

아프고 열렬하게. 기쁨과 뜨거운 쾌락에 젖어. 찰나가 영원처럼, 순간이 전부처럼 그렇게 사랑을 나누지. 거의 반 몽환 상태에서 서린은 천천히, 지나간 꿈을 헤아렸다. 그 사람의 품에 안겨 으깨진 꽃다발이 되지. 꿈속에서 그들은 언제나 함께 있었다. 사랑하고 또 사랑하며…….

[그래, 언제나 그렇지. 우린 그렇게 사랑해. 내가 행복할 때나 불행할 때나 언제나 넌 곁에 와주지. 내 전부가 되지.]

라탄의 손가락도 떨리고 있었다. 그의 손이 가만히 서린의 볼에 닿았다. 두 사람은 서로의 얼굴을 손을 댄 채, 따뜻하고 피 흐르는 살아 있는 실체로서의 상대를 가만히 응시했다.

아아, 당신인가요.

오랜 꿈속에서 언제나 부르고 있던 사람. 언제나 그리워하던 사람. 언제나, 나를 찾아 달려오던 사람은. 애초부터 당신이었어요. 우린 어찌하든 만나고 사랑해야 하는 운명이었던 거예요.

[그래, 내가 못 알아볼 리가 없지. 처음부터 알았는걸. 서린, 맞았어. 너였어. 잘 들어, 린. 네가 나를 꿈꾸었듯이 나도 널 꿈에서 보았어.]

[그럴 리가…… 없어요.]

라탄은 서린의 입술에 키스했다. 마침내 찾은 연인을 움켜잡았다. 달디단 물을 가득히 흡입했다. 나지막하게 고백했다. 그 누구에게도 밝히지 않았던 공포와 굴욕. 몸서리쳐지던 두려움을 이제는 말할 수 있다. 그의 전부를 받아주는 유일한 이 사람 앞에서만 그렇다.

[열다섯 살 때, 납치를 당했었어.]

[아, 저런.]

서린이 숨을 몰아쉬었다. 저절로 얼굴이 창백하게 질려가고 있었다. 가녀린 팔이 본능적으로 그의 팔을 꽉 잡았다. 틀림없이 그가 곁에 있다는 것을 확인하려는 것 같은 동작이었다.

비로소 먼저 다가와 주는 사람. 먼저 안아주는 이 사람. 곁에 있겠다고 말한 건 진실한 약속. 지엄한 맹세. 그러한 동작 하나로도 서린의 마음을 읽었다. 소중하고 유일한 연인의 품에 얼굴을 묻고 라탄은 천천히 그날의 악몽을 되새겼다.

[그때 거의 죽을 뻔했어. 개자식들이 날 생매장을 해버렸거든. 꼬박 이틀을 그런 모습으로 갇혀 있어야만 했어. 조금만 늦었다면 난 정말 죽었을 거야. 아니, 죽었어. 그때 난 널 보았어.]

그를 올려다보고 있는 고운 눈썹이 살짝 찌푸려졌다. 믿을 수 없다는 뜻이다.

[나를……?]

[그래, 너를!]

죽음의 아주 가까운 언저리 거기에서, 깊은 심연 속에서 헤매고 있을 때, 빛살처럼 다가와 안아주던 사람. 그건 바로 너. 투명한 목소리로 날 불러주었지. 햇살보다 더 부신 미소와 생기 가득한 손길로 그를 깨웠다. 그리운 향기로 살려주었다. 그녀도 그와 마찬가지로, 같은 세상 안에 존재하고 있음을 증거했다.

[내가 기다리던 네가, 날 기다리는 네가 이 지구 그 어딘가에 존재하고 있다는 것을 분명히 알았어. 결심했어. 반드시 널 찾아내겠다고. 너무 늦기 전에, 네가 날 완전히 잃어버리게 전에 널 찾아내겠다고, 맹세했어.]

라탄이 고개를 들었다. 심연을 닮은 검은 눈으로 서린을 오래도록 응시했다.

[처음부터 내가 말했잖아. 우린, 운명이야. 린. 이제는 인정해.]

너무 거대한 진실 앞에서 압도당한 것인가. 서린은 차마 입을 열지 못했다. 라탄은 서린의 몸을 가득 안아버렸다. 그 자신 말고는 누구도 누운 적 없는 침상 위로 연인을 안아 뉘었다. 마침내 만난 그녀에게 입 맞추고 다정하게 더듬었다. 간절하게 애원했다.

[태어날 때부터 원했어. 너를 찾기 위해. 너를 사랑하기 위해 살았어.]

그녀를 움켜잡은 손에 아프도록 강한 힘이 주어졌다. 뜨거운 몬순의 빗줄기처럼 라탄은 다시 연인에게 키스를 퍼부었다. 소중하고 소중하게 어루만지며 중얼거렸다.

[이제 너도 날 찾았어. 네가 날 알아봐 주었으니, 우린 이제 절대로 헤어질 수 없어. 우린 함께 있지 않으면 더 이상 아무것도 아니야. 우리가 함께 꾼 꿈처럼 우린 같이 살아야 해. 같이 죽어 영원이 될 거야.]

그가 서린의 손을 잡아 자신의 맨살, 심장 위에 갖다 댔다. 손이 델 것 같았다. 너무나 뜨거웠다. 그 아래, 강한 심장이 뛰고 있었다. 그녀에 대한 사랑만으로 가득한 그것. 그녀에게만 반응하는 이 심장의 소리. 서린은 단지 그것만으로도 라탄의 말이 모두 다 진실이라는 것을 느꼈다.

연결. 운명. 인연. 무엇이라고 불러도 좋다. 그들은 그러한 사이. 그러한 것들로 묶인 하나의 존재, 두 개로 나뉜 하나의 숙명.

라탄이 서린의 긴 목을 강하게 빨았다. 후드득 여린 몸이 흔들렸다. 푹신한 비단 침상과 라탄의 몸 사이에 억눌려진 채, 서린은 어쩔 줄 몰라 하면서도 감히 거부하지는 못했다. 아니, 거부하지 않았다. 이미 그가 내뿜는 열정의 강력한 사슬에 칭칭 묶여, 완전히 사로잡혀 버렸기 때문이다.

긴 손가락이 촉촉하게 젖어 반쯤 벌어진 분홍빛 입술을 건드렸다. 온몸의 맥을 풀리게 만든다. 그가 나른하게 속삭였다.

[꿈속에서…….]

귓불이 잘근 씹혔다. 더운 입김이 쾌락의 뇌수를 적셨다. 아직 채 닿지도 않은 허벅지 깊은 곳까지 전율이 흘러내렸다. 고통과도 같은 번개가 내리쳤다. 서린의 촉촉한 입술이 강한 라탄의 입술 안으로 삼켜졌다. 하나로 엉켰다.

[우리가 어떻게 사랑했었지? 말해봐, 라다.]

서린의 하얀 얼굴이 삽시간에 새빨갛게 변했다. 두 팔로 그를 밀어내며 세차게 도리질을 했다.

[난, 나는 말할 수 없어요.]

[그걸 난 네게 줄 거야.]

미처 피하고 도망갈 새도 주지 않았다. 라탄이 다시 고개를 숙여 봉긋하게 솟은 서린의 가슴을 물었다. 흐읍, 숨을 들이키는 소리가 났다. 동시에 그가 예민한 가슴 한쪽을 강하게 움켜잡았기 때문이다.

단지 그것이었다. 옷자락 위로 도드라진 젖꼭지를 입술로 물었을 뿐이다. 옷깃을 사이에 두고 손아귀 가득 움켜잡은 탐스러운 것을 문지르고 뿌듯하게 감촉했을 뿐이다. 그런데도 서린은 벌써 함락당해 버렸다. 침대 위에서의 전쟁이야말로 라탄의 전문이 아니었던가?

귓전에 다가온 속삭임은 말 그대로 중독, 혹은 부드러운 강요였다. 거부하려는 의지를 허물고, 두 사람을 녹여 버리고, 세상 모든 것을 잊게 만들었다. 더없이 섹시하고, 엄청나게 유혹적이다. 끔찍하게 관능적이고 한없이 고혹적이다. 단번에 애염의 파도에 익사하게 만들었다. 손길 하나로도 여체를 녹이고, 입술 한 번으로도 옷을 벗기는 남자이다. 관능과 애욕의 화신인 그를 맞이하여 대항할 수 있는 방법은 아무것도 없었다.

[말해봐, 린. 제발. 네 꿈속에서 내가 널 어떻게 어루만지고 사랑했는지.]

환상 속일까, 현실일까? 그의 목소리는 최면을 걸고 있었다. 자신도 모르는 새, 서린은 그에게 공명하여 나직하게 중얼거리고 있었다.

[당신은…… 나를…… 만져요.]

그의 한 손이 어느새 허벅지 사이, 깊은 곳을 더듬고 있었다. 뜨거워서, 뜨거워서 견딜 수가 없었다.

서늘하고 수줍기만 하던 몸 어디에 이토록 검붉은 불꽃이 숨어 있었던 걸까. 키스 한 번에 온몸이 젖어들고, 산들거리며 부딪치는 손길 하나에도 피가 뜨거워졌다. 속삭이는 목소리만으로도 온몸이 영혼과 더불어 활활 녹아내리고 있었다. 삽시간에 몰려든 무서운 욕망과 뜨거운 애욕을 감추지 못해, 서린은 밭은 숨을 내뱉었다. 신음하는 스스로가 부끄러워 참아보려고 안간힘을 다해보았지만 그건 불가능했다.

라탄이 이로 서린의 어깨에 걸쳐진 속옷의 끈을 끌어 내리고 있었다. 다시 재촉했다.

[그리고 또……?]

[우린……. 으음, 아아, 라탄. 입 맞추고, 같이 누워요.]

지금처럼.

서린은 다시금 색정적인 신음을 토해내며 어린 뱀처럼 몸을 비틀었다.

어느새 흘러내린 옷깃 사이로 뽀얀 젖무덤이 드러나 버렸다. 두 사람의 맨살과 맨살이 닿았다. 입술과 살갗이 달라붙었다. 열기가 일렁대고, 또 동시에 서늘한 바람이 불었다. 마침내 간절하게 원하던 것을 가지게 된 남자와 여자가, 서로에게만 불길이 되는 그들이 완전한 하나가 되기 위해 액체로 녹아들고 있었다.

대지를 적시며 서서히 스며드는 물길처럼 이번에는 라탄의 손이 서린의 발목을 쓸기 시작했다. 불길보다 더 뜨거운 열기를 담은 손은 아주 천천히 그녀를 달래듯이, 혹은 애태우듯이 위로, 위로만 느릿하게 올라가고 있었다.

[같이 누워선? 그리고 어떻게 되지?]

[……우린 깊이 사랑해요. 전부 다…… 당신에게 줘요. 나도 당신을 모두 가져요.]

[맞아. 넌 나의 전부를 가지게 될 거야. 약속해.]

라탄은 고개를 숙여 분홍빛 젖꼭지를 다시 입술로 머금었다. 꿈보다 더 강렬하게, 꿈보다 더 달콤하게 빨기 시작했다. 뼈와

살이 솜사탕으로 기화(氣化)되는 것 같았다. 그토록 다정하고 눈물 나도록 온화한 감촉과 느낌이었다. 그녀의 허벅지 사이를 맴돌던 손 하나가 은밀한 곳으로 사라졌다. 낯설고 서늘한 그 무엇이 서린의 비밀에 닿았다. 단번에 파고들었다. 그가 서린의 귓전에 대고 야하게 소곤거렸다.

[너, 나 때문에 잔뜩 젖었어.]

다시 한 번 서린의 얼굴빛이 홍당무가 되었다. 나빠요, 그녀의 눈이 그에게 경고하고 있었다.

[부끄럼쟁이 린. 언제쯤이면 서로 사랑하는 것에는 수치도, 부끄러움도 필요없다는 것을 알게 될까?]

무어라 항의하려던 것이 분명했다. 잠시 달싹여지려던 서린의 입술이 다시 먹혀 버렸다. 라탄이 맛난 체리 아이스크림처럼 그것을 빨아댔다. 말캉하고 뜨거운 혀가 입속에서 요동쳤다. 긴 손가락은 촉촉하게 젖은 아래에서 같은 박자로 움직이고 있었다. 너무나 에로틱하고 다정하면서도 동시에 광포하면서도 거칠었다. 그의 모든 것은 너무나 압도적이고 위협적이었다.

라탄의 손길과 키스가 불러일으킨 진득한 열기와 음란한 감촉 안에서 서린은 속수무책으로 신음했다. 이런 키스와 애무는 난생처음이다. 영혼까지 뜨겁게 키스당하는 것 같았다. 정신의 바닥까지 짓이겨지고 농락당하는 느낌이다. 아주 철저하게 빼앗기고 부서지고 희롱당해져서는, 그녀 자신은 아무것도 남아있지 않게 된다. 오직 사랑받는 여자, 그에게 애완당하는 존재만이 되는 것이다. 그가 아니라면 절대로 살 수 없는. 다시는 그 누구하고도 사랑할 수 없게 길들이는 이 사람의 손길과 입술.

[라탄! 제발! 이런 건 안 돼요!]

온몸을 비틀며 서린은 날카롭게 비명을 질렀다. 능란한 자극 안에서 도도록이 솟아난 꽃싹을 감질나게 건드리다가, 인정사정없이 깊숙이 찔러드는 손가락의 감촉이 미칠 것 같은 충격을 주었다. 등골을 관통하는 강렬한 자극 안에서 마지막으로 저항했다. 그가 서린을 내려다보았다. 기묘한 미소가 입술 끝에 휘말려 있었다. 그의 손 하나는 그녀의 어깨를 강하게 내리누르고 있었다. 그가 오만하게 되물었다.

[왜 안 돼?]

[난, 나는…….]

[우린 이미 수백 번이나 이렇게 사랑했어. 꿈속에서도, 현실에서도. 넌 내 것인데. 나의 라다. 내가 널 이렇게 사랑하지 못할 이유가 어디 있어?]

그가 씩 웃었다. 그녀의 혀를 감아 강하게 빨며 귀여운 앙탈과 저항을 단번에 잠재워 버렸다. 그러는 동안 그의 손은 단번에 자그마한 팬티를 벗겨내서는 휙하니 던져 버렸다. 다시 손을 밀어 넣어 습윤한 삼각지를 어루만지기 시작했다.

그의 허리에 감겨 있던 수건도 어느새 풀어져 버렸다. 남자의 강한 두 다리가 하얗고 가냘픈 서린의 다리를 눌렀다. 그가 서린의 두 팔을 위로 치켜올려 고정시킨 채 다시 키스했다. 슬쩍 허리를 움직여 그녀의 은밀한 곳을 자신의 것으로 자극했다. 생경스럽고도 위협적인 남성의 흥분이 그대로 전해지는 순간이었다.

[난 널 완전하게 채울 거야.]

라탄의 속삭임 안에서 서린의 몸이 용암처럼 뜨겁게 달아올랐다. 반항하거나 거부를 할 여유조차 주지 않았다. 직접적인 애무보다도 더 짜릿하고 위험스런 목소리가 서린의 영혼을 잠식해 들어갔다. 저절로 힘 풀린 허벅지가 다시금 살며시 벌어졌다. 약탈하고 침입하려 안달하는 남자를 받아들이고 있었다.

[너도 나를 감싸줄 거야.]

너무나 농밀한 유혹, 절대적인 관능 속에서 서린은 더 이상 저항할 수가 없었다. 그토록 오래도록 기다린 운명 앞에서 반항 따윈 불가능했다.

[너무 오래 기다렸어. 네가 나를 알아봐 주기를…….]

그가 찬미하듯이 동그랗고 사랑스러운 유방의 정점을 키스했다. 그의 자극과 애무에 도토록이 솟아난 분홍빛 꽃잎을 혀끝으로 짓이겼다. 그의 두 다리가 서린의 다리 사이로 움직였다. 아슬아슬한 바로 거기. 매끄럽고 더운 꿀이 흐르는 서린의 몸 곁으로 강하게 충혈된 그의 몸이 미묘한 유혹과 검붉은 쾌락을 담고 접근하고 있었다.

[눈을 떠, 린!]

라탄이 강한 목소리로 서린에게 요청했다. 이 모든 것을 직시하기에는 서린은 너무 순진했다. 상상도 하지 못한 이 상황에서 도망치려는 듯이, 일어나고 있는 일에 대하여 거부하듯이 그녀의 눈은 꼭 감겨 있었다. 라탄은 그것을 용서하지 않았다. 벌어지는 이 일이 실제라는 것을, 분명히 가르쳐 주고 싶다. 함께하는 그들이 바로 운명이라는 것을 뼈에까지 새겨주고 싶은 것이다.

주저주저 서린의 눈동자가 열렸다. 기다리던 라탄의 눈동자와 만났다. 누구도 풀 수 없을 정도로 강하게 얽혔다.

[놓지 않아. 절대로! 그러니 너도 나를 절대로 놓지 마.]

그녀의 전부를 소유하고 빼앗는 것은 오직 라탄 그만이 가진 권리. 그의 독점적 운명. 단 한 번의 망설임도 없이, 완전하게 소유했다. 탈취하고 지배하는 데 성공했다. 그렇게 운명이 그의 품으로 완전하게 담겼다.

절정의 순간, 견딜 수 없어 서로에게 사로잡힌 채 두 사람은 동시에 신음하고 비명 질렀다. 서로에게 완전히 젖어, 서로에게 완전히 주어 남은 것이 없었다. 온몸이 끈끈한 땀과 상대의 체액으로 흠뻑 젖어버렸다. 군데군데 자신이 남긴 붉은 흔적으로 꽃잎처럼 낙인찍힌 서린의 가슴 안으로 라탄이 거친 숨을 고르며 얼굴을 묻었다. 아직도 그들의 몸은 하나로 결합된 채였다.

벽 너머에서는 해가 떴고 밤이 내렸다.

하지만 마침내 서로를 찾은 연인에게는 변함없이 밤. 애염의 시절. 하루 종일, 관능의 욕망을 나누었다. 마셔도 마셔도 물리지 않는 서로의 향기를 탐욕스럽게 흡입했다. 몸을 얽은 두 마리 뱀처럼 서로에게 미쳐 있었다.

비단 이불 아래, 나신으로 까무룩하니 잠들었던 서린은 눈을 떴다. 그녀의 발치에 앉은 라탄 역시 벌거벗은 그대로였다. 스케치북을 앞에 두고 잠이 든 그녀를 그리고 있었다. 애틋함과 기쁨, 갈망과 지독한 소유욕, 열렬한 찬미와 그리움이 담긴 검은 눈동자가 그녀를 응시하고 있었다. 그러한 눈빛을 마주하는 순간, 열병 앓듯 심장 안쪽이 지독하게 뜨거워지고 있었다.

오직 사랑. 오직 갈망. 정열로 가득한 눈동자를 마주했다. 공허했던 가슴이 온전하게 충족된 기분이다. 행복함과 충만함으로 서린 또한 행복하게 미소 지었다.

[지금 몇 시예요?]

그가 스케치북을 내려놓고 그녀에게로 다가왔다.

[오후 세 시인가? 새벽 다섯 시는 어때? 음, 열두 시라고 할까?]

[장난은 싫어. 시계를 봐요. 대체 우린 몇 시간이나 이러고 있었던 거죠?]

[우리가 원하는 만큼이야. 자정은 어때? 다시 한 번 사랑하기에 좋은 시간이지.]

그가 침대에 올라와 서린에게 팔베개를 해주었다. 서린은 라탄의 맨가슴에 얼굴을 묻었다. 탄탄하면서도 부드러운 느낌이었다. 손가락 끝으로 감촉하는 남자의 근육이 굉장히 기분 좋았다.

[우린 한 시간 전에 사랑을 나누었다구요. 질려요.]

[너하고 사랑하는데 질리다니, 말도 안 돼.]

뜨거운 입술이 밀려왔다. 생각은 더 이상 이루어지지 않았다. 그녀를 쓰다듬고 어루만지는 그 남자의 손길이 다시 바깥과 그들의 세상을 단절시켜 버렸기 때문이다.

[자, 이리로 와. 내 품에. 다시 날 안아줘.]

말로는 안아달라 하면서도, 언제나 먼저 강한 두 팔로 끌어안아 주는 사람. 라탄은 그의 품속에 뜨겁게 서린을 가두었다. 꿈과 몽환의 열기로 최면을 걸기 시작했다. 서로 말고는 아무것도 생각하지 않는다. 불길 같은, 기쁜 눈물 같은 키스가 이어졌다.

예고도 없이 무엇인가 찌르는 듯한 고통이 느껴졌다. 서린은 신음을 삼키며 크게 눈을 떴다.

[아파?]

그녀를 안은 라탄이 서린의 귓불을 어루만지고 있었다. 고통은 거기에서 비롯되고 있었다. 그가 무엇을 하려는 거지? 손을 들어 그것을 만졌다. 차갑고 딱딱한 것이 흔들렸다.

[이건, 뭐죠?]

[오팔.]

우윳빛 속에 오색의 빛살이 찰랑대고 있다. 우윳빛 고귀한 보석이 달린 금귀걸이가 귓불에 찰랑대고 있었다. 라탄은 허락도 받지 않고 자신의 것으로 그녀를 장식해 주고 있었다. 정말 어쩔 수 없다. 오만하고 제멋대로인 남자라니까. 그래도 너무나 사랑스러워. 견딜 수 없이 아름다워. 서린은 아픔 대신 말캉한 미소를 짓고 말았다.

[여권을 보니, 생일이 시월이었어.]

라탄이 다정스레 연인의 아름다운 꽃봉오리에 키스했다. 곱슬거리는 남자의 머리카락이 하얀 가슴 위로 쏟아져 내렸다.

[너의 탄생석이야.]

그가 손가락 끝으로 서린의 귀에서 흔들리는 귀걸이를 건드렸다. 그에 따라 서린의 숨결도 후르륵 떨렸다. 애무당한 것도 아니고 침입당한 것도 아닌데, 그의 손가락 끝에서 불길이 일었다. 생각도, 이성도 사라진 몽롱한 환상은 대체 언제 끝날까? 서린은 라탄의 검은 눈동자를 올려다보았다.

[당신의 생일은요?]

[오월.]

[오월의 탄생석은 뭐죠?]

[에메랄드.]

[그렇다면 당신의 귀걸이도 에메랄드로 했으면 좋을 텐데.]

서린은 라탄의 귓불에 걸린 귀걸이에 박힌 보석을 응시했다. 심장처럼 검붉은 색이었다. 루비인가? 그가 씩 웃었다.

[네가 결혼 선물로 해주면 되잖아. 죽을 때까지 몸에서 떼놓지 않겠다고 맹세할게.]

그가 긴 손가락으로 서린의 귀걸이를 톡하니 튀겼다. 달랑거리는 귀걸이의 진동을 따라 젖빛 빛살이 일렁였다.

[그거 알아, 서린? 우유는 신성(神聖)의 표현이야.]

라탄의 관능적인 목소리가 다시금 서서히 서린의 뇌수를 적시기 시작했다.

[우리나라 사람들에게 [3]소는 시바의 화신이고 삶을 지탱하게 하는 아주 중요한 수단이었어. '전쟁을 한다'는 건 '소를 빼앗는다'는 말과 같아. 마찬가지로 '전쟁에서 승리한다'는 건 '소를 지켰다'는 말과 같아. 난 내 운명의 전쟁에서 승리했어. 넌 예쁘고 하얀 나의 암소야. 널 찾고 지켰잖아.]

[아, 정말! 나를 두고 하얀 암소라고 말하다니. 화를 내야 하는 건지, 기뻐해야 하는 건지 모르겠네.]

라탄이 못 들은 척 관능적인 키스로 서린의 작은 불평을 막아버렸다.

[난 하얀색을 좋아해요.]

서린은 혼잣말처럼 중얼거렸다. 남자의 입가에 환한 미소가 피어올랐다.

[그럴 줄 알았어. 세상을 창조할 때 우주의 모든 신이 수미산을 장대로 삼고 우유바다를 휘저었어. 그 안에서 세계의 어머니, 부와 미의 여신인 아름다운 락쉬미가 탄생하지. 나의 서린. 내 암소, 나의 락쉬미. 이것만 걸고 있는 너와 다시 사랑하고 싶어.]

그가 서린 몸 위로 올라왔다. 키스하고 지분거렸다. 온몸으로

---

3)인도 사람들은 소를 신성한 동물로서 숭배하고 있다. 시바 신이 타는 것, 또는 시바 신의 화신으로 믿기 때문이다. 암소 몸의 모든 부분이 신들의 거처라고 믿어져서 꼬리 끝 털 부분에는 야마 신이, 콧구멍에는 쌍둥이 신인 아슈빈이 살고 있다고 생각한다

사랑하는 여자의 아름다움과 따스함을 찬미했다.

또다시 비단 침상 위에는 끈끈한 열풍이 불기 시작했다. 뜨거운 유희와 섹시한 체취, 달콤한 애무와 강렬한 쾌락이 공존하는 둘만의 세상이다.

둘만이 머물 수 있는 애욕과 관능의 성(城) 안에서 서린은 신음하고 비명 지르고 뒹굴었다. 그의 손길과 입술 아래에 함몰하여 넋을 잃고서는 관능의 포로가 되었다. 여기 이 침상에 누운 자는 이서린이 아니다. 오직 라탄의 라다일 뿐, 강한 폭풍 같은 그 남자의 몸짓 안에서 말 그대로 붉은 꽃잎처럼 으깨졌다.

[라탄. 라탄! 나를 가져요. 나를 가져요.]

서늘하고 청초하기만 하던 그녀의 속살은 더없이 붉고 정열적이다. 애달피 소원하는 연인의 속삭임 안에서 남자는 더없이 자랑스럽다. 밀어내기만 하던 그녀의 팔이 그를 강하게 끌어당기는 기쁨을 마음껏 만끽했다.

[너도 나를 가질 거야. 약속해. 린. 쉽게 끝내지 않아.]

가쁜 신음이 새어나오는 붉은 입술을 한껏 삼켜 버리며 약속했다. 부드러운 연인의 눈시울을 혀로 핥았다. 열정의 땀방울이 솟아난 그녀의 맛은 달콤하고도 짭쪼름했다. 해초의 맛이었다. 일렁이는 쾌락과 기쁨의 맛이었다.

서린은 라탄이 꿈꾸던 환상이었고 그를 미치게 하는 모든 것이었다. 또한 그를 충족시켜 주는 유일한 존재였다. 건드리는 것만으로도 완전한 행복을 느끼게 만들었다.

서린과의 사랑 안에서, 서로가 주고받는 이런 열정은 아주 특별한 진실이라는 것을 라탄은 마침내 배웠다. 사랑은 지배하고 소유하고 약탈하는 권력의 게임이 아니었다. 둘이 함께 나누는 생명이었다. 서로에게 속하고자 몸부림치는 구도의 아우성이었다. 어째서 탄드라가 남자와 여자의 섹스가 만다라에 이르는 길이라고 갈파했는지 비로소 알 것만 같았다.

서린 또한 마찬가지였다.

그의 존재와 그의 사랑은 너무나 압도적이어서 대항할 길이 없었다. 그는 전부 다 갖고 전부 다 주겠다는 약속을 지켰다. 바보 같았다. 사랑하는 것을 두려워하다니. 이렇게 달콤하고 이렇게 두근거리고 이렇게 애틋한 것을. 왜 지난날에는 몰랐을까?

극한으로 타오르게 하고 눈물 나도록 달뜨게 하면서도 쉽사리 허무한 종말은 주지 않았다. 한번 맛보면 갈증이 줄어들 것이라고 생각했는데, 그것은 완전히 오산이었다. 이런 감각의 기쁨, 이런 황홀한 즐거움이 존재할 수 있다는 것을 한 번도 알지 못했다. 서린의 자아는 완전히 부서졌다. 그녀의 단호한 이성은 모래가 되어 사라졌다. 그는 여자가 꿈꾸는 모든 환상의 실체였다.

너무나 장엄하고 너무나 치명적인 라탄의 존재가 그녀를 가득 채워, 서린은 더 이상 아무것도 생각할 수 없었다. 오직 그만 느끼고 그만 생각하고 그만 받아들였다. 라탄의 서린. 사랑하는 남자의 품에 안긴 사랑받는 여자 서린. 라탄이 바란 것도 단 하나, 그것이었다.

환락의 극대지점. 바로 거기. 서린의 몸이 본능의 부름에 따라 제 속에 품어 안은 라탄의 몸을 숨 쉴 틈 없이 꽉 조였다. 라탄이 가쁜 숨을 몰아쉬며 서린을 몰아붙였다.

[약속한 거야! 넌 나하고 약속했어. 나하고만 나누기로. 남은 네 삶의 모든 것을 나에게 전부 주겠다고 맹세했어. 그래?]

[그래요, 라탄. 그래요. 다 줄게. 전부 다, 줄게요.]

두 사람의 입에서 동시에 가파른 신음이 흘러나왔다. 전부가, 몸과 영혼이 하나로 섞여 무중력 상태가 되었다. 같이 도달하고자 하는 쾌락의 최고점을 향해 날아오르고 있었다. 닫혔던 수문이 열리고 물이 쏟아지듯 지금껏 부인하고 싸두었던 감정들이 한꺼번에 쏟아져 나왔다. 서로의 숨결에 영혼을 묻고, 열정의 숨을 몰아쉬는 동안 두 사람은 그들의 삶 전부가 달라지고 변화되고 있음을 느꼈다.

한순간, 세상의 모든 움직임이 정지했다. 완전히 서로의 것이 된 채, 이 세상의 모든 것을 망각해 버렸다. 그들 자신을 잃어버렸다. 이 세상의 그 누구도, 그 무엇도 둘이 오른 침상까지는 다다를 수가 없었다. 오직 열린 창 안으로, 영원한 사랑을 찬미하는 타지마할만이 열정의 연인들을 고즈넉이 건너다보고 있었을 뿐이었다.

제2장

—살아 있기에 다시 상처를 입지—

아그라에서 뭄바이로 가는 전용기 안.

[몇 분이나 남았어요?]

[한 삼십 분 정도.]

옆 자리에 앉아 잡지를 보고 있던 라탄이 서린의 질문에 대답했다. 벌써 두 병째 생수를 청하는 그녀를 바라보았다. 수려한 이마에 주름이 졌다. 씩 웃더니 나지막하게 속삭였다.

[사랑할래?]

조금은 지루하다고 종알거리려던 입이 탁 막혔다. 그만 얼굴이 새빨갛게 되고 말았다. 행여 누가 들었을까 봐, 저절로 주위를 둘레둘레하게 되었다.

[미쳤어요?]

[지루한 시간을 보내는 데에는 섹스가 최고야.]

전용기 전면에 마련된 좌석에는 오직 두 사람. 라탄의 경호원들은 중앙의 침실을 사이에 두고 후미에 앉아 있다. 그의 뻔뻔한 말을 들었을 사람이 없다는 것에 좀 안심이 되었지만, 그렇다고 해서 시도 때도 없이 방탕하게 구는 이 남자를 용서했다는 건 아니다. 어디까지가 진심이고 어디까지가 농담인지 알 수가 없다. 서린은 눈을 부라렸다.

[제발 함부로 그런 말 좀 하지 말아요. 왜 그래요?]

[난 당신한테 미쳤잖아. 당신이 꼼지락거리는 것만 봐도 자극이 된단 말이야. 당신이 너무 매력적인 게 죄이지, 내 탓이 아냐.]

정말 못 말리는 남자라니까. 뻔뻔하고 기름칠한 입을 때려주고 싶어서 주먹이 부르르 떨렸다. 라탄이 싱긋 웃었다. 손을 내밀어 서린의 머릿결을 쓰다듬었다.

[얌전하게 참아줘. 곧 도착이야. 지상에 도착해서 우리 둘만 되면, 마음껏 사랑하자. 원하는 만큼, 다 줄게.]

[그런 말을 하는 게 아니잖아요.]

[여자란 모름지기 남편에게 사랑받는 일. 그게 아니면, 진주와 실크, 롤스로이스에만 신경 쓰면 돼.]

라탄이 딱 잘라 서린의 입을 막았다. 싱글거리고 있었지만, 눈빛은 서늘했다. 그만 철렁 가슴이 내려앉았다. 서린은 항의했다.

[라탄! 정말 그렇게 생각하고 있는 것은 아니겠죠?]

[정말이야. 농담 같아 보여? 사랑받는 여자의 권리잖아. 마음껏 나의 사랑 안에서 행복을 누리기 바라. 그게 당신의 유일한 권리이자 의무야.]

[여자가 인형도 아니고, 어떻게 그렇게 살아?]

[당신이 내 인형이면 좋겠어. 그럼 항상 주머니에 넣고 다닐 수 있잖아. 세상 모든 것을 축소시키는 연구라도 의뢰할까? 돈은 얼마쯤 들까?]

씩 웃으며 그가 다시 잡지를 펼쳤다. 이상하다. 무엇인가 심각한 이야기를 하고자 하면 라탄은 항상 농담으로 치부해 버린다. 입을 막아버린다. 유리벽으로 싸버리고 아무것도 생각하지 못하고 아무것도 하지 못하게 만들어 버린다. 이 남자는 대체 서린 자신을 어떻게 할 심산일까?

라탄의 옆얼굴을 바라보며 서린은 갈등 서린 눈빛이 되고 말았다.

언젠가 혜전 선배에게서 미국에서 만난 인도인 교수와 결혼해서 살다가 결국은 이혼했다는 승무원 선배 이야기를 들은 적 있다. 저절로 그 기억이 떠올랐다.

"아주 평등하고 민주적이던 남편이 인도로 돌아가자마자, 백팔십도 돌변해 버렸대. 사람 숨 막히게 하는데, 끔찍하더래. 사랑은 순간이지만 삶은 평생이잖아. 딸아이 하나가 있는데, 인도에서 키웠다간 평생 종아리 한 번 드러내고 살지도 못하고, 교육도 제대로 시킬 수 없을 것 같은 위기감이 들더래. 그 길로 이혼을 하고 아이만 데리고 한국으로 귀국했다지."

몇 달 지내보지 않았지만, 인도의 보수적인 문화는 한국의 조선시대와 흡사했다. 고답적이고 고루한 시대착오적인 남성 중심의 문화를 그대로 가지고 있었다. 지금껏 보여주지 않았던 라탄의 심장. 감추어진 어떤 부분 안에 똑같이 마초적이고 고루한 사고방식이 들어 있는 건 아닌가 설핏 두려웠다.

문득 등골이 시렸다. 사랑 안에서 말짱히 잊어버렸던 삶의 무게가 라탄의 한마디로 성큼 몰려드는 기분이 들었던 것이다. 하지만 서린의 생각은 더 이상 이어지지 못했다. 언제나 마약처럼 뇌수에 스며들어 시공을 잊게 만드는 키스가 몰려왔기 때문이다.

[나만 봐. 나를 믿어. 내가 설마 사랑하는 당신에게 나쁘게 하겠어? 나머지는 다 쓰레기야. 우리가 함께 있는데 뭐가 두렵겠어?]

그가 빤히 눈을 들여다보며, 싱글거렸다. 가슴에 해일처럼 치밀어 오르던 불안과 그늘이 슬쩍 자취를 감추고 있었다. 이렇듯이 라탄은 말 한마디로 서린을 천국에도 보낼 수 있고, 지옥으로도 보낼 수 있다. 그것이 지독히도 행복하면서도 끔찍하게 불안했다.

서린은 세상의 복잡한 모든 것에서 도망치듯 라탄의 가슴에 얼굴을 묻었다. 나지막하게 소곤거렸다.

[맞아요. 우린 함께 있는걸요. 사실 난, 이 세상에서 당신 말고는 두려운 건 더 이상 없어요.]

이미 지옥의 끝에까지 닿아보았다. 살아가면서 더 이상 두려울 것은 없어. 이 남자까지 빼앗기는 경우를 빼곤 더 이상 최악일 일은 없어. 죽을힘을 다해 살아갈 거야. 다시는 행복을 빼앗기지 않을 거야.

[신랑을 두려워하고 존경하는 신부라니. 정말 다행이군. 역시 난 운이 좋은 남자란 말이야.]

라탄의 눈이 연한 풀잎처럼 미소로 흔들리고 있었다. 다시 키스. 삶이 영원히 이 순간이라면 얼마나 좋을까. 하지만 삶은 순간이 아니다.

아그라에서 뭄바이까지는 비행기로 약 세 시간 정도 걸린다.

서린에게 있어 뭄바이는 두 번째였다. 코드원 승무원일 때 한대운 대통령을 모시고 잠시 기착한 적이 있었다. 하지만 그때는 잠시 들른 곳이었지만, 지금은 라탄과 더불어 평생 머무를 곳이 될 것이다. 그래서인지, 기창으로 내려다보이는 뭄바이의 풍경이 예사롭게 보이지 않았다.

바다를 끼고 끝없이 이어진 시가지. 수백 년 전에 세워진 오래된 건물들과 우후죽순처럼 하늘을 찌를 듯이 치솟은 최첨단

건물들이 공존하는 곳이다. 빌딩과 빌딩 사이에는 모자이크 조각에 이가 빠진 것마냥 허름한 판자촌과 빈민들의 천막들이 앉아 있다. 도심인 나리만 포트 쪽에서 바다 하나 건너 한창 새로이 건설되는 4)나비 뭄바이 공사 현장이 뚜렷하게 보였다.

[뭄바이는 델리보다 더 복잡해 보여요.]

[우리나라에서 가장 큰 도시니까.]

인도 최대의 유전지대도 뭄바이 앞바다에 있다. 그래서인지, 비행기로 내려다보이는 바다의 빛은 파랗기보다는 어두운 암녹빛이었다.

뭄바이는 천육백 만이 모여 사는 거대한 도시이다. 인도의 최대 도시이자 최고의 상공업도시답게 인도 중앙은행과 대기업 본사들, 세계 유수의 지사들도 거의 다 몰려 있다. 물론 라탄이 총수로 있는 타다그룹 본사도 뭄바이에 있다. 외국인들에게 물어보면 하나같이 '복잡하다' 와 '많다' 라는 단어를 쓴다고 한다. 또한 '현기증날 정도로 크다' 라고도 표현한다. 그만큼 오가는 물자도 많고, 사람도 많고, 우뚝 솟은 건물도 많고, 사건과 사고도 많고, 슬럼피플들과 순례자도 많다. 말 그대로 카오스의 현

---

4)나비 뭄바이: 인도 뭄바이 도심에서 30㎞ 떨어진 아라비아해 연안에 만들어지고 있는 세계 최대의 계획 도시. 면적은 한국의 여의도보다 116배나 더 크다. '나비(navi)' 는 '새롭다' 는 뜻의 힌디어. 'IT 인도' 의 상징이 방갈로르라면 나비 뭄바이는 글로벌 경제의 중심을 꿈꾸는 뉴 인디아의 새 아이콘이다. 총 공사비는 23조 원가량. 인도 정부는 나비 뭄바이를 중국 상해와 맞먹는 세계적인 금융 허브로 육성하겠다는 야심찬 계획을 발표했다

현(顯顯)이었다.

뭄바이의 국내선 공항이 위치한 산타크루즈에서부터 시내까지는 꼬박 한 시간 반은 걸린다. 운전기사가 차 문을 열어주며 물었다.

[5)말라바르힐 빌라로 가실 겁니까? 아니면 5)히라난다니 포와이 별장으로 갈까요?]

[일단 빌라로. 당분간은 회사로 출근할 일이 많아. 몬순철이 되면 히라난다니 포와이로 옮기지.]

두 사람을 태운 롤스로이스가 이내 공항을 빠져나갔다.

도로 사정은 지독스럽게 복잡했다. 인도(人道)와 구분되지 않는 차도까지도 사람들이 우글거렸다.

분명 더위를 먹은 거다. 새벽부터 일어나 금세 비행기를 탔다. 서린은 그만 멀미를 하고 말았다. 갑자기 노랗게 질려가는 서린의 안색 때문에 라탄의 마음도 따라 급해졌다.

[차가 많이 막히는군. 더 빨리 갈 수는 없나?]

[축제 행렬이 지나가고 있어요.]

길이 막히는 것이 마치 자신의 죄나 되는 듯 기사가 인터폰을 통해 조심스레 대답했다.

[짜증나는 일이야.]

꼭 축제 행렬 때문은 아니라 해도 길이 막히는 건 인도에서는 너무나 일상적인 일이다. 라탄은 더 이상 말하지 않고 입을 다

---

5)말라바르힐, 히라난다니 포와이: 두 곳 다 뭄바이의 대표적인 고급 주택가

물었다. 대신 갈수록 창백해지고 차가워지는 서린의 손을 잡은 손에 힘을 주었을 뿐이다.

[괜찮아요. 참을 수 있어.]

[차가운 물 좀 마실래?]

[네.]

사람들과 차들과 택시들, 릭샤가 뒤엉켜 있는 길을, 그래도 운전기사는 용을 쓰며 지나갔다. 사실상 다른 차들에 비해 서린과 라탄이 탄 차는 제일 빨리, 순조롭게 빠져나가고 있는 편이었다. 인도에서는 무조건 큰 차, 고급 승용차 우선이기 때문이다.

그때였다. 도로를 거의 점유하다시피 한 트럭 옆을 아슬아슬하게 빠져나가 막 속도를 내려던 참이었다. 거의 역주행을 해서 돌아가는 택시를 피해 살짝 방향을 틀려 하는데, 한 대의 릭샤가 멋도 모르고 차 앞으로 뛰어들어 앞길을 막아버렸다.

릭샤왈라도 의도한 바가 아니었을 것이다. 워낙 도로 사정이 복잡하게 엉켜 있었으므로 그럴 수밖에 없었으리라. 하지만 그것 때문에 달리려던 라탄의 차는 멈출 수밖에 없었다.

운전기사가 나지막하게 힌디어로 무슨 말인가를 내뱉었다. 분명 욕설이리라.

하지만 진로를 방해한 릭샤를 바라보는 라탄의 표정에는 아무런 변화가 없었다. 다만 손가락 끝으로 가볍게 팔걸이를 두들겼을 뿐이다. 서린 또한 차 안에서 릭샤가 빨리 비켜주기만을 기다리며 창문 밖을 내다보았다.

부근에 서 있던 경찰이 릭샤를 향해 다가갔다. 들고 있던 몽둥이로 릭샤를 사납게 탕탕 내려쳤다. 위협적이었다.

허름한 차림의 릭샤왈라는 몇 번이고 고개를 조아렸다. 경찰관에게도 고개를 조아렸고, 차에 탄 운전기사에게도 몇 번이나 굽실거리며 미안함을 표시했다. 땀을 뻘뻘 흘리면서도 차 앞에서 어찌하든 빨리 릭샤를 빼내려고 시도했다.

겨우겨우 어찌어찌하여 틈이 났다. 릭샤왈라는 페달을 밟아 한쪽으로 비켜났다. 그들이 탄 차가 지나가도록 길을 터주었다. 롤스로이스는 아무 일도 없다는 듯이 그곳을 지나쳐 갔다.

[아, 까딱했으면 사람 상할 뻔했죠? 정말 복잡도 하네요. 아까 그 릭샤왈라도 참 놀랐을 거예…… 에구머니!]

자칫했으면 릭샤를 칠 뻔했다. 사람을 다치게도 할 수 있었을 상황이었다. 아무 생각 없이 조잘거리며 서린은 고개를 돌렸다. 소스라치게 놀라 입을 막았다.

아까의 그 릭샤왈라가 땅바닥에 내동댕이쳐진 채 경찰에게 구타를 당하고 있었던 것이다. 무차별하게 몽둥이로 얻어맞는데도 누구도 말리는 사람이 없었다. 말리는 시늉조차 하지 않았다. 가엾은 그 사내는 두 손으로 얼굴을 가린 채 거의 무저항으로 얻어맞고 있었다. 비루한 개 한 마리보다 더 참혹한 대접을 받으면서도 그 모든 것을 감내하고 있었다.

[보지 마.]

조용한 목소리였다. 하지만 서린은 너무 놀라고 또 분개해서 격렬하게 소리쳤다.

[저 사람, 잘못한 것도 없잖아. 너무한 것 아니에요? 왜 저래요? 말려요! 하지 말라고 해요!]

릭샤왈라가 잘못한 것은 아무것도 없었다. 설사 라탄의 차가 가야 할 진로를 방해했다 해도 그 사람이 일부러 한 것도 아니다. 설사 일부러 했다 해도 저런 식으로 백주대낮에 무참하게 매질을 당할 이유가 없었다.

서린이 소리치거나 말거나 라탄은 태연한 표정을 잃지 않았다. 다만 나지막한 목소리로 내뱉었을 뿐이다.

[더 빨리 달려.]

[알겠습니다.]

차의 속력이 더해졌다. 하지만 차가 모퉁이를 돌 때까지 가엾은 릭샤왈라의 몸뚱어리에 퍼부어지는 잔혹한 폭력은 그칠 줄을 몰랐다.

[라탄! 차 돌려요! 저 사람 좀 도와줘요! 때리지 말라고 해요! 제발.]

[보지 말라고 했지! 네 기분만 상해.]

라탄이 서린의 몸을 억지로 잡아끌어 앞을 보게 만들었다.

[당신은 화나지 않아요? 그 사람은 억울하게 맞고 있었다구요! 저렇게 맞을 죄가 없잖아요!]

[내 차에 뛰어든 죄가 있잖아.]

[뭐라구요?]

서린은 라탄을 멍하니 응시했다. 도저히 그녀의 사고방식이나 논리로서는 전혀 이해하지 못할 말을 태연히 내뱉고 있는 그를 믿을 수가 없었다. 라탄의 가면을 쓴 완전히 다른 남자를 보는 것 같았다. 서린의 경악한 표정 따윈 아랑곳없이 그가 덤덤하게 내뱉었다.

[롤스로이스를 타고 있는 난 하이—카스트. 아까 그 릭샤왈라는 로—카스트야. 그런 자가 감히 내 앞길을 가로막았으니, 응징을 당해도 싸. 당연한 벌을 받고 있는 것뿐이야. 호들갑스럽게 굴지 마.]

심장 속으로 서걱 얼음바람이 불었다. 그의 목소리에는 그만 입 다물라는 암시가 충분히 스며 있었다. 그러나 너무 분노해서 서린은 잠시 두려움을 잊었다. 지지 않고 날카롭게 쏘아붙였다.

[당신은 그럼 불쌍한 저 사람에게 가해진 폭력이 정당하다고 생각해요? 사람은 모두 평등해요! 누구도 저런 부당한 대접을 받을 이유가 없어!]

[아니, 틀렸어. 사람은 태어날 때 자신의 카스트를 가지고 태어나는 거야. 부정한 카르마를 가진 사람이 로—카스트로 태어나는 거야. 당연한 업이라고. 당신이 상관할 문제도 아니고 상관할 수도 없는 문제야.]

[기가 막혀서! 당신이 이렇게 고루한 생각을 가진 사람인 줄은 몰랐어요.]

[그럼 날더러 내려서 어쩌라는 거야? 경찰더러 그러지 말라고 할까? 아니면 내 권력으로 경찰을 파면시키거나 좌천이라도 시킬까? 그것 역시 부당한 권력일 뿐이야.]

표정 하나 변하지 않는다. 아주 당연하다는 듯이 내뱉는 라탄의 얼굴이 너무나 낯설었다. 누구의 말도 듣지 않고 오직 혼자. 명령하고 지배하는 자의 얼굴을 가진 남자의 진면목이 시작되었다. 그 누구도 극복하기 힘들다는 문화적 차이가 이렇게 시작되고 있었다.

[모든 사람의 머리에 깊이 뿌리박힌 관습과 사고를 내 혼자 힘으로 어떻게 할 도리가 없어. 당신도 봤잖아. 아까 맞고 있던 릭샤왈라조차도 자신에게 닥친 일을 당연하게 여기고 감내했어. 그런데 아무 상관도 없는 당신이 왜 그래?]

싸늘하게 되받아치는 라탄의 논리적인 말에 무어라고 대답할 말이 없었다.

왈칵 눈물이 터질 것만 같았다. 어느새 그만 눈물이 배어나오고 말았다. 어쩔 수 없었다. 가엾은 인간이 당하는 부당함에 대하여 아무것도 할 수 없는 서린 자신이 너무 하찮아서. 단지 길을 막았다는 이유만으로 무참한 몽둥이찜질을 당하는 그 남자를 위해 할 수 있는 일이 아무것도 없어서.

이해하지 못할 일이 버젓이 벌어지는 인도라는 나라가 너무나 싫어졌다. 그것처럼 이 남자도 지독히도 미웠다. 이런 인도에 사는 그 남자가, 부당함과 비천함이 땅바닥에 구르는 현실의 인도가 아닌 〈하늘 위의〉 인도에 홀로 살고 있는 이 남자가. 서린 자신으로 하여금 분열된 죄책감과 자의식에 헤매게 만드는 이 남자. 그러나 그렇게 눈물 흘리고 만 서린 자신과는 달리 얼음같이 싸늘한 표정을 바꾸지 않는다. 화도 나고 소름 끼치게 두려웠다.

[당신이…… 미워요.]

결국 서린은 이를 악물며 내뱉고 말았다. 라탄이 서린을 똑바로 바라보았다. 그렇지 않아도 서늘해져 있던 눈빛이 한층 더 차갑게 가라앉고 있었다.

[네가 사는 세상의 불평등은 은밀하게 가려져 있고, 내가 사는 세상에는 드러나 있다는 차이뿐이지. 야만적이라고 말하지 마. 너도 어차피 이 세상에 나랑 살아야 할 사람이야. 그러니 이해하지 못해도 인정해. 분명히 존재하는 것들을 부인하지 말란 말이야.]

한쪽이 칼날을 휘두르면 다른 한쪽도 칼이 생기기 마련이다. 라탄이 입술 꼬리 한쪽을 실쭉 위로 치켜올렸다. 비웃음이다. 이 남자, 사실은 이렇게 멀디먼 사람이었다. 이렇게 무서운 사람이었다. 서린의 입술이 부들부들 떨렸다.

[세상 어느 곳에 가든 차별과 부당함과 옳지 못함과 증오와 부패가 존재해. 당신의 나라 한국도 그렇지. 장애인에 대한 차별은 세계 최악이지. 아냐? 적어도 우리나라에서는 몸이나 마음이 온전치 못한 사람에 대하여 노골적으로 차별하지는 않아. 당

신이 주장하는 한국의 평등의식. 기껏 그런 거야.]

[……당신은 심장이 없는 사람이군요!]

[내 심장을 깨뜨린 사람이 나더러 심장이 없다고 비난하니 좀 웃기는군. 내 심장은 너 때문에 가루가 되어버렸잖아.]

[듣기 싫어요. 말하지 말아요.]

더 이상 입씨름을 하고 싶지 않았다. 작은 심장이 너무 큰 충격과 슬픔으로 떨려 사실은 더 이상 싸움을 할 기력도 없었지만.

[싫어도 들어.]

나지막한 목소리였지만, 엄중한 명령이었다. 감히 거부하거나 뭉개 버릴 수 없었다. 서린은 마지못해 라탄을 바라보았다.

[당신과 함께 앉은 난 바로 이런 세상에 살고 있어. 네가 날 받아들이고, 삶을 함께할 생각이라면 내가 사는 이 세상을 함께 받아들여야만 해. 내 반려로서 그래 주기를 명령해.]

명령을 한다. 부탁이 아니라. 이 남자 하룻밤 사이에 왜 이렇게 변한 거지? 서린은 자신이 의지도 없고, 감정도 없는 하찮은 애완동물이 된 기분이 들어 순간적으로 너무 비참해졌다. 비참하게 오열이 터질 것만 같아 입술을 세게 깨물었다.

오직 사랑받고 복종하는 여자 이서린.

하지만 절대로 그와 어깨를 나란히 하고 인생을 함께 가는 당당한 동반자는 아니었다. 라탄과 함께이면 자신의 존재가 완전히 녹아 사라질 거라고 느꼈던 처음의 위기감은 단순한 예감만은 아니었다. 너무나 정확하게 불길하게 진실 그 자체로 찾아왔다.

그리고 한 시간.

차 안은 내내 싸늘하고 무거운 침묵으로 가득 차 있었다.

두 사람은 서로 다른 쪽 차창 밖만 바라보며 침묵한 채 앉아 있었다. 서린은 라탄이 정말 밉고 낯설어서. 라탄은 서린의 어리석은 정의심과 친절에 대하여 이해하면서도 짜증스러워하며.

스스로도 옳지 않다, 부당하다 싶은 일에 대해 궤변을 늘어놓은 다음이다. 기분이 좋을 리 없었다. 하지만 현실로 벌어지고 있는 일들을 서린더러 언제까지 모르게 할 수는 없다. 그의 조국 인도, 그들이 살아야 할 뭄바이는 그러한 곳. 극과 극이 같은 시공에 공존하는 곳이니까.

인도 어디든 그러할 테지만 특히 뭄바이가 있는 마하라슈트라 주는 약 7,900만 명의 인구 중에서 70% 이상이 농업으로 생계를 유지하고 있다. 1973년의 가뭄 때에만도 거의 300만 명에 가까운 농민이 무작정 도시인 뭄바이로 몰려들어 거리의 생활자가 되었다.

뭄바이 전체 인구의 약 50%가 슬럼피플들이라고까지 추산할 정도이다. 북부의 가트코파르, 안데리 부근에 형성된 빈민가는 인간의 상상을 초월하는 남루한 곳이다. 게다가 악명 높은 우범지대이기도 하다. 라탄 자신이 납치를 당했던 곳도 바로 그곳이었다.

로—카스트인 릭샤왈라 한 명이 당하는 부당함에 대하여 차마 견디지 못하고 눈물을 글썽이는 서린이 그곳의 참상을 눈으로 보게 된다면…….

라탄은 가볍게 한숨을 쉬었다. 이미 서린의 눈 속에서 라탄 자신의 부와 지위를 거부하고 심지어 증오하는 빛을 발견했다. 대체 어쩌란 말인가.

'역시, 힘든 걸까? 전혀 다른 사고방식과 교육을 받고 자란 린더러 언제까지 우리나라의 구조적 모순과 불평등함에 대하여 이해해 달라고 설득해야 할까.'

누구나 낯선 세상에 내던져지면 힘들기 마련이다. 하물며 서린이 살던 한국과 그의 조국 인도는 마치 다른 행성처럼 이질적인 문화와 생활관습을 가진 곳이다.

서린뿐만 아니라 사람들 누구나 다 익숙한 생활 방식이 아니면 완전히 행복해지지 않고 편안하지 않다. 그를 위해 서린더러 이곳에 뿌리박으라 강요할 권리가 없었다. 하지만 서린이 익숙한 곳을 찾아간다면, 대신 라탄 자신이 인도를 버려야 한다. 대체 이 문제를 어떻게 해결해야 하는 걸까?

'아직 결혼 문제도 해결하지 못했는데, 벌써부터 문화적 갈등이라. 괴롭군. 어디서부터 풀어가야 하는 거지?'

라탄은 갈등 서린 눈빛으로 서린의 옆얼굴을 바라보았다. 저절로 한숨이 나왔다.

아마다스, 서린.

차라리 서린이 무조건 그의 뜻에 따르는 유약한 여자이면 좋겠다. 그가 줄 수 있는 사치와 안락함에만 안주하고, 아래는 내려다보지 않는 보통의 여자이면 좋겠다. 하지만 그의 연인은 그러한 여자가 아니라는 데 문제가 있었다. 아마 앞으로도 종종 똑같은 문제로 두 사람은 다투게 될 것이다. 대체 어떻게 서린의 눈을 가려야 하는 거지?

차가 말라바르힐 언덕의 고급 주택가로 진입했다. 고층 아파트와 고급 빌라, 넉넉한 정원을 자랑하는 주택들이 연이어 즐비한 곳. 지붕 하나 없이 맨발로 방황하며 구걸하는 사람들과 한 번도 맨발인 적이 없었을 사람들이 담 하나를 사이에 두고 함께 사는 곳 뭄바이.

더러운 조개껍질이거나 헝겊 조각을 이어붙인 듯 다닥다닥 붙은 판잣집이 밀집한 곳과 겨우 담 하나를 사이에 두었을 뿐이다. 그런데도 풍경이 확 달라졌다. 쾌적하고 잘 가꾸어진 고급 주택가가 어디 유럽 휴양지에 온 기분이 들었다.

두 사람이 탄 차는 공원처럼 드넓은 저택 안으로 거침없이 진입했다. 유리 엘리베이터를 타고 펜트하우스로 올라가는데 창 아래로 처절하고 남루한 슬럼피플들의 현실이 그대로 펼쳐진다. 서린은 석상처럼 그것을 내려다보았다. 다시 가슴이 죄어왔다. 자꾸만 죄인처럼 되어가고 있었다. 그러한 서린의 옆모습을 바라보며 라탄 역시 계속해서 불쾌해지고 짜증만 나고.

[어서 오십시오, 회장님. 마님, 건강해 보이시니 다행입니다.]

현관 앞에서 그들을 맞이해 준 사람은 아시프였다. 사람 좋은 미소를 짓고는 있었지만, 라탄을 바라보는 눈빛은 엄했다.

[당연히 싫으시겠지만, 당장 회사로 가주셔야겠습니다.]

[내가 왜?]

[양심이 있으셔야지요! 모든 것을 내팽개치고 바라나시로, 아그라로 신선놀음을 하러 다니셨으니, 그만큼 일도 해주셔야죠. 그게 정의란 겁니다. 십 분 후에 현관에서 뵙지요.]

[안 가면 안 될까? 무척 피곤한데.]

늘 그렇듯이 라탄은 끝까지 발뺌하려 했고, 아시프는 최선을 다해서 그의 목줄을 잡아채려는 싸움을 하고 있었다.

[부디 개미 눈물만큼이라도 일해주시기를 바랍니다. 계속 이렇게 게으름만 피우시면 전 마님을 미워할 겁니다.]

[내가 일을 안 하는데 왜 서린을 미워해?]

[마님이 회장님을 꼭 잡고 놓아주지 않는다고 생각할 작정이거든요. 지금부터 회장님이 게으름을 부릴 때마다 공개적으로 마님을 비난할까 합니다.]

아시프의 농담 앞에서 내내 굳어 있던 서린조차 그만 빙그레 웃고 말았을 정도였다. 라탄도 히죽 웃고 있었다.

[어쩔 수 없군. 옷만 갈아입고 내려오지. 그러니까 괜히 서린을 비난하고 그러진 마.]

뭄바이의 빌라 역시 그러려니 했던 대로 엄청난 규모와 호사스러움을 자랑하고 있었다. 한 떼의 하녀들이 우르르 나타나 두 사람을 맞이했다. 두 사람의 침실은 이층이었다.

[쉬어. 난 회사에 잠시 나가봐야 한다. 저녁때 보자.]

서린은 침실의 소파 모서리에 앉아 고개만 까딱해 보였다. 고개를 들어 그의 얼굴을 볼 엄두가 나지 않았다. 그의 노여움을 직시할 용기도 없었지만, 실은 원망과 미움이 더 커서 그를 보기 싫었다는 게 정확한 표현이리라.

라탄이 소파 등받이에 걸쳐 둔 재킷을 집어 들면서 손목시계를 보았다.

[일 분 남았어, 린.]

음산할 정도로 낮은 목소리였다. 이 남자가 무슨 말을 하려는 거야? 반항적으로 고개를 치켜들었다.

[무슨 뜻이에요?]

[우리가 화해할 시간. 당신이 먼저 키스해 주면 다 잊어줄게.]

[라탄! 난…… 으읍!]

키스. 끔찍하도록 강압적이고 농밀하다. 빳빳이 날 세운 뇌수를 순식간에 젤리처럼 만드는 키스였다. 숨이 막혔다.

처음에는 더 화가 났다. 여자를 화내게 하고 감정을 상하게 한 다음, 기껏 사과 대신 육체의 언어로 농락하면서 무마하려는 남자인가 싶어 모멸감은 더 깊어졌다.

그러나 키스.

광폭하게 시작했지만 이내 착해지고 섬세해지는 입술 안에서 서린은 그가 말없이 내보이는 속내를 읽었다. 그는 사과하고 있었고, 또한 그녀에게 화를 낸 자신을 후회하고 있었다. 멈칫멈칫 서린의 팔이 라탄의 등을 휘감았다.

침묵한 채, 부딪치는 입술만으로 완전해지는 이 세상. 네 개의 벽으로 만들어진 밀실. 이 안에서 둘만이면 아무런 문제도 없는데. 문을 열고 세상과 마주하면 마음 아프고 서로에게 화내는 일이 벌어진다. 어쩌면 좋을까?

[우리 공주님. 이젠 좀 풀렸어?]

그가 혀를 내밀어 그의 타액으로 촉촉이 젖은 서린의 아랫입술을 살짝 쓸었다. 서린은 눈을 내리깐 채 고개를 끄덕였다.

처음으로 다투었다. 서툴게 화해했다.

[서린, 날 좀 봐줘. 당신이 날 외면하면 속상해.]

서린은 마지못해 고개를 들었다. 지독히 오만하고 고집 센 이 남자. 하지만 이렇게 다정하게 말하면 거부할 수가 없어. 마주친 눈동자 속에 말랑하고 상냥하며 부드러운 것이 흐르기를 기대했다. 그러나 라탄의 눈동자는 차디찼다. 조금의 웃음기도 보이지 않았다. 다시 가슴이 철렁 내려앉았다.

[미안, 서린. 하지만 역시 이야기해야 할 것 같아. 명심해 줘. 넌 내 반려이니, 내 눈높이에 맞춰. 우리의 키는 같아야만 해. 그러지 못하면 힘들어져.]

[당신이, 내 키에 맞추어줄 순 없어요?]

마지막 애원이었다. 하지만 그는 너무나 가볍게 그녀의 간청을 내쳤다. 더 이상 말을 붙일 수도 없게 만들었다.

[안 돼. 그럴 순 없어. 불가능한 일이야. 정점(頂點)에 선 나의 카르마는 그런 게 아니야. 값싼 동정심을 흩뿌리는 것은 쉬울지 모르지만 절대로 좋은 일이 아니고, 내가 할 일도 아니야. 이번만은 당신이 내게 져줘. 부탁해.]

[명령이 아니고?]

저절로 가시가 삐죽 솟아나고 말았다.

[부탁, 이야. 릭샤왈라를 동정해 주었듯이 함께 살 나의 사정도 배려해 줘. 당신이 이 세상에서 가장 배려해 주고 먼저 생각해 주고 이해해 줄 사람은 다름 아닌 바로 나야. 그렇지 않아?]

[그건 그래요. 하지만…….]

['하지만'은 당분간 서랍 속에 넣어둬. 언젠가는 당신도 나의 고충을 이해하게 될 거야. 난 당신에게 무조건의 이해, 무조건의 사랑, 무조건의 순종을 바라. 힘들 테지만 그것을 내게 선물로 줘. 부탁, 해. 아니, 간청해.]

라탄의 손가락이 도톰하면서도 섬세한 서린의 입술 언저리를 장미꽃인 양 다정하게 어루만졌다.

[당분간은 날 좀 참아줘. 그리 오래가지는 않을 거야.]

[그게 무슨 뜻……?]

[당신이 내 세상 안에서 많이 낯설어하는 것, 힘들어하는 것 알아. 하지만 언제나 난 당신부터 생각해. 당신이 정말 원하는 것이 무엇일까, 그것부터 헤아려. 언제나 내 선택의 기준은 당

신이야.]

그가 다시 고개를 기울여 서린의 입술에 키스했다.

[언젠가는 네가 익숙한 세상을 다시 돌려줄게. 그러니 너도 부디 낯설어하지만 말고 내 세상을 이해해 줘. 부탁이야.]

하지만, 하지만,

나도 당신에게 똑같은 말을 하고 싶어.

서린은 라탄이 나간 문 쪽을 갈등 서린 눈초리로 바라보며 앉아 있기만 했다.

아무리 이해하려 해도 이해하지 못할 것까지, 자신을 사랑하니까 다 받아들이고 이해하라는 그러한 이기심을 어떻게 내가 용납할 수 있단 말인가요, 라탄.

사랑하고 있다. 삶이 허락하는 한, 그와 함께 살고 싶다. 하지만 이렇게 순간순간 부딪치는 미묘한 문화적 차이. 이해할 수 없는 사고방식의 거리가 있다. 대체 언제까지 참아낼 수가 있을까? 참고 견딜 수 있을까?

그토록 어렵던 사랑만 결정하고 나면, 모든 문제는 해결될 거라고' 생각했다. 삶으로. 그에게로 마음의 지침을 돌린 후에, 모든 것이 다 순조롭고 행복할 거라고 믿었다. 하지만 이제 생각해 보니, 완전히 다르게 살아온 두 사람이 함께 살아가는 일은 시작도 되지 않았던 것이다.

'점점 더 많이 이런 식으로 엇갈리고 갈등 생기고 이해하지 못할 것들이 쌓이게 될 거야.'

섬광 같은 자각. 가슴속으로 때아닌 눈발이 날렸다. 너무나 시리고 차가웠다.

사랑으로도 해결되지 못하는 것들, 넘어설 수 없는 다름과 차이들이 벌써 고개를 내밀고 있었다. 그런 것들을 서로가 견뎌내지 못하게 되면, 마침내 그런 때가 오면 서린은 어떡해야 할까? 그 남자 말고는 삶에 대해서 아무것도 집착할 것 없고 남은 게 없는 그녀는…….

서린의 처연한 입술 끝이 빳빳이 얼어붙었다.

'난 행복하고 싶어요. 당신과 함께, 행복하게 살고 싶어.'

그러한 결심을 하기 위해 얼마나 오래도록 돌아왔는가. 어렵사리 얻은 이것을 허무하게 깨뜨릴 수는 없다.

'당신을 행복하게 해주려면 먼저 내가 행복해야 해요, 라탄. 당신이 주는 행복 말고 내가 만드는 행복이 필요해요. 제발 그것을 말할라치면 고개 돌리고 없던 일로 뭉개지 말아요. 나 상처 입어요. 당신에게 사랑받는 이서린 말고 홀로 독립적으로 존재하는 이서린도 있다는 것을 알아줘요, 제발.'

천천히라도 좋아. 그가 싫어하더라도 할 수 없어. 그가 말하지 말라고 명령했고, 듣기 싫어하더라도 계속해서 서린은 이야기할 수밖에 없다. 이 세상 그 누구보다도 서린은 반려 라탄의 세상 안에서 행복하고 싶었다. 그와 함께 행복하고 싶었다.

인생을 함께 나누고 같이 살려면 두 사람은 언제나 진솔하게 마음을 나누고 대화를 해야 한다. 그렇지 못하면, 두 사람의 거리는 점점 멀어질 것이고 같이하는 미래를 만들 수 없다.

'듣기 싫어해도 어쩔 수 없어. 난 계속해서 그에게 세상의 이야기를 하겠어.'

서린은 마음속으로 단호하게 다짐했다.

[무슨 일 있으십니까?]

라탄은 고개를 들었다. 창밖으로 새벽빛이 밝아오고 있었다. 억지로 목줄 잡혀 끌려와 이틀째 꼬박 밤을 새우는 중이었다. 아시프가 건네주는 서류철을 넘기며 되물었다.

[왜?]

[안색이 그다지 밝아 보이지 않으십니다.]

라탄은 펜을 놓았다. 두 손으로 뒷 목덜미를 받쳤다.

[역시 너에겐 아무것도 감출 수가 없는 걸까?]

[짜이를 한 잔 올리겠습니다.]

아시프가 돌아서서 향긋한 짜이를 잔에 따랐다. 잠시 쉬면서 허심탄회하게 속내를 말하라는 배려였다. 자신의 잔을 채우며 소식을 전했다. 예사롭게 말을 하려고 했으나, 분명히 라탄의 심기가 불편할 것임을 알고 애써 태연한 척하려 하는 목소리였다.

[어제 하잘님이 귀국하셨습니다.]

라탄의 눈썹이 위로 치켜 올라갔다. 가볍게 코웃음을 쳤다. 겁도 없이 다시 본국으로 발을 디밀었다는 말인가. 그의 노여움이 두려운지, 아시프가 빠르게 덧붙였다.

[빈다님이 간곡히 애원하셔서, 마하라니님이 허락하신 것으로 알고 있습니다.]

[할머님은 지나치게 인자하시지. 그래서 쓸데없는 골칫거리를 만드시거든. 아무래도 할머님은 내가 한가롭게 놀고 있는 꼴을 가만두고 보지 못하시는 것 같군. 좋아, 돌아왔다니 다시 내쫓지는 못하겠지만, 제대로 감시해. 감히 허튼짓 따위는 다시 하지 못하게.]

[알겠습니다.]

[잠시 델리에 다녀와야겠군. 할머님이 서린을 보고 싶어하시거든. 이 문제에 대해서도 분명히 이야기를 해둘 필요가 있을 것 같아. 그보다 아르셀로 건이 언제쯤 끝날 것 같나?]

[글쎄요. 이 정도면 한 두어 달 사이로 해결될 것 같습니다만.]

[그렇게 되면 내가 없어도 회사는 그럭저럭 굴러가겠지?]

아시프의 얼굴에 흠칫하는 기색이 서렸다. 강하게 잇새로 뱉어냈다. 절대로 불가하다는 강력한 의지를 담고 있었다.

[농담이라도 그런 말씀은 말아주십시오. 회장님은 존재 자체로 모든 사람에게 믿음을 주시는 분입니다. 모든 일의 줄을 잡고, 내려다보시는 분이 있다고 생각하니 사람들은 안심하고 제 능력을 발휘하는 겁니다.]

[나를 신으로 생각하는군, 아시프. 하지만 나도 하찮은 인간이야. 네가 믿고 있듯, 나는 능력이 그다지 크지 않아.]

[회장님의 자리는 능력과는 상관없습니다. 사실상 일도 거의 하지 않으시면서?]

너무 정직하단 말이다. 아시프는 늘 그렇듯이 망설이지 않고 가차없이 딱 잘라 옆구리를 찔러 버렸다. 잔인한 인간, 라탄은 투덜거렸다.

[내가 능력없는 게으름뱅이라는 말을 대놓고 하다니, 아시프. 너 많이 용감해졌구나.]

[제 말은 그런 뜻이 아니지 않습니까?]

라탄은 짜이 잔을 내려다보았다.

[알아, 네 말이 무슨 뜻인지. 하지만, 아시프. 불가항력이란 게 있어. 나도 어쩔 수 없는……]

아시프가 라탄의 책상 앞에 놓인 의자에 앉았다. 지금껏 늘 그렇듯이 최선을 다해 조언을 하려는 표정이었다.

[회장님의 고민이 무엇인지를 들어볼까요?]

[……서린이 우리나라를 힘들어해. 그것이 보여.]

[저런. 그렇습니까?]

[그런 사람을 내 곁에 억지로 잡아두는 것이 옳은 일일까? 하긴 나조차도 우리나라의 남루한 것들이 끔찍하고 싫어질 때가 많은데, 오죽할까? 문화적인 충격이 큰 모양이야. 언제까지 눈을 가릴 수 있을지 모르겠다.]

[회장님의 반려가 되실 분은 이 나라를 이해하고 사랑하는 분이어야 합니다. 그것이 당연한 소명이지요. 그분이 그것을 알지 못한

다면, 타다 가문의 안주인이 될 자격이 없는 거지요.]

아시프의 목소리는 차가웠다. 주인의 마음을 불편하게 만드는 서린에 대하여 못마땅한 기색이 그대로 드러나 있었다. 언제나 충성스럽고 맹목이라고 할 만큼 라탄의 편을 든다. 주인을 계속해서 갈등하게 하고 심란하게 한다면 서린을 내치는 일까지도 주저하지 않겠다는 강력한 의지가 명백하게 드러나 있었다.

[반려의 자격? 그런 게 어디 있어? 결혼도 하지 않은 네 입에서 그런 말이 나오니 진짜 웃긴다.]

[농담이 아닙니다. 제가 굳이 말씀드리지 않아도 아시지 않습니까? 일단 그분은 외국인이십니다. 회장님은 절대로 그러한 결혼은 하실 수 없는 분이라는 것을 명심해 주십시오.]

[결혼은 사랑하는 여자를 만나면 내가 하는 거야. 이 세상 그 누구도 이래라저래라 할 수 없어. 할머니도, 내 어머니도 안 돼. 글로벌 시대에 국제결혼 반대라니, 아시프. 늙은이 흉내 내며 고루하게 굴지 마. 촌스러워.]

[회장님은 저와 같은 일반 사람이 아니지 않습니까? 부디 타고난 카스트의 의무를 다해주시기를.]

[너나 결혼해서 카스트의 의무를 다해. 날 닦달하지 말고.]

라탄은 심술맞게 툭 쏘아붙였다. 냄새나는 노총각 주제에 말이 많아.

[저는 회장님을 보필하는 사람입니다. 가정에 집착해 회장님께

소홀히 하는 일이 생기면 안 되지요. 사양하렵니다.]

[능력없어 여자를 못 구한 게 아니고?]

[그럴지도 모르지요. 하지만 전 어떤 여자와 결혼해도 상관없습니다. 문제는 회장님이죠. 타다 가문의 가주이신 회장님은 우리나라의 본질을 상징하는 존재나 다름없습니다. 부디 신중해 주시기를.]

지긋지긋한 타다 가문의 무게. 그가 짊어진 카스트의 그늘. 라탄은 침묵한 채 펜으로 종이를 쿡쿡 눌렀다. 심란해하는 라탄을 잠시 바라보다가, 아시프가 솔직하게 내심을 드러냈다.

[솔직히 좀 놀랐습니다. 바라나시로 작은 마님을 떠나보내셨을 때 저는 두 분의 관계가 끝났다고 생각했거든요. 그런데 직접 바라나시까지 가서 다시 모셔오다니. 미련이 그렇게 크신 겁니까?]

[……미련이라……. 글쎄, 그런 것은 아닌 것 같아. 사실은 나도 차라리 한때의 미련이거나 유희이기를 바란 적이 있어.]

그녀의 사랑을 얻지 못해 고통스러울 때, 사랑하는데도 만나지 못하고 뒤돌아서야 했을 때. 혼자만의 고통 속에 갇혀 헤어나오지 못하고 서린이 스스로 죽어가려 할 때, 그것을 지켜보면서 라탄은 사실 그녀가 라다가 아니기를, 그가 그녀를 버릴 수 있기를, 바란 적이 많았다. 그녀의 고통에 공명하는 스스로의 심장에 치솟는 통증이 너무 커서 감당하기 힘들었기에.

하지만 운명이었다. 이 세상 그 누구를 만난다 해도 채워질 수 없는 공허를 잊게 하는. 같이 있어야 충만해지는 운명. 도망갈 수 없고 피하지도 않을 운명.

[물론 마님이 미인이시기는 하지만 그 정도의 미인은 널리고 널렸지요. 그렇다고 다른 여자들처럼 회장님께 열중하시는 것도 같지 않고. 무엇 때문에 그렇게 집착하시는 거지요? 완전히 소유하지 못해서 정복욕이 채워지지 않으신 겁니까? 아니면…….]

[사랑해. 더 이상은 필요없어!]

라탄은 딱 잘랐다.

[린이 원하면 난 무슨 일이든 해. 부디 그녀가 나를 위해 우리나라를 사랑해 주고, 문화적 차이를 극복하고 내 곁에서 반려의 의무를 다해주기를 바라지만, 그러나…….]

[그러나?]

[만약 끝내 서린이 거대한 간격을 메우지 못하고 괴로워하면, 난 그녀를 위해서 다 버릴 작정이다. 너만 알고 있어.]

[회장님!]

[지금 당장은 아니야. 언젠가는 그런 일을 벌어질지도 모른다는 뜻이야. 아시프 그런 때가 오면, 너만은 내 편이 되어줘야만 해.]

라탄은 유일하게 믿고 의지하는 아시프에게 부탁했다. 당장에 라탄이 모든 것을 박차고 도망이라도 갈 것처럼 들렸나? 얼음처럼 긴장하고 굳어진 그의 얼굴에 대고 씁쓸하게 웃었다.

수화기 안에서 들려오는 마야의 목소리는 아주 심상했다. 매일같이 만나는 사람들끼리 아침 인사를 하는 양 예사로웠다.

—[베나레스는 어떻더냐? 여전히 막막하고 먼지가 많던?]

[좀, 쓸쓸한 도시였어요. 하지만 참 따뜻한 곳이기도 했어요.]

메마른 먼지가 날고 소도 개도 뼈가 앙상하게 드러나 있지. 사람들은 아귀 같고, 도처에 오물투성이인데다가, 만나는 얼굴들은 하나같이 깡말라 있어. 그런 곳으로 장엄한 갠지즈강은 흘러내린다. 신의 얼굴과 이름으로 삶과 죽음 사이를 천천히 관통하고 있지. 천국과 가장 가까운 곳. 동시에 지옥과 가장 닮은 곳. 비참하면서도 너무나 거룩한 삶의 정수(精髓)를 보여주는 곳이지.

목소리만으로도 마야는 서린에게 묻었던 그늘이 많이 가셨다는 것을 느낀 듯싶었다.

—[좋아, 서린. 네가 라탄과 함께 돌아온 건, 이젠 그 애 곁에 머무를 결심을 한 것으로 이해해도 되겠니?]

[……네.]

서린은 잠시 망설이다가 똑똑히 대답했다.

—[굉장한 발전이로구나. 여하튼 좋은 일이야. 자 이야기를 해다오. 네 결심이 이렇게 변한 이유라도 있니?]

[믿기 힘드시겠지만…… 우린…… 태어나서 지금까지 같은 꿈을 꾸며 서로를 찾는 사람들이라는 것을, 알게 되었어요. 우리에게 남은 삶은, 그다지 길지 않죠. 마지막 용기를 내려고 해요. 다시 한 번 삶을 시작하고 싶어요. 신이 허락할 때까지, 라탄 곁에 있고 싶어요. 그 곁에서, 할머님. 저도 조금은 행복, 하

고 싶어요.]

자격이 있다면요.

서린은 남은 말을 가슴 안으로 삼켜 버렸다. 발코니 쪽에서 흘러들어 온 한줄기 바람이 현조의 미소처럼 부드럽게 다가왔다. 서린의 볼을 격려하듯 쓰다듬고는 조용히 사라졌다.

—[정답을 찾았어. 대견하구나. 베나레스의 강물이 너를 정신 들게 했구나. 네가 멍청한 짓을 하면 당장 베나레스로 보내 버려야겠는걸, 가트 앞의 별장은 풍광이 좋지.]

혹시 돌아오지 말아야 할 곳으로 돌아온 것은 아닌지. 이곳은 그녀가 있을 자리가 아닌 것 같다는 불편함이거나, 어색함은 마야의 인자한 목소리 안에서 흔적없이 녹아내리고 있었다.

—[반려라 정해진 자들은 함께 있어야 해. 그래야 우리의 우주가 온전해진단다. 네 곁이 아니면 행복해지지 않는 내 손자를 부디 안아주렴. 그 앤 철이 든 후, 한 번도 평안한 잠을 자지 못했어. 너무 큰 짐을 진 사람에게는 안식이 없지. 널 사랑하는 내 손자에게 친절하게 대해주렴.]

마야의 목소리 역시 부드럽게 서린의 몸을 감싸고 있었다.

—[삶을 다시 시작하는 것에 죄책감 갖지 말아라. 기쁘게 즐겨. 마음껏 누리렴. 그게 네 권리이자 살아 있는 자의 의무야. 이제야 안심했을 테지. 죽은 네 약혼자는 이제야 비로소 웃으며 이 세상을 떠났을 거다.]

[감사합니다, 할머님.]

—[언젠가 델리로 날 보러 같이 와주겠니? 너희들을 위해 다시 축복의 기도를 올리고 싶구나.]

[그럼요.]

전화를 끊고 서린은 발코니로 나갔다. 차라리 델리로 가겠다고 말해야 할까? 마야 곁이라면 요가라도 하고 장미라도 가꿀 수 있을 텐데. 하지만 이곳 뭄바이에 도착해서 서린은 아무것도 할 일이 없었다.

뭄바이에 도착한 지 벌써 보름째.

라탄은 델리에서와는 달리 매일 회사로 출근했다. 퇴근 시간도 들쭉날쭉, 자정을 넘긴 적도 많았다.

TV만 틀면 그의 얼굴이 나온다. 매일같이 신문에도 기사가 실린다. 인도에서의 라탄의 사회적 지위나 위치가 비로소 생생하게 실감되고 있었다.

해외의 제철공장 매입, 새로운 제련소 건설. 나비 뭄바이의 공항 건설 시작. 도로와 지하철 공사. 한국 자동차 회사와의 합작……. 그런 엄청난 일을 맡은 사람이 그렇게 빈둥거리고 살 수 있었단 말인가. 또한 내내 그렇게 살다가 갑자기 왜 이토록 맹렬한 워커홀릭처럼 일에 뛰어들었는지 알다가도 모를 일이었다.

문제는 그가 집에 없으면 서린은 아무것도 할 일이 없다는 것이었다. 바보처럼 잡지나 뒤적이든지 하녀들에게 손톱이나 맡기고 있든지 둘 중 하나였다 결국 서린은 라탄과 싸웠다. 아니,

작정하고 일방적으로 그에게 덤벼들었다.

서린은 아침에 나눈 라탄과의 말다툼을 또다시 떠올리고 있었다. 그러면서 자꾸만 더 우울해져 버렸다.

[당신은 날 바보로 만들어요! 왜 바깥에 못 나가게 해요?]

[당신은 바보잖아. 길 잃을까 봐서 그래.]

[내가 어린애인 줄 알아요?]

[음. 당신같이 어리바리한 외국인은 거리를 어슬렁거리는 갱들의 좋은 표적이지. 조심해서 나쁠 것 없어.]

태연하게 넥타이를 죄며 아무렇지도 않은 얼굴로 되받던 그 남자의 얼굴이 얼마나 얄밉던지. 기가 막혀 헛웃음을 짓고 말았지만, 거울 안에서 그녀를 바라보는 그의 표정에는 웃음기란 하나 묻어 있지 않았다.

[일이 주 정도면 바쁜 게 끝나. 그 다음에는 당신과 질리도록 놀 수 있어. 그러니 잠시만 참아달라고. 그림이나 그리지 그래? 선생을 골라줄게.]

[심심하고 무료해요. 거리 관광이라도 하고 싶어요. 난 이렇게 멍청하게 빈둥거리고 놀고만 싶지 않아요. 인도에 와서 내가 한 일이라곤 쉬고 노는 일밖에 없었다구요.]

[지금껏 한 번도 이렇게 푹 쉬거나 논 적이 없었잖아. 신도 용서하실 거야. 당신은 더 많이 즐겁게 쉬고 놀아야만 해. 그래야 세상을 살 기운이 생기지.]

[맙소사.]

마치 벽을 두고 이야기하는 것 같았다. 오래전부터 슬금슬금 시작된 냉기는 다시금 서린의 몸을 얼음으로 뒤덮이게 만들었다.

'어떻게 날더러 당신에게 기생해서 살라고 대놓고 말해요? 그런 건 당신이 가장 혐오하는 줄 알았는데…….'

적어도 서린 그녀가 싫어하는 인생을 억지로 살게 할 남자라고는 생각하지 않았다. 그러나 지금의 라탄은 마치 가면을 쓴 다른 인격체같이 느껴졌다.

출근 준비를 다 마친 그가 뒤돌아서서 뽀로통해진 서린에게로 다가왔다. 이마에 살짝 입 맞추었다.

[그렇게 무료하면 데르다를 데리고 크로스로즈에나 다녀와. 근사한 가게가 많거든. 날 위해 멋진 옷이나 쇼핑해. 타지마할 아케이드의 가게들도 최고급이야.]

[내게 멋진 옷을 입을 기회나 주면요!]

참으려 했지만 어느새 서린은 눈꼬리를 치켜뜨고 바락 소리 지르고 있었다. 라탄이 씩 웃었다.

[하아, 그렇군. 당신이 애써 입은 옷을 난 벗기기만 하지.]

[라탄, 난 농담을 하는 게 아니란 말예요.]

[알았어, 알았어. 옷 대신 보석을 사. 목에 감고 손가락에 끼고 발목에 찰랑대도, 우리가 사랑을 나누는 데 별로 방해가 되지 않을 테니까.]

[기가 막혀서.]

[운전기사에게 말을 해두지. 당신이 가자는 대로 갈 거야.]

[가자는 대로?]

저절로 말꼬리가 올라갔다. 비아냥거림이 되었다.

[이 집의 주인은 당신이잖아. 원하는 대로 해. 주말 저녁에 영화나 보러 가자. 내가 제일 싫어하는 사룩칸 녀석이 나와서 설치는 영화가 개봉되었거든. 보면서 야유라도 질러줘야지.]

어디 한번 두고 보자.

결국 서린은 오전 내내 집 안에서 맴돌이를 하다가 무작정 데르다를 데리고 거리로 나섰다.

딱히 목적지를 정한 것은 아니었다. 그저 참을 수 없을 정도로 울화가 치밀어 올랐을 뿐이었다. 작정하고 어디 한번 돈을 물 쓰듯이 써주마 하는 심술을 부려볼 심산이었다. 철없이 어린애가 떼를 쓰는 것 같아 스스로가 유치해서 견딜 수가 없었지만, 그러지 않고는 견딜 수가 없는 이율배반적인 모순 속에서 서린은 미칠 것 같았다.

막 아파트 단지를 빠져나와 택시를 잡으려 했을 때이다. 어디선가 나타난 것일까? 건장한 두 사내가 나타나 제지했다.

[가시고 싶은 곳까지 모시겠습니다.]

라탄이 보낸 경호원들이었다. 그들 뒤에는 첫날 타고 왔던 롤스로이스가 오만하게 버티고 서 있었다.

바라나시에서 다시 만난 날, 라탄은 앞으로 언제나 경호원들이 서린을 보호해 줄 것이라고, 말했었다. 그러나 한 번도 그들의 모습을 볼 수 없었기에 전혀 신경 쓰지 않았었다. 그랬는데 위압적인 그들이 처음으로 모습을 드러낸 것이다.

[아뇨. 그냥 걸을 거예요.]

[가고자 원하시는 곳을 말씀해 주십시오. 어디든 모시겠습니다.]

[내가 원하는 건 당신들이 내 눈앞에서 사라져 주는 거예요! 영원히! 다시는 나타나지 말아요!]

평상시의 서린답지 않게 신경질적으로 쏘아붙여 주었다. 데르다마저 놀란 표정이었다.

하지만 그렇게 신경질을 부린 보람이 있었다. 거추장스러운 그들은 다시 나타나지 않았다. 그림자조차 볼 수 없었다. 하지만 서린은 라탄이 어떤 사람인지 너무 잘 알고 있다. 그들은 그녀가 알아차릴 수 없을 만큼 멀찍이 뒤를 따르고 있을 것이다. 지금도 그들은 등 뒤에서 그녀를 지켜보고 있을 것이다.

무모한 스스로에게 화도 나고 서글프기도 한 기묘한 마음으로 내내 우울했다. 서린은 고개를 들어 푸른 파도가 철썩이는 아라비아해를 멍하니 바라보았다.

푸르스름한 바다에 떠 있는 고깃배와 요트들이 그림과도 같았다. 하지만 고개를 조금만 돌리면 거리 맨바닥에서 나동그라져 자고 있는 슬럼피플들 천지이다.

'눈이 있는데, 마음이란 게 있는데 어떻게 보이는 것을 외면해요? 어떻게 존재 자체를 부인하고 살아요. 아무리 생각해도

라탄, 당신이 내게 하는 행동은 옳지 않아요.'

늙고 불구가 된 거지들이 즐비한 곳. 눈만 마주치면 더러운 손을 내밀고 박쉬쉬를 외치는 어린 거지들과 산발하고 더러운 얼굴의 여인들. 그 품에 안긴 어린아이들의 검은 눈동자. 먹을 것을 달라고 손으로 입을 연신 가리키는 동작부터 배우는 그 아이들.

서린의 마음에 유난히 따갑게 박히는 순간은 바로 그러한 어린 거지 아이들의 눈에서 세상에 찌든 영악함과 그악스러움을 발견할 때였다. 천진난만함과 순진무구함이란 전부 사라지고 삶의 가장 비천하고 더러운 것만 남아 있어 보이는 저 아이들. 저 아이들의 미래에는 무엇이 기다리고 있을까?

서린 자신은 평생 이렇게 하늘 위에 뜬 공중누각에서, 그런 이들을 내려다보며, 무력하게 사랑받는 애완동물같이 살아야 하는 걸까?

제3장

—피다 지다 석류꽃—

[또 지도 공부로군. 뭄바이의 귀여운 방랑자씨. 그래, 오늘은 어디를 다녀오셨나?]

라탄이 샤워를 마치고 침실로 들어왔다. 다른 날과 마찬가지로 열심히 지도를 들여다보고 있는 서린을 놀렸다.

[프린스 오브 웨일스 박물관에 들러서 구경하고, 인디아 게이트를 보고, 시바지 공원에서 바다를 보고 왔어요.]

[프린스 오브 웨일스 박물관이라. 세밀화가 멋지지. 다음에는 같이 가자. 간다라의 조각품도 볼만해. 그 앞에 야무나라고 멋진 카페가 있는데, 라시 맛이 괜찮아. 회사 근처잖아. 전화했으면 내가 나갔을 텐데. 다음엔 데이트 신청해 줘.]

이런 대화는 괜찮다. 안전하니까. 서로의 감정을 상처 내고 감추고 싶은 어두운 것을 발가벗겨 쥐어뜯지 않아도 되니까. 서린은 지도를 덮고 그를 바라보았다.

[라시 한 잔 드려요?]

[고마워. 그렇지 않아도 목이 말랐어.]

서린은 사이드 테이블에 놓인 유리병을 들어 라시 한 잔을 따랐다. 라탄이 서린이 앉은 소파 옆으로 다가왔다. 리모컨으로 TV를 켰다. 24시간 라이브 CNN 뉴스였다. 라시를 마시고는 두 팔로 뒷머리를 포갠 채 느긋하게 앉아 두 다리를 탁자 끝에 올려놓았다.

[아, 피곤해. 놀다가 모처럼 일하려니 힘들군.]

[내일도 바빠요, 라탄?]

[내일뿐만 아니고 모레도 글피도, 다음 주도 내내 바쁠 예정이야. 미안.]

[당신이 일부러 그런 것도 아닌데요 뭐. 그보다 허리에 수건만 감고 있지 말고 잠옷이라도 입는 게 어때요?]

[싫어.]

[왜요?]

[잠옷을 입어도 어차피 오 분 후에 벗어 던질 텐데, 귀찮아. 나는 준비 끝났어. 당신도 잠옷을 좀 벗어주면 안 될까? 사랑하고 싶어. 단추 풀 때 신경질나. 마음은 급한데 옷 벗기기 힘들면 화가 난다고.]

그가 능글맞게 대꾸했다.

[우리 둘만 있으니까 뻔뻔하게 구는 거, 용서해 줄게요. 자요. 힘들어 보여.]

그때였다. TV에 흘러나오는 충격적인 소리에 라탄과 서린의 고개가 반사적으로 돌아갔다.

—전통적인 힌두교 의식을 치르기 위해 한 살도 채 안 된 갓난아기와 어린아이들을 생매장하는 현장이 적발돼 충격을 주고 있습니다.

[맙소사.]

라탄이 힌디어로 짧게 욕설을 내뱉었다. 벌떡 일어나더니 볼륨을 높였다.

—일명 '무덤의 축제(the festival of pits)'로 불리는 이 의식은 이 년마다 행해지는 것으로 아이들에게 수면제를 먹여 정신을 잃게 한 후 힌두교 신전 앞에 얕게 파놓은 일명 '무덤(graves)'이라 불리는 구덩이 속에 넣어놓고 흙과 잎들로 덮어둔 뒤 힌두교 성자가 간단한 기도를 드린 후에 다시 아이들을 꺼내는 의식입니다. 채 한 살도 되지 않는 갓난아기들을 포함해 어린아이들을 생매장한다는 점에서 논란이 많아 경찰은 이미 오래전부터 단속을 벌이고 있던 것으로 알려졌습니다.

[그러니깐 결국 종교적 의식이었네요. 아이들은 죽은 건 아니네요. 하지만 끔찍해요. 잠시이긴 하지만 어린아이들을 생매장을 하다니.]

서린도 몸서리를 치고 말았다. 라탄 역시 상당히 놀랐던 모양이다. 느른하고 권태로운 미소만 대부분이던 표정에 슬프고 허무한 미소가 서렸다. 그가 다시 소파에 앉았다.

[나 말이야, 린. 납치를 당했을 때, 생매장을 당했었어. 이야기한 적 있지?]

[네.]

[끔찍한 일이야. 죽을 때까지 잊을 수 없지. 저 애들은 그나마 의식을 잃었기에 망정이지, 만약 깨어나서 제 몸에 흙이 덮이고 얼굴 위로 관 뚜껑이 덮인다고 생각해 봐. 저런 어리석은 짓거리를 보면 머리의 피가 거꾸로 솟구치는 것 같아!]

[저 애들은 아무 일도 없었대요. 당신도 악몽은 잊어요. 다시는 그럴 일이 없잖아요.]

서린은 본능적으로 그를 안아주었다. 너무나 가슴이 아팠다. 아직도 아물지 않고 생생한 흔적이 남은 트라우마. 어떻게 하면 잊게 해줄 수 있을까.

[라탄.]

[그래.]

[당신이 그랬잖아요. 그때 거의 죽을 뻔한 당신을 꿈에서 깨운 사람이 나라고.]

[그랬어. 사실이니까.]

[만약에, 그럴 리는 또 없지만요.]

[응.]

서린은 라탄의 검고 깊은 눈을 들여다보며 똑똑히 말했다.

[다시 한 번 그러한 죽을 위험에 처하거나 목숨을 잃을지도 모를 만큼 위험해지면, 나를 생각해요. 내가 다시 당신을 깨워 줄게요. 조심하라고 속삭여 줄게요. 나와 당신은 영혼이 연결되어 있을 테니까. 당신의 아픔이나 위험에 대해서 나는 알 수 있어요. 언제나 당신을 지켜줄게요.]

[정말? 말만 들어도 든든하군.]

[농담 아니야. 당신이 언젠가 약속했듯이 나도 맹세해요. 당신이 다치느니 차라리 내가 대신 다치고 싶어. 그러한 때가 온다면 내가 죽어줄게요. 그러니까 당신은 언제나 건강하고 안전해야 해요.]

[고마워. 아아, 너무 행복해서 눈물 나는군. 하지만.]

라탄이 서린을 가볍게 안아 침대로 데려갔다. 정결한 향기를 풍기는 야들한 볼에 키스했다.

[대신 죽는다는 그런 말 따윈 하지 마. 당신의 의무는 언제 어디서든, 어떠한 경우에도 나랑 같이 사는 거야. 바라나시에서 약속했잖아, 나랑 함께 살기로. 난 당신과의 추억이 필요한 게 아니야. 나랑 더불어 사는 사람이 필요해. 그러니 부디 너도 네 몸을 소중히 여겨줘. 언제나 살아서 날 행복하게 해줘.]

서린은 손을 뻗어 그가 그러한 것처럼 라탄의 볼을 어루만졌다. 미소 지으며 고개를 끄덕였다. 이런 사람을 사랑하지 않기란 너무 힘들어.

—인도 동부 오리사 주 스리구루 사원의 최고위 승려인 한 예언자가 '21일 오전 아홉 시에서 정오 사이에 영혼이 육체를 떠나는 자연사를 맞을 것'이라고 예언했습니다.

아직도 켜놓은 TV에 흘러나오는 또 한 번의 충격적인 뉴스. 서로에게 포개진 채 둘만의 세상 안으로 미끄러져 들어가려던 라탄과 서린은 다시 한 번 놀랐다. 똑같이 고개를 돌렸다.

TV 화면에는 예언자의 '스스로의 의지에 의한 자연적 죽음'이라는 특이한 장면을 지켜보려 몰려드는 사람들과 만약의 사태에 대비해 경찰까지 출동한 장면을 보여주고 있었다.

[저게 가능해요?]

서린의 질문에 라탄이 고개를 저었다.

[설마.]

[하지만, 지금 그 말을 믿고 만 오천 명이 몰려들었대요.]

[그들은 아무것도 보지 못할 테고, 예언자를 자처하는 사기꾼에게 속아 넘어가겠지.]

[위대한 분은 보통 자신의 죽음을 예언할 수 있다던대요.]

[정말 위대한 분은 자신의 죽음을 호기심거리로 전락시켜 예언 따윈 하지 않아. 그분들은 살아 있는 마지막 순간까지 살아가는 일에 최선을 다할 뿐이지.]

[그렇긴 해요.]

[다들 미쳤어.]

라탄이 지긋지긋하다는 얼굴로 내뱉었다.

[제 죽음을 눈요깃거리로 제공하는 인간이나, 남의 죽는 꼴을 보잔다고 우르르 들개 떼처럼 몰려드는 인간들이나. 그 시간에 차라리 시원한 그늘에서 낮잠을 자거나 맛있는 음식을 먹거나 사랑하는 여자를 안는 게 더 생산적이지 않나?]

[여하튼 당신네 나라는 진짜 이상한 일도 많이 일어나는군요.]

[인정해. 그래서 도무지 인간의 상식으로는 이해가 안 되는 나라라니까. 대신 불가사의하고 매혹적이지. 자자. 오늘 밤은 정말 위로가 필요해. 저 엉터리 예언자가 죽든 말든 상관하지 말자고. 난 당신과 행복하게 사는 것만 신경 쓸 테니까.]

허리춤에 거추장스럽게 감긴 수건을 발가락 끝으로 밀어내 버렸다. 두 사람의 뜨거운 몸 사이에는 이제 서린의 얇은 잠옷 자락만이 남아 있을 뿐이다. 철저한 현실주의자이자 쾌락가인 라탄이 서린의 하얀 가슴 안으로 무너졌다. 가슴 봉오리를 욕심껏 움켜쥐며 분홍빛 입술을 더듬어 삼켰다.

달콤함과 관능의 액체가 흐르는 농밀한 혀가 하나로 엉켰다. 단번에 검붉은 욕정과 관능의 세상으로 날아올랐다. 너무나 확연하게 드러나는 광포한 소유욕, 동시에 무서울 정도로 자극적인 환락이기도 했다. 서린은 라탄이 주는 황홀한 뜨거움에 젖어 죽음도, 부당하고 남루한 현실도 모두 잊고 말았다. 그날도 라탄은 다시 한 번 서린의 눈을 가려 버리는 데 성공했다.

그날은 세계 최대의 빨래터라는 [6]도비가트를 구경했다. 차를 타고 집으로 돌아오던 길이었다.

[하리 하리 라마, 하리 하리 크리슈나, 나멘 시와 나멘 시와, 크리슈나 마투라 라마 아유타…….]

신실한 크리슈나 종파의 신자인 운전기사는 늘 그러하던 대로 혼자 신의 이름을 흥얼거리고 있었다. 인도인들은 신의 이름을 부르면 그 자신도 신성을 획득하게 되는 것이라 믿는다고 한다.

도비가트에 대대로 살고 있는 도비왈라들의 비참하고 힘든 삶을 보고 돌아오는 길이었다. 허구한 날 신의 이름을 부르면 무엇 하나. 그 신은 인간의 부당한 삶에 대하여 아무것도 해주지 않는데. 오히려 그 신의 섭리라는 명목하에 불평등하고 비참한 삶을 호도하고 기만하고 있는데.

울컥 불쾌함이 치밀어 올랐다. 그만 입 좀 다물라고 한마디 하려던 참이었다.

차가 지나치던 거리 한 모퉁이에 몇몇 사람들이 김이 설설 나는 커다란 통을 세워놓고 있었다. 길게 줄을 선 거지들에게 짜파티와 커리를 나누어 퍼주고 있었다.

[저 사람들은?]

---

6)도비가트: 뭄바이의 빨래터. 상류층의 빨래를 해서 배달해 주고 먹고 사는 도비왈라들이 모여 사는 곳이다. 인도에서는 빨래를 하는 일을 천하게 여겨 전문적인 세탁부 도비왈라들에게 빨래를 맡긴다. 도비왈라는 천민이며 세습된다

서린의 질문에 운전기사가 얼른 몸을 바로 했다. 공손하게 대답했다.

[슬럼피플에게 식사를 제공해 주는 기독교 신자들입니다.]

[어머나, 인도에도 기독교 신자들이 활동하고 있나요?]

바라나시에서도 교회 건물은 보았지만, 기독교인들이 봉사활동을 하는 것은 처음 보았다. 신기해서 물어보았다.

[많지는 않습니다만, 나름대로 적극적으로 봉사와 선교활동을 하고 있다고 알고 있습니다, 마님.]

모래알처럼 많은 슬럼피플들. 라탄의 펜트하우스에서 몇 걸음만 걸어가도 발에 채일 정도로 만날 수 있다. 그러나 저들 기독교인처럼 적극적으로 빈민들에게 무엇인가를 베풀어주는 장면을 본 건 처음이었다.

[나도 동참해 보고 싶은데…….]

하지만 어림없는 일이었다. 저녁때 돌아온 라탄에게 그곳에서 봉사활동을 하겠다고 말했지만 단번에 일축당했다.

[불결한 짓이야. 절대로 안 돼.]

[라탄, 봉사하는 일이에요. 나쁜 일이 아니잖아요?]

[그들은 하리잔이야. 손만 대도 네 몸까지 더러워져.]

[하리잔?]

[그래, 하리잔. 카스트를 부여 받지 못한 자들이지. 짐승과 똑같아. 내 반려인 네가 다른 인간들의 시중을 드는 것도 이해할 수 없지만, 게다가 하리잔들이라니. 말도 안 돼.]

언제나 느긋하고 감정을 드러내지 않는 라탄으로서는 보기 드물게 격렬한 어조였다. 그 안에는 희미한 분노와 혐오마저 공기처럼 스며 있었다.

[기가 막혀! 라탄, 어떻게 그런 말을 할 수가 있어요? 당신은 선진 교육을 받았고 인도는 엄연히 민주 국가예요. 그런 계급차별적인 말을 하다니 믿을 수가 없어. 내가 당신을 잘못 본 것 같네요.]

날카롭게 감정의 각을 세우고 서로를 노려보는 이 순간, 그들은 연인이 아니었다. 꿈속에서조차 그리워하던 운명의 반려도 아니었다. 말이 통하지 않는, 낯설고 낯선 이방인. 종 자체가 다른 상대들. 이를테면 꽃과 물. 붕어와 호랑이. 빗방울과 배추벌레였다.

[우리나라의 인구 15%나 돼. 일억 오천만이라고! 네가 그들을 다 도울 수 있을 것 같아?]

[다 도울 순 없지만 죽을 떠주는 한, 적어도 천오백 명은 도울 수 있겠죠.]

[좋아. 착하고 자비로운 서린. 네 이름으로 그 선교단체에 기부를 하자. 내일부터는 너의 인자한 마음으로 인해 새로운 천 명이 죽을 먹게 될 거야.]

[……당신은 당신이 가진 부와 권력과 지위를 당연하게 생각하죠? 한 번도 그런 것을 포기하거나 없어질 거라고 믿지 않죠? 당신은 당신이 가진 것을 포기하려는 생각 따윈 단 한 번도 해

보지 않았을 거야. 그런 그들과 같은 신분으로 태어날 거라고 생각하지 않았죠? 당신은 정말 위선적이고 시대착오적인 인도 남자예요!]

유리 칼날처럼 쏘아붙이고 말았다. 라탄이 태평하게 미소 지었다. 새삼스레 시작된 비난 따윈 전혀 상처가 될 수 없다는 표정이다. 하지만 역시 오만한 그로서는 서린의 직접적인 비난을 참기 힘든 거다. 노려보는 눈빛에 시퍼런 날이 서 있었다.

[내가 가진 모든 것을 포기하지 못할 거라고 누가 말했지? 널 선택한 순간부터 난 이미 내가 가진 기득권 따윈 다 포기했어. 네가 다 알고 있을 줄 알았는데.]

[무슨 뜻이에요?]

[당신을 내 반려로 만들었기 때문이지.]

조용하나, 범접을 불허하는 절대적인 황제가 거기 서 있었다. 음울하고 무서운 눈빛이었다. 거의 보여주지 않았던 라탄의 가장 깊은 얼굴이다. 그가 감추어둔 진면목에 가장 가까운 표정일 것이다. 그가 조용히 내뱉었다.

[바보 서린. 당신은 내게 언제나 내가 가진 전부를 요구해 왔어. 그것도 가장 최악의 선택만을 하라고 하지. 문제는 내가 결국은 당신 때문에 그러한 어리석은 선택을 하게 된다는 거고, 하게 될 거라는 거야. 언젠가 당신도 알게 되겠지만.]

이해할 수 없는 말이었다. 서린을 반려로 맞이했기에 라탄 자신이 이미 기득권을 다 포기했다니. 아무것도 잃은 것 없어 보이는데, 그 잘난 삶의 작은 부분도 포기한 것 없으면서, 말만 번지르르하게 잘해.

[내가 알아듣게 자세하게 말해요.]

[당신이 직접 해답을 찾아봐, 숙제야. 여하튼, 당신이 직접 봉사를 하는 건 어떤 경우에도 안 돼. 금지를 명령하겠어. 내일부턴 거리로 나가지 마!]

[기가 막혀서! 날 가두어 놓을 심산인가요?]

[엉뚱하고 쓸데없는 짓을 하지 않는다고 약속하면 그때 자유를 주지.]

서린이 미처 대답할 사이도 없이 라탄이 문을 탁 닫고 나가버렸다. 그가 세차게 닫아버린 문이 쾅 소리를 내며 닫혔다. 바르르 흔들리는 공기가 비명을 지르고 있었다. 서린의 심장도 마찬가지로 날카로운 소리를 내며 울고 있었다.

그날 밤 그들은 처음으로 다른 곳에서 잠자리에 들었다.

새벽에 선잠이 깨었다. 서린은 차가운 침대에 무릎을 세우고 앉아 어슴푸레하게 밝아오는 바닷가를 노려보았다.

'난 언제까지 이 사람의 인형 노릇만 해야 할까? 내가 언제까지 이런 것을 참을 수 있을까?'

예전에도 몇 번이고 되풀이한 질문을 스스로에게 던졌다.

마야는 그녀더러 라탄의 반려로서 해야 할 일을 스스로 찾아야 한다고 말했다. 또한 찾을 수 있을 거라고 했다. 서린은 정말로 오직 사랑받는 '라탄의 여자' 말고 인간 이서린으로서 할 수 있는 것. 그녀 자신의 존재를 스스로 확인할 수 있는 가치있는 일을 하고 싶었다.

'난 이곳에서 새로 태어났다고 생각해. 그래서 보람차고 좀 더 착하고 좀 더 확실한 일. 그에게 도움이 되는 일을 하고 싶어. 이런 내 마음을 그는 왜 몰라주는 걸까?'

인도라는 나라에 사는 라탄을 만나, 마침내 그와 더불어 이곳에 살겠다고 결심한 순간, 인도라는 이질적인 나라는 서린의 새로운 모국(母國)이 되었다. 인도라는 이 땅은 그녀가 사랑하게 된 남자처럼 아름답고 신비한 곳이기도 하지만, 지금껏 피상적으로 알고 상상한 것보다 천 배는 더 불가사의하고 끔찍하고 힘든 곳이었다.

모든 게 다 낯설고 이해할 수 없다. 하나부터 열까지 한국과 다른 이곳에서, 서린은 과연 뿌리를 박을 수 있을까?

어떻게 해야만 라탄의 반려로서 어울리는 사람이 될 수 있을까? 어떻게 처신을 해야만 그 사람에게 부끄럽지 않은 여자가 되고, 진실한 삶을 같이하는 진정한 동반자가 될 수 있을까?

아무리 생각해도 부정적인 대답뿐이어서, 서린은 참 슬펐다.

그날 오후, 서린은 다시 펜트하우스를 나섰다.

[잠시 나갔다 올 거예요. 걱정 말아요. 금세 돌아올 거니까.]

라탄은 분명히 나가지 말라 명령했다. 하지만 지킬 마음은 조금도 없었다.

집에만 있자니, 답답해서 견딜 수도 없었거니와 제멋대로 삶을 지시하는 라탄에 대한 반발심도 한몫을 했다. 무료함이 먼저인지, 그에 대한 반항심이 먼저인지는 알 수가 없다. 모두가 하나로 엉켜 있었다.

처음에는 경호원들이 제지를 할 거라고 생각했는데 아무도 그녀의 발길을 가로막지 않았다. 말만 그렇게 했을 뿐이지, 라탄 역시 진심으로 서린을 가둬놓을 심산은 아니었던 거다.

'당연하지. 지금 내가 무슨 18세기 할렘에 사는 것도 아닌데.'

그를 미워하는 마음이 조금 사라졌다.

뭄바이로 동생들이 찾아왔다기에 데르다에게 하루 휴가를 주었다. 그래서 혼자였다. 내내 함께 다니던 그녀가 곁에 없으니 혼자 전철을 탄다거나 택시를 타기가 좀 겁이 났다. 멀리 가기는 무리이다 싶었다. 그래서 가까운 침묵의 탑이나 걸어서 다녀올 생각이었다.

침묵의 탑은 아파트 단지가 위치한 말라바르힐 공중 정원 북쪽에 위치해 있다. 조로아스터교(배화교)를 믿는 파르시 족의 장례식장이다. 아직도 조장(鳥葬)을 하는 곳이라고 했다.

"1675년에 지은 탑입니다. 죽은 자의 계급에 따라 장례 지내는 탑. 다릅니다. 몸, 바디는 죽어 흉물로 변하므로 신성한 흙이나 물. 불과 접촉할 수 없습니다. 그래서 독수리 같은 새가 쪼아먹게 만듭니다."

인도를 찾아오는 동양 관광객들은 중국 사람 아니면 한국인이라더니, 그곳에서도 한국인 단체관광객들을 만났다. 한국말을 하는 인도인 현지가이드가 열심히 설명하고 있었다.

오랜만에 듣는 한국말이 그저 반갑기만 했다. 서린은 그들 뒤에 슬쩍 끼어들었다. 전문적인 가이드의 설명이라 배울 것도 많단 말이지.

"파르시란 말은 '페르시안' 이라는 뜻입니다. 한국 사람들 잘 아는 지휘자 주빈 메타도 배화교도입니다. 배화교 사람들. 정직합니다. 교육 잘하고, 사회 복지. 많이 베풉니다. 착한 사람들입니다."

다소 느리고 어눌하긴 하지만 또박또박한 한국어로 가이드가 계속 설명하고 있었다.

한 십 분쯤 그들을 따라다니다가 슬며시 뒤로 처졌다. 아침부터 더위는 지겨울 정도로 시작되었고, 덕분에 계속해서 땡볕 아래를 걸을 힘이 사라져 갔다. 아무래도 집으로 돌아가야 할 모양이다.

이글거리는 태양에서 전해지는 더위는 끔찍했다. 찜통 속을 걷는 것 같았다. 물 한 모금 들이키고 일 미터를 걷고, 물 한 모금 마시고 다시 이 미터쯤 걷고…….

그럭저럭 아파트 단지와 슬럼가를 가로막는 기다란 담벼락 앞에까지 왔다. 그때 그 여자와 눈이 마주쳤다.

차를 타고 빌라 단지를 들며 나며 계속해서 보았다. 볼 때마다 마음을 아프게 하던 여자였다.

담벼락 아래를 거처 삼아, 길바닥에 담요를 펴놓고 나동그라져 있는 거지들이 수십 명이다. 그런데도 그 여자만이 유난히 눈에 와서 박히던 건 출산한 지 얼마 되지 않았기 때문이다.

추레하고 더러운 사리를 입은 그 여자의 품에는 태어난 지 한 달도 채 되어 보이지 않는 아기가 매달려 있었다. 갓난아기 말고도 그 여인에게는 올망졸망한 아이들 다섯이 더 딸려 있었다. 서린만 보면 우르르 달려들어 악착스레 구걸을 하는 어린애들이 바로 그 여인의 자식들이었다.

몇 살쯤 되었을까? 서린의 눈에는 마흔도 훨씬 넘어 보였다. 하지만 인도의 슬럼피플 평균 수명이 겨우 마흔 정도라고 들은 적 있다. 보기에는 중년으로 보여도 어쩌면 서린의 나이에도 채 못 미칠 어린 나이일 수도 있을 것이다.

자신을 보고 있는 서린을 의식한 것인가? 그 여인이 몸을 일으켜 서린 쪽으로 고개를 돌렸다. 소리로는 말하지 않았으나 본능처럼 아기와 자신의 입을 가리키는 동작으로 구걸을 시도했다. 이내 그것으로 그만. 서린으로 향한 관심을 버리고 다시 드러누웠다. 야위고 초췌한 안색이, 산후에 제대로 몸을 추스르지 못해 앓고 있는 것 같았다.

응애응애, 아기가 힘없는 소리로 울기 시작했다. 그래도 어미는 어미인가 보다. 땅바닥에 누워 있던 여인이 다시 부스스 일어났다. 아기에게 메마른 젖을 물렸다. 지나치는 사람들 따윈 전혀 의식하지 않는 동작이었다.

짐승이라도 새끼를 낳으면 새로 짚을 갈아주고 좋은 콩과 여물을 주는 법이 아닌가.

하지만 저 여인은 사람이다. 서린과 똑같은 사람이다. 그것도 아기를 낳은 산모이다.

서린도 여자이고 언젠가는 엄마가 될 사람이다. 인간으로서도, 여자로서도 기본적인 수치나 염치조차도 없고 잃어버린 여자. 말라비틀어진 젖을 아기에게 물리고 있는 그 여자의 공허한 눈동자를 바라보며 서린은 깊은 슬픔을 느꼈다.

'잔인해. 누가 저토록 불쌍한 여인에게, 거리에서 아이를 낳게 만들었을까?'

어떤 사내인지 모르지만 더러운 거지 여인을 두고 매혹을 느껴 안은 것은 결코 아닐 테지. 오가다 치밀어 오른 싸구려 욕정을 채우기 위해 덤벼들었을 것이다. 그 결과로서 여인의 삶과 똑같이 더럽고 비천한 삶을 살아갈 또 하나의 생명을 무책임하게 탄생시킨 것이다.

자신도 모르게 서린은 그 여인 앞으로 발길을 옮기고 있었다. 과연 이것이 잘하는 짓인가는 다음에 생각하기로 했다. 지금만큼은 마음이 시키는 대로 하고 싶었다.

입장료에다가 생수라도 살까 해서 바지 주머니에 몇 백 루피를 쑤셔 넣고 나왔다. 서린은 쪼그리고 앉아 그 여자와 눈높이를 맞추었다. 주머니에 들어 있는 지폐 몇 장을 꺼내 손에다 담아주었다.

[아기 젖을 주려면 당신이 먹어야 해요. 어디 가서 먹을 거라도 사 먹어요. 아픈 것 같은데, 약도 사요.]

주변의 거지들이 웅성거리기 시작했다. 주위에는 어느새 새까맣게 슬럼피플들이 몰려들고 있었다. 자기도 달라고, 박쉬쉬를 외치며 더러운 손을 내밀었다.

번뜩이는 눈빛이 심상찮았다. 무엇이라도 주지 않으면 가만두지 않을 것 같은 분위기였다. 당황한 나머지 서린은 재빨리 힘으로 밀치고서라도 그곳을 떠나야 한다는 것을 잊어버렸다. 멍청하게도 주머니에 남은 지폐를 꺼내 나눠 주는 어리석은 짓을 저질렀다.

그녀를 둘러싼 사람들이 점점 더 많아졌다. 서린이 알아듣지 못하는 말로 뭐라 떠들어대는 사람들의 손이 수십 개나 펄럭거렸다.

서린은 가지고 있던 마지막 돈을 꺼냈다. 주기도 전에 누군가의 손이 그 지폐를 사납게 낚아챘다.

[이젠 없어. 정말 없어요! 이것 봐요. 없죠?]

바지 주머니 두 개를 탈탈 털어내 보였어도 그들은 막무가내였다. 조금도 움직이려 하지 않았다. 누구에게는 주고 왜 자신들에게는 주지 않느냐고 항의하는 것처럼 보였다. 그들의 눈빛이 점점 더 험악해지고 있었다.

[다음에 줄게요. 됐죠? 그러니까 보내줘요.]

바로 그때였다. 누군가가 서린의 팔목에 감겨 있던 팔찌를 낚아챘다. 눈빛이 몹시도 영악해 보이는 어린 거지였다. 그것이 신호라도 된 것일까? 그녀를 둘러싸고 있던 더러운 손들이 갑자기 무차별하게 서린의 몸을 공격하기 시작했다. 순식간에 벌어진 일이었다. 목에 건 싸구려 유리 목걸이까지 탐이 난 건가. 주인을 알 수 없는 손 하나가 휙하니 목걸이를 뜯었다.

"아얏!"

서린은 그만 비명을 지르며 두 손으로 목을 휘감았다. 헐렁해서 쑥쑥 잘 빠지는 팔찌와는 달리 14K로 만들어진 목걸이 줄이 쉬이 뜯어질 리 만무하다. 삽시간에 목걸이 줄에 쓸린 피부에 빨건 상처가 났다.

그러나 그녀의 몸을 공격하는 탐욕스럽고 그악스런 손길은 멈춰지지 않았다. 반짝이는 셔츠 단추도 뜯어내고, 비싸 보이는 배낭도 떼내서 가지려 하고, 심지어 옷자락까지 찢어가고 있었다. 탐욕스런 팔들이 당기는 대로 무력한 인형처럼 이리저리 쏠리던 서린의 몸이 바닥에 무너졌다. 누군가가 세차게 걷어차고 떠밀어 버렸기 때문이다.

[그만 해요. 이러지 마. 이러지 마요…….]

넘어진 서린은 두 팔로 얼굴을 가린 채 몸을 웅크렸다. 서린이 당한 봉변에 멍한 얼굴이 된 그 여자와 어미의 마른 젖에 매달린 아기의 날카로운 울음소리만이 남았을 뿐이다. 유치한 선의의 결과란 이토록 어처구니없는 폭력이라니. 깊은 절망에 가슴이 미어지던 순간이었다.

[마님!]

혼비백산한 얼굴로 경호원들이 달려왔다. 건장한 경호원들이 위압적으로 달려오자 서린을 둘러싸고 공격하던 슬럼피플들이 흩어졌다. 도망치는 개미 떼처럼 순식간에 사라져 버렸다.

다가온 경호원이 자신의 재킷을 벗어 서린의 몸부터 가렸다.

[많이 아프십니까?]

[괜찮아요. 괜찮아요.]

서린은 나직하게 대꾸했다. 하지만 그녀의 상태는 결코 괜찮지 않았다. 소매 한쪽이 통째로 찢겨 나갔다. 볼이며 목에도 세차게 할퀸 손톱자국이 있었고, 목의 상처에도 시뻘건 피가 배어나고 있었다. 너무 놀라, 고통을 느낄 겨를이 없었을 뿐이다. 상의의 단추도 다 뜯겨 버려, 벌어진 옷깃 사이로 하얀 속옷과 브래지어가 다 드러나 있는 민망한 상태였다. 서린은 경호원의 재킷 자락을 단단히 끌어당겨 가슴을 가렸다.

경호원들은 하나같이 당혹해하고 있었다. 말 그대로 순식간에 벌어진 일이었다. 그들로서도 속수무책이었을 것이다. 하지만 그녀의 안전을 지켜야 하는 의무를 다하지 못한 거다. 라탄에게 당할 힐난이 두려운 걸까. 휴대전화를 꺼내 급하게 힌디어로 보고하는 그들의 표정은 딱딱하게 굳어 있었다.

"피곤해. 정말 피곤해."

이상하게 가슴이 꽉 막히고 미여지는데, 눈 아래는 보송보송해지는 이율배반이었다.

시뻘겋게 피 배인 손등을 내려다보며 서린은 망연하게 중얼거렸다.

"화내겠네. 그 사람."

피부가 약해서 멍도 잘 들고, 또 쉬이 가라앉지 않는데. 이것들을 보면 라탄이 가만있지 않을 것 같았다. 아마도 불같이 화를 낼 것이다. 무서웠다.

하지만 진실한 아픔은 심장 안이었다. 이런 기막힌 일이 버젓이 벌어지고 있는 세상 안에서 그와 함께 살아갈 자신이 없었다. 그가 원하는 대로 눈을 꾹 감고 그의 애완인형으로서만 살아가는 일일랑 도저히 할 수 없을 것 같아 정말 두려웠다.

만약 견디지 못해 그를 떠나야 한다면, 서린 자신은 대체 어디로 가야 하는 걸까?

집에 도착한 서린은 하녀들에게 둘러싸였다. 막 침실로 들어가려 했을 때였다. 거칠게 현관문이 열렸다. 라탄이 도착한 것이다.

[맙소사! 이 꼴이 다 뭐야?]

서린의 상태가 상상한 것보다 훨씬 더 충격적이었나 보다. 라탄이 버럭 소리쳤다. 찢어진 옷이라도 갈아입었다면 그나마 화를 덜 낼 텐데. 서린은 자신도 모르게 어깨에 걸친 경호원의 재킷을 잡은 손에 힘을 주었다.

[얼마나 다친 거야. 어디를 다쳤어?]

[괜찮아요. 그냥 긁힌 것뿐이야.]

[대체 너희들은 뭘 한 거야? 빌어먹을 자식들 같으니라고!]

채 말릴 사이도 없었다. 라탄이 돌아서더니 냅다 주먹을 날렸다. 면목이 없어서인지, 고개를 숙이고 우두커니 서 있던 경호원 두 명이 얼굴을 얻어맞고 바닥으로 쓰러졌다. 그럼에도 화가 풀리지 않았나 보다. 냉혹한 눈동자 속에는 진정한 살기가 돋아 있었다.

[죽여 버리겠어! 이 자식들!]

망설임 따위란 전혀 없었다. 무표정해서 더 무섭다. 그가 구둣발을 들어 바닥에 쓰러진 경호원의 얼굴을 짓밟아 버렸다.

[고정하십시오!]

너무 심하다 싶었나 보다. 뒤에 서 있던 아시프가 급하게 라탄의 팔을 움켜잡았다. 터져 버려 도저히 수습할 수 없을 지경에 이른 그의 분노와 광기를 제지하려 애를 썼다. 서린 또한 라탄의 허리를 부여잡고 애절하게 호소했다.

[안 돼요! 하지 말아요! 라탄, 내가 잘못한 거야. 제발! 제발 그러지 말아요.]

아무 죄도 없는 경호원들을 만신창이로 만들 수는 없다. 하지 말라, 그만두라 소리치는 서린의 목소리에는 어느덧 울음소리가 섞여 있었다. 말릴 사이도 없이 뚝뚝 눈물이 떨어지고 있었다. 그녀가 어찌하든 이성을 잃어버린 그를 제지하지 못할 것 같아 두려웠다. 대체 무슨 짓을 한 건가? 그를 이렇게 잔인하고 광폭하게 만든 건 다름 아닌 서린 자신이었다.

서린의 애절한 눈물이, 연약한 두려움이 라탄을 정신 들게 했다. 필사적으로 그를 붙잡은 채 만류하려는 젖은 눈동자를 보는 순간. 어쩔 수 없었다. 터져 버린 광기를 억누르게 만들었다.

[울지 마.]

그는 쓰디쓰게 내뱉었다.

[당장 그쳐. 그러면 그만둘게.]

서린이 고개를 끄덕였다. 라탄은 서린의 경호원들에게 낮은 목소리로 명령했다.

[나가서 기다려.]

지금은 아니나, 반드시 죽여 버릴 작정이었다. 다만 서린의 눈이 보지 않는 곳에서 작살을 내겠지만. 경호원들이 비실거리며 거실에서 물러 나갔다.

[울지 마. 눈물 닦으라고.]

[안 울어요.]

아주 낮은 목소리였다. 가득 고인 눈물이 금세 다시 볼 위를 구르는데도, 울지 않는다고 씩씩하게 말한다. 가슴이 싸하게 시렸다.

이 여자를 어쩌면 좋을까? 제멋대로이고, 손아귀에 들어오지 않고, 절대로 순진한 고집을 꺾지 않는 이 여자를.

라탄은 무릎을 꿇고 서린과 눈높이를 맞추었다. 살며시 손을 들어 눈 아래 흐르는 물기를 훔쳐 주었다.

[먼저 치료부터 받자.]

침실로 들어간 서린이 진찰을 받기 위해 주저주저 찢어진 블라우스와 바지를 벗었다. 옷깃으로 가려졌던 그 아래에서 다시 새로운 상처와 멍의 흔적이 드러났다. 간신히 진정하려던 라탄의 분노에 다시 불이 붙었다. 급히 불려온 의사가 꼼꼼히 서린의 얼굴과 몸에 난 상처를 살폈다. 라탄이 조급함을 지우지 못하고 캐물었다.

[어때? 괜찮은 건가?]

[괜찮을 것 같습니다. 뼈에는 이상이 없습니다. 넘어져서 멍이 들었고, 무릎 상처가 좀 깊습니다. 흉터가 남을 것도 같네요. 여기 손톱으로 할퀸 볼의 상처도 좀 깊고, 목의 상처는 목걸이 줄에 쓸린 것 같은데, 자칫했으면 목이 졸릴 뻔했습니다.]

[기가 막혀서! 그건 보석도 뭐도 아냐. 값싼 유리였어.]

[마님이 걸고 계셨으니 값비싼 것으로 보였나 봅니다. 연고를 발라 드리지요. 혹시 모르니 감염을 대비해 파상풍 예방 주사를 놓아드리겠습니다.]

의사가 돌아가고 나서, 침실에는 두 사람만 남았다. 스스로의 안전을 지키지 못하고 화를 불러들인 이번 일에 대하여 어지간히도 노여웠나 보다. 라탄이 서린을 노려보며 나직하게 되물었다.

[내가 분명히 거지들에게 아무것도 주지 말라고 말했던 것 같

은데?]

같이 카주라호에 관광을 갔을 때의 일을 상기시키고 있었다. 거지에게 푼돈을 주려는 서린을 두고 그때에도 라탄은 무섭게 화를 냈었다. 아무 말도 못하고 고개만 끄덕일 도리밖에 없었다.

[감히 내 눈앞에서 내 나라 국민들을 모욕하지 말라고 부탁했었어. 이 나라에서 가장 주의할 사항을 아직도 알지 못한 거야?]

[미안해요.]

단지 그 말밖에 할 것이 없었다. 서린은 기어들어 가는 목소리로 중얼거렸다. 어째서 그녀는 항상 아프거나 다치거나 상처를 입는 걸까? 스스로가 너무 쓸모없고 폐만 끼치는 존재가 된 것 같아 비참했다. 라탄의 힐난과 잔소리를 들으면서도, 대꾸를 할 수가 없었다.

[네 동정이 우리나라의 가난을 다 구제할 수는 없어.]

[알아요.]

[또한 그들에게도 도움이 되지 않아. 네가 적선하면 할수록 그들은 쉽게 구걸해서 살려고 해. 그들의 평생을 거지로 만들어. 왜 아직도 그것을 모르니?]

내내 고개를 숙이고만 있던 서린은 고개를 들었다. 라탄을 똑바로 응시했다.

[구걸하고 싶어 구걸하는 사람은 없어요.]

조용하나 야무지게 되받아치는 서린의 말에는 숨기지 못한 가시가 돋쳐 있었다.

[나는, 당연히 해야 하고, 당연히 할 수 있는 일조차 당신이 하지 않는다고 생각해요. 그래서 비겁해 보여요. 시도하지도 않으면서 못한다고만 말해. 당신의 말은 이기적이고 자기중심적인 궤변이에요.]

무어라 대꾸하려던 라탄이 말을 멈췄다. 고개를 돌린 채 그를 외면하는 서린의 턱을 잡아 억지로 자신을 바라보게 했다.

[넌 나와 그들을 비교해서, 불공평하다고 생각해? 너무 많이 가진 내가 부당해? 그렇게 많이 가졌으면서 아무것도 그들에게 주지 않는 내가 나쁜 놈이라고 생각해?]

아니라는 대답을 할 수가 없었다.

[그래요. 그래서 실망했어요.]

서린은 조용히 대답했다. 그가 서린 자신의 솔직한 마음을 알고 싶다면, 서린도 솔직해질 의무가 있었다. 누구도 말하지 못하는 것을, 서린만은 그에게 정직하게 말해주어야 한다. 그것이 진정 반려의 할 일이었다. 권리이기도 했다.

[라탄, 당신의 삶은 현실이 아니에요. 천상의 환몽이죠. 나조차도 당신이 만든 유리감옥에 가두어놓고 아무것도 하지 않는 인형으로 만들고 싶어해요. 당신이 그렇게 산다고 해서 나더러까지 그것을 강요하지 말아요. 난 내 할 일을 하고 싶어요. 할 수 있는 일도 하고 싶어요. 그런데 내가 무슨 말을 하든 당신은 듣지 않을 거잖아요. 그래서 나도 말을 하고 싶지 않아요.]

[당신은 이미 날 이기적이고 나쁜 놈으로만 생각해. 네가 이런 식으로 혼자 생각에 빠져서 나와 대화를 거부한다면 나도 더 이상 당신하고는 말을 할 수 없어. 그만두자.]

굳은 표정이 된 그가 일어났다. 창가에 가 등을 돌리고 섰다. 어깨선이 굳어 있었다. 불같이 치밀어 오르는 화를 억지로 삭이는 동작이었다.

서린은 소파에서, 라탄은 창가에서 서로를 외면한 채 침묵하기만 했다. 침묵은 쉬이 깨어지지 않았다. 서로에게 실망하고 서로에게 너무 멀어져 절망하며 아무 말도 할 수가 없었던 거다.

얼마 후, 라탄이 벽의 서가 쪽으로 갔다. 책을 하나 빼서는 서린의 무릎 아래로 내던졌다.

[뭐예요?]

[잘난 자선가 서린. 당신의 남자가 정말 고민하는 것을 알아야지. 넌 날 전혀 모르고 있어.]

[당신의 진실에 대해서 아무것도 말해주지 않고 무조건 명령에 따르라고 하거나, 이해해 달라고 부탁하지 말아요. 난 신이 아니야.]

[신이 아닌 건 나도 마찬가지야. 하지만 넌 네 남자가 신인 줄 알고 있어. 잘 읽어둬. 내가 감당해야 할 전쟁은 이런 것이니까. 네 남자가 매일매일 어떤 적과 싸우고 있는지 똑똑히 알아두라고! 이야기는 다음에 하지.]

그가 사납게 침실의 문을 닫고 나갔다.

서린은 발치에 떨어진 책을 내려다보았다. 〈카스트—인도의 오욕〉이라는 제목이 붙어 있었다.

침실에서 나온 라탄은 거실의 발코니로 나갔다. 한참 동안 팔짱을 끼고 아래를 내려다보기만 했다.

빌라 단지 담벼락에 기대 살고 있는 슬럼피플들의 모습이 정면으로 내려다보였다. 그들이 집 대신으로 쓰는 담요들이 줄지어 놓여 있다. 하지만 한 번도 그들이 적선을 하는 행인을 공격했다는 말을 들은 적이 없어 그대로 방치했었다.

'이제 더 이상 자비를 베풀 이유가 없어.'

라탄은 고개를 돌렸다. 옆에 선 아시프를 바라보았다.

[저것들, 다 치워. 깨끗하게. 오늘 중으로!]

[알겠습니다.]

[내가 언제든 이 자리에 섰을 때, 저따위 꼴불견을 다시는 보고 싶지 않다.]

[경찰이 순찰을 돌도록 조치하겠습니다.]

[그리고, 린을 공격했던 녀석들.]

[네.]

[찾아내서, 내게 데려와.]

그는 돌아서서, 거실로 들어왔다. 발코니 옆에 놓인 낮은 탁자 서랍을 열었다. 그 안에는 퍼팅 연습을 할 때 끼는 가죽장갑들이 잔뜩 들어 있었다. 피부에 찰싹 달라붙는 가죽의 촉감을 만족스럽게 음미하며 물었다.

[린을 따라다녔던 그 자식들. 어디 있지?]

[아래에서 대기 중입니다.]

[좋아. 아까 못다 한 일을 끝내야지.]

아시프가 열어줄 사이도 없이 라탄이 먼저 현관문을 열고 나갔다. 침실에서 나오던 서린과 현관문 앞에 선 아시프의 시선이 마주쳤다.

[라탄은 어디 있어요?]

서린의 목소리에는 감추지 못한 불안이 묻어 있었다.

[의무를 다하지 못한 자를 응징하러 가신 줄 압니다만.]

나직하고 느릿한 아시프의 목소리가 어쩐지 힐난처럼 들렸다. 서린은 그만 고개를 떨어뜨리고 말았다.

서린 자신 때문에 치도곤을 당한 경호원의 일 때문에 내내 마음이 편안하지 않았다. 괜히 하지 않아도 좋을 쓸데없는 일을 벌여, 여러 사람을 괴롭게 하고 민폐를 끼친 것 같아 차마 고개를 들 수 없을 정도로 미안했다.

그런 상황에서 아시프의 말을 듣자니, 쥐구멍이라도 찾고 싶을 정도로 미안하고 부끄러웠다.

[……아시프. 역시 내가 잘못한 거죠?]

[잘했다고는 할 수 없겠지요.]

그가 외교적으로 대답했다.

[죄송해요. 난 이런 일을 당할 줄을 몰랐어요. 하지만 내가 정

말 잘못한 걸까요? 라탄이 너무 화를 내서 더 이상은 말하지 못했지만, 내가 잘못한 건 아닌 것 같아요.]

[회장님의 심기를 어지럽히는 일은 전부 다 잘못입니다.]

아시프가 망설이지 않고 쏘아붙였다. 언제나 충성스런 비서는 라탄을 괴롭히거나 마음 상하게 하는 일에 대해서는 가차없었다. 그건 서린에 대해서도 마찬가지였다.

라탄에 대한 아시프의 충성은 완전히 절대적인 것이었다. 예전부터 든 생각이지만 서린은 그 순간 어쩐지 좀 섬뜩했다.

라탄을 힘들게 하는 것은 아무리 작은 것도 용서치 않는 아시프의 반응에 질렸다고 해도 좋을 것이다. 그건 단순히 수하가 주인을 위하고 아끼는 것과는 다른 차원 같았기 때문이다. 마치 연인에 대한 맹목적인 집착이거나 애정처럼 보였을 정도였다. 그래서 풀이 더 죽고 말았다.

[제가 말씀드릴 수 있는 것은 단 하나입니다. 회장님은 마님을 가장 소중히 여기십니다. 마님의 일에 대해서는 거의 이성을 잃는다고 해도 과언이 아니지요. 마님의 경솔한 행동은 많은 사람들을 괴롭힙니다. 부디 신중하고 지혜로운 행동을 부탁드립니다.]

아주 상냥하고 예의 바른 말이었으나, 아시프가 말하고자 하는 뜻은 분명했다. 서린 한 사람 때문에 여러 사람이 괴롭고, 힘들다는 것이다. 그녀를 바라보는 아시프의 서늘한 시선이 그녀더러 '이 철없는 여자 같으니라고!' 버럭 소리치는 것처럼만 느껴졌다.

[마님의 일 말고도, 회장님께는 괴롭고 심란한 일이 아주 많습니다. 부디 회장님의 고충을 이해하셔서, 마님께서도 하루빨리 반려로서 어울리는 행동과 의무를 자각해 주십시오.]

쌀쌀맞은 동작으로 현관문을 열고 나가는 아시프의 뒷모습을 바라보며 서린은 한참 동안 멀거니 서 있기만 했다.

사흘 후.

〈……현재 인도 사람들의 30% 정도는 절대 빈곤에 놓여 있다. 이들은 대개 하루 한 끼의 식사로 연명하며, 굶어 죽는 사람들도 많다. 거리 곳곳에 집 없는 사람들이 널려 있고, 이들의 유일한 생계수단은 대개 구걸이다.

돈이 없어 충분한 나무를 살 수 없기 때문에, 타다 남은 시체가 그냥 강에 던져지기도 한다. 운수 사나우면 들개들의 밥이 된다.

순수한 네 계급을 벗어난 그들은 가장 비천한 일에 종사하고 가장 혹독한 대우를 받는다. 그들은 다른 사람은 하지 못하는 불결한 일을 하도록 강요당했다. 그들의 손이 닿는 모든 것도 불결하다고 생각되고 있다. 그리고 그들 스스로도 자신이 불결하다고 생각한다. 그들은 모든 공민권을 박탈당했을 뿐만 아니라, 그들의 생활양식, 가옥, 가구 등을 단속하는 특별법에 의해 오명의 낙인이 찍혔다……〉

"그들 스스로도 자신이 불결하다고 생각한다……."

서린은 책을 덮었다. 가장 충격적인 구절을 가만히 되뇌어 보았다.

아무런 저항 없이 매를 맞던 릭샤왈라와 사람들이 보거나말거나 거리낌없이 가슴을 내놓고 아기에게 젖을 물리던 거리의 거지 여인이 동시에 떠오르고 있었다. 인간 이하인 인간들. 짐승보다 못한 존재들. 그들이 바로 하리잔들이다.

자신에게서 얻은 몇 백 루피로 그 여인은 무엇을 했을까? 약을 사먹었을까? 아기에게 젖을 줄 만큼 좀 얻어먹었을까?

서린은 발코니로 나가 아래를 내려다보았다. 눈으로 살피다가 깜짝 놀라고 말았다. 아파트 단지의 긴 담벼락 아래, 검은 얼룩처럼 모여 있던 슬럼피플들은 한 명도 보이지 않았다. 정복 차림의 경찰 두 명이 순찰을 돌고 있을 뿐이었다.

"이건 정말 너무하잖아."

말 한마디 들은 바 없고, 눈으로 보지 않았어도 확실하게 알 수 있었다. 어느새 서린의 주먹에 힘이 꽉 주어졌다.

저녁 무렵, 라탄이 퇴근했을 때 서린의 싸늘한 눈동자가 그를 기다리고 있었다.

[당신이 그 사람들, 쫓아버렸죠?]

라탄은 어깨를 으쓱했다. 이제야 눈치 채다니, 의외로 둔하군.

그렇다고 시인하는 동작이었다. 서린은 분개해서 부르짖었다.

[기가 막혀서.]

[다시는 눈앞에 나타나지 않을 거야. 그러니 공격당할 걱정 따윈 안 해도 돼.]

[당신, 정말 나쁜 사람이군요! 그들에게 자비를 베풀고 적선을 할 의무는 없어요. 하지만 그들이 자리 잡은 땅에서 쫓아낼 권리도 없어요.]

[아니, 난 권리가 있어. 내 땅이거든.]

[웃기지 말아요. 그들은 하늘 아래, 길바닥에서 사는 사람들이에요. 저들이 잠시 빌린 길바닥마저 당신의 것이란 말이에요?]

[맞아, 내 것이야. 뭄바이의 토지 반이 내 것이거든. 우리 타다 가문이 이곳을 개발했어.]

라탄의 목소리는 조금의 동요도 없었다. 냉혹할 정도로 침착하게 대꾸했다.

[애초에 여긴 내 증조부가 다스렸던 구자라트 주의 농산물과 면화를 수출하는 작은 포구였어. 우리 가문이 식민지 시절 포르투갈 상인들의 뒤를 이어 일곱 개의 섬을 연결하는 다리를 만들고, 근대적인 항구를 만들어 보수하고 공장을 만들고 집을 짓고 공항을 만들고 길을 닦았어. 수도시설을 만들고 아파트를 짓고 전화선을 깔았지. 그래서 오늘 날 천육백만 명이 사는 뭄바이가 만들어진 거야. 명실상부, 여긴 내 땅이야. 내 땅에 무단으로 침입한 자들에 대해 이주를 명령했다고 해서, 뭐가 문제야? 그렇

게 비난받을 일은 아닌 것 같은데?]

[당신은 그런 일을 할 권리가 없어요. 단지 가난할 뿐이지, 그들도 당신과 똑같은 사람이에요.]

[아니, 똑같지 않아. 그럴 수가 없잖아? 카스트가 다른데 어떻게 같은 인간일 수가 있어?]

확신도 아니고 주장도 아니었다. 그저 존재하는 진실을 말해준다는 듯 대수롭지 않은 어조였다. 이젠 라탄도 서린의 시선을 피하지 않았다.

[그들은 나에게 구걸하는 자, 나는 그들을 먹여 살리는 자야. 내가 하리잔이라면 어떻게 그 일이 가능하겠어?]

[당신이 그들을 도와준 건 없어요. 남루한 터전에서조차 가차없이 잔인하게 쫓아냈을 뿐이죠. 당신은, 당신이 가진 수없이 많은 것들의 아주 작은 부스러기조차 그들에게 나누어 주기를 거부하는 사람일 뿐이에요.]

서린 역시 조용하게 지적했다. 하지만 그 말속에 담긴 혹독한 비난과 가없는 실망감을 그인들 느끼지 못했을 리가 없다.

잠시 바닥을 내려다보며 생각에 잠겼던 라탄이 벗으려던 재킷에 다시 팔을 꿰었다. 돌아서서 옷걸이에 걸쳐진 두퍼타를 떼내 서린에게 던졌다.

[같이 나가지. 보여주고 싶은 게 있어.]

반항이나 거부 따위는 있을 수 없었다. 그의 시선이 경고하고 있었다. 서린은 아무 말 없이 목에 두퍼타를 둘렀다. 라탄이 운전기사를 밀어내고 운전석에 앉았다. 바깥에 선 서린을 싸늘하게 바라보았다.

[타. 오늘은 내가 운전할 거야.]

오후 여섯 시. 러시아워이다. 세상의 여느 대도시와 다를 바 없는 뭄바이의 빌딩가. 승용차와 릭샤와 오토바이와 트럭과 택시가 그만큼 많은 사람들과 엉켜 지옥도를 만들고 있었다. 맨발이거나 초라한 슬리퍼를 신은 사람들이 고층빌딩 앞의 남루한 판잣집 앞에 쪼그리고 모여 앉아 있다.

그런 가운데에서 바라나시와 마찬가지로, 초현대 도시인 뭄바이에서도 신을 경배하는 종소리와 음악 소리가 울려 퍼지고 있었다. 골목골목, 길모퉁이 모퉁이에 위치한 힌두 신전 앞에 사람들이 모여 있다. 사리를 입은 노인은 종을 치고, 아이들은 쌀을 뿌린다. 남자는 촛불을 켜고, 여자들은 꽃을 바쳤다. 남루한 거리의 유일한 화려함. 인도 어디에서든 그러하듯 신전이었다.

서린은 차창 밖만 응시하다가 조용히 입을 열었다. 내내 가슴에 걸려 있던 말을 뱉어내고야 말았다.

[당신이 그 여자를 쫓아내서, 만약 그 여자와 아기가 죽었다면, 당신을 용서하지 않을 거예요.]

[용서하지 않으면 칼로라도 찌를 건가?]

라탄 역시 서린을 바라보지 않았다. 운전을 하기 위해 앞만 응시하면서 받아치는 목소리가 얼음처럼 차갑고 미끄러웠다.

[칼로 찌를 필요도 없어. 네 말로도 충분해. 네 말이 내겐 칼날이거든. 네 말 한마디로도 심장이 부서져. 그리고 하나 더! 난 용서받기를 바라지 않아.]

어느 한쪽도 구부러지지 않는다. 한 치도 양보하지 않는 네 개의 눈동자가 푸른빛을 튀며 마주쳤다.

[용서받을 짓을 한 적도 없어. 그러니까 말을 골라서 해. 감히 누가 누구를 용서한다는 거야?]

차가 멈추어 섰다. 고층건물이 우뚝우뚝 서 있고, 고급 승용차들이 오가는 나리만 포인트와는 전혀 다른 광경이 펼쳐지고 있었다.

질척이고 냄새 나는 시궁창, 연기가 피어오르고 있었고 형용할 수 없는 이상한 커리 냄새가 풍겼다. 아무렇게나 버린 쓰레기와 오물로 뒤덮인 거리, 군데군데에 인간과 동물의 배설물들이 적나라하게 널려져 있다.

허름한 한 폭 천막을 지붕 삼아, 깡마른 나무를 빨래걸이 삼아, 길바닥을 부엌 삼아 사는 사람들. 심지어 그 천막 지붕도 없어 땅바닥에 담요 한 장만 펴놓고 쪼그리고 앉아 있는 이들도 수없이 많다. 어떤 사람들은 땅바닥에 놓인 하수도관 속에 거처를 마련하고 살고 있기도 했다. 바라나시에서도 충분히 보았지만 뭄바이의 빈민가는 더 참혹하고 불결했다.

[한때는 뭄바이의 절반이 저런 꼴이었어.]

[절반?]

[그나마 많이 사라진 거야. 우리가 나름대로 얼마나 노력했는지는 신만이 아실 거야.]

[무슨 뜻이에요?]

릭샤도 채 다니지 못할 좁은 길에 고급 승용차가 서 있으니 당연히 호기심이 난 거다. 얼굴에는 맨발에 땟국물이 덕지덕지한 아이들, 머리는 산발한 채 더러운 옷을 입은 아이들이 십수 명 달려왔다.

[엑 루피아! 엑 루피아!]

차창을 두드리며 일 루피만 달라고 소리치는 고사리 손들을 노려보며 라탄이 내뱉었다.

[600만.]

[뭐라구요?]

[이 도시에 사는 저런 아이들이 600만이라고. 넌 저 애들에게 일 루피가 아니라 십 루피, 백 루피도 줄 수 있어. 네가 원하면 난 그 돈을 너에게 줄 거야. 오늘은 그렇다 치고, 내일은? 또 모레는? 한 달 뒤, 일 년 뒤, 또 십 년 뒤는?]

무어라 대답할 수가 없었다. 600만의 절대 극빈자들. 그들에서 매일같이 빵을 줄 수 있을까? 아무리 라탄이 부유하다 해도 그건 불가능한 일 같았다.

[넌 저 애들을 보며 미래가 없다고 불쌍하다고 말해. 하지만 저 애들이 제대로 된 삶을 살려면 이렇게 구걸하는 것으로는 살 수 없다는 것을 빨리 깨달아야 해. 제 손으로 일을 해서 가난을

벗어나야 한다는 생각을 할 수 있어야 정상적인 삶을 개척해 나갈 수 있다고.]

[하지만 이 사람들은 개척할 기회조차 없잖아요. 당신은 그들에게 기회를 줄 힘이 있는데도 하지 않고요.]

대답 대신 라탄이 차의 시동을 걸었다. 두 사람이 탄 승용차는 좁고 미로 같은 길을 빠져나갔다. 커다란 염색공장을 스쳐지나갔다. 공장에서 풍기는 역겨운 냄새가 차 안에까지 스며들었다.

차 옆으로 공장의 직공들이 삼삼오오 걸어가고 있었다. 맨발이거나 초라한 샌들을 끌고 허름한 옷을 입은 사람들이다. 그런 길을 지나 십여 분 후, 승용차는 커다란 건물 앞에 멎었다. 병원 표시가 벽에 붙어 있었다. 라탄이 내뱉었다.

[타다 시립병원. 우리 그룹이 지어서 '국경없는 의사회'에 기증했어. 병원에서 필요한 물품과 장비들은 우리가 지원하고 의사들은 세계 각국에서 봉사를 하러 와. 뭄바이에만 네 군데가 있어. 들어가지.]

비로소 예전에 찾았던 자료들이 기억났다. 코드원 승무원일 때 모셔야 하는 승객의 정보를 미리 검색한답시고 타다그룹에 대하여 찾아보았지. 라탄이 이끄는 타다그룹이 사회복지사업에 상당한 투자를 하고 있어, 인도인들의 존경을 받고 있다는 기사를 본 적 있었다.

얼굴이 화악 뜨거워져 왔다. 불과 십 분 전, 서린 자신은 그에게 그들을 돕지 않는다고 대놓고 비난을 했었다. 라탄은 서린의 무지에 대하여 보기 좋게 복수를 한 셈이다.

병원이라고 했지만, 내부는 생각보다 지저분했고, 또 정리정돈이 되지 않은 기분이 들었다. 서린 자신, 복막염 수술을 받았던 델리의 아폴로 병원과는 비교조차 할 수 없었다.

환자는 전부 제대로 씻지 못해 꾀죄죄한 사람들, 맨발로 오가는 가난한 사람들이었다. 하지만 환자들은 나름대로 정성스런 보살핌을 받고 있었고, 초라한 병원이나마 치료를 받는 것에 대하여 만족을 표시하고 있었다.

두 개의 문을 지났다. 그쪽은 바깥의 병실이나 진료실보다는 더 쾌적하고 깨끗하게 느껴졌다. 어디선가 아기 울음소리도 들렸다.

"세상에!"

너무 놀라 서린은 그만 한국어로 내뱉었다. 그 병실의 한 침대에 거리에서 만났던 그 여인이 누워 있었던 것이다.

제대로 먹고 보살핌을 받아서인가, 그 짧은 시간에도 화색이 돌았다. 깨끗해진 아기도 품 안에서 새근새근 잠을 자고 있었다. 그녀도 서린을 보았다. 몸을 일으키더니 서린의 두 손을 잡았다. 그 손을 자신의 머리에 대며 빠른 힌디어로 무어라고 말하기 시작했다. 서린은 라탄을 돌아보았다.

[뭐라고 그래요?]

[고맙다고 그러는군. 아기도 주사를 맞았대. 출산한 후에 하

혈이 심해서 까딱했으면 큰일이 날 뻔했다는군.]

라탄이 곁에서 통역을 해주었다.

[괜찮아요, 라고 말하고 싶어요.]

[꼬이 밧 너히.]

라탄이 가르쳐 주었다. 서린은 고개를 돌려 활짝 미소 지었다.

"꼬이 밧 너히. 괜찮아요. 내가 한 일은 없는걸요. 빨리 건강해져서 아기랑 퇴원했으면 좋겠네요."

서린은 진심을 다해 말했다. 그녀가 말을 알아듣든 못 알아듣든 상관없었다. 진심은 닿는다고 믿었다. 여자가 활짝 웃었다. 꽃처럼 아름다운 미소였다. 서린 역시 하늘처럼 밝게 웃었다.

밤이 이미 깊어가고 있다. 이윽고 그들이 탄 차는 마린 드라이브를 지나 나리만 포인트에 위치한 타다그룹의 본사 건물 앞에 도착했다. 서로 높이가 다른 세 동의 거대한 고층빌딩이 아라비아해를 내려다보고 있었다.

43층, 가장 높은 오른편 건물의 최상층부. 그곳이 라탄의 사무실이었다.

뭄바이를 내려다보는 고층 건물 맨 윗층에 자리한 그의 사무실은 말 그대로 으리으리했다. 아까 다녀온 슬럼가와 병원과는 전혀 다른 별세계였다.

한 도시 안에 이러한 양극이 공존한다는 것. 이것이 바로 인도의 현실이라는 것을 알려주고 싶었다면, 그는 성공했다. 서린은 이제 너무 잘 알게 되었으니까. 결국은 라탄의 말대로 숙명이라는 것.

책상 끝에 걸터앉은 라탄이 서린을 바라보았다.

[지금 당신이 무슨 생각을 하는지 알아. 최악의 밑바닥 생활을 하는 사람들이 그렇게 많은데, 이런 사치스런 생활을 하는 내가 얄밉지? 불공평하다고 생각하지?]

[……당신을 비난하고 싶지 않아요, 당신 말대로 당신도 최선을 다하고 있다는 것을 알았으니까요.]

[최선을 다한다고 해서 언제나 최고의 결과를 얻는 건 아니야.]

[무슨 뜻인가요?]

[아까 지나친 염색공장. 뭄바이에 세우게 하는 데 딱 육 년 걸렸어.]

[왜요?]

[하리잔을 정식 직원으로 고용하고 있거든. 그런 공장을 세울 수 없다고 주 정부부터 시민들까지 다 반대해서. 그 공장에서 만드는 천은 국내에서는 소비할 수가 없어서 수출만 해. 그 누구도 하리잔이 만드는 천은 몸에 걸치려 하지 않아. 이런 게 우리나라의 현실이야.]

〈……그들의 손이 닿는 모든 것도 불결하다고 생각되고 있다.〉

책에서 읽었던 구절이 다시 떠오르고 있었다.

그가 책상의 서랍에서 담배 한 개비를 꺼내 피워 물었다. 그가 담배를 피우는 것은 처음 보았다. 그만큼 고민하고 고뇌해야 할 일이 이 방 안에서 많이 벌어진다는 뜻이다. 서린은 가슴이 아팠다.

[사람들은 나에게 언제나 그렇게 말하지. 1억의 부자와 10억의 빈자가 함께 사는 이 나라에서, 도대체 당신은 무엇을 했느냐고. 그러한 불평등과 가난에 대해서 책임을 져야 하는 게 아니냐고. 하지만 나 혼자 아무리 안달하고 노력하고 소리친다고 해도 사람들의 머릿속에 박힌 무지와 편견을 없앨 순 없어. 네가 무어라고 해도 그건 불가능해.]

[이해해요. 이해하니까 이제 그만 해요.]

[아니, 끝까지 들어! 어쩔 수 없어. 그러한 상황을 견뎌내는 것도 인도에서 태어난 나의 의무야. 내가 이러한 상황을 인정하고, 계속해서 많은 것을 가지고 있어야 그들을 위해 하나라도 해줄 수 있어. 아직도 모르겠니? 나도 짜증나! 나도 이렇게 태어나고 싶어 태어난 게 아니란 말이다.]

분노인가 체념인가. 살짝 엿보이는 라탄의 복잡다단한 감정의 결에 서린은 깊은 충격을 받았다.

싱긋 웃고 만다. 세상의 모든 일에 대하여 거의 관심을 가지지 않는 얼굴을 하고 있다. 거의 권태로운 표정으로 내려다볼 뿐이다. 만사 농담처럼 넘어가고, 매끄럽게 나태하게 덮어버린다. 정직한 속을 거의 드러내지 않고 솔직한 감정도 서린 말고는 그 누구에게도 보여주지 않았다. 그러나 이 순간, 자신의 나라에 대한 증오와 연민. 불쾌함과 이해. 사랑과 증오가 뒤섞인 감정을 적나라하게 토해내는 그의 표정은 거의 설명 불가능했다.

두서없이 뒤섞인 이야기를 하다가 그가 문득 말을 멈추었다. 그의 반려가 됨으로써 서린이 앞으로 처하게 될 상황과 그녀의 위치를 분명히 알려주어야 할 것이라고 생각하고 시작한 일이다. 자신이 들어도 지겨운 이야기들을 뱉어내고 있는 스스로가 갑자기 너무 가엾어져서 비참해졌다.

[이리 와, 서린. 내 곁으로 와.]

라탄은 서린에게 자신의 옆으로 오라고 요구했다. 아니, 부탁했다.

서린이 잠시 망설이다가 그의 앞으로 걸어왔다. 라탄은 두 팔을 내밀어 그에게로 다가온 여린 어깨를 안아버렸다. 혼란으로 가득찬 연인의 눈동자를 응시했다.

[날 동정해 줘. 린. 보아서 알겠지만, 너의 남자는 무척 외로운 전쟁을 하고 있어.]

[……알아요. 아무것도 모르고 비난해서 미안해요.]

[사과받자고 널 그곳으로 데려간 건 아냐. 난 다만 내가 날 이해해 주고 지지해 주기를 바랐을 뿐이야. 너마저 날 비난하고 등을 돌리면, 난 누구에게 속마음을 털어놓아야 할까? 다시 한

번 부탁해. 무조건의 지지, 무조건의 이해, 무조건의 사랑. 반려인 네게 받고 싶어.]

그의 눈빛이 무거웠다. 처음 볼 만큼 외롭고 지쳐 있었다.

[내 나라를 나만큼 사랑해 달라고는 하지 않을게. 완전하게 이해해 달라고도 요구하지 않을게. 하지만 이곳에 사는 한은 너의 남자가 이런 행동을 할 수밖에 없는 상황을 참아줘야만 해, 서린.]

[……나 때문에 불행해요? 당신의 나라를 이해하지 못하고 절망하는 나를 보며 괴로워요?]

[그래.]

라탄이 나직하게 중얼거렸다. 서린의 이마에 자신의 이마를 부딪쳤다. 정적뿐인 사무실. 두 사람의 숨날이 하나로 섞였다.

[네가 행복하지 못하다면, 널 내 곁에 두는 의미가 없어.]

그녀를 응시하는 눈동자는 오직 진실 그것뿐이었다. 그 눈동자가 그녀에게 속삭이고 있었다. 그 남자의 심장을 전부 다 드러내고 있었다. 우리 같이, 언제까지나 행복하게 살자고 약속했다고. 네가 불행하고 슬프면, 내가 널 살린 이유가 사라진다고. 라탄이 다시 물었다.

[네가 행복해진다면, 내가 가진 모든 것을 다 버릴 수 있다. 말해봐. 그걸 원하니?]

[……지금 당신이 가진 모든 것을 버리면, 당신은 행복할까요?]

서린은 대답 대신 오히려 그에게 되물었다. 망설임 따윈 없다. 라탄이 단번에 단호하고 강하게 내뱉었다.

[네가 행복하면 돼. 상관없어. 나의 행복 따윈 생각하지 마.]

마찬가지잖아요. 라탄. 서린은 그를 응시하며 말없이 속삭였다. 같이 행복해지자고 약속했다. 그녀가 행복해지기 위해, 이 사람이 불행해야 한다면, 그녀는 이 남자 곁에 머무를 이유도 의미도 없어지고 만다.

서린의 침묵이 망설임이거나 혼란이라고 생각한 모양이다. 그가 다시 강하게 확언했다.

[널 따라갈게. 우린 같이 있어야 해. 그러면 행복해. 우린 같이 행복해져야 해. 중요한 건 그것뿐이야.]

울컥 숨이 막혔다. 지금 라탄은 자신의 모든 것과 인생 전부를 그녀의 손 안에 내어주고 있는 중이었다. 언제나 그랬다. 그녀의 남자는 정녕 이런 사랑을 하는 사람이었다. 이렇게 정직하고 이렇게 무모할 정도로 성실한 사랑을 하는 남자였다. 이런 남자를 이길 방법이란 없었다.

서린은 천천히 손을 들어 라탄의 볼에다 댔다. 볼에 닿은 서린의 손 위로 라탄의 손이 겹쳐졌다. 서로만이 전부인 네 개의 눈동자가 맹세처럼 얽혔다.

[기억해요? 내가 현조 오빠를 잃고, 그를 따라 죽으려고 델리로 왔을 때.]

[그래.]

[당신은 그렇게 말했어요. 내가 인도로 온 건, 다름 아닌 당신에게로 오고 싶었기 때문이라고. 라탄, 이제야 말하건대, 그것이 진실이었을 거예요.]

말로는 아니라고 부인했지만, 고함질렀지만, 그녀의 본능은 간절하게 이 남자에게로 닿고 싶었던 거다. 이 남자의 세상 안에 있어야, 행복하고 안전할 거라는 것을 정직한 영혼은 이미 알았기 때문이다.

[그때 난 이미 선택했어요. 당신은 언제나 나의 정답을 알고 있어요.]

서린은 겹쳐진 손 위로 가만히 얼굴을 기댔다. 가까이, 더 가까이, 자신의 남자에게로 닿았다. 겹쳐졌다.

[난 살기로 결정했어요. 당신의 세상에서 살기로 결심했어요. 라탄, 난 당신의 세상 안에서 당신이 행복하기를 원해요. 당신이 행복해야 내가 행복하니까요. 줄게요. 당신이 바라는 것들, 나의 사랑, 나의 헌신, 나의 믿음, 나의 자존심과 명예와 복종까지도 다 줄게요. 그렇게 약속했잖아요. 지금껏 당신은 나 때문에 너무 많이 괴롭고 힘들었어요. 이제는 내가 힘들고 괴로운 것을 하고 싶어. 그래야만 해요.]

[……네가 절대로 이해하지 못할 일들이 날마다 벌어지는 곳이야. 네가 용서하지 못할 일도 매일 일어나는 세상이고. 이런 세상에 사는 내 곁에서 네가 정말 행복할 수 있을까?]

[노력할게요. 당신을 위해서.]

서린은 단호하게 대답했다. 그의 눈동자를 똑바로 응시하며 준엄하게 맹세했다.

[언제나 먼저 당신을 생각하고, 당신이 원하는 것을 헤아리고, 당신이 원하는 일을 할게요. 대신, 라탄. 당신도 나의 부탁 하나만 들어줘요.]

[말해봐.]

[나를, 라탄. 부디 당신의 사랑 안에서만 존재하는 여자가 아니라, 당신의 인생 안에서도 존재하는 동반자가 되게 해주세요.]

이 남자의 세상 안에서, 그녀가 해야 할 일, 해야만 하는 일이 분명히 있을 것이다. 그리고 이 밤, 햇살처럼 웃어주던 거리의 여인에게서 해답을 찾았다. 라탄의 반려로서, 그녀의 의무가 무엇인지 알게 되었다. 그녀는 반드시 그 일을 하게 될 것이다.

[당신에게 사랑받는 이서린. 여기 서 있는 여자예요. 하지만 그냥 이서린이란 인간 역시, 여기 있는 나예요. 둘은 같은 사람이에요. 이해하죠?]

라탄이 고개를 가벼이 흔들었다. 긍정하는 뜻이다. 그것에 용기를 얻어 서린은 똑똑하게 주장했다.

[당신의 나라를 사랑하도록 노력할게요. 당신의 나라를 마음으로부터 이해하도록 노력할게요. 그러나 난, 당신이 옳지 않다고 생각될 때는 옳지 않다고 말하겠어요. 당신이 싫어한다 해도 옳은 일이라고 생각하는 일을 하겠어요. 이것이 평생 동안 당신

의 반려로서 이 나라에서 살아갈 내가 가진 권리예요. 그것을 존중해 주세요.]

[바보, 정말 바보, 서린.]

그가 나지막하게 중얼거렸다. 두 팔로 서린을 꼭 끌어안았다.

[쉬운 길을 피하고 언제나 힘든 길을 가려고 해. 아무것도 모르는 척, 그냥 눈감고 안락함만을 구해도 좋을 텐데…….]

[내 남자가 그런 비겁한 사람이 아니기 때문에, 나도 그런 여자가 될 수 없어요. 난, 항상 당신과 한편이고 싶어요.]

조금 더 서로에게, 삶 안에 스며들었다. 깊어졌다. 완전한 하나인 양 오래도록 포옹한 그들의 등 뒤로 뭄바이의 밤이 깊어가고 있었다.

제4장

—우리의 시간, 우리의 약속—

델리 공작궁.

서린은 마야와 함께 기도원에 앉아 있었다. 아침나절, 출장을 온 라탄을 따라온 것이다.

라탄은 공작궁에 서린을 내려주고는 곧바로 떠나 버렸다. 수상을 만나야 하고, 또 외국에서 온 귀빈을 접대하는 만찬에 참석해야 하기에 늦을 거라고 말했다.

마야는 언제나처럼 서린을 따뜻하게 맞이해 주었다. 바라나시에서 델리로 오지 않고 바로 뭄바이로 가버렸다고 한참 동안 잔소리를 늘어놓은 다음이다.

[한동안 너 때문에 해야 할 일도 내버리고 방황하고 있었지.

이젠 그토록 원하는 너를 곁에 두었으니, 라탄도 자신의 의무를 다해야 해. 여기 머무는 며칠간만이라도 마음껏 널 독점해야겠다. 라탄이 약이 올라 펄펄 뛰는 걸 보는 것도 참 재미있거든.]

[짓궂으세요.]

[평생 같이 있을 사람인데, 며칠 정도는 늙은 나에게 양보해도 돼.]

트리샤가 화기애애한 두 사람을 바라보며 미소 지었다.

[정말 오랜만에 기쁜 모습이시군요, 마님.]

[집안에 아름다운 봄이 돌아온 거야. 라탄의 아내는 내내 공작궁의 기쁨이 될 거다, 트리샤.]

[아, 이제야 말씀드리는데 정말 너무하셨어요, 할머님. 그렇게 절 말짱히 속이시다니요.]

얼굴을 붉힌 채 항의하는 서린을 바라보며 마야가 빙그레 웃었다. 너무 늦게이지만, 서린은 마야가 주재한 두 사람의 비밀결혼에 대해서 원망하고 있었다. 마야는 딱 잘라서 선언했다.

[절대로 사과하지 않을 거다.]

마야가 싱긋 웃으며 차를 마셨다.

영리한 손자가 주인도 없이 홀로인 채, 길을 잃고 헤매는 아름다운 영혼을 찾아낸 행운을 가졌다는 데야 어쩔까. 그녀는 다만 길 잃은 그 영혼이 올바른 길로 걸어갈 수 있게 약간의 도움을 준 것뿐이다.

[옳은 일을 두고 속임수라고 하지는 않지.]

[그건 궤변이랍니다.]

[난 아흔이잖니? 그 나이쯤 되면 하지 못할 일도 없고, 용서받지 못할 일도 없는 거다.]

너무나 당당한 마야의 기세에 화를 좀 내려던 서린도 그만 눌리고 말았다.

[너흰 같이해야 하는 운명이잖니? 이젠 그 운명을 인정해. 부디 내가 죽기 전에 새로운 꽃봉오리를 볼 수 있다면 좋으련만. 하지만 그것도 신의 뜻이지.]

저절로 얼굴이 붉어지고 말았다. 마야가 암시하는 말뜻을 읽어버린 탓이다. 서린은 조그마한 목소리로 물었다.

[할머님께서는 제가 라탄의 아기를 낳기를 원하시는군요.]

[신이 허락하신다면, 우린 그 아기를 볼 수 있을 거다.]

손자는 밤낮으로 따개비처럼 서린에게 붙어만 있다고 한다. 부부가 너무 사랑하면 아기를 얻지 못한다는 말도 있다는데. 마야는 슬쩍 서린의 안색을 살폈다. 보얀 볼에 분홍빛이 돋아 있다. 보기와는 달리 야무진 성품을 가진 것처럼 몸도 생각보다는 튼튼하리라는 확신이 들었다.

[내가 주재한 혼인에서 자손을 얻지 못한 적은 없어. 너희들도 곧, 너무 많아 두 팔로 다 안지 못할 만큼 많은 아이들을 두게 될 거다. 타다 가문은 너로 인해 다시 한 번 번성하게 될 거야.]

서린은 지난주부터 일주일에 세 번씩 봉사활동을 다닌다고 이야기했다. 마야는 대견하다는 얼굴로 감탄을 터뜨렸다.

[슬럼가의 시립병원에서 봉사활동? 세상에……. 정말 너다운 일을 찾았구나! 하지만 놀라워. 라탄 녀석이 널 그곳에 내보내다니! 일단 위험하잖니.]

[그래서 항상 데르다와 같이, 경호원도 세 명이나 데리고 다녀야 해요. 좀 민망해요.]

[하지만 안전이 제일이지. 라탄은 그런 곳에서 납치를 당한 적이 있었거든. 거의 죽을 뻔했단다. 그래서 뭄바이의 슬럼가라면 아주 치를 떨지.]

라탄이 정도 이상으로 슬럼피플들에 대하여 거부감을 가지고 있고, 그들을 싫어한다는 느낌을 받은 적이 있다. 서린은 마야의 말에서, 어쩌면 어린 시절의 참혹한 기억 때문에 라탄이 슬럼가를 혐오하고, 그런 생활을 하는 자들을 미워하는 것은 아닌가 하는 생각에 잠겼다.

[그곳의 사람들은 다 친절해요.]

[넌 그들에게 사랑과 희망을 전해주잖니. 호의로 대하는 사람에게 사람들은 대개 호의로 답하지. 하지만 언제든 돌변할 수도 있는 것이 인간이란다. 잊지 말아라.]

[항상 조심할게요. 라탄도 제가 집에 돌아와 있어야 안심하고 다른 일을 할 수 있다고 그랬어요.]

[너무 늦었지만 비로소 그 녀석도 인간의 두려움을 배웠구먼.

좋은 일이야. 조금은 겸손해지겠지. 난 항상 그 녀석이 너무 건방지다고 생각했어.]

위대한 마하라자의 손자로 태어나, 지배자로 키워진 소년. 유서 깊은 타다그룹이라는 막강한 배경을 가진 그에게 감히 누가 명령하거나 간섭할 수 있었을까. 마야가 고개를 절레절레 흔들었다.

[여하튼 정말 무모했어. 그러니 경호원을 따돌리고 혼자 모터사이클을 몰고 그런 우범지역으로 겁도 없이 들어갔지. 납치를 당해도 싸!]

[세상에 무서운 것이 없다는 말은 그 사람에게 딱 맞긴 해요.]

서린은 가만히 중얼거렸다. 하지만 라탄에게도 무서운 것이 있다는 건 아무도 모르지. 그토록 강한 그가 가장 두려워하는 것은 서린 자신이 우는 것. 불행한 것. 그래서 서린은 최선을 다해 행복을 찾고 만들어야만 한다. 그 사람을 위해서.

[하지만 지금은 철이나 들었지. 네 앞에서는 언제나 상냥하고 다정하게 싱긋거린다고 해서 그 애를 우습게 보지 말아라. 보기와는 다르게 아주 지독하고 잔혹한 녀석이니까.]

[저어, 라탄을 납치한 범인은 체포되었어요?]

[음. 라탄이 그 동네를 기억해 냈어. 범인들은 딸의 다우리를 장만하려고 그런 범죄를 저지른 거란다.]

[다우리요?]

[그래. 우리나라의 아주 나쁜 관습이지만, 존재하는 한은 그

누구도 부인할 수 없는 거란다. 남자 집에서 그 딸과 자신의 아들이 결혼하는 조건으로 높은 지참금을 요구했어. 그 남자는 처음에는 그가 마련할 수 있는 돈으로 어떻게 해결했지. 그런데 사위집에선 계속해서 돈을 요구한 거야. 그 남자는 결국 범죄라도 저질러서 딸의 행복을 지켜주고 싶었던 거야.]

[범인들은 어떻게 되었어요?]

[어떻게 되긴? 당연히 감옥에 갔지. 한 십 년 징역을 살았을 거다. 그전에 라탄 녀석이 그들을 반쯤 죽여놓았더라만.]

마야가 싱긋 웃었다. 심란해하고 당혹스런 표정을 짓고 있는 서린을 바라보았다.

[그 애를 건드린 후에 살아남기를 바랐다면, 그건 말도 안 되지. 달리 그 애를 두고 '파라슈라마' 라고 부를까? 하지만 그 애가 그 사내에게 정말 분노한 건 자신을 납치해서가 아니더구나. 제 몸값으로 겨우 십만 루피를 불렀다는 거야. 제가 신은 운동화 한 짝 값도 안 되는 돈이지. 제 몸이 그렇게 싸구려였다는 데에 분노한 거야. 오만한 녀석!]

[너무했어요. 범죄는 벌을 받아야 하지만, 그렇게 해서는 안 되는 거죠. 라탄이 그렇게 잔혹하게 행동했다는 게 가슴 아파요.]

[그 남자의 아들은 지금 하원의원이란다.]

서린의 경악한 표정 앞에서 마야가 잔잔하게 웃었다.

[정치를 하고 있다는 말이야. 유능한 인물로 소문이 나 있단

다. 7)록써바의 기수지. 아마 일이십 년 안에 그가 우리나라의 새로운 수상이 되리라고 생각해. 야심도 많고, 영리하고, 또한 무엇보다 부지런해.]

[어머나, 그게 가능한 일인가요? 최하위 카스트인 불가촉천민이 수상이 되다니요?]

[가능한 일이지. 라탄이 그를 확실하게 지원하고 있으니까.]

[라탄이 그 아들을 도와주었군요.]

[꼭 그런 것만은 아냐. 그 아들이 충분한 능력이 있었지. 라탄은 그런 녀석이야. 겉으로 보면 방탕하게 사는 것 같고, 게으른 사자처럼 세상의 바깥에서 어슬렁거리고 있긴 하지만 제가 해야 할 일은 분명히 알고 있고, 하고 있단다. 생각보다는 애국자라니까, 내 손자는.]

마야가 곁에 선 트리샤를 돌아보았다.

[트리샤, 그것을 가져다줘. 잊어버리기 전에 이 아이에게 주고 싶어.]

[알겠습니다.]

트리샤가 가져온 것은 아주 오래된 붉은 벨벳 상자였다. 마야가 그것을 열었다. 얼음처럼 차고, 공주처럼 도도한 다이아몬드 목걸이가 그 안에 들어 있었다.

---

7)인도의 의회는 상하양원제이다. 상원은 '라저써바'. 하원은 '록써바'라고 한다. 록써바는 545석으로 구성되는데 그중 125석은 법적으로 '세듈드 카스트', 즉 불가촉천민에게 배정되어 있다

[세상에, 정말 아름다워요!]

[내가 육십 년 전에 처음, 알렉산드리아에서 증기선을 타고 런던으로 갈 때 걸고 갔던 목걸이야. 아그라 성의 옥좌 위에 달려 있던 다이아몬드와 쌍둥이지.]

마야가 손을 내밀어 반짝이는 목걸이를 집어 들었다.

[강가의 햇살처럼 아름답지 않아?]

[네. 강물에 떨어지는 햇살 같아요.]

[〈인도의 별〉이라고 부른단다. 긍지 높은 바라트의 영혼이자 정수이지. 강가의 넋이 고스란히 담겨 있단다. 자, 이것 좀 봐.]

마야가 손을 뻗어 중앙에 달린 커다란 다이아몬드를 건드렸다. 어떻게 세상에서 가장 단단하다는 보석을 속까지 말짱히 파낸 것일까? 얼핏 보면 하나로 보이는 보석이었지만, 그것은 어느새 뚜껑을 열고 닫을 수 있는 아주 앙증맞은 물병으로 변해 있었다.

[우리 바라트 사람은 어디를 가든 강가의 물에서 떨어지면 안 돼. 그래서 난 강가의 물을 담을 수 있는 목걸이를 만들어 오라고 보석세공인에게 명령했어. 떠나기 이틀 전에야 겨우 세공인이 작업을 마칠 수 있었지. 난 덕분에 무사히 강가의 물을 목에 걸고 영국을 방문할 수 있었단다.]

마야가 손에 든 목걸이를 서린의 목에 걸어주었다.

[이제 이건 네 것이다. 언제 어디서든 이것을 걸고 있으면, 강가의 축복이 항상 너와 함께할 거야.]

[할머님! 너무 과하세요. 이렇게 귀한 것을 제가 덥석 받을 순 없어요.]

[무엇이든 알맞은 주인이 있는 법이지. 이젠 네 거다. 늙은이더러 더 이상 잔소리를 하게 하지 마.]

마야가 귀찮다는 얼굴로 손짓을 했다.

라탄이 수상의 만찬에 참석하기 위하여 막 사무실을 나서려던 참이었다. 비굴한 표정을 한 고모부 하잘이 감히 사무실로 나타났다.

[저런, 고모부님이 아니십니까? 정말 오랜만에 뵙는군요.]

[오, 오랜만이지. 라탄? 귀국해서 한 번도 못 본 것 같아서 말이지. 델리에 출장을 왔다기에 인사라도 하려고 들렀어.]

회사에서 쫓겨나 귀국도 하지 못하고 빌빌거리는 주제에, 개심해서 죽은 듯 엎드려 살아도 모자랄 판에 니스 카지노에서 도박판이나 벌리고 다녔다지. 온갖 비리를 저질러 긁어모은 돈을 다 탕진하고 길바닥에 나앉게 되었으니, 어떻게든 재기를 해보려고 바닥에 붙어 비굴하게 구는 모습에 그렇지 않아도 치솟았던 혐오가 더 커져만 갔다. 만정이 딱 떨어졌다.

[잘 오셨습니다. 앉으세요. 약 오 분쯤은 고모부님과 담소를 나눌 수 있겠군요.]

라탄은 싱긋 웃으며 악수를 청했다. 맞잡은 하잘의 손은 진땀으로 축축이 젖어 있었다. 그에게 소파를 권하며 재킷의 주머니에서 손수건을 꺼냈다. 벌레처럼 축축한 손과 악수를 한 자신의 손을 닦았다. 그리고 보란 듯이 그 손수건을 쓰레기통에 내던졌다.

[그래, 건강은 어떠신지요? 저를 굳이 만나고자 하는 이유를 알고 싶군요. 혹시 무슨 부탁이라도?]

그래도 염치는 있단 말이지. 먼저 말을 꺼내기가 어려워 눈치만 보고 있다. 라탄이 먼저 말을 꺼내주니 더 이상 좋을 순 없다는 표정이다.

[라탄, 나비 뭄바이에서 신공항 건설을 시작했다고 들었어.]

[저런, 고모부님도 소식을 들으신 겁니까?]

[정말 자랑스러워. 역시 라탄 자네의 기획력과 추진력은 따라갈 수가 없어. 우리 모두의 자랑이야.]

[일은 그 일을 맡은 사람들이 하는 거지 제가 하는 게 아니죠. 그런데 고모부님이 건설에 대해서 관심이 많으시다니 처음 듣는 일입니다.]

[라탄, 나도 언제까지 허송세월만 하고 있을 순 없지 않나? 자네의 배려 덕분에 긴 휴가를 즐겼으니, 이젠 다시 타다 가문을 위해 매진하고 싶네. 자네가 나를 믿고 한 번만 더 기회를 준다면 최선을 다해 일을 할 생각이야. 나비 뭄바이의 미래를 위해 일을 할 기회를 주게. 부디 늙은 고모부에게 마지막 자비를 베풀어주기를.]

라탄은 두 손을 깍지 끼고 편안하게 의자의 등받이에 등을 기댔다. 빙글빙글 웃으며 하잘을 바라보았다.

[타다 가문에 대한 고모부님의 변치 않는 충성심과 애정을 확인하게 되어 기쁩니다. 그런데, 이건 좀 다른 질문인데요. 니스의 카지노가 고모부님을 더 이상 환영하지 않는다는 소문을 들었습니다. 그래, 솔직하게 이야기해 보죠. 대체 빚을 얼마나 지고 돌아온 겁니까? 이래서야 고모부님이 지난번처럼 회사 공금에 손을 대지 않는다는 보장이 없단 말이죠.]

[라탄, 그건 오해야! 날 음해하는 인간들이 꾸며낸 헛소문이라네. 믿어선 안 돼!]

[런던의 집을 팔고 알몸뚱어리로 암다바드로 돌아왔다는 소문은 또 어떻게 된 겁니까? 빈다 고모님이 가져간 지참금까지 다 탕진해 버려, 가족들이 공작궁으로 들어온다는 소문은요? 그래서 나비 뭄바이의 신공항 건설 사업에 참여하고 싶어하는 코스프랄이언트의 로비를 맡은 건가요?]

하잘의 이마에서 땀이 뚝뚝 떨어졌다. 라탄은 동정심을 가득 담아 싱긋 웃어주었다. 가차없이 마지막 쐐기를 박았다.

[코스프랄이언트 사(社)가 로비의 대가로 고모부에게 미리 선금을 주었다는 소문도 있더군요. 저는 절대로 선금을 받은 로비스트하고는 말을 섞지 않는 주의라서요. 하물며 그 로비스트란 자가, 여러 번의 비리로 회사에서 쫓겨난 자라면 더더구나 안 되죠. 고모부님이 원하시는 일을 해드릴 수 없을 것 같아 유감입니다.]

라탄은 자리에서 일어났다.

[여러모로 유익한 대화 즐거웠습니다. 만찬 약속에 늦어서 말이

죠. 다음에 뵙지요. 제가 만약 고모부님이라면 헛된 생각 따윈 하지 않고 조용히 고향에 돌아가 농사나 짓겠습니다. 제가 이 자리에 앉아 있는 한, 고모부님을 회사 안으로 다시 들이는 일 따윈 할 수 없고, 하지 않을 것이란 사실을 누구보다 잘 아실 텐데요?]

[라탄, 부디 부탁하네! 마지막 기회를……!]

[아시프!]

라탄은 애절하게 호소하는 하잘을 싹 무시하고 아시프를 불렀다.

[고모부님께서 돌아가신다고 하는군. 문까지 정중하게 배웅해 드려.]

돌아서서 서류철을 뒤적이는 흉내를 냈다. 모욕적이고 싸늘한 축객령이다. 얼굴이 붉으락푸르락해진 채로, 풀이 죽어 하잘이 마지못해 거친 숨을 몰아쉬며 문을 나갔다.

[귀찮아.]

라탄은 닫히는 문을 바라보며 내뱉었다.

[어느 집안이나 검은 양이 있기 마련이지만, 저치나 모함다스나 우리 집안에 굴러들어 온 검은 양들은 질이 아주 나빠.]

[하잘님을 완전히 내치시려는 겁니까?]

[도무지 염치란 걸 모르거든. 그렇게 아귀처럼 처먹다간 배가 터지고 만다는 것을 모른단 말이지. 그로 하여금 더 이상 나쁜 카르마를 쌓지 못하게 막아주는 일도 자비의 일종이야, 아시프.]

[한 번쯤은 실수를 할 수도 있는 게 인간이라고 알고 있습니다.]

[하잘의 실수는 한 번이 아니라 여러 번이었지. 그래서 잘라낸 거고, 그의 실수로 인해 여러 사람이 고통받았기 때문에 용서할 수 없는 거야. 그가 쓸데없는 짓을 더 하기 전에 어떻게든 처리해야 할 것 같다.]

[알겠습니다. 하지만 빈다님이 계시니…….]

[할머님과 확실히 이야기를 나누도록 하지. 그렇지 않아도 머리가 복잡한데 저 바퀴벌레 문제까지 신경 써야만 하는 내 자신이 한심해. 아시프, 어떻게 깔끔하게 좀 안 되겠어?]

[다시는 신경 쓰지 않으시도록 알아서 처리하겠습니다.]

[좋아.]

새벽에 돌아왔다. 모처럼의 망중한. 게으른 늦잠에서 깨어났다. 아시프가 가져온 짜이 잔을 받으며 라탄은 발코니로 나갔다. 호수로 향하는 산책로를 바라보았다.

그러려니 했던 대로 서린이 마야와 함께 천천히 걸어오고 있었다. 아침 산책을 한 모양이다. 그녀를 내려다보는 시선을 느낀 것일까? 서린이 고개를 들었다. 이내 하얀 얼굴에 스미던 건 연분홍 꽃물, 두 사람은 허공 안에서 둘만 아는 미소를 나누었다.

마야도 라탄을 올려다보았다. 고개를 기울여 서린에게 무어라고 속삭이자, 라탄이 서 있는 곳에서도 보일 만큼 서린의 얼굴이 빨갛게 달아올랐다. 아무래도 마야가 짓궂은 말로 놀린 모양이다. 서린이 새치름하게 땅만 바라보며 걸어왔다. 그러한 모습들이 바람처럼 날아와 라탄의 가슴에 와 박혔다.

[마하라니님께서 작은 마님에게 다른 것도 아니고 '인도의 별'을 선물하시다니, 놀랍습니다.]

옆에 선 아시프가 중얼거렸다. 서린의 목에 걸린 다이아몬드 목걸이가 햇살 아래 반짝거리고 있었다.

[할머님은 린을 좋아하시지. 나중에 저것을 보면 어머니도 할머님의 뜻을 아시고, 린에게 너그러워지지 않을까?]

[글쎄요. 큰마님께서는 더 화를 내시지 않을까요?]

라탄은 아시프의 말이 맞다는 것을 시인했다. 할머니의 목걸이는 타다 가문의 오래된 긍지였다. 어머니를 거치지도 않고 직접 서린에게 내려갔으니, 나중에 알게 되면 카말라 입장에서는 자존심도 상하고, 심히 모욕당한 기분이 들 수도 있을 것이다.

[그럴지도 모르지.]

[마하라니님께서 공식적으로 다른 사람들 앞에서 당신의 뜻을 내보인 셈이니, 일이 복잡하게 되었군요. 강가의 정수(精髓)가 언제나 함께하는 사람을 무시할 순 없을 테니까요. 일족에게 결혼 허락을 받을 수 있다고 생각하십니까?]

[……모르겠어. 하는 데까지 해봐야지. 언제쯤이면 이런저런 것들에 신경 쓰지 않고 린과 함께 평온하게 여생을 보낼 수 있을까?]

[일억 오천만 년 후에 쯤이라고 말하고 싶습니다만. 꼭 그러시고 싶다면, 회사를 사들이는 일 따위 말고 요트 경주나 폴로에나 신경

쓰시면 어떨까요?]

[닥치고 일이나 해, 아시프. 지금은 일을 할 시즌이란 건 나도 알아. 미탈을 다음 주에 폴란드로 보내. 쓸 만한 공장이 적자에 허덕인다는 소문이 있어. US스틸이 먹어치우기 전에 해치워.]

[그러죠.]

라탄은 정원으로 통한 계단을 내려갔다. 다가오는 서린에게 팔을 내밀었다.

[무슨 일이지?]

[네?]

[할머님이 무슨 말씀을 하셨길래 얼굴을 붉히느냐고?]

마야가 미소 지었다.

[난 단지 이 애더러 빨리 코끼리처럼 튼튼한 아이를 낳으라고 말했을 뿐이다. 나이 서른넷이 되도록 신부도 없고, 아이도 없으니 네가 '[8]히즈라' 라는 소문이 나는 거야.]

[아하, 그런가요? 한때 유행 따라 귀여운 미동을 사랑하기는 했으니 영 헛소문만은 아니죠. 하지만 아기라, 나쁘지 않아요.]

라탄은 허리를 굽히고 서린의 얼굴을 내려다보았다.

[혹시 피임하고 있어?]

[에, 에엑?]

분홍빛이던 서린의 얼굴이 삽시간에 완전히 붉은빛으로 변했

---

8)히즈라: 인도인들 중 거세당한 남자, 혹은 남녀 양성애자, 연예인, 매춘업 종사자를 가리키는 말

다. 사람들 앞에서 그딴 말을 뻔뻔스레 하다니. 서린은 기가 막힌 것이다. 어쩔 줄 모르겠다는 표정으로 올려다보고 있었다. 라탄은 실실 웃으며 덧붙였다.

[그럴 리 없겠지만, 만약 그렇다 해도, 이제부턴 금지야. 가능한 한 빨리 코끼리 두 마리를 할머님께 선물해 드리자고.]

[정말 뻔뻔하기는……. 닥치지 못해요? 때려줄 거야!]

말만이 아니었다. 보기 좋게 찰싹 입술을 한 대 얻어맞았다. 뻔뻔한 그를 야무지게 응징한 다음, 그것도 모자라서 눈을 있는 대로 흘기더니, 서린이 휭하니 바람 소리 나게 방을 향해 달려가 버렸다.

느닷없이 한 대 맞았다. 그것도 아랫사람들 눈앞에서. 다른 사람도 까무러치게 놀랐을 테지만, 라탄 또한 충격을 받았다.

인도의 여자들은 상대적으로 남자에 비해 지위가 낮다. 결혼을 하면 감히 남편의 이름을 부를 수조차 없고 남편과 함께가 아니라면 바깥 외출도 하지 못할 정도이다. 그런데 서린이 사람들이 버젓이 보는 앞에서 남편인 그를 후려치다니.

그가 아무리 서구적인 교육을 받았고 민주적인 문화를 잘 이해한다 하더라도, 지금껏 살아온 모국의 문화를 완전히 무시할 순 없다. 게다가 그는 다른 사람보다 수백 배 더 오만한 사내였다.

순간적으로 완전히 멍해진 채 그는 서린이 달려간 쪽을 바라보며 한동안 서 있기만 했다.

[아, 정말 기가 막혀서. 저렇게 폭력적인 여자인 줄은 생각도 못했는데.]

라탄은 얻어맞은 입술을 손등으로 문지르며 한마디 중얼거렸다.

[까불다가 단단히 당했구나, 라탄 나발 나와르완지 타다. 이 모습을 네 아비에게 보여주었어야 하는 건데.]

오만방자한 손자가 꼼짝없이 당한 수모에 그만 폭소가 터지려는 것을 억지로 수습하며 마야가 한마디 했다.

[네 말 한 마디면 설설 기며 바닥에 엎드리는 아이는 아닌 게지. 임자를 만났구나, 라탄.]

[너무 좋아하지 마세요, 할머니. 할머니 손자가 지금 굉장히 자존심이 상했습니다.]

[자업자득인걸. 순한 양보다는 위엄을 갖춘 암사자가 너에겐 어울려. 그보다, 어떻게 그 애를 설득한 거니? 너의 곁에 머무를 작정이라고 하던데. 이마에 그늘이 많이 사라졌어. 다행한 일이야.]

[강가의 축복이죠. 그런데 왜 목걸이를 서린에게 주신 거죠? 저야 고맙지만 나중에 어머님이 아시면 몹시 기분 나빠하실 것 같은데요.]

[너의 반려라면 그 목걸이를 걸 자격이 충분하지. 강가의 물이 곁에 있으면, 그 누구도 그 애를 무시하거나 부인하지는 못할 거야.]

[감사합니다. 할머니의 은혜에 보답하기 위해서라도 되도록 빨

리 아들을 낳아야겠어요.]

[건방진 녀석. 입술에 꿀을 발랐어.]

마야가 지팡이로 길옆의 정자를 가리켰다. 라탄은 정자 기둥에 등을 기대고 서서 마야를 내려다보았다.

[아시프가 말하더군요. 제가 즐거워하지 않을 일을 하셨다구요?]

[발 달린 인간이 오지 못할 데 없으니까. 하잘이 회사에서 쫓겨난 이유나 들어보자꾸나.]

[우리 가문의 사업에 지대한 손해를 입혔죠.]

[용서해 줄 수 없을 만큼이니?]

[그렇다고 생각합니다.]

[타다 가문의 울타리까지 박탈해 버려야 할 만큼?]

[물론입니다.]

라탄이 눈 하나 까딱 않고 대답하자 마야가 한숨을 내쉬었다. 전혀 타협의 여지가 없다는 표시였다. 더 이상 말해보았자 입만 아플 따름이라는 신호였다.

[좋아, 라탄. 그렇다면 이후의 일을 너에게 일임하마. 난 다만, 빈다의 요청을 수락했을 뿐이야. 빈다의 마음을 상하지 않게 하겠다는 약속만 한다면 하잘의 문제는 다시 부탁하지 않으마.]

[어머님과 달리 할머니는 제가 하고 싶은 말을 아주 잘 알아들으시죠.]

[난 네 어미와 달리 정치를 알거든. 자, 이제 다른 이야기를 하자꾸나. 라탄, 서린과 결혼할 생각이냐?]

라탄은 멀리 눈을 들어, 후궁의 하얗고 아름다운 지붕을 바라보았다. 아마도 새빨개진 서린은 지금 방 안에 서성이며 팔팔 뛰고 있을 거다. 마야가 그의 대답을 기다리고 있었다. 저만치 떨어진 곳에 선 아시프의 귀도 쫑긋거리고 있는 것 같았다.

[인간의 제도와 법률이 우리를 묶어주는 데 도움을 준다면 마다할 필요가 없지요.]

[쉽지 않을 텐데?]

[어려울 것도 없지요.]

[우리나라의 관습과 네 지위를 뛰어넘어 그 애를 명실상부한 반려로 맞이하기란 생각보단 힘들 거야.]

[제가 가진 건 생각보다 가치없고 부질없는 것입니다, 할머니.]

라탄은 상냥하게 맞받았다.

[한 줌을 가져도 전부를 가졌다는 사람도 있고, 세상 전부를 가져도 가난한 사람이 있지요. 전 그 사람만 있으면 돼요. 내가 가진 것들이 그 사람을 힘들게 한다면, 가차없이 다 버릴 작정입니다. 전 솔직히 아무것에도 미련이 없어요.]

[부디 신의 뜻대로.]

마야가 조용히 대답했다.

[네가 그 애 때문에 네 어미와 이 나라를 버려야 한다면, 뭐 할 수 없는 일이지. 그것 역시 이번 생의 네 카르마일 테니까. 미국쯤으로 가버리려무나. 방탕하게 사치하는 것 말고는 네가 잘하는 건 아무것도 없잖니? 몸으로 때우는 청소부가 딱 맞춤이겠어. 에릭의

산장이나 관리하고 수영장 청소나 해. 여가 시간에는 그림이나 그리면서 둘이 조용히 살아.]

[나쁘지 않은 충고이지만, 에릭 자식이 절 고용해 주지 않을 텐데요. 그 녀석은 자기와 같은 워커홀릭이 아니면 사람으로 취급해 주지 않아요.]

[친구 좋다는 게 뭐겠어? 먼저 이력서라도 넣어보렴. 그런데 라탄, 넌 리크루트를 위해 이력서를 작성하는 법은 알고 있니?]

[그건 제 일이 아니죠. 아시프가 할 겁니다.]

그럴 줄 알았어. 마야가 지팡이로 라탄의 등짝을 아프게 후려쳤다.

방에 있는 줄 알았는데, 서린은 후궁의 중정 안, 대리석 분수 옆에 앉아 있었다. 손을 내밀어 분수의 물을 움켜잡고 있다. 라탄은 서린의 옆에 걸터앉아 그녀의 어깨에 머리를 기댔다.

[텀벙 뛰어들어 목욕을 하고 싶은 얼굴인걸?]

[아침부터 찌네요.]

[지금이 최고로 더울 때니까.]

[건기라는데, 여긴 물이 정말 풍부해요.]

[별장을 짓기 위해 터를 고를 때, 장인들이 풍부한 지하수를 찾느라 고생을 많이 했다더군.]

서늘한 액체가 부드럽게 일렁이며 하얀 피부를 적셨다. 가만히 바라보고 있던 라탄이 젖은 손을 잡아 올렸다. 오목한 손바닥에 남은 물방울을 핥았다. 팔목의 푸른 정맥 위에도 햇살 하나 닿지 않은 우윳빛 팔목의 오금에도 키스했다. 그의 입술이 닿은 자리마다 꽃이 피었다. 서린이 몸을 뺐다.

[하지 마요. 더러워.]

[괜찮아. 지하 200m에서 솟아오르는 암반수야. 그냥 마셔도 돼.]

[갈증 나요?]

[네 곁에 있어서 그래. 널 보면 늘 목이 말라.]

[정말! 못 말리는 남자라니까.]

킬킬대며 그가 두 손으로 물을 펐다. 갑자기 서린에게 확 뿌렸다.

예상치 않고 물벼락 세례를 받았다. 하얀 얼굴이 물방울에 젖었다. 라탄이 다시 한 번 더, 멈추지 않고 또 물벼락을 날렸다. 이번에는 얇은 원피스 자락까지 젖어들었다. 그만 서린의 반달 눈썹이 위로 휙 하니 치켜 올라갔다. 은근히 골난 표정이었다.

[짓궂어!]

[억울하면 당신도 공격해.]

[내가 못할 줄 알아요?]

그렇지 않아도 약이 좀 오른 참이었다. 서린 또한 두 손으로 물을 가득 퍼서 라탄이 그러하듯 화악 뿌렸다. 이번에는 라탄의 얼굴이며 옷자락에 가득 물방울이 튀었다. 그가 짐짓 험상궂은 표정을 지으며 서린을 노려보았다.

[어, 정말 한번 해보자는 거로군!]

[기막혀. 장난은 자기가 먼저 시작해 놓고.]

[도전을 피할 순 없지.]

라탄이 훌쩍 분수대 안으로 뛰어들어 갔다. 두 손으로 물을 퍼서는 무차별로 흩뿌리기 시작했다. 몇 분 지나지 않아 서린은 완전히 비 맞은 생쥐 꼴이 되고 말았다.

[아, 너무해!]

[억울하면 당신도 들어와!]

[후회하지 말아요! 복수할 테야.]

서린도 분수 안으로 훌라당 넘어갔다. 약이 오른 만큼 망설이지 않고 라탄에게 물세례를 퍼부었다.

그렇게 한 오 분여, 물싸움이 계속되었다. 누구랄 것도 없다. 서린의 몸을 둘러싼 얇은 천이 물에 젖어 관능적인 선을 그대로 드러내었다. 모처럼 유쾌한 장난질에, 볼은 빨갛게 변하고, 눈동자가 춤추고 있었다. 두 사람은 똑같이 흠뻑 물에 젖은 채 분수 안에 서서 서로를 마주 보고 있었다.

라탄이 두 팔을 뻗어 서린을 끌어당겼다. 가만히 키스했다. 남자의 열기와 관능이 입술과 손길을 타고 그녀에게로 흘러갔다. 크림 같은 피부와 꽃잎으로 만들어진 입술. 혀로 그것을 쓸며 맛보자 서린의 수줍은 입술 사이로 그만 흐느낌이 배어나오고 말았다.

그에게 온전히 젖어드는 연인이 너무 사랑스럽다. 라탄은 망섣이지 않고 서린의 모든 맛을 음미했다. 얼음이자 불이 되어 차가운 연인의 열정에 불씨를 당기려 했다.

그의 커다란 손으로 덮은 서린의 젖가슴이 세차게 동요했다. 떨리는 봉오리를 감싸 안고 문지르자 이내 얇은 천을 뚫고 유두가 오뚝 솟았다.

사방이 탁 트인 실외에서 가장 은밀한 일을 나누고 있음에도 라탄은 서린에게 수치심이란 것을, 이성이라는 것을 느끼고 헤아릴 여유를 주지 않았다. 그가 원한 대로 뜨겁고 향락적인 불씨에 타올라, 서린 또한 관능의 빨간 불꽃이 되었다. 연인의 옷깃을 젖히고 그는 우윳빛 소담한 유방을 가득 빨아 삼켰다. 간신히 정신을 차린 서린이 소리쳤다.

[안 돼요, 라탄!]

[안 돼? 왜?]

그는 태연하게 서린의 저항을 억눌렀다. 가녀린 두 팔을 잡아 자신의 허리에 두르게 만들었다.

[난 원하는 게 있으면 끝까지 쫓아가서 가져.]

[하지만 난 우리가 같이 있는 것을 다른 사람들 눈이 보기를 원하지 않아요.]

[내가 방으로 들어가기를 허락한다면, 당신은 뭘 줄 거지?]

서린은 쉬이 대답하지 않았다. 라탄은 바르르 떨리고 있는 분홍빛 유두를 혀끝으로 살근 씹었다. 한 번 더 채근했다.

[대답해 봐, 린. 내가 너의 수줍음을 위해 지금의 열정을 단념

한다면, 넌 방에서 나에게 뭘 줄 거지?]

[……다, 당신이 원하는 것을…… 다 줄게요.]

[다? 전부? 정말이야?]

[내가 허락하지 않아도, 다 가져가면서…….]

원망이 반이었다. 라탄은 쿡쿡거리며 서린의 가슴골에서 얼굴을 들었다. 두 손으로 벌어진 옷깃을 여며주며 가볍게 이마를 부딪쳤다.

[난 네가 나에게 주기를 바라. 내가 빼앗지 않아도, 네가 먼저 주는 것을 받고 싶어. 정말 약속해?]

[응.]

[좋아. 자 우리 둘이 누가 먼저 방에 먼저 도착하는지 내기하자. 지는 사람이 오늘 밤 키스 백만 번 해주기.]

서린의 입가에 미소 비슷한 것이 살짝 떠올랐다. 먼저 분수 밖으로 나간 라탄이 두 팔을 내밀었다. 물에 젖은 생쥐처럼 형편없는 몰골이 된 서로의 모습에 그만 웃고 말았다. 서린도 두 팔을 내밀었다. 힘을 주어 팔짝 뛰었다. 사실은 바깥으로 나오자는 것이었지만, 서린은 넘어지듯 자신을 기다리는 단단한 가슴 안으로 안겨 버렸다.

바로 그때 본관 쪽에서 우아한 투피스 차림의 중년 부인이 걸어나왔다. 두 사람의 다정하고도 노골적인 모습을 보고는 우뚝 발길을 멈추었다.

[라, 라탄……?]

서린을 안고 있던 라탄의 몸이 순간 움찔 굳었다. 그가 아주 천천히 고개를 돌렸다. 경악으로 일그러진 어머니 카말라가 그곳에 서 있었다. 석 달은 더 있어야 돌아올 분이 왜 갑자기 기별도 없이 불현듯 나타나신 건가? 낭패감을 억지로 감추며 그는 희미하게 미소 지었다. 태연하게 인사했다.

[아, 어머니. 예정보다 훨씬 일찍 돌아오셨군요.]

그러나 그는 자신의 품에 안은 서린을 끝내 놓아주지 않았다. 마지못해 고개를 든 서린의 얼굴은 새빨갛게 변해 있었다. 죽을 것처럼 깊은 부끄러움과 민망함 때문이었다. 겁먹고 부끄러워하는 서린과 카말라의 시선이 마주쳤다. 카말라가 한 손으로 입을 막으며 한 걸음 물러났다. 경악한 표정을 감추지 못하며 힌디어로 짧게 내뱉었다.

[맙소사! 그 여자야.]

카말라는 비단 사리 자락을 휘날리며 후궁의 문을 넘어갔다. 밤새 한잠도 자지 못한 얼굴은 수척했다. 노여움과 분노, 충격으로 새파랗게 질려 있었다.

미친 열정에 빠진 아들이 도저히 용납할 수 없는 공개된 장소에서 뻔뻔하게도 반 벌거벗은 그 여자를 안고 있던 광경을 목격한 후, 충격에 휩싸인 하룻밤이 지났다.

감히 외국인 여자를 신부의 방에 들이다니. 지독히 불길한 일이었다. 카마의 화살에 찔려 불길에 눈이 멀지 않고서야 그럴 수는 없다. 아들은 미친 것이다! 생각하고 또 생각해 보았지만 결론은 오직 하나. 어찌하든 그의 파행을 멈추게 해야 한다는 것이었다.

카말라는 강한 자존심이 서린 입술을 세게 깨물었다. 두 손으로 있는 힘껏 침실 문을 열어젖혔다.

[라탄! 나하고 이야기…….]

그러나 그 방은 텅 비어 있었다. 아들은 그곳에 없었다. 하지만 텅 비어 있는 거대한 침대는 흐트러지고 구겨진 채 그대로였다. 불과 몇 십 분 전까지도 그 외국 여자와 뒹굴었단 말없는 강력한 증거였다.

그 아무리 방종하고 제멋대로라고 해도 이럴 순 없어.

카말라의 얼굴이 일그러졌다. 타다 가문의 여주인으로서, 그녀 자신의 아름다운 자부심과 고귀한 권위가 한꺼번에 능욕당한 것 같았다. 참을 수 없는 분노와 메스꺼움이 치밀어 올랐다. 견딜 수 없는 아들에 대한 노여움과 배신감으로 몸이 떨렸다.

격분한 채 돌아서다가 그녀는 창가에 놓인 책상을 보게 되었다. 그 위에 놓인 책은 펼쳐진 채였다. 하얀 종이가 납작하게 깔려 있었다. 카말라는 한 발 다가가 종이를 집어 올렸다. 휘갈겨 쓴 라탄의 글씨였다. 그것을 읽은 후 그녀는 아뜩해서 그만 비틀거리고 말았다. 두 손이 책상 모서리를 단단히 잡고 있었다.

'라탄, 대체 어쩌려고……?'

책의 일부분이었다. 힌디어로 쓰인 책의 내용 일부분을 영어로 옮겨 적은 것이었다. 누구에게 주려는 것일까? 쓰다 만 그 종이의 내용은 카말라도 잘 알고 있는 시바 신화의 일부분이었다.

〈그녀 없이 시바는 어디에도 가지 않았고

시바는 어디에도 머물지 않았고

그녀 없이 시바 신은 어떤 일도 하지 않았네.

한순간이라도 그녀가 없으면 시바는 행복할 수 없었네.

시바 신은 언제나 사띠와 함께 기쁨을 나눌 장소를 발견하였네.

베다나 고행에도 관심이 없었네.

밤낮으로 사띠는 시바 신의 얼굴만 뚫어지게 바라보았고

시바 신은 사띠의 얼굴만 뚫어지게 바라보았다네.

그래서 그들은 서로의 열정의 물을 사랑의 나무에 뿌려가며 가꾸었네.〉

〈한순간이라도 그녀가 없으면 시바는 행복할 수 없었네.〉

그 아래에는 몇 번이고 몇 번이고 심지어 종이가 찢어질 정도로 강하게 밑줄이 쳐져 있었다. 이것이 그 여자에 대한 아들의 진심. 이건 광기. 집착을 넘어선 집착. 그 누구도 자를 수 없는 욕망의 절정.

카마의 불꽃에 내 아들은 이미 몸이 타버렸구나. 그 여자가 내 아들을 파멸시켰구나.

카말라는 몸을 떨었다. 그 여자를 얻는다 해도, 얻지 못한다 해도, 그 여자는 아들 라탄에게 있어 유일한 독이 될 것이다.

[어머니, 여기에서 뭐 하시는 거죠?]

바로 그 순간, 아들의 나직한 목소리가 들려왔다. 카말라의 몸이 굳어졌다. 언제 돌아온 건가? 라탄이 문 앞에 서 있었다.

[라탄, 같이 차라도 마시고 싶어서…….]

억지로 변명을 하며 카말라는 종이를 쥐고 있던 손을 뒤로 돌렸다. 아무 일도 없다는 듯, 아무것도 보지 못한 것처럼 억지로 태연한 미소를 지었다. 라탄 역시 아무것도 눈치 채지 못한 것 같은 표정을 지으며 문을 넘어 다가왔다.

[그녀는 어디 있지? 같이 있는 게 아니었니?]

[할머니께 갔어요. 할머님은 서린을 좋아하시죠.]

[어머님께서 그녀를 좋아하신다구?]

마야는 외부의 사람을 거의 만나지 않았다. 그럼에도 아들이 데려온 그 여자를 받아들였다는 데서 카말라는 불길함을 넘어서 거의 절망을 느꼈다. 라탄이 창가로 다가왔다. 아주 자연스럽게 그녀가 뒤돌린 손에 들고 있던 종이를 잡아 뺐다.

[우리나라의 신화를 들려주고 싶었을 뿐이에요. 그 사람은 힌디어를 모르니까.]

그래서 영어로 번역하고 있었다는 설명이었다. 별로 노여운 기색도 보이지 않았다. 별다를 것도 없고, 중요한 일도 아니라는 얼굴이었다. 하지만 카말라는 보았다. 아주 짧은 순간이었지만 느꼈다. 아들의 얼굴에 가득 담겨 있던 강한 거부, 혹은 자신의 것을 필사적으로 지키려는 사나운 호랑이의 으르렁거림을 들었다.

아들이 항상 가슴에 품고 다니던 작은 초상화. 그 아래 적혀 있던 핏물 같은 글씨가 눈앞에 선연하게 떠오르고 있었다. 사랑, 한다고. 나는 그녀를 사랑한다고 절규하는 아들의 말없는 고함 소리를 들었다.

[그녀인 거니?]

[무슨 뜻이죠?]

[그 여자가 네 마음에 집을 지은 사람이냐는 뜻이다.]

라탄이 가만히 자신을 낳아준 여인의 얼굴을 내려다보았다. 옅은 미소가 아름다운 입술을 장식했다. 그가 가만히 어머니의 손등에 입 맞추었다.

[나의 어머니께서는 아들에 대해 지나치게 잘 아시지요.]

하지만 그것뿐, 그는 끝내 카말라의 말에 직접적으로 대답하지는 않았다. 다만 자신이 들고 있던 종이를 내려다보며 나직하게 한 줄을 읽었을 뿐이었다.

[〈한순간이라도 그녀가 없으면 시바는 행복할 수 없었네〉. 아주 아름다운 글이지요.]

그가 고개를 들어 카말라를 바라보았다. 검고 깊은 눈이 호수의 심연처럼 가라앉아 음울하게 번쩍이고 있었다.

[어머니의 아들은 행복하고 싶습니다.]

그가 싱긋 웃었다. 종이를 반으로 접어의 바지 주머니 안에 집어넣었다. 나지막하나 나무의 옹이처럼 단단하고 강인한 울림이 그 목소리에 담겨 있었다. 그 어떤 간섭이나 거부나 거절도 허용치 않는 강력한 의지였다.

카말라의 목구멍에서 치밀어 오르는 비명과 애원, 혹은 거절을 눌러 버렸다. 이어지는 아들의 말은 그야말로 협박 같았다.

[어머니께서는 언제나 저의 행복을 먼저 빌어주시는 분이시죠. 언제나 먼저, 그 사람을 환영해 주시리라 믿어 의심치 않습니다.]

카말라는 등을 돌려 문을 나가 버리는 라탄의 등을 절망적인 눈동자로 바라보다 털썩 그 자리에 주저앉아 버렸다.

바라트의 가장 유서 깊은 가문들 중 하나인 타다 가문의 주인이 하찮은 외국 여자와 뒹굴고 있다니. 그 여자를 신부의 방에 머무르게 하고 있다니. 이건 결혼을 생각하고 있지 않다면 가능하지 않는 일이었다.

맙소사. 만약 아들이 외국 여자와 결혼을 한다는 소문이 퍼진다면 그날로 라탄과 타다 가문의 명예는 땅바닥으로 떨어지게 될 것이다. 카말라가 목숨보다 더 사랑하는 아들 라탄이 히즈라라는 터무니없고 추악한 음해만큼이나 끔찍한 일이 될 것이다.

서린은 호숫가에 앉아 있었다. 그녀 역시 카말라만큼 충격과 고민에 휩싸여 있었다.

예고도 없이, 민망하고 부끄러운 꼴을 라탄의 어머니에게 고스란히 보이고 말았다. 채 인사조차 하지 못한 사이인데, 그러한 민망한 꼴부터 보였으니 그녀가 어떤 눈으로 자신을 보고 있을지 충분히 짐작하고도 남음이 있었다.

'대체 어떻게 해야 하는 거지? 얼마나 천박하고 뻔뻔한 여자로 보였을까? 그는 무조건 괜찮다고 하지만 그런 만남을 가졌는데 어떻게 괜찮을 수가 있어? 인도인들은 무조건 외국 여자들을 매춘부로 생각한다던데, 정말 그런 꼴을 보이고 말았지 뭐야. 대체 어쩌면 좋지?'

[저어……. 거기, 혹시 서린 양?]

등 뒤에서 조심스런 목소리가 들렸다. 서린은 놀라 뒤를 돌아보았다.

그곳에 서 있는 건 하늘빛이 스민 듯한 신비로운 푸른색 비단 가장자리에 고급스런 금사와 은사로 화려한 수를 놓은 값비싼 사리를 입고 선 카말라였다. 인도 여자가 다 그러하듯 온갖 화려한 보석과 황금의 장신구로 휘감고 있었으나, 천박하지 않았다. 태어날 때부터 그러한 패물과 장식이 어울리는 신분으로 타고난 사람의 위엄과 품위가 넘쳤다.

[맙소사, 타다 부인. 실례했습니다.]

낯 뜨거웠던 첫 만남 때문에 서린의 얼굴이 저절로 시뻘겋게 달아올랐다.

[서린. 이름을 맞게 기억하고 있는 건가요? 어젠 경황이 없어

서 제대로 인사도 하지 못했네요.]

속마음이야 어떻든 인자한 미소를 짓고 있다. 카말라가 따라온 하녀에게 고개를 돌렸다.

[한동안 비운 집이라 이리저리 둘러보고 있었답니다. 두르가, 가서 차를 좀 내와요. 역시 이야기를 나눌 때는 차가 있어야지.]

호수의 정자 벽에는 새장이 걸려 있다. 오색찬란한 깃털을 뽐내는 아름다운 새 두 마리가 부리를 맞대고 다정하게 구구거리고 있었다. 이내 하녀들이 두 사람 사이에 찻잔을 놓아주었다.

[서린 양을 소개 받았을 때부터, 내내 이야기를 나누고 싶었어요. 하지만 도착한 후에는 여러 가지 일이 분주해서 다시 인사할 기회가 없었네요. 그래, 공작궁의 느낌이 어때요? 즐거웠나요?]

[네. 아주 아름다운 곳이라고 생각합니다.]

[라탄의 조부님 대(代)까지 타다 가문은 구자라트를 다스리는 마하라자였죠. 델리의 황제를 알현하기 위해 해마다 드나들다가 델리에도 집을 한 채 가져야겠다고 결정하신 거랍니다. 삼십 년에 걸쳐 지어졌다고 해요.]

하버드 출신이라는 라탄의 영어가 미국식에 가깝다면, 카말라의 발음은 거의 완벽한 영국식이었다. 대화는 쉽고 부담이 없었다. 그건 내내 부드러운 미소를 짓고 있는 그녀의 인자한 인상도 한몫했을 것이다.

[내 남편도, 또 라탄도 이곳에서 태어나 자랐죠. 나 역시 신부

가 되어 공작궁으로 들어서던 날의 기쁨과 감격을 잊지 못해요. 신부의 방은 정말 굉장하지 않아요?]

[……네. 눈이 부실 정도였어요. 제가 그런 곳에 머무르는 것조차 죄송할 지경이었답니다.]

서린은 저만치 흔들리는 꽃송이를 바라보느라, 카말라의 눈 속에 번진 분노의 빛을 읽지 못했다.

'한갓 천박한 외국인 주제에 감히 타다 가문의 신부가 들어서야만 하는 〈신부의 방〉을 차지하고 있단 말인가? 괘씸해, 정말 괘씸해.'

하지만 한숨 날 정도로 맑고 아름다운 여자이기는 하군. 카말라는 서린을 노려보면서도 아들 라탄의 빼어난 취향에 대해서는 인정하지 않을 수 없었다.

얇은 하늘색 블라우스에 하얀 치마 차림의 서린은 등 뒤에서 한들거리는 하얀 장미꽃을 꼭 닮아 있었다. 화장기 하나 없는 투명한 피부가 히말라야의 눈꽃 같았다.

낮았으나 아름다운 울림을 가진 목소리도 가졌다. 심장에 젖어드는 검은 눈동자처럼 인상적이다. 강가의 물결이 바람에 일렁일 때처럼 아련하게 퍼져 가는 여운이 흘렀다. 뜯어보면 볼수록 서린이 아들 라탄의 심장을 빼앗아갈 만한 아름다움을 지녔다는 것을 깨닫게 되었다. 카말라는 순간 서린이 더 싫어지고 미워졌다.

서린에 대한 아들의 연정이 꽤 오래된 것이라는 것을 그녀는 알고 있었다. 그녀의 사진을 품고 다닐 만큼. 그 누구도 원하지 않고 진심으로는 사랑하지 않는 그가, 단 한 사람. 사랑한다고 말하는 존재. 어떤 경위로 서린이 이곳에 와 있는지는 모른다. 하지만 늘 가슴에 품었던 여인을 기어코 곁에 둔 이상, 순순히 단념하지 않을 테지. 어떻게든 곁에 두려고 할 아들의 집착과 열정을 쉬이 생각할 것이 아니었다.

카말라가 갑자기 말을 끊고 서린을 빤히 쳐다보기만 하자, 서린 역시 당황했다. 할 말이 없어 마주 응시하기만 했다.

카말라가 엷은 미소를 지으며 다시 물었다.

[지금 여행 중이라구요?]

[네, 아. 네…….]

서린은 잠시 망설이다가 그렇다고 대답했다. 그 대답을 할 도리밖에 없었다. 지금 라탄과 동거 중이라고 대놓고 말할 만큼의 용기도 뻔뻔함도 없었던 까닭이다. 하지만 말을 해놓고 보니 문득 몹시 비참해지는 기분에 그만 입술을 꽉 깨물고 말았다.

그녀는 라탄의 무엇일까? 왜 라탄과 사랑하고 함께 지낸다는 사실을 당당하게 말하지 못하는가. 감추어야 할 부끄러움처럼 느껴지는 걸까? 그의 어머니 앞에서 이렇게 민망해지고 죄인이 되는 기분이 너무 싫었다. 그것이 슬픔인지 부끄러움인지 노여움인지 알 수가 없었다.

[그렇군요. 부디 공작궁의 아름다움을 마음껏 즐겨주기를 바라요. 라탄은 모든 사람에게 친절하죠.]

[네. 저에게도 잘해주십니다.]

[서린 양은 우리 라탄에 대해서 얼마나 알고 있지요?]

[……글쎄요. 제가 어떻게 말씀드려야 할지……. 아주 훌륭하시고, 많은 일을 하시는 분이라고 전해 들었습니다.]

[맞아요. 내 아들이지만 참 자랑스러운 아이랍니다. 라탄이 회사를 맡고 나서부터 타다그룹은 세계적으로 주목받는 기업이 되고 있지요. 사회사업에도 적극 참여해서, 바라트의 최고 기업이자 모범이 되고 있다는 칭찬들이 쏟아져 나오고 있구요. 아, 물론 라탄이 일을 열심히 하는 것은 절대 아니에요. 열심히 놀지요. 그런데도 일은 그렇게 잘되고 있어요. 하지만 정작 본인은 공허한 삶을 사는 것 같아요. 이 세상에 재미있는 것은 아무것도 없어. 너무 무료해서 시간만 죽이고 있는 느낌이랄까요?]

[……그렇군요.]

서린은 고개를 끄덕였다. 그가 왜 그렇게 살고 있었는지, 이제는 알고 있다.

납치되어서 생매장까지 당했던 끔찍한 경험의 트라우마, 이 년 동안 인도 전역을 방랑하면서 알게 된 조국의 비참하고 추악한 실상 안에서 늙어버린 심장을 알고 있다. 자신에게 달라붙은 과중한 의무와 운명에 대한 괴로움. 무엇보다 반려인 서린을 찾지 못한 공허함과 세상에 대한 무의미함들이 그를 갉아먹는 벌레였을 테지.

하지만 그는 이제 웃어.

서린은 자신도 모르게 홀로 미소 짓고 있었다. 정말로 즐거워하는 표정이 되지. 내 곁에 있으면 그는 언제나 참 행복한 얼굴로 잠이 들어. 그래서 이젠 나도 행복해. 그를 행복하게 만들어 주는 사람이 바로 그녀라서.

[그래서인지 그 앤 감정적으로는 무책임하고 방탕해요, 나로서는 참 괴로운 일이지만요. 어느 순간 마음을 쏟을 대상이 나타나면 엄청나게 집중하죠. 열병 같은 거랄까? 시간이 지나면 아무것도 남지 않지만요. 부디 서린 양과의 우정은 우리 아이에게 지나가는 하찮은 바람은 아니기를. 아, 물론 서린 양은 우리 애 친구라니까 그 애의 변덕에 대하여 잘 알고 있을 테지요?]

감정은 말로 듣는 것이 아니다. 그저 느껴지는 것이다. 서린에 대한 감정이 부디 지나가는 바람이 아니기를 빈다는 카말라의 말은 정말 다정했다. 호의라고 착각할 정도로 고상하고 상냥했다. 하지만 서린을 향해 뻗어 나오는 카말라의 기운은 서늘한 얼음투성이였다. 독감처럼 서린을 강타했다. 더 이상 말 한마디조차 할 수 없게 꽁꽁 얼려 버렸다. 이내 버림받으라는 저주하는 말처럼 들렸다.

서린은 바로 그 순간, 카말라가 자신을 조금도 좋아하지 않고 환영하지도 않음을 직감적으로 깨달았다.

너무 민망하고 가슴 아파 그만 울컥 눈물이 쏟아질 것만 같았다. 서린은 억지로 눈에 힘을 준 채 대리석 탁자 모서리만 바라보았다.

하지만 카말라의 날카로운 혀는 멈추지 않았다. 그녀는 서린에게 가능한 한 많은 모욕과 상처의 암시를 줄 작정이었다. 멍청한 바보가 아니라면 그녀가 하고 싶은 말을 이해할 테지. 그녀는 지금 서린 스스로 라탄 곁에서 떠나주기를 종용하고 있는 중이었다.

[조금 있으면 몬순이 닥칠 텐데요. 날씨가 좋을 때 여행을 하는 게 낫지 않나요? 이곳에서 마냥 머무른다면 때를 놓칠 텐데.]

[……감사합니다, 부인. 날씨가 좋을 때 여행을 하라는 조언, 잊지 않겠습니다.]

[조언이라니 한마디 더 해도 될까요? 기분 나쁘게 듣지 말아요. 세상을 조금 더 오래 산 사람의 충고이니까. 우리나라에서는 아무리 친구라 해도 낯선 남자의 집에 오래 머무는 여자들을 그다지 좋게 보지 않아요. 당신은 외국인이라서 잘 모르겠지만.]

독 바른 가시가 온몸에 푹푹 박혔다. 서린의 얼굴이 삽시간에 새빨갛게 변했다. 꼴에 염치는 있군. 카말라는 냉정한 얼굴로 찻잔을 들어 한 모금 마셨다.

고개를 푹 숙인 서린이 들릴락 말락 한 목소리로 속삭였다.

[부인께 충분히 폐를 끼치고 있다는 것은 알고 있습니다. 너무나 죄송하구요. 조만간 어디로든 떠날…….]

바로 그때, 소롯길 끝에서 라탄이 불쑥 나타났다. 마주 앉은 두 여자를 보게 되었다. 죄인처럼 고개를 숙인 서린은 알지 못했지만, 고개를 들고 있던 카말라는 아들을 보았다. 모자의 눈이 마주쳤다.

살기.

아주 찰나였다. 카말라는 똑똑히 보았다. 라탄의 눈에서 뻗치던 시퍼런 분노는 분명히 서린을 곤란케 한 그녀에게로 향하던 것이었다. 동시에 서린 쪽을 향하던 건 강렬한 애정과 완전한 부드러움. 자신을 낳은 어머니의 존재조차 망각해 버린 지독한 애염의 사슬이었다.

라탄의 얼굴에 흠칫 떠올랐던 푸른 분노와 살기 어린 긴장이 이내 사라졌다. 아무 일도 없다는 듯, 두 여자가 마주한 것이 너무 기쁘다는 듯 아주 능숙하게 내심을 감추며 다가왔다. 아무것도 읽을 수 없는 불가사의한 미소를 지으며 중얼거렸다.

[이야아, 내가 가장 좋아하는 두 사람이 여기들 계셨군.]

[라탄, 어서 오너라.]

카말라 역시 아주 영리하게 스스로의 정직한 감정을 닫아버렸다. 아들의 감정을 건드려서 더 이상 좋을 것이 없다는 것을 본능적으로 느낀 탓이었다. 억지로 다정한 미소를 지으며 아들의 볼에 키스했다. 지금껏 나누었던 이야기를 싹 뭉개 버리고 관대하게 서린 곁에 앉게 했다.

만약 서린이 지금껏 나눈 이야기를 아들에게 일러바친다면, 카말라는 그것을 빌미로 서린을 이간질이나 하는 천박한 여자로 몰아붙일 작정이었다. 아들을 낳은 어머니의 고귀한 권리였다. 당당하게 비난할 자격이 있었다.

[저도 차를 마시죠.]

카말라가 라탄에게 차를 따라주었다. 관대하게 물어주었다.

[지금 서린 양에게 내일 저녁 초대를 하려던 참이었어. 괜찮을까?]

[언젠가는 말씀드리겠지만, 서린은 지금까지 여러 가지 힘든 일을 겪었어요. 어머니, 이 사람에게 좀 더 다정해 주시라고 부탁드리겠습니다.]

빠른 힌디어로 카말라에게 말한 라탄은 서린에게로 고개를 돌렸다.

[어머니를 뵈러 누나들도 전부 다 집으로 올 거야. 인사를 할 좋은 기회이니, 내일은 같이 저녁 식사를 하자.]

부드러우나 반 강요였다. 라탄의 엄격한 눈빛을 올려다보던 서린이 마지못해 카말라에게 고개를 돌렸다. 상처받아 눈 깊이 까뭇하게 물기가 어려 있었지만 억지로 미소 짓는다. 겸손하게 부탁했다.

[감사합니다, 부인. 가족의 식탁에 저도 앉을 수 있다면 영광일 거예요.]

[좋아요. 만찬은 일곱 시 반이랍니다. 내일 식당에서 봐요.]

[멋진 요리를 기대합니다. 하지만 서린은 우리나라 음식을 아직은 잘 몰라요. 어머니, 이 사람에게도 맞는 적절한 메뉴를 부탁드리죠.]

속 모르는 사람들이 본다면 저 여자는 라탄에게 무조건 복종한다고, 내 아들은 저 여자를 완벽하게 지배하고 있다고 말할 거야. 본관으로 돌아가며 카말라는 이를 악물었다.

'하지만 그건 모를 때 하는 이야기지. 내 아들은 지금껏 누군가 무엇을 먹는지에 대하여 단 한 번도 관심을 가진 적이 없었어.'

그녀는 본능적으로 걸음을 멈추고 뒤를 돌아보았다.

라탄과 서린은 손을 꼭 잡은 채 호수 쪽으로 걸어가고 있었다. 정원은 온통 노을로 물들어 붉은 장미 바다 같았다. 아뜩하도록 비현실적인 풍경 속으로 두 사람은 그들 자신조차 전설이 되어 천천히 눈앞에서 사라져 갔다.

어쩌면 저 애에게서 절대로 저 여자를 떼어낼 수 없을지 몰라. 불안과 절망으로 몸이 저절로 떨렸다. 카말라는 신열이 돋는 이마를 짚었다.

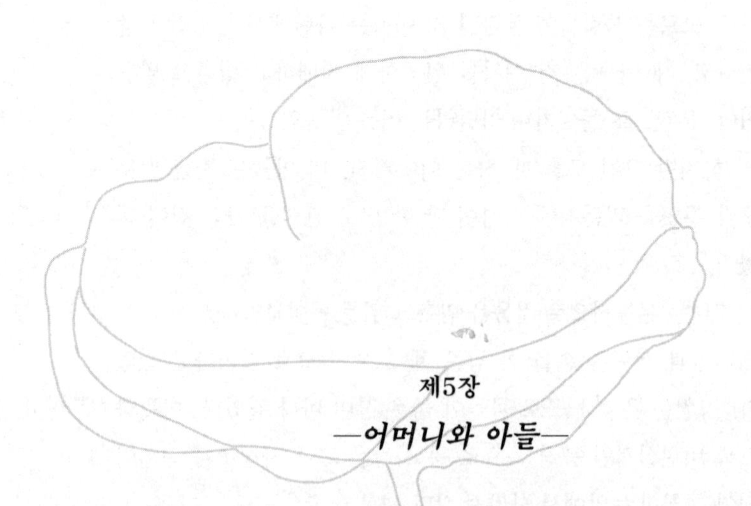

제5장

—어머니와 아들—

[맙소사! 어머니, 그게 사실인가요?]

제일 성격이 강한 셋째 지아니가 비명을 질렀다. 큰딸 마리암도 놀라기는 마찬가지였다. 라탄이 외국 여자와 동거 중이라는 이야기를 전해 듣자마자, 딸들의 얼굴 전부에 경악의 표정이 물결쳤다.

[말도 안 돼. 라탄은 대체 무슨 생각을 하는 거죠?]

카말라는 우아한 동작으로 티포트에서 홍차를 따랐다. 나직하게 내뱉었다.

[내가 그것을 알 수 있다면 걱정은 하지 않겠지.]

[대체 그 앤 지금 그 여자와 하루 종일 뭘 하고 있대요?]

둘째 수니티가 방 안의 사람들만이 들을 수 있게 속삭였다. 말 그대로 금기(禁忌). 카말라 앞에서, 서린의 존재는 감히 입 벌려 말할 수 없는 끔찍한 망신이었다.

[그 여자를 그린다고 하더구나.]

[라탄이 그 여자를 그려요?]

키마가 소리쳤다. 다른 누이들의 눈도 동시에 휘둥그레졌다. 카말라는 한숨을 쉬었다.

어미인 그녀가 돌아왔어도 전혀 아랑곳하지 않는다. 라탄은 하루 종일 그 여자 곁에서만 맴돌이 중이었다. 어느 누구도 부르지 않으면 함부로 들어가지 못하는 후궁 안에서 아들은 금단의 여자에게 빠져 갈수록 미치광이가 되고 있는 것이다. 한 모금 넘기는 차 맛이 너무 떫었다.

[라탄은 미친 거야.]

[그래, 맞아. 내 아들은 지금 확실히 미친 것 같구나.]

카말라는 씁쓸하게 중얼거렸다. 저절로 새어나오는 한숨을 내뱉었다. 자기도 모르는 새 그녀의 손가락은 신경질적으로 탁자를 두들기고 있었다.

'시간이 가면 갈수록 더 어려워져. 정말 그 애가 그 여자와 결혼이란 것을 한답시고 나서기 전에 문제를 해결해야만 해.'

멍청하고 눈치없는 그 여자가, 제 분수를 알고 제 발로 먼저 떠나주면 얼마나 좋을까?

솔직하게 떠나달라고 부탁해야 하는 걸까? 아니면 술책을 부려 라탄을 잠시나마 멀리 보내놓고 쥐도 새도 모르게 한국으로 돌려보내야 하는 걸까?

카말라는 고개를 설레설레 흔들었다. 아들의 성격상 기어코 따라가서 서린을 데리고 돌아올 것이다. 그녀의 아들은 자신이 처음 집착하게 된 대상을 잃어버리는 것을 허락하지 않을 것이다. 아무리 생각해도 뾰족한 해답을 찾기가 힘들었다.

카말라는 하찮은 외국 여자인 서린이 아들 곁에 있는 것도 불쾌했지만, 그 이상으로 서린보다 라탄이 더 애달파 하고 집착하는 꼴에 더 화가 나 있었다. 그녀의 이마에 더 깊은 주름살이 졌다.

'보아하니, 그 앤 아직도 그 여자의 마음을 완전히 얻지 못했어. 그래서 더 안달하는 거야. 내 아들이 얻지 못해 집착하는 여자라니. 기껏 천한 외국인 주제에. 자존심 상해. 절대로 용서 못 해!'

아들은 원하면 무엇이든 가질 수 있는 존재이다. 지금껏, 그 어떤 것에도 그 어떤 존재에도 거부당하거나, 거절당한 적이 없다. 그런데 아무것도 아닌 듯해 보이는 그런 여자가 아들의 혼백을 사로잡아 바보멍청이로 만들어 버렸다니, 너무 분했다. 그러면서도 그 여자는 너무나 초연하고 새침하게 그를 작은 손아귀에 쥐고 제멋대로 움직이고 있는 것 같아, 속이 뒤집어지는 것이었다.

[어떡하면 좋지요, 어머니? 그러다가 라탄이 그 여자와 결혼이라도 한다고 나서기라도 하면?]

[쉬잇!]

카말라는 손가락을 들어 입술을 막았다. 반쯤 열린 문 밖에서 인기척이 났다.

[라탄 앞에서는 우리가 한 이야기가 들어가지 않았으면 좋겠구나. 그 앤 지금 좀, 아니, 상당히 날카로워져 있어.]

라탄의 비위를 거스르지 말라는 경고에 네 누나들이 다 입을 다물었다. 때때로 상당히 난폭해지고 모가 나는 남동생의 대단한 성질머리야 그녀들이 더 잘 알고 있었다.

문이 열리고 라탄과 서린이 들어섰다. 예의상 카말라가 티타임에 초대를 했기 때문이다.

[어서 와요, 서린 양.]

[차를 준비해 주셔서 감사합니다.]

라탄이 먼저 카말라의 곁에 서린을 앉혔다. 그리고 자신은 그녀 옆에 앉았다. 아주 자연스럽게 서린은 그의 [9]왼편 자리 쪽에 앉게 되었다. 방 안의 여자들 표정이 동시에 굳어졌다.

억지로 표정을 수습하며 카말라가 여주인의 자격으로 서린을 딸들에게 소개했다. 서린에 관한 한 거의 필사적으로까지 보이는 아들의 심기를 당장 건드려서 좋을 일은 없을 것이다. 서린이 손님으로 이 지붕 아래 머무르는 한 카말라는 주인으로서 그녀에게 상냥하게 대해야 할 의무가 있었다.

[이분은 한국에서 온 이서린 양. 우리나라를 여행 중이에요.

9)인도 남자의 무릎 왼편은 아내의 자리, 오른편은 딸의 자리이다

서린, 이쪽은 라탄의 누나이자 제 딸들이랍니다.]

서린이 두 손을 모아 이마에 댔다. 방 안의 여자들에게 공손하게 고개를 숙여 인도식으로 절했다.

[나마스떼.]

답례를 해요.

방 안의 여자들 전부가 라탄과 카말라의 말없는 강요를 느꼈다. 여자들이 억지로 의례적인 미소를 지었다. 마주 모은 손을 이마에 대고 인사했다.

[나마스떼, 서린.]

라탄이 서린에게 홍차를 따라주었다. 잔소리를 했다.

[당신도 이젠 제발 짜이를 마셔. 익숙해지면 이것처럼 맛난 것도 없다고.]

[다음에 마실게요. 공작궁의 짜이는 참 맛있어요. 점점 익숙해지고는 있잖아요.]

살짝 웃음 짓는 얼굴이 예뻤다. 표정 없던 하얀 얼굴이 잠시나마 미소를 머금자, 갑자기 방 안이 환해지는 것 같았다. 달빛의 여신같이 곱게 웃는 서린의 옆얼굴을 라탄이 홀린 듯이 응시하고 있었다. 거의 넋을 빼앗긴 표정이었다. 분홍빛 꽃다발처럼 피어나는 연인의 미소 앞에서 그도 따라 행복하게 활짝 웃었다.

[기가 막혀!]

[완전히 빠졌네.]

[얼간이 같아.]

[눈에 보이는 게 없군. 바보 같은 녀석.]

반대편 소파에 앉은 네 누나들이 동시에 중얼거렸다.

그러거나 말거나 라탄이 바다가재 샌드위치 한쪽을 찢어 서린에게 건네주었다. 맛있는 음식을 향유하는 즐거움이다. 여린 미소가 서린의 입술에 떠오른 것을 보았다. 비로소 그 역시 만족스러운 표정으로 나머지를 자신의 입에 넣었다.

천상천하 유아독존인 저 녀석이 지금 여자의 식사 시중을 들고 있는 거냐? 그것을 바라보고 있는 카말라나 네 누나들의 가슴이 동시에 비틀렸다.

다음날 저녁.

오롯이 침묵.

들리는 소리라곤 오직 그릇이 부딪치는 소리. 잔이 달그락거리는 소리뿐이다. 라탄은 카말라와 본관의 식당에서 저녁 식사 중이었다.

카말라는 앞에 앉은 아들의 얼굴을 힐끗 바라보았다. 깊은 생각에 잠긴 채로 라탄은 내내 빵 한쪽을 뜯어선 굴리기만 할 뿐 입에는 넣지 않았다. 카말라는 아들이 이토록 심란해하는 이유가 식당에 나오지 않는 서린의 문제일 거라고 확신했다. 갑자기 노여움과 분노, 울화통이 치밀어 오르기 시작했다.

[같이 식사라도 하면 좋으련만……. 까다롭게 구는 것 같아 마음에 들지 않아.]

라탄이 고개를 번쩍 들었다. 불쾌함을 감추지 못한 카말라의 시선과 정면으로 마주쳤다.

한 치의 양보도 없는 모자지간의 시선이 팽팽하게 맞섰다. 삽시간에 식당에 눈보라가 몰아쳤다. 라탄이 접시 위에 뜯어낸 빵 조각을 내려놓았다.

[서린의 일이라면, 아무것도 신경 쓰지 마세요. 어머니와 상관없어요.]

[정말 그러니? 그녀에 대해서 신경 쓰지 않아도 좋다는 네 말은, 앞으로 나나 네가 그 여자로 인해 곤란을 겪거나 남의 귓속말거리가 되지 않는다는 약속인 거냐?]

[곤란? 무슨 말인지 모르겠군요, 어머니.]

라탄은 싱긋 웃으며 부드럽게 부인했다. 카말라가 끝까지 파헤치려는 문제를 살짝 피해갔다. 태평스럽고 거의 교활하기까지 한 라탄의 여유로움에 비해, 카말라의 표정은 한결 더 성마르고 불쾌한 것으로 변해갔다.

[내게 그 여자를 좋아하라고 강요할 권리는 없어, 라탄.]

[전 어머니더러 서린을 환영해 달라고 말하지도 않았어요.]

날카로운 얼음송곳과도 같은 카말라의 목소리와는 달리 라탄의 목소리는 늘 그렇듯이 부드럽고 낮았다. 결국 고상한 카말라의 평정이 산산이 부서지고 말았다.

[신성한 어머니의 권리로 날 부끄럽게 만들지 말아달라고 요청한다. 라탄 타다! 네 이름이 가진 무게를 제발 생각하고 돌아보아

주기를 바란다. 엄숙하게, 진지하게 요구해! 그 여자가 네 명예를 더럽히고 있다는 것을 내가 꼭 입으로 말을 해야 하는 거니?]

[어머닌 제가 간섭하지 말아달라고 부탁한 일에 대해서 간섭하지 않겠다고 약속하셨어요. 지금 이 순간, 저는 그 약속을 지켜달라고 요청합니다. 서린의 일에 대해서 나는 그 누구의 간섭도 허락하지 않고 받아들이지 않겠어요.]

사근사근하지만, 라탄의 목소리는 뼛속까지 시리게 만드는 냉기가 흐르고 있었다. 망연자실한 채 말을 잃고 그를 올려다보기만 하는 어머니를 향해, 얄밉게도 라탄은 끝까지 상냥한 미소를 잃지 않았다.

[우리가 같이 있는 꼴이 보기 싫으시면, 어머니께서 다시 멀리 떠나시는 방법도 있죠.]

[뭐, 뭐라고? 네가 지금 감히 어미인 나를 내 남편의 집에서 내쫓는 거냐?]

[그렇게 극단적인 생각을 왜 하시는 겁니까? 정말 이상하시군요.]

라탄이 싱긋 웃으며 짜이를 다시 한 모금 마셨다. 오히려 카말라를 두고 딱하다는 듯이 혀를 찼다. 어미인 자신을 투정질하는 어린애처럼 다루는 아들 앞에서 카말라는 억제하지 못하는 분노로 몸을 떨었다.

[전 다만 키마 누이를 데리고 못다 한 세계 여행이라도 다시 가시라는 겁니다. 모함다스 그 자식이 다시금 슬슬 히스테리를 부려

대는 것 같거든요. 넓은 세상의 많은 일들을 보고 나면 어머님도 좀 관대하게 변하실 겁니다. 우리의 관계를 받아들이는 일이 좀 쉬워지실 거구요.]

[라탄, 나에게 왜 이렇게 잔인하게 구는 거니? 그 여잔 야차의 화신이야! 너를 이렇게 망쳐 버리다니. 용서할 수가 없어.]

카말라는 자신의 분노를 억제하지 못하고 결국 서린을 저주하고야 말았다.

바로 그 순간, 부드럽던 가면이 깨어졌다. 라탄이 얼굴을 들어 카말라를 바라보았다. 더없이 무표정하고 지독하게 아름다운 얼굴, 그래서 더 잔혹해 보이는 표정. 말 한마디 하지 않았으나, 카말라 스스로가 질려 입을 다물게 만들었다.

옷자락이 부딪치는 바스락거림이 들렸다. 이내 반쯤 열려 있던 식당 문이 살짝 닫히는 소리가 들렸다. 두 사람은 고개를 돌렸다. 하지만 그 누구의 기척도 느껴지지 않았다. 잘못 들은 걸까?

라탄이 마지막 인내심을 동원한다는 표정으로 내뱉었다. 이 순간 이후로는 다시는 부탁도 요청도 하지 않을 것이란 점을 분명히 했다.

[아들을 사랑하는 어머니에게 마지막으로 요청합니다. 제발 순리에 따르세요.]

[순리? 순리라고 말했니? 나야말로 너에게 요청한다. 라탄, 제발 우리가 자랑스러워하는 순리에 네가 순응하기를.]

[서린이 제 반려가 되는 것이 유일한 순리예요. 그러니 부디 이

사실을 받아들이세요.]

입술은 빙글빙글 웃고 있다. 그럼에도 라탄의 눈은 조금도 웃고 있지 않았다. 자신을 낳은 어미의 흥분이나 비탄, 절망 따윈 전혀 상관없다는 무심하고 무표정한 얼굴이었다. 그가 신문을 들추면서 혼잣말처럼 내뱉었다.

[이번 생에서도 그 여자를 얻지 못한다면 이따위 세상, 전부 망가뜨려 버리겠어. 그 여자가 곁에 없는 인생이란 부질없어. 짜증나. 너무 지루해.]

카말라는 깊이 절망했다. 지금의 이 얼굴이 아들의 본모습이라는 것을 본능적으로 느낀 탓이었다. 감히 누구의 간섭도 탄원도 용서하지 않고 범접을 허락하지 않는 자의 얼굴. 인간의 심장 따위는 가지고 있지 않는 무정한 신의 모습이었다.

그 말을 끝으로 라탄이 냅킨으로 손을 닦고 일어섰다. 카말라는 너무 기가 막히고 화가 나서 아들이 식당을 나갈 때까지 돌아보지도 않았다. 꼿꼿이 몸을 세운 채 입술만 씹었을 뿐이다.

'라탄, 정말! 끝내 그 여자를 떠나보낸다고는 하지 않는구나. 무슨 일이 있더라도 그 여자와 같이 살겠다는 말이지?'

카말라는 지그시 이를 악물었다. 일이 더 커지기 전에, 다른 사람이 라탄의 비상식적이고 비뚤어진 일탈을 눈치 채기 전에 이 문제를 정식으로 처리해야 할 것이다. 그것이 그를 낳은 자신의 의무이자 마땅한 권리였다.

라탄은 망연자실해하는 카말라를 놓아두고 문을 닫았다. 이 정도로 오금을 박아놨으니, 당분간은 잠잠하시겠지. 회랑 쪽으로 걸어가는 라탄의 뒤로 아시프가 로봇처럼 졸졸 따라왔다.

[린은?]

[그게…….]

라탄은 이맛살을 찌푸렸다. 아까 식당 문이 살그머니 열렸다가 그대로 닫혔던 것은 착각이 아니었다. 서린이 들어오다가 라탄과 카말라 사이에 오가는 격렬한 언쟁을 듣고 마음이 상해 그대로 돌아나간 것이 분명했다. 대화의 내용을 알아들었을 리는 없을 테지만, 첨예한 감정의 대립은 그 목소리만으로도 그냥 느껴지는 것일 테니.

[대체 어머니는 왜 중간에 돌아온 거지? 즐거운 여행이나 계속 하시지 말이야. 아시프, 혹시 네가 어머니께 고자질한 거 아냐?]

[설마요, 회장님.]

카말라가 예정된 여행을 중단하고 왜 화급히 델리로 돌아왔는지, 아무리 생각해도 그 이유를 알 수가 없다. 감히 그의 명령을 무시하고 제멋대로 움직일 수 있는 사람은 측근 중에서 아시프뿐이었다. 그는 비록 부인했지만 아무래도 의심을 지울 수가 없다. 라탄은 무서운 눈으로 그를 빤히 노려보았다.

[신의 이름으로 맹세할 수 있어?]

[그럼요! 전 언제나 회장님께 좋은 일만 하고 있습니다.]

이 정도까지 부인하는데 어쩔 수 없었다. 라탄은 투덜거렸다.

[젠장맞을! 아직 결혼하겠다는 린의 허락도 얻지 못했는데 어머

니가 나타나서 내 계획을 보기 좋게 헝클어놓는군. 빨리 다시 내보내야지 말이야. 잘못하다간 산통 다 깨어지게 생겼어.]

그가 어떤 여자를 만나든 어떤 방탕한 짓을 하든, 간섭 따윈 하지 않고 그저 지켜만 보던 카말라가 대놓고 서린의 문제에 대해서만은 이렇게 강력하게 태클을 걸 줄이야.

아들인 그에 대하여 무조건적인 애정을 갖고 있는 어머니란, 때로는 상당히 고약하고 곤란한 적이 될 수도 있다. 물불 가리지 않고 사랑이라는 이름으로 맹목적인 짓을 저지를 테니까 말이다.

[우린 내일 뭄바이로 돌아갈 거야. 당분간은 어머니와 린을 떼어놓아야만 해. 참 모함다스의 문제는?]

[잘 처리하고 있습니다.]

[나 대신 내일 키마를 만나줘. 아이들을 데리고 가능한 한 빨리 다시 런던으로 떠나게 해.]

[키마님이 들으실까요?]

[듣게 만들어. 누나는 마음이 너무 약해서 탈이란 말이지. 일이 다 끝난 후라면 모르지만, 지금은 우리나라 안에 있어 봤자 도움이 안 돼.]

[네.]

[그자는 누나의 선량하나 유약한 마음을 충분히 우려먹을 개자식이거든. 완전히 작살을 내버려. 다시는 내 귀에 비하인드라의 횡포가 들리지 않도록 해. 수단과 방법을 가리지 말고. 알아들었어?]

[물론입니다.]

[짜증나. 가능한 한 그 문제는 빨리 처리하자고.]

신부의 방에서 서린은 요가를 하고 있었다. 아무렇지도 않은 척, 태연한 척하고 있다.

서린이 억지로 몸을 뒤틀며 불평했다.

[할머님의 동작을 보면 너무 쉬운데, 어째서 난 이렇게 뻣뻣한 거지?]

라탄은 쿡쿡 웃으며 그녀 곁에 다가갔다.

[아주 부드럽게 천천히 동작을 하는데도, 땀이 많이 나서 신기해. 삼십 분씩 요가를 하면 숙면을 하게 돼요.]

[저런, 난 당신이 잠을 잘 자게 된 이유가 나라고 믿고 있었는데.]

라탄도 서린 옆에 가부좌를 틀고 앉았다. 몸을 깊숙이 구부려 바닥에 가슴을 닿게 하며 슬쩍 윙크했다.

[내가 당신을 깊이 사랑해 주었잖아. 만족스럽고 충족된 사랑을 하고 나면 여인들은 안식의 잠에 빠지는 법이거든.]

별말도 아닌데, 그만 볼이 빨갛게 달아오르고 말았다. 아침나절 햇살 아래에서 나눈 달뜬 열정을 상기시키고 있다. 라탄이 홍당무가 된 서린의 얼굴을 바라보며 호탕하게 웃었다.

[농담이야, 자기. 요가는 '치타 브리티 니로다하(citta vritti nirodha)' 라고 하지. 나와 대자연을 구분하고 갈라놓는 장애물

을 없애고, 몸과 마음의 안식을 구하는 수행활동이라지. 열심히 해. 당신의 몸과 영혼을 지켜줄 거야.]

아주 천천히, 공기처럼 부드러운 동작이었지만, 어느새 온몸에서 땀이 흘러내리고 있었다. 천천히 들이키고 뱉어내는 호흡 사이로 정적이 내려앉았다. 서린이 수건으로 이마에 흐르는 땀을 닦았다. 라탄은 한 모금 마신 생수를 그녀에게 건넸다. 발코니에서 시원한 밤바람이 불어 들어오고 있었다.

[우리 잠시 이야기 좀 할 수 있어?]

욕실로 들어가려던 서린이 그를 돌아보았다. 대답 대신 그가 선 발코니 쪽으로 다가왔다.

[어째서 아까 식당에 들어오지 않고 그대로 돌아간 거야?]

대놓고 그런 말을 물을 줄은 몰랐나 보다. 서린의 얼굴에 당황한 기색이 역력했다.

[나, 난 그냥……. 두 분이 심각한 이야기를 하고 있는 것 같아서요. 방해하기 싫었어요.]

[나와 어머니가 무슨 이야기를 나누고 있었을지 짐작해?]

[미안해요. 힌디어가 아직은 외계어예요.]

서린이 알아듣지 못했다는 말로, 완곡하게 문제의 핵심에서 피해갔다. 하지만 라탄은 돌려 말하지 않았다.

[내 어머님은 쓸데없는 아집이 강하시지. 그리고 나를 끔찍하게 사랑해. 그 두 가지가 결합하면, 아주 곤란한 사태가 만들어져. 미안, 서린. 당신이 예상한 이야기야. 어머님은 당신을 모욕

했어. 내가 대신 사과할게.]

심장 속 가장 부끄러운 부분을 들킨 듯하여 소름이 돋았다.

[너무 마음 쓰지 말아요. 우린 금세 뭄바이로 떠날 거잖아요. 당신이 생각하는 만큼 내 상처는 심각하진 않아요.]

[당신이 착한 건 알아, 린. 하지만 부인한다고 해서 사실이 없어지는 건 아니지. 미안해.]

[카말라님은 당신을 낳은 어머니시잖아요.]

서린은 잠시 망설이다가 조용히 대답했다.

진심이었다. 카말라가 그녀를 환영하지 않는다 해도, 어쩔 수가 없다고 생각하고 있었다. 가슴 아프고 섭섭하긴 하지만, 그렇다고 해서 그녀를 원망할 순 없다고 생각했다. 그건 도리가 아니었다.

자식과 관련해서 이 세상의 모든 어머니께서 하는 일은 거의 다 옳다고 생각하고 있었다. 게다가 서린 자신이 여러 가지로 모자란 사람인 것은 분명하지 않는가.

[절 꺼려하시는 이유가 당신을 사랑하는 것 때문이라면, 참아야 한다고 생각해요. 내가 겪어내고 감수해야 할 일이죠. 솔직히 어머님이 보시기에 나는 당신에게 어울리는 반려의 조건을 갖춘 사람은 아닌걸요.]

[멀리 떨어져 있던 공간. 사람들과의 복잡한 관계. 그리고 당신의 슬픔. 그 모든 것을 딛고 우린 만났어. 난 당신을, 당신은 날 선택했지. 어머니의 까탈스러움을 인내한다는 건, 그만큼 당

신이 날 믿고 사랑한다는 뜻이야. 그래?]

[……당신은 나에게 전부니까요.]

운명인 것을 알았는데, 우린 서로가 전부인 것을 알았는데, 나머지 것은 더 이상 중요하지 않다.

결국은 그녀를 라탄에게로 데려다 준 운명이라면, 어떻게 하든 그녀를 그의 인생에 머물게 해줄 것이다. 미리 걱정할 필요는 없었다. 그의 마음이 변하는 것 말고는 서린은, 정말 아무것도 두렵지 않았다.

[당신이 그렇게 말하니, 기분이 좋아지는군. 착해, 린.]

라탄이 서린의 손등에 키스했다. 고개를 들고 진지하게 부탁했다.

[언젠가는 어머님도 어리석은 아집에서 벗어나 당신의 관대한 마음을 알아줄 거야. 그때까지 부디 당신의 착한 마음으로 어머님을 참아줘. 그리 오래 걸리지는 않을 거야.]

데르다가 곁방에서 서린의 속옷과 잠옷을 들고 나와 욕실로 들어갔다. 서린도 미소 짓고는 라탄에게 먼저 키스했다.

[샤워하고 나올게요. 오늘은 내가 먼저 당신을 깊이 사랑하고 싶어요.]

라탄이 가장 원하는 예쁜 말을 잘도 한다. 라탄이 가르치고 일깨워 놓은 관능과 열정에 대하여 서린은 결코 서투르고 느린 학생은 아니었다. 그는 자신도 모르게 기대에 가득 차 씩 웃고 말았다. 돌아서는데 탁자에 놓인 휴대전화가 울렸다.

—[라탄, 뭄바이에 있어?]

친구라 쓰고 원수라 읽는 에릭의 전화질이었다.

[아니, 델리야. 내일이나 모레쯤 뭄바이로 돌아갈 예정이지만. 왜?]

라탄은 욕실로 들어가는 서린에게 손가락 키스를 날렸다. 그의 키스가 간지러웠나 보다. 서린이 돌아보며 '왜요?' 하고 입 모양으로 물었다. 라탄은 싱긋 웃기만 했다.

마주 미소 지어주는 서린의 볼이 빨갛게 달아오르고 있었다. 눈빛이 전해준 깊은 애정을, 진한 마음을 읽은 탓이리라.

그녀가 그의 세상 안으로 다시 돌아온 이후, 그의 입술에는 슬밋슬밋 미소가 자주 흐르게 되었다. 웃게 만들고 살고 싶게 만들고 시간시간을 행복하게 만들어주는 여자. 그의 영혼. 그의 심장.

'같이, 살자. 언제까지나. 우리 둘이 함께.'

라탄은 심장 속에서 가만히 속삭였다. 아무것도 하지 않아도 좋다. 이렇게 바라보고 있으면 족하다. 그녀가 그의 세상 안에 있는 것만으로도 충분하다. 이미 행복의 잔은 넘치고 있다.

—[잠시 뉴욕으로 갔다 와야 할 것 같아서 말이지. 전용기를 좀 빌리려 했더니 안 되겠구나.]

[네 비행기 타, 인마. 누군 땅 파서 장사 하냐? 있는 놈이 더해요. 그런데 뉴욕에는 갑자기 왜?]

—[인간들이 일을 제대로 하나 잠시 점검해야 할 것 같아서.

목줄 좀 죄어주고 돌아오려고. 그보다 네 파랑새는 돌아왔어?]

[당연하지. 네 연애는 순조롭고?]

—[마찬가지로 당연하지. 명실상부 마이 달링이 되었지. 날마다 뜨거운 베드신이야. 음, 지하가 스톨만이란 성을 가지는 데는 얼마나 걸릴까? 한 두어 주면 충분하겠지?]

목소리가 하늘을 날고 있었다. 한 시간도 모자란다. 시키지도 않았는데 제멋대로 잘난 척, 태평성세 행복가를 읊어대고 있었다. 떠벌대는 녀석의 자랑질에 속이 확 뒤집어졌다. 식초라도 치고 모래라도 뿌려줘야 속이 시원할 것 같았다.

'그냥 확 유지하에게 정체를 까발려 버려? 당신이 알고 있는 착한 '아시프'는 당신이 가장 증오하는 '에릭 스톨만'이다, 라고 밝혀 버려야 하는 건데.'

라탄은 목소리를 낮추었다.

[에릭. 이봐, 에릭! 주접 뚱땡이. 더러운 곰탱이.]

—[이젠 섹시가이라고 불러달라고 그랬잖아. 왜 불러?]

[너무 좋은 척하지 마라. 확 모래를 뿌려 버린다.]

—[내 평생 처음 하는 연애 아냐? 친구의 행복에 동참해 주면 어디 덧나? 제 놈은 수천 번 하던 짓, 왜 나는 한 번도 못하게 해? 이기적인 놈, 끊어! 뉴욕 다녀와서 연락할게.]

[아서라. 불쌍한 놈의 사정도 좀 봐줘야지.]

전화를 끊으며 라탄은 혼잣말을 했다.

에릭 그놈, 제 말마따나 지금 평생 처음 하는 연애질 중이 아닌가? 인생의 즐거움을 조금은 맛보게 해줘야지. 그의 품에 서린이 들어온 이후, 냉소적인 라탄도 타인의 연애사에 대해 상당히 너그러워지고 있었다.

'같이 샤워나 할까?'

막 셔츠를 벗어 던지려는데, 휴대전화가 다시 울렸다.

이 자식 에릭. 조용히 뉴욕으로 사라지지 왜 또 귀찮게 굴어? 한 번만 더 행복가를 읊어대면 죽여 버리겠어! 번호도 확인하지 않고 라탄은 폴더를 올렸다. 버럭 소리 질렀다.

[조용히 입 다물고 뉴욕으로 사라지지 못해? 귀찮게 왜 또 전화질…….]

—[외삼촌, 외삼촌! 엄마 아파. 아빠 때려. 엄마 머리에서 피 나! 외삼촌, 무서워……. 엄마, 울어. 무서워요, 엄마가 전화번호 누르래요……. 엄마 데리러 오세요.]

앳된 목소리가 흐느끼며 소리치고 있었다.

맙소사, 키마 누나!

라탄의 심장이 뚝 떨어졌다. 키마의 큰딸 소랄라의 목소리였다. 아이는 울고 있었다. 수화기 안에서 무언가가 부서지는 소리, 비명 소리가 여과없이 그대로 들려오고 있었다. 처참하게 폭행당하다 못해 죽게 될까 봐 두려워 키마가 딸을 시켜 휴대전화 번호를 누르게 한 모양이다.

[아시프! 빨리 차 대기시켜!]

급하게 명령하고 라탄은 휴대전화를 움켜쥐었다. 울고 있는 아이에게 소리쳤다.

[지금 당장 외삼촌이 엄마를 데리러 갈게. 아가, 걱정하지 마. 울지 마. 아시프, 경호원들을 다 불러내. 전부 다 키마의 집으로 갈 거다. 너도 따라와!]

[알겠습니다.]

라탄의 명령에 따라 경호원들이 뛰어나오고 라탄의 수행원들도 한꺼번에 바깥으로 나왔다. 분위기가 소란스러워자, 카말라도 침실에서 나왔다.

[세상에! 무슨 일이람? 라탄, 대체 이게 무슨 소동이냐?]

[키마 누나가 위험에 처해 있어요. 어린 소랄라가 제게 직접 전화를 했더라구요, 엄마 머리에서 피가 난다고, 데리러 오라구요! 아시겠어요, 어머니? 어머니의 사위인 모함다스 그 개자식이 감히 내 누나를 죽을 만큼 폭행하고 있다는 말입니다.]

카말라가 털썩 주저앉았다. 처절하고 애통한 비명 소리가 입술에서 터졌다.

[아아, 신이시여! 이게 무슨 잔인하고 참혹한 말씀이신가요?]

어젯밤, 딸 키마에게 전화를 받았다. 무슨 일인지 몰라도 사위 모함다스가 이 며칠 굉장히 노여워하며 신경질을 부린다는 것이다. 딸은 두려움에 질려 있었다. 큰딸 마리암과 함께 이야기를 하며 걱정을 함께했었다. 그럼에도 늘 있던 일이라고 생각하며 그냥 넘겼다. 기어코 화근을 만든 모양이다.

애초에 아들의 말을 들었어야 했다. 카말라는 흐느끼며 깊이 후회했다.

결혼한 지 한 달 만에 키마가 자신의 남편에게 폭력을 당한 모습으로 친정에 나타났을 때, 비굴한 시선을 들어 경제적인 도움을 요청했을 때, 그때 라탄의 말대로 두 사람의 결혼을 끝내야만 했었다. 그러한 결단을 내리지 못한 대가를 이날에서야 끔찍하게 당하는 것이다.

물론 키마를 위해 그녀나 아들은 가능한 한 최선을 다해 할 수 있는 일들을 다해왔다. 하지만 돌아온 건 또다시 딸에 대한 무서운 폭력이라니. 이제야말로 용서치 못해.

[모함다스 그 개자식을 산 채로 묻어버리겠어요! 아시프, 어서 가자고!]

라탄이 달려갔다. 서린이 나타난 것은 바로 그때였다. 공작궁 전체가 소란해진 것을 깨달은 것이다. 말도 없이 라탄이 사라져 버린 터라, 무엇인가 심상찮은 느낌을 받은 것이다.

걱정과 근심으로 가득 차, 카말라는 몸을 가누지 못하고 잠시 비틀거렸다. 서린이 그녀를 부축하며 다급하게 소리쳤다.

[정신 차리세요, 부인.]

[고마워요, 서린 양. 미안하지만 나에게 차를 한 잔 가져다주겠어요?]

카말라가 옆의 긴 의자에 파묻히듯 주저앉았다. 서린이 방문을 나가 하녀를 불렀다. 차를 가져다주도록 부탁했다. 곁에 앉아 근심과 걱정으로 떨고 있는 카말라를 위로하려고 애를 썼다.

[진정하세요, 부인. 무슨 일인지 모르지만, 라탄은 경솔한 사람이 아니라고 생각해요. 섣불리 어머님을 걱정시키는 일을 하지 않을 거라고 믿어요.]

서린으로서는 그녀가 할 수 있는 최선의 위로였다. 그러나 카말라는 두 손으로 얼굴을 가렸다.

[아아, 서린 양. 아직도 내 아들의 성품을 전부 알고 있지는 못하군요.]

그녀는 거의 절망적인 눈빛이었다. 공허한 시선으로 무력하게 내뱉었다.

[난 내 딸이 맞고 사는 것도 정말 슬프지만, 내 아들이 표현할 수 없는 잔인한 짓을 내 손녀들의 아비에게 하는 것도 두고 볼 수는 없어요. 하지만 저 애가 한 번 결심했으면 누구도 말릴 수 없어. 대체 이 일을 어찌 수습하지?]

걱정과 근심으로 가득 찬 슬프디슬픈 오열이 귀부인의 입에서 터져 나왔다. 타다 가문의 고귀한 안주인인 카말라도 자식의 일에서는 평범한 어머니 그 이상도 그 이하도 아니었다.

복도를 걸어 방으로 돌아오는 그 짧은 시간 동안 서린은 웅성거리고 소곤대는 하녀들의 표정에서 아주 불길하고 심각한 그 무엇을 느꼈다. 두근거리는 심장의 소리도 예고해 주고 있었다. 끔찍하고 무서운 어떤 것이 다가오고 있다고.

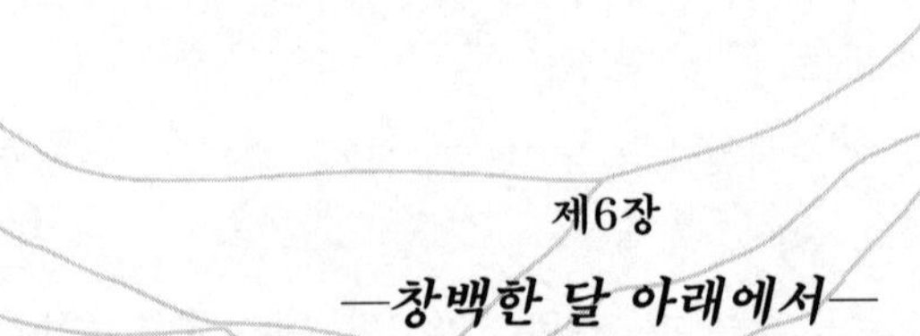

제6장
—창백한 달 아래에서—

문이 열렸다. 라탄이 서 있었다. 새벽인데도 불을 켠 채 침대에 앉아 있는 서린을 바라보았다.

[왜 아직 자지 않는 거지?]

[누님은요?]

두 사람은 동시에 물었다. 서린은 침대에서 벗어나 문가에 선 라탄에게로 달려갔다.

키마가 얼마나 심각한 폭행을 당했냐고 묻자 하니, 혈육인 라탄이 너무 고통스러워할 것 같아 망설여졌다. 차마 끝까지 묻지 못하고 머뭇거렸다. 그가 나지막이 대답했다.

[아주 심각해.]

빈사 상태가 된 채 누이는 아폴로 병원으로 옮겨졌다. 코뼈가 내려앉고 두개골이 함몰하고, 가슴뼈가 부러졌다는 이야기까진 하고 싶지 않았다. 그가 한 시간만 늦게 도착했다 해도, 키마는 즉사했을 것이다. 모함다스는 자신의 범죄에 대한 진술을 거부했다. 그 어머니도 끝까지 키마가 높은 곳의 물건을 내려다가 떨어져 다쳤다고 증언했다.

라탄은 고개를 돌렸다. 하녀들이 품에 안은 키마의 세 딸을 데리고 방 안으로 들어왔다.

[오늘 밤만 네 침대를 내어줘. 아이들을 재워야 해. 서린, 내 방으로 가자.]

둘만이 되자마자, 갑자기 그가 주먹으로 문을 내질렀다.

[빌어먹을! 젠장! 정말, 정말! 멍청했어!]

어찌할 수 없는 분노에 온몸의 피가 불타오르고 있었다. 발산하지 못한 증오와 미움으로 라탄은 계속해서 주먹으로 문을 퍽퍽 내려쳤다. 애꿎은 소파도 걷어차며 참을 수도 없고, 풀 길을 찾지 못한 분노로 몸을 떨었다.

거의 광란이나 다름없는 모함다스의 이번 폭력은, 아내 키마가 딸들의 교육을 핑계로 외국으로 완전히 떠난다는 것에서 비롯된 두려움이었다.

지금 라탄은 대놓고 그와 그들 집안의 돈줄을 막아버린 참이었다. 모함다스와 그 가문이 완전히 몰락해 버리면, 비루한 개처럼 바닥에서 구르게 되면, 결국은 그를 찾아오게 되어 있다.

조그만 자비를 베풀어달라 무릎으로 기며 구걸하게 될 것이다. 그래서 더 이상 터무니없는 거만을 부려가며 더러운 짓거리를 할 수 없게 만들겠다고 결심했다.

철저하게 재기불능의 상태로 만들어 버릴 작정이었다. 그때가 되면 라탄의 경고를 절실하게 느끼게 되겠지. 그러면 키마를 존중하고 대접해 주겠거니 했는데, 완전히 계산 착오였다.

미처 염두에 두지 못한 것은, 모함다스를 비롯한 비하인드라 가문의 사람들이 생각 이상으로 잔인하고 모자란 인간들이었다는 것이다. 그들을 겨냥해 라탄이 벌인 일이 완전히 마무리되지 못한 상태에서 키마와 어머니가 귀국해 버린 것이었다.

타다 가문의 방패를 잃어버린 후, 그들이 인도 내에서 행사할 수 있는 힘이란 너무나 보잘것없는 것. 무슨 수를 쓰더라도 인질을 반드시 잡아두어야만 했던 거지. 아무것도 모르고 집으로 돌아간 키마는, 남편과 시집 식구들의 잔혹한 보복 앞에 그대로 노출되었고 폭력의 희생자가 되고 만 것이다.

생각하면 할수록, 헤아리면 헤아릴수록, 라탄은 미칠 것 같았다. 그들에 대한 분노와 스스로에 대한 자괴감에 어찌할 바를 모르고 상처 입은 짐승처럼 신음했다.

주저주저 가녀린 손가락이 그의 어깨에 닿았다. 서린이 가만히 뒤에서부터 그를 꼭 끌어안았다.

기적.

난폭하게 박동 치던 라탄의 심장이 잠시 멈추었다. 그가 가장 필요로 하는 것은 오직 이것뿐. 서린은 알고 있는 거다.

사랑하는 연인이 아무 말 없이 그저 안아주는 따스한 팔. 공감하는 슬픔의 두근거림. 부드러운 입김이 목덜미에 스쳤다. 들끓는 검붉고 추악한 것들을 잠재우는 잔잔한 목소리. 사나운 파도를 잠재우는 은은한 달빛 같았다.

[내가, 안아줄게요.]

라탄은 가슴 앞으로 떨어진 서린의 손을 잡았다. 가만히 볼에 댔다.

그리고 침묵.

이유 따윈 필요없다. 그냥 안아준다. 검붉게 들끓고 있던 심장의 고동 소리가 천천히 말랑해지고, 이내 조용히 내려앉았다. 눈물 나도록 위로가 되었다. 미치도록 행복했다. 이것으로 충분했다. 서린이 그의 슬픔 곁으로 먼저 다가왔으니. 그의 위로가 되고자 서툰 손을 내밀었으니.

[제일, 친했어.]

한참의 침묵 후에, 라탄이 나직하게 내뱉었다.

서린이 어깨에 기대왔다. 상냥한 침묵으로 말해주는 말들. 당신 속에서 넘쳐흐르고 있는 것들을. 누구 앞에서도 내보이지 못하는 것들을 보여줘요. 내 앞에서 털어버려요. 난 언제나 당신 편이고, 당신을 이해하고, 당신의 상심을 위로해 줄게요.

[……키마는 어렸을 때부터 언제나 내 편을 들어주었거든. 다른 누나들처럼 행복하게 잘살 거라고 믿었는데…….]

라탄의 입술 사이로 이를 가는 소리가 으스스하게 새어나왔다. 말없이 듣고 있는 서린의 심장마저 오싹하게 만들었다.

[그런데! 그 천한 자식이 감히 타다 가문의 딸을 때려? 그것도 죽을 만큼 폭행해? 타다 가문의 딸들 중에 그 누구도 맞고 자란 사람은 없어! 그런데 어떻게 이럴 수가 있어? 그 개자식이!]

[……욕심에 눈이 멀어버린 사람에게는 바닷물도 모자라대요. 당신이 이 세상의 황금을 전부 다 퍼주었어도 그 사람들은 모자라다고 그랬을 거야. 당신 잘못이 아냐. 그저 당신의 누나가 운이 나빴던 거예요. 옳지 못한 짝을 만나서 그런 거야.]

[그랬다 해도 좀 더 빨리 올바른 조취를 취할 수 있었어. 누나가 처음 맞고 돌아온 날, 강제로라도 이혼을 시키고 그 비열한 작자에게서 떼어놓았어야 했어!]

[당신의 누나가 이혼을 원하지 않았다고 들었어요. 라탄, 제발 자책하지 말아요. 당신은 누나가 아냐. 누구도 그 사람의 삶을 대신 살아줄 수는 없어요.]

[내가 가진 그 어떤 것도 내 누이가 벌레 같은 그 남편에게 맞고 사는 것을 도와줄 수 없었어. 내가 잘못한 건가? 애초에 그들이 바란 대로 누이의 다우리를 보내야 했던 건가? 내 고집이 누이를 그렇게 만들었다는 것이 끔찍해. 나를 용서할 수 없을 것 같아.]

그가 두 손으로 머리털을 움켜쥐었다. 토막토막 갈라지는 목소리가 무딘 바윗돌 같았다. 그만큼 가슴 아파하고 슬퍼하는 것이리라. 서린의 심장 속으로 라탄이 느끼는 무력함과 좌절이 그대로 스며들고 있었다.

[린, 이리 와서 날 기운나게 해줘.]

무력해진 목소리로 라탄이 요청했다. 오만한 그 남자가. 무너진 자신의 모습을 누구에게도 보이기를 원하지 않던 그 남자가, 자신의 눈물을 닦아달라고 말한다. 서린은 라탄 곁에 앉았다. 손을 들어 남자의 눈 아래 젖어드는 물기를 살며시 지워주었다.

[이리 와요, 라탄. 잠시 쉬어요.]

서린은 그의 손을 잡고 침대로 데려갔다. 서린이 인도하는 대로 라탄은 순순히 침대에 파묻혔다. 사랑하는 여자를 꼭 끌어안고 침묵했다. 천천히 그의 심장이 가라앉았다.

[무슨 이야기를 해도 위로가 되지 않겠지만. 라탄, 자요?]

[당신 목소리를 듣는 게 좋아. 무슨 이야기든지 해줘.]

라탄의 목소리가 가물거리는 촛불처럼 잦아들며 흔들리고 있었다.

[누나는 아무 일도 없을 거야. 이내 회복될 거예요. 시련이 크면 다가오는 행복도 커진대요. 강철이 망치질에 의해서 단련되는 것처럼요. 키마 누나는 나중에 더 좋은 인연을 꼭 만날 거예요.]

[그래, 그렇게 믿어야지.]

그가 반듯이 누웠다. 서린에게 팔베개를 해주었다. 잠시의 침묵, 그러나 여전히 삭이지 못한 분노가 다시 솟구치는 모양이다. 혼잣말처럼 중얼거렸다. 얼음처럼 차디차고 송곳날보다 더 날카로웠다.

[어떻게 복수하지? 어떻게 망쳐 주지? 어떻게 돌려주지?]

목소리를 듣는 것만으로 소름이 쫙 끼쳤다. 서린은 몸을 일으켜 라탄의 얼굴을 응시했다.

[라탄, 당신 지금 무서운 생각 하고 있죠?]

내심을 읽으려 시도했다. 그러나 그는 감은 눈을 절대로 뜨지 않았다. 오 분이 채 지나기도 전에 그녀의 머리카락에 입술을 댄 채 잠이 들어버렸다.

대체 무슨 생각을 하는 걸까? 서린은 그의 잠든 모습을 바라보며 한숨을 쉬었다.

상냥하고 부드러운 겉모습과는 달리 언뜻언뜻 드러나는 건 대단한 성질머리였다. 자신의 권위나 신념을 침해당하는 것을 결코 용서하지 않을 것만 같았다. 절대로 그냥 넘어갈 것 같지는 않았다. 하지만 어떤 식으로 일을 처리할지 알 수가 없었다.

사흘 후, 공작궁.

잠시 동안 공작궁에 와 있게 된 키마의 아이들과 함께 서린은 하늘 정원에 앉아 있었다. 크레파스로 함께 그림을 그리던 중이었다.

어디선가 탕, 탕! 총 쏘는 소리가 들려왔다. 지금껏 제 분을 참지 못한 라탄이 공작궁의 끝없는 정원을 쏘다니며 라이플을 들고 사냥놀이 중이라는 뜻이었다.

공기를 찢어대는 요란한 소리였다. 총소리가 들릴 때마다 여린 심장이 벌렁벌렁 내려앉았다.

발코니 아래, 카펫 정원을 돌아다니던 하얀 공작들도 본능적으로 깃을 접고 머리를 박았다. 종종걸음으로 제 둥지를 향해 달려가 버린다. 꽃잎도 바닥으로 떨어지고, 나비도 몸을 감추었다. 회랑을 지나가던 하녀들도 움찔거리고 있었다. 발끝이 더 조심스러워지는 모습이었다. 그렇듯이 총소리는 살아 있는 모든 것에게 두려운 소리였다.

'사흘 내리 들었으니 익숙해질 법도 한데, 저 소리만 들으면 깜짝깜짝 놀라게 돼.'

서린은 나직하게 한숨을 내쉬었다.

어떻게 해도 잊을 수 없는 분노를 풀기 위해 저런 짓을 하는 거지. 그의 마음을 모르는 바는 아니었다. 하지만 총소리를 들을 때마다 무서운 건 어쩔 수가 없었다.

아시프가 내온 라이플을 어루만지던 라탄의 옆얼굴이 얼마나 무서웠던지. 온몸에 소름이 돋을 정도였다.

[라탄, 대체 지금 뭘 하려고……?]

[사냥. 내 취미야. 가끔 벵골 주로 호랑이 사파리를 하러 가지. 내가 이야기하지 않았던가? 한 발에 죽이는 건 재미없어. 일부러 상처 입히고 쫓아가지. 적이 사나우면 사나울수록 더 재미

있거든.]

그와 나누었던 이야기가 새삼 떠오른다. 파란색 크레파스가 힘이 풀린 손에서 떨어져 또르르 책상에 굴렀다.

[린, 빨리 무지개를 칠해줘요. 엄마에게 보낼 거란 말이에요. 외삼촌이 오늘 엄마에게 우리 편지랑 가져다준댔어요.]

큰 아이 소랄라가 멍하니 정원 쪽을 바라보고만 있는 서린에게 잔소리를 했다.

[아 미안, 소랄라. 그래 빨리 무지개를 칠하자. 럭미니는 편지 다 썼어?]

[네. '빨리 나으세요. 우리에게 돌아오세요. 사랑해요' 라고 썼어요.]

쌍둥이 중 둘째인 럭미니가 아주 심각한 얼굴로 노란색 편지지를 뒤로 뒤집었다. 편지를 쓴 종이 뒷장에다 빨간 하트를 그리기 시작했다.

[이건요, 엄마한테 보내는 뽀뽀예요. 하늘만큼 땅만큼 많이 뽀뽀하는 거예요.]

[엄마는 항상 우리 뽀뽀만 받으면 아픈 게 낫는다고 그랬어요.]

[나는 진짜 엄마 보고 싶어.]

[나는 어제 울었어. 엄마가 잘 자라고 인사해 주지 않으니까 잠이 안 왔어.]

럭미니가 한숨을 쉬었다. 소랄라도 같이 한숨을 쉬었다. 이제 겨우 여섯 살 아이들이 내쉬는 한숨 소리에 마음이 너무 아팠다. 흑진주 같은 아이들의 눈망울이 한꺼번에 서린에게로 모아졌다.

[린. 우리 엄마, 정말 괜찮은 거죠?]

[그럼. 의사 선생님이 잘 치료하고 계신단다. 걱정하지 마. 엄마가 조금만 더 회복되시면 외삼촌이 병원에 데려가 주실 거야. 우리 함께 엄마가 빨리 회복될 수 있도록 시바 신에게 꽃을 바치자꾸나.]

[린의 장미 정원에서 빨간 꽃 따도 돼요? 엄마에게 편지랑 보내 드리고 싶어요.]

[빨간색만이 아니라 하얀 꽃, 노랑 꽃, 분홍 꽃도 따도 좋아. 원하는 만큼 따서 어머니께 보내 드리렴.]

아이들과 서린이 키마에게 보낼 그림을 다 완성했을 즈음, 라탄이 나타났다. 상반신은 알몸인 채 허리에 긴 수건 하나만 감고 있었다. 사냥을 끝내고 잠시 수영장에서 수영을 했나 보다.

그녀에게로 오기 전에 피 냄새를 씻고 싶었던 걸까? 발걸음을 따라 물 얼룩이 뚝뚝 따라오고 있다. 이내 하늘 정원으로 올라왔다.

[이젠 사냥을 끝내기로 한 건가요?]

[그래. 사흘 내리 총을 쏘았더니, 재미가 없더라고.]

여러 사람을 불안하게 만든 그에게 서린은 시선으로 말없는 비난을 보냈다.

[이젠 그만 하려고 해. 너무 비난하지 마. 잠시의 도락이었잖아.]

라탄이 태평스럽게 대꾸했다. 손에 든 수건으로 머리카락을 문지르며 곁으로 다가왔다.

[외삼촌, 우리가 편지 썼어요.]

[린이랑 그림도 그렸어요.]

[잘했어. 엄마가 기뻐하시겠구나.]

[나는 엄마 보고 싶어요. 병원에 같이 가면 안 돼요?]

[조금 더 있다가. 엄마는 지금 치료받는데 전념해야 해. 자, 이젠 하녀랑 같이 정원에 나가서 꽃을 따오렴. 엄마에게 보내드리게.]

라탄이 두 아이의 머리카락을 쓰다듬어 주었다. 아이들을 장미 정원으로 데려가 주라고 하녀에게 지시했다. 서린과 라탄은 두 아이가 하녀들과 재잘대며 정원을 달려가는 것을 내려다보았다.

[다행이야, 내내 훌쩍이고만 있으면 어쩌나 했는데. 아이들이라 역시 적응이 빠르군.]

[그래도 잘 때 보면 훌쩍이고 있어요. 안 그런 척할 뿐이죠.]

[그러면 당신이 아이들을 꼭 안아주잖아. 아이들은 당신을 좋아해. 할머님이 기뻐하시더군.]

[가엾잖아요. 그리고 정말 귀여워요. 아이들이 있어서 그런지

시간이 참 잘 가는 것 같아.]

[우리의 아기를 낳으라니까. 그러면 당신은 더 행복해질 거야. 대체 언제쯤 내게 코끼리를 줄 작정이야?]

[농담하지 말아요, 라탄. 무료하고 심심해서 아기를 낳는다는 건 말도 안 되잖아요. 그보다 당신, 이렇게 델리에 그냥 머물고 있어도 돼요? 뭄바이로 돌아가야 하는 건 아닌가요?]

[며칠은 더 머물러야 할 것 같아. 키마 누나 상황이 어떤지도 봐야 하고, 아직 여기에서 마무리하지 못한 일도 있으니까. 다음 주에는 돌아가야지.]

다음날 아침.

[린, 일어나요!]

[동화책 읽고 싶어요.]

[나도 나도! 인형 놀이도 하고 싶어요!]

겁도 없이 두 사람의 침실에 불청객이 찾아들었다. 소랄라와 럭미니가 서슴지 않고 두 사람이 누운 침대로 올라오며 종알거리기 시작했다. 라탄이 돌아누우며 입 안으로 웅얼거렸다. 아침 일찍부터 두 사람의 단잠을 깨우는 아이들에 대하여 욕설을 하고 있는 게 분명했다.

[나가.]

[벌써 햇님이 떴어요, 외삼촌. 유치원 가기 전에 모래장난 하고 싶어요.]

[나가서 유모에게 놀아달라고 해!]

버럭 소리 지르며 라탄이 시트 자락을 다시 끌어당겼다. 움찔 놀라는 아이들을 보고는 서린은 라탄의 등을 때려주었다.

[왜 소리는 지르고 그래요? 애들이 놀라잖아요. 그만 일어나요, 라탄. 민망해.]

끙끙 신음 소리를 내며 라탄이 베개를 들어 제 얼굴을 덮었다. 처량맞게 푸념했다.

[난 새벽 세 시에 잠들었어. 너무하는 거 아냐?]

[식사하고 다시 자요. 뭄바이에서는 엄청 부지런히 일하는 척하더니, 여기선 늘어진 엿가락이야. 아이들에게 모범을 보여야지.]

[내가 게으름뱅이라는 건 세상 사람이 다 알아. 더 자게 해줘. 제발, 부탁이야.]

서린은 설레설레 고개를 저으며 몸을 일으켰다. 가운을 걸치고는 까만 눈을 빛내며 옷자락에 매달리는 아이들 손을 잡고 발코니로 나갔다. 하늘 정원 쪽으로 걸어갔다.

[외삼촌은 피곤하시니까 우리끼리 놀자.]

[린, 나 머리 땋아줘요.]

소랄라가 엄숙하게 요청했다.

[아침마다 엄마가 머리를 땋아줬는데, 지금 병원에 계시니까. 지금은 린이 땋아줘요. 유모는 라라만 안고 있어. 바보야.]

[유모는 만날 내 머리카락을 쥐어뜯어요.]

럭미니도 분개한 얼굴로 일러바쳤다.

아이들을 돌보는 하녀가 두 아이의 리본과 머리끈과 방울이 가득 들어 있는 상자를 들고 나타났다. 서린은 하나씩 아이를 앞에 앉히고 곱게 머리를 땋아주기 시작했다. 아침 햇살이 까만 머리카락 위에서 춤을 추고 있었다.

[린이 땋아주면 참 예뻐요. 친구들이 부러워해요.]

[하지만 엄마가 해주는 게 난 더 좋아.]

의리를 지키려는 거다. 럭미니가 딱 잘라 선언했다. 서린은 미소 지으며 럭미니의 머리를 빗겼다.

[당연하지. 엄마 솜씨가 최고지. 난 아직 따라갈 수 없어.]

데르다가 아침 식사가 차려진 트레이를 끌고 다가왔다,

[마님, 식사를 차리겠습니다.]

[그래. 아이들과 함께 먹을 거야.]

서린은 아이들 목 앞에 냅킨을 둘러주고 부드러운 빠니르 접시를 밀어주었다. 우유도 따라주고 과일도 잘라주었다.

[어서 먹어. 유치원 가야지.]

[나는 오늘 유치원 가기 싫어요.]

[나도 나도! 하루 종일 집에서 놀고 싶어요.]

[호숫가에서 어제처럼 보트도 타고 싶어요.]

제발요! 똑같은 얼굴을 한 소랄라와 럭미니가 고사리 손을 모아 빌었다. 서린은 엄하게 고개를 흔들었다.

[안 돼. 유치원은 가야지. 너희들이 유치원에도 가지 않는다는 것을 알면 엄마가 걱정하실 거야. 대신 오후에 실컷 놀자.]

와아! 하고 두 아이가 한 목소리처럼 환호성을 질렀다.

기껏 며칠인데도, 다정하게 대해주는 사람에게 마음이 기우는 것은 어른이나 아이들이나 똑같은 것이다. 럭미니가 서린의 옷자락에 얼굴을 묻고 자그맣게 속삭였다.

[난 세상에서 린이 제일 좋아.]

[……나는 엄마가 제일 좋고, 그 다음이 린이야. 외삼촌은 쪼끔 덜 좋아.]

어른스러운 척하는 소랄라가 작은 목소리로 중얼거렸다. 아까 라탄이 나가라고 소리친 것에 대하여 앙심을 품은 것이 틀림없었다.

[외삼촌이 소리치면 무서워.]

[나두……. 아빠랑 똑같아.]

[아빠 나빠. 죽어버렸으면 좋겠어.]

소랄라보다 성격이 강한 럭미니가 격렬하게 자기 마음을 드러냈다. 아이들의 까만 눈동자에 어느새 눈물이 괴어 있었다.

[엄마 머리에 피 나는 거……. 생각나면 무서워요. 막 울고 싶어요. 린, 나는 아빠 집에 돌아가기 싫어요.]

두 아이의 말을 들으며 서린은 자신이 울고 싶었다. 평생 가도 지워지지 않을 끔찍한 기억일 것이다. 아버지가 때려 피투성이가 된 엄마의 모습을 본 아이들의 마음에 새겨진 흉터는 어찌하든 씻어낼 수 없을 테지. 모함다스란 인간에 대한 혐오와 분노가 더 커져만 가고 있었다.

서린은 두 아이의 머리를 쓰다듬어 주었다.

[괜찮아, 걱정 마. 외삼촌이 절대로 너희들을 돌려보내지 않을 테니까. 엄마가 회복되시면 다같이 행복하게 살 수 있어.]

부디 이 아이들이 끔찍한 기억들을 빨리 잊어버릴 수 있기를…….

오후에 유치원에서 돌아온 두 아이에게 서린은 얇은 종이와 동전으로 한국의 제기를 만들어주었다.

[이건 한국에서 아이들이 하는 놀이거든. 원래 발로 이 제기를 차서 올리는 건데, 힘드니까 우리는 공책으로 쳐올리기 하자.]

회랑 기둥 그늘을 이리저리 옮겨 다니며 아이들과 서린은 제기차기를 하며 놀았다. 까르르 부서지는 맑은 웃음소리가 라탄이 앉은 서재로 스며들었다. 당장 뛰쳐나가려는 그를 잡아챈 건 아시프였다.

[부디 의무를 다해주시기를. 이 서류만 봐주시면 뭄바이로 돌아갈 때까지 게으름을 피우시는 것을 허락해 드리죠.]

[갑자기 노예가 된 것 같아. 무진장 기분 나빠.]

[화려한 휴가를 즐기려면 먼저 고된 노동의 땀방울을 흘려야 하는 법이죠.]

라탄은 펜을 들고 아시프를 노려보았다.

[눈 찔리고 싶어?]

[제가 눈이 멀면 답답한 건 회장님이시죠.]

그가 라탄의 펜 끝을 잡아 조용히 아래로 내려놓았다.

[언제 뭄바이로 가실 겁니까? 미탈 사장님과 약속을 잡아야 하는데요. 아르셀로와의 최종 협상안 때문에 꼭 뵈어야 한답니다. 회장님 때문에 일이 한 달은 더 지연된 것 모르십니까?]

[키마 때문에 이삼 일은 더 머물러야 해. 미탈더러 델리로 오라고 해. 모함다스는?]

[경찰에서 조사를 받고 있습니다. 오늘 내일 사이로 결론이 나겠죠.]

[내버려 둬. 절대로 뒤로 손쓰지 마.]

아시프가 놀란 얼굴을 했다. 평생 세상의 빛을 보지 말게 만들어라 명령할 줄 알았다. 그런데 내버려 두라는 말을 하다니. 라탄의 진의가 무엇인지 곰곰이 헤아리는 얼굴이었다.

라탄은 고개를 돌려 서류철에 사인을 휘갈겼다.

'내게 생각이 있으니까…….'

그 개자식을 안전한 감옥 안에 모셔놓을 줄 알았나? 밥 걱정, 몸 걱정 하지 않고 편안하게 살게 내버려 둘 줄 알았다면 웃기는 일이지. 라탄은 음산하게 미소 지었다.

[아시프, 매형들에게 연락 좀 하지. 오늘 밤쯤 같이 식사나 하자고.]

[세 분 서방님들 모두 말입니까?]

[물론. 아주 중요한 이야기가 있어.]

아시프가 얼른 대답했다.

[두 분은 국내에 있지만 큰 서방님은 지금 상해에 가 있는데요. 당장 돌아오라고 연락을 해야겠군요.]

라탄이 아시프에게서 해방된 건 그로부터 두 시간 뒤였다.

그는 아이들과 서린을 찾아 거실로 갔다. 거실 구석에는 원색의 비단 쿠션이 가득 쌓여 있다. 그들은 그 안에 얌전한 꽃처럼 잠들어 있었다.

하루 종일 뛰놀아 피곤한 거지. 아이들이 서린의 무릎을 베고 새근새근 숨소리를 내고 있다. 서린도 앉은 그대로 잠들어 있었다.

햇살이 비스듬히 벽을 타고 떨어지고 있었다. 은은한 빛의 그물 안에서 천사처럼 잠든 아이들. 수줍은 마돈나처럼 함께 잠이 든 서린. 행복해 보였다. 진실로 평화롭게 보였다.

그만 라탄의 심장이 화상을 입은 듯 화끈거렸다. 그는 한쪽 무릎을 꿇고 서린의 얼굴에 떨어진 머리카락을 귀 뒤로 넘겨주었다.

이런 모습을 보기를 바랐다. 그의 곁에서 그의 삶 안에서 한 점 얼룩도 없이 웃고 행복해하고 이토록이나 평화로운 얼굴로 잠이 들기를 바랐다. 지금 이 순간이 그가 원하던 전부였다.

[아시프.]

라탄은 문가에 선 아시프에게 손짓했다.

[가서 내 스케치북을 가져와. 빨리!]

행복의 순간을 훔치듯, 아름다움을 포획하는 사냥꾼처럼 라탄은 함께 잠이 든 아이들과 서린의 모습을 스케치했다. 영원히 기억할 황홀한 순간을 만끽했다.

조용히 한다고 했지만 인기척을 느낀 거다. 연분홍 얇은 눈꺼풀이 살짝 움직였다. 이내 천천히 서린의 눈동자가 열렸다. 아직도 잠이 반 아물린 맹꽁이 눈을 하고 있다.

[으으음…… 라탄? 뭐 해요?]

[당신이랑 아이들을 그리고 있어.]

라탄은 싱긋 미소 지으며 스케치북을 뒤집어 보여주었다. 서린이 화면에 담긴 자신의 모습을 바라보고는 살며시 미소 지었다. 여린 꽃잎이 벌어지듯 예쁘고 착한 웃음이었다. 그녀가 행복해해서, 라탄도 미치도록 행복했다.

[당신은 언제나 나를 참 예쁘게도 그리네요. 고마워요. 사실은 보기 흉할 텐데.]

[당신은 뭘 하든 너무 예뻐.]

[아, 정말! 못 말리는 이 남자의 아첨이란……! 정말 꿀이 줄줄 흐른다니까.]

서린이 살며시 몸을 일으켜 아직도 깊이 잠이 든 럭미니를 안았다.

[침대로 데려가야겠어요. 라탄, 소랄라를 부탁해요.]

라탄도 소랄라의 작은 몸을 안아 럭미니의 옆에다 살짝 뉘었다. 서린이 아이들의 침대 곁에 앉아 살며시 여린 볼을 쓰다듬어 주었다. 그 손길에 묻은 애정과 다정함에 라탄의 가슴마저 빼근할 정도였다.

[잠자는 모습이 꼭 천사들 같아요.]

갑자기 럭미니가 몸을 뒤틀며 꿈속에서 괴롭게 흐느끼기 시작했다. 서린이 안타깝게 중얼거렸다.

[또 이러네. 악몽을 꾸는가 봐요. 성격이 예민해서인지 럭미니가 더해요.]

서린은 아이의 작은 몸을 꼭 끌어안고 등을 토닥여 주었다. 귓속에다가 사랑한다고, 잘 자라고 속삭였다. 포근하게 감싸주는 온기. 부드럽고 다정한 속삭임 안에서 아이의 훌쩍임이 서서히 잦아들었다. 천진난만하기만 아이들의 가슴속에 심어진 깊은 상처의 칼날 하나. 그것도 아버지라는 자에 의하여 저질러진 폭력이다. 서린은 그만 자신도 모르게 마음속에 감추어진 불안을 드러내고야 말았다.

[라탄, 만약 내가 딸을 낳으면요. 그 아이도 이런 식으로 살게 될까요?]

[말도 안 돼!]

라탄이 이 사이로 강하게 뱉어냈다.

[내가 그것을 두고 볼 것 같아? 세상에서 가장 소중한 아이를 그런 지옥 속에 살게 내버려 두는 부모가 어리석은 거지.]

[……당신의 누나를 시집보낼 때, 당신의 어머님도 그렇게 생각하셨겠죠. 안 그래요?]

서린은 조용히 반문했다. 몸부림을 치는 소랄라의 어깨 위로 시트를 끌어올려 주었다. 이번에는 라탄이 침묵했다.

[여자들이 남편에게 맞고 사는 것을 당연하게 여기고 쉬쉬하며 덮어두는 세상에 살면, 아무리 많이 배우고 아무리 부잣집 딸이라도 그렇게 살 가능성이 있어요. 그런 것을 생각하니, 슬퍼요.]

[그런 일은 절대로 일어나지 않을 거야. 나의 명예를 걸고 약속할게.]

하지만 당신은 한 사람인걸요. 당신을 둘러싸고 있는 인도라는 나라는 당신 혼자는 감당할 수 없는 슬픈 관습과 이해하지 못할 인습과 이질적이고 거대한 문화를 가지고 있죠. 내가 아무리 노력해도 이 안에서 견뎌내지 못하면 어쩌죠?

서린은 목울대까지 치미는 불안함을 억지로 집어삼켰다.

그때였다. 노크 소리가 나고 아시프가 들어왔다.

[방금 전화가 왔습니다. 모함다스가 보석으로 풀려났습니다.]

누구나 기막혀하고 통분할 소식을 들었다. 라탄은 침묵한 채 잠시 벽에 걸린 그림을 응시했다. 안색은 조금도 변하지 않았다. 다만 그의 손아귀 사이에서 4B 연필이 뚝하고 부러졌을 뿐이었다. 그가 조용조용한 목소리로 사실이냐고 되물었다.

[네, 방금 경찰서에서 연락이 왔습니다. 아시다시피 키마님께서 증언을 할 형편이 아닌지라…….]

아시프가 민망해하며 대답했다. 모함다스가 풀려난 것이 마치 자신의 실책이라도 되는 양 면구해하고, 어쩔 줄 몰라 하고 있었다.

[그래서 일방적으로 그자와 그 집안 인간들의 진술이 받아들여졌다? 한 여자의 생명을 거의 박살을 낸 놈이 벌을 받기는커녕 유유히 거리를 활보하신다. 정말 재미있군.]

[어떻게 할까요?]

[뭘 어떻게 해? 우리나라의 경찰과 사법부의 권위를 조용히 인정하자고.]

대답하는 라탄의 목소리는 심지어 쾌활하게 들리기까지 했다. 오히려 이제는 서린이 분개하고 말았다.

[맙소사. 어떻게 그런 일이 벌어질 수 있어? 라탄, 당신이 그것을 막을 수 없나요?]

[막지 않아, 막을 필요도 없고. 난 그런 일 안 해.]

[하지만 라탄, 범죄를 저지른 남자가 거리를 활보하는 건 정의가 아니에요. 키마는 빈사 상태로 병원에 있다구요. 다시 고발해요! 그는 대가를 치러야 해.]

[대가라……. 범죄의 정당한 대가가 이뤄지는 일이 이 세상에 얼마나 될까?]

라탄이 스케치북을 접었다.

[기분이 이래서야 어디 그림을 그릴 수 있겠어? 이건 다음에 완성해야겠군. 린, 모레 우린 뭄바이로 갈 거야. 준비해.]

[모레 뭄바이로 간다구요? 이 문제를 해결하지도 않고?]

[내게도 생각이 있어. 잠시 이 문제에서 벗어나자고. 그 빌어

먹을 자식의 이야기를 사랑하는 당신과 같이해야 한다는 게 참을 수 없이 불쾌해.]

서린과 아시프를 남겨둔 채 그가 몸을 싹 돌려 방을 나가 버렸다. 그의 등 뒤로 새파란 살기가 따라가고 있었다.

아시프가 한숨을 쉬었다.

[넣어두었던 라이플을 다시 꺼내야 할 것 같은데요.]

[……그래야 할 것 같아요.]

사실상 지금 서린도 라탄의 라이플을 들고 허공에라도 휘두르고 싶었다.

그 다음날 저녁, 작별인사를 하기 위해 서린은 기도원으로 갔다.

마야도 모함다스가 보석으로 풀려나게 되었다는 말을 이미 전해 들은 모양이다. 혀를 쯧쯧 찼다.

[이럴 때, 우리나라의 사법부의 수준을 의심하게 된다니까. 가정폭력도 명백한 범죄라는 사실을 머리통만 달고 있는 우리나라 남자들은 언제쯤 깨달을까?]

[속상해요. 키마님이 너무 가엾기도 하구요.]

[그 앤 제 어리석음에 대한 벌을 받는 거라고 생각한다. 동정받을 가치가 없어.]

마야가 쌀쌀맞게 대답했다. 피해자를 꾸짖는 건 너무 매정한 것 같다. 서린은 부드럽게 반박했다.

[할머님, 말씀이 너무 차가우세요. 키마님은 할머니 손녀이시잖아요. 그렇게 말씀하시면 안 되는 거라고 생각해요.]

[결혼 전부터도, 라탄과 나는 몇 번이고 경고했었어. 어울리지 않는 짝이라고 말이다.]

하지만 사랑에 빠진 여자는 어리석은 존재이다. 키마는 들은 척도 하지 않았고, 카말라 역시 딸의 의사를 존중해야 한다고 주장했다. 하지만 결혼한 지 한 달 만에 모함다스의 폭력이 시작되었고, 지금껏 키마는 그러한 폭력의 희생물이 되어왔던 것이다.

[라탄은 그 길로 제 누나를 집으로 데려오려고 했단다. 하지만 키마가 거부했어. 사랑한다는데 어떡하겠니? 남편이 때리는 것조차도 제 잘못이라고 말하는 데야 더 이상 할 말이 없는 거지. 그게 어리석음이 아니라면 무엇이 어리석은 걸까?]

[……그만큼 사랑했다고 생각할 수도 있죠.]

[굴욕을 참는 건 사랑이 아니란다, 아가.]

마야가 엄하게 주장했다. 사랑은 눈높이가 같은 두 사람이 동등한 인간의 자격으로 주고받는 것일 뿐. 자신을 파괴하는 상황을 참아야 하고 비굴하게 구걸해야 한다면 사랑이 아니다. 단지 감정과 인생을 담보로 한 잔인한 권력 게임일 뿐이라고 말했다.

서린은 그럼에도 조심스럽게 반론을 제기했다.

[세상의 모든 사람들이 할머님처럼 강하고 지혜로운 건 아니잖아요. 조금만 더 키마님께 너그러우시기를 바라요. 옳고 그른

것을 따지는 건, 키마님이 회복되신 다음에 해도 늦지 않죠. 지금은 오직 감싸주고 위로해 드려야 할 때라고 생각합니다.]

[저런. 사십 년 만에 처음으로 내게 잔소리를 하는 사람을 만났는걸.]

마야가 마치 사내처럼 호방한 웃음소리를 냈다.

솔직히 마야는 서린이 말 한마디도 제대로 하지 못하고, 언제나 속으로 삭이고 꾹 참고, 그림자인 양 라탄의 뒤만 따라다니는 인형이라고 생각한 적도 있다. 하지만 지금 그녀는 그러한 자신의 생각을 철회하는 중이었다.

[넌 발톱을 감춘 암호랑이야. 라탄이 너를 길들이려면 힘깨나 써야겠구나.]

[어머나, 전 제가 라탄을 길들이고 있다고 생각했는데요.]

서린의 대답에 마야의 웃음소리가 더 커졌다. 겉으로는 조용하고 얌전하나, 강인한 기질과 반듯한 고집을 속에 감춘 서린의 만만찮은 성질을 다시 한 번 확인했기 때문이다.

[역시 넌 그 애의 유일한 반려가 될 자격이 있어. 휘황찬란한 껍질 속에 가려진 그 녀석의 모자란 점을 분명히 알고 있고, 또 다스리고 있잖니. 그 녀석은 제가 너에게 사육당하고 있는 줄은 꿈에도 생각하지 못할 거다. 자, 작별인사는 하지 않으마. 금세 또 만나게 될 테지?]

[그럼요. 종종 할머님을 뵈러 오겠습니다.]

서린을 배웅한 후 마야는 곁에 선 트리샤를 바라보았다.

[라탄이 제 매형들을 전부 불렀다는데, 사실이냐?]

[주방장이 그렇게 말했습니다, 마님. 세 분의 서방님들과 함께 지금 저녁 식사 중이시라고요.]

[그들까지 불러들여 대체 무슨 짓을 하려는 거지?]

마야는 기도원으로 돌아와 신단 앞의 방석에 앉았다. 향을 한 줌 집어 향로에다가 집어넣었다.

[모함다스가 죽을죄를 지은 건 사실이지만, 그 녀석이 하는 양을 보아하니, 심상치가 않은걸. 제가 혼자 나서도 될 일을 제 매형들까지 동원하다니……. 쯧쯧쯧. 그건 바라트의 가장 유력한 네 가문이 힘을 합친다는 말이야. 모함다스의 앞날이 문득 가엾어지는구나.]

[그따위 인간은 벌을 받아 마땅해요, 마님.]

[물론 나 역시 모함다스에 대한 벌을 반대하는 건 아니야. 트리샤. 하지만 정도껏이라는 있는 법이지. 저 미친 녀석이 대체 무슨 짓을 할지 정말 조마조마해. 도망칠 구석을 놓아두고 쥐를 모는 법이야. 궁지에 몰리면 쥐도 고양이를 물어뜯거든.]

지옥을 지나 이제는 더 이상 잃을 것이 없는 사람은 경계해야 한다. 무슨 짓을 저지를지 모르기 때문이다.

마야는 혀를 찼다. 라탄은 절대로 모함다스를 용서하지 않을 것이다. 제 식대로 끔찍하고 철저한 응징을 하겠지. 하지만 나락에 떨어진 모함다스가, 뼛골까지 악당인 그가 그대로 몰락해서 순순히 자신의 죄업을 인정하고 참회하며 살까?

[……기분이 좋지 않아. 반드시 화근이 될 것 같아 걱정이 되는구먼.]

나직한 마야의 목소리가 보랏빛 향연 속으로 사라졌다.

델리의 아폴로 병원.

서린은 꽃다발과 과일바구니를 든 데르다를 딸린 채 키마의 병실 앞에 서 있었다.

라탄은 신경 쓰지 말라고 했지만, 아무리 생각해도 뭄바이로 떠나기 전에 카말라에게 인사라도 해야 할 것 같았다.

물론 중환자실에 있는 키마는 만날 수 없을 것이다. 하지만 병원에 한 번은 들르는 것이 도리인 듯싶어 마침내 용기를 낸 것이다.

망설이다가 노크를 하자 '들어오세요!' 하는 대답이 들렸다.

텅 빈 개인 병실의 소파 위에 카말라는 시름에 찬 얼굴로 앉아 있었다. 하지만 문을 들어서는 사람이 서린이라는 것을 깨닫자마자, 삽시간에 표정이 싹 달라졌다. 마치 얼음가면을 쓴 것마냥 무표정하고 차갑게 변했다. 그녀의 방문이 결코 반갑지 않다는 뜻을 확연하게 드러내고 있었다. 일껏 찾아온 사람이 무안해서 견딜 수 없게 만들었다.

[어머나, 여기까지 웬일이죠?]

[오후에 뭄바이로 떠납니다. 친절하게 대해주셔서 감사하다는 인사는 해야 할 것 같아서요. 물론 키마님 상태도 걱정되고

해서……. 죄송해요, 여쭈어보지도 않고 이렇게 찾아왔습니다.]

[보고 싶지 않은 사람이 찾아오는 건 별로 즐거운 일이 아니죠.]

차갑게 되받아치는 음성은 대놓고 내치는 것이었다. 조그만 친절을 베풀 생각도, 기본적인 예의도 차릴 생각도 없는 것이다. 서린은 너무나 무안해서 그만 시선을 떨어뜨린 채 가만히 서 있기만 했다. 카말라는 그녀에게 앉으란 말도 하지 않았다.

[그래, 떠난다니 확실하게 묻고 싶네요. 물론 서린 양 혼자 떠나는 거겠죠?]

몰라서 묻는 것이 아니다. 서린의 입에서 그렇다는 대답을 듣기를 바라는 것이다.

서린은 잠시 침묵한 채 생각을 헤아렸다. 어떻게 대답을 해야 하는 걸까? 무한히 적대적인 연인의 어머니 앞에서 어떻게 처신해야 옳은 걸까?

아주 찰나이기는 하지만, 서린은 카말라를 찾아온 자신의 만용에 대하여 솔직히 후회했다. 거쳐야 할 과정이고, 밝혀야 할 마음이라 해도, 대놓고 할퀴려 하고 무조건 적대하려고 만반의 준비를 갖춘 사람 앞에서 계속해서 용기있게 행동하기란 쉽지 않았다.

차라리 라탄의 뒤에 숨어버릴 것을. 눈을 감고 귀를 막고, 등 뒤에서 벌어지는 모든 곤란함에 대하여 모르는 척, 무시하고 유리성 안에서 새침하게 앉아 있을걸. 그녀가 부탁만 하면 라탄은 모든 것을 다 막아주고 해결해 줄 것이다.

그러나 서린은 그러고 싶지 않았다.

라탄을 사랑하는 것, 무슨 일이 있어도 그의 곁에 머물고 싶다는 것. 온 생을 다하여 원하는 단 하나의 소망.

아무것도 욕심내지 않는다고, 그 남자는 삶에 남은 마지막 빛이라고, 그러니 부디 그 빛을 박탈하지는 말아달라고 간청하고 싶었다. 어떤 일이 닥친다 해도 이젠 헤어질 수 없다. 라탄의 말처럼 그들은 어떻게 헤어져도, 어떻게 이별해도, 만나고 또 만나고 다시 만나는 운명이었다. 서로가 전부인 연인이었다. 당당하게 세상에 알리지 못할 이유가 없다.

서린은 고개를 들었다. 조용하지만 단호하게 대답했다.

[아닙니다, 부인. 전 라탄과 함께 같이 갑니다. 그가 원하는 한, 전 언제나 그 사람 곁에 있을 거예요. 죄송합니다.]

[기가 막혀서! 그럼 계속해서 뻔뻔하게 내 아들 곁에 머물겠다는 뜻이로군.]

그나마 무한정 품위를 지키고 인내하려 하던 카말라의 목소리가 삽시간에 격해졌다.

[내가 미리 말하지 않았나? 아직도 잘 모르는 모양인데, 우리나라 사람들은 보수적이라고. 결혼도 하지 않고 남자와 동거하는 것을 자랑이라고 통고하러 온 건가?]

[부인. 저는…… 그 사람을 사랑합니다. 진실로, 온 마음으로 그를 사랑합니다. 아무것도 원하지 않아요. 단지 그의 곁에 머

물고 싶습니다.]

[교활하군. 거짓말도 잘해. 말로는 아무것도 원하지 않는다 하지. 내 아들 곁에 있는 한 당신은 세상의 모든 것을 다 가지게 돼. 감히 그 입으로 사랑 따위를 말하지 말아요. 난 서린 양과 같은 여자들을 한두 명 본 것이 아니야. 역겨워. 난 당신 같은 여자를 두고 매춘부라고 부릅니다. 내 아들의 명예를 먹칠하는 주제에 감히 이곳에 나타나?]

카말라의 입에서 파편처럼 튀어나온 매춘부라는 단어 하나. 파랗게 질려 어찌할 바를 모르는 서린을 말 그대로 산산조각 부서뜨렸다.

뭄바이 말라바르힐 빌라.

델리에서 돌아온 지 사흘째이다. 방음이 된 악기연주실에서 서린은 서투르나마 플루트를 불고 있었다. 간식 쟁반을 든 데르다가 들어왔다.

[마님, 좀 쉬시며 하세요. 오전 내내 봉사활동 하시고 또 힌디어 공부하시고 이제는 플루트 연주라니요. 제발 좀 게으름을 피워주세요. 제가 보살필 기회를 주세요.]

만날 하는 잔소리를 또 시작하고 있었다. 서린은 플루트를 내려놓고 빙그레 웃고 말았다.

[원래 우리 한국인의 유전자 속에는 게으름이란 게 없어, 데르다. 그러면 병이 나거든.]

[주인님의 말씀을 명심하셔야죠. 삶은 즐기는 거지, 싸우는 게 아니라구요.]

서린은 이만하고 그녀를 귀찮게 하려고 몸부림을 치는 데르다의 소원을 들어주기로 결심했다.

악보를 접고 플루트를 분해했다. 알코올을 적신 천으로 꼼꼼히 닦고 케이스에 넣었다. 반짝반짝 빛이 나는 새 플루트에는 서린 그녀의 이름까지 새겨져 있었다. 플루트를 시작하고 싶다는 서린의 말에 라탄은 굉장히 기뻐했다. 그날로 아름다운 플루트를 선물해 주었던 것이다.

문득 아름다운 가게에 기증한 서린 자신의 낡은 플루트에 대한 추억이 떠오르고 있다.

중, 고등학교 때 현조랑 같이 레슨을 받으러 다녔다. 서린의 연주용 플루트를 사준다고 현조는 아르바이트까지 했었다. 조그만 교내 음악회였지만, 무대에 오른다고 얼마나 자랑스러워하던지. 그런 사람이었다. 그렇게 착하고 다정한 사람이었다. 서린이 사랑했던 현조는.

나중에 명윤이 플루트를 시작했을 때, 현조가 사준 서린의 악기를 물려받은 사람은 명윤이었다. 만날 제 방에서 서투르게 투투거리고 있더니, 서린의 생일날. 멋지게 〈Love is all〉을 연주해 주었지. 얼마나 감격했던지.

기증된 두 개의 플루트는 지금쯤 주인들을 찾았을까? 어떤 주인이 그것을 불고 있을까? 그것들에 담긴 현조와 서린 자신의 이야기들을 알고 있을까? 애틋하고 착한 그 남자. 하지만 너무 일찍 떠나 버린 그 사람. 심장에 싸한 바람이 일었다.

'서울의 어머님께 연락을 한 번 더 드려야 할 텐데……. 내내 걱정하고 계실 거야.'

하지만 그분들. 현조의 연인인 그녀를 딸처럼 사랑해 주신 그 분들은 지금 서린이 라탄과 함께 있다는 것을 아시면 노여워하실까.

그리도 사랑한다 하더니, 오랜 사람을 금세 잊고 새로운 사람을 만났다고 야속타 비난하시지는 않을까?

'염치없어. 다른 사람들은 눈에 보이는 것이 전부니까. 우리 둘만 아는 진실 따윈 상관없으니까. 날더러 모질다 하시겠지. 배신했다 원망도 하시겠지. 할 말 없기는 마찬가지지만…….'

조금 더 시간이 흐르면, 다른 사람 만난 것이 덜 미안하고 부끄럽지 않을 만큼 시간이 더 흐르면…….

현조를 따라 죽는 대신, 그의 몫까지 살기로 한 것에 대하여 말씀드려야지. 이렇게 살 힘이 생긴 것은 오직 곁에 있는 그 남자 덕분이라는 것을 두 분께 꼭 말씀드리고, 축복받아야지. 그런 권리는 그분들만이 가지고 있지. 하지만…….

무참하게 떠오르는 기억 안에서 삽시간에 서린의 표정은 어둡게 가라앉고 말았다.

서린은 무릎 위에 놓인 투명한 골드 플루트를 내려다보았다. 굉장히 고가일 것이라고 짐작만 했다. 그의 연인의 경제관념은 평범한 서린 자신의 경제관념과는 수천만 광년이나 떨어져 있다. 가격을 물어보기도 겁이 났다.

그녀가 원하면 그가 가져다준다. 카말라는 그녀의 아들 곁에 있는 한 서린이 세상의 모든 것을 다 가지게 될 거라고 말했었다.

'결국 카말라님이 말한 대로 되고 말았네.'

서린은 쓰디쓴 웃음을 짓고 말았다.

아폴로 병원에서 서린은 말 그대로 문전박대를 당했다고 해도 과언이 아니다. 어떻게 보면 모질게 따귀를 얻어맞은 것보다 더한 모욕을 받았다. 아무리 지워 버리려고 해도 지워지지가 않는다. 카말라에게 혹독하게 당한 기억의 상처는 아직도 생생해서 지금도 붉은 피가 흐르고 있었다.

카말라는 너무나 잔혹하고 단호했다. 조금의 타협도 여지도 없다는 뜻을 분명히 했다.

[내 아들은 당신 같은 보잘것없는 외국인과 같이 있을 수 없어. 절대로 안 돼. 하물며 결혼 따위는 더더구나 안 돼. 그 애나 당신은 감히 그럴 권리가 없어.]

무슨 말을 하는지 처음에는 이해하지 못했다. 서린이 가진 게 없고 보잘것없는 사람이라서 반대한다고 말했다면 차라리 받아들이기 쉬웠을 것이다. 하지만 외국인이라서 무조건 안 된다니.

대체 어쩌면 좋을까?

[강가에서 떨어진 외국인은 카스트가 없어! 카스트가 없는 자와 카스트가 있는 자의 거리는 하늘과 땅이죠. 인간과 짐승이 다른 것처럼, 완전히 종족이 달라!]

인간 이하의 존재. 즉 짐승.

카말라의 눈에 서린 자신은 단지 그러한 존재였다. 가슴이 먹물 묻은 것마냥 시커멓게 변해가고 있었다. 울컥 돋아나는 울분과 모멸감과 슬픔을 어찌하지 못해 가슴 안에서만 꼭 여며쥐었을 뿐. 하지만 잔혹하게도 카말라는 멈추지 않고 그녀를 계속해서 후려쳤다. 얼얼한 죄책감 속으로 몰아넣고 말았다.

[당신은 내 아들의 체면과 위신을 전부 더럽히고 있어. 조만간 내 아들은 모든 사람의 웃음거리가 되고 말 거야! 그토록 고귀하고 그토록 아름다운 내 아들이! 사랑한다면서? 그 애를 망신 주고 수치스럽게 만드는 것이 사랑인가?]

서린은 멍한 시선으로 창밖의 아라비아해를 바라보았다.

사랑하는 남자 라탄 옆에, 서린 그녀는 지금 어떤 이름으로서 있는 걸까? 카말라의 말처럼 서린은 라탄을 더럽히고 있는 존재일까? 그녀는 그의 세상에서 어느 만큼의 위치를 차지하고 있을까?

지금껏 단 한 번도 그들의 사랑에 대하여 의문을 품지 않았다. 라탄이 그럴 기회를 주지 않았다. 하지만 카말라의 말로 인해 서린은 스스로의 위치를 자각하게 된 거나 다름없었다. 자신이 너무 초라해지는 기분이 정말 싫었다.

'정말 몹쓸 심약함이네.'

자꾸만 그의 곁에 머무르고 있는 것이 옳지 못한 일이라는 생각이 들어 싫다. 둘만이면 아무런 문제가 없는데, 세상과 만나면 늘 이렇게 복잡한 일이 생기고 만다. 어쩌면 좋을까?

그리도 단호한 카말라의 반대를 물리치고 라탄은 그녀를 정식으로 아내로 맞이할 수 있을까? 인도 사람들은 한국의 조선시대처럼 가문을 중시하고 인습적인 어른들의 의견에 따르고 복종한다는데.

복잡하고 심란한 서린의 기색을 읽지 못한 채, 데르다가 일일이 통통하고 붉은 석류알을 까서 쟁반에 놓아주며 계속 종알거렸다.

[한 시간 후에 디자이너가 들어올 거구요. 주인님은 잠시 후에 들어오신다고 전화 왔어요. 마님의 짐은 다 쌌어요.]

[뭐라고? 짐을 왜 싸?]

시원한 라시를 마시던 서린은 캑캑 기침을 했다. 뭄바이에 돌아온 지 사흘밖에 지나지 않았는데, 또 짐을 싼다니. 이번에는 어디로 가는 건가?

[어머나, 못 들으셨어요? 내일 우린 히라난다니 포와이의 집으로 다 옮길 텐데요. 주인님이 말씀하신 줄 알았는데.]

[히라난다니 포와이? 거긴 또 어딘데?]

[포와이 호숫가 근처에 있는 집이요. 원래 이 집은 주인님께서 나리만 포트의 회사에 출근하실 때 사용하는 집이구요. 뭄바이의 저택은 따로 있어요. 원래 그곳이 타다 가문의 본거지죠. 지은 지가 거의 이백 년이 넘어요.]

서린은 한숨을 푹 내쉬었다. 그녀의 연인인 그 남자의 생활방식에 놀라지 않고 익숙해지려면 몇 천 년이나 지나야 할까?

[카말라님도 참석하지 못하시고, 키마님은 병원에서 꼼짝도 못하시는데, 여하튼 아주 많이 다치신 거니까요. 그런데 떠들썩하게 파티 준비를 해야 하니 속상해요. 올해의 잔치는 아주 우울할 것 같아요.]

[파티 준비라니?]

서린은 두 번째로 놀랐다.

[이번 주말이 주인님 생신이세요. 모르셨어요? 타다 가문의 모든 사람들이 오실 거예요. 큰 잔치를 한다고 들었어요.]

"생일이라니, 축하는 해야겠지만. 집안에 우환이 있는데, 파티라니, 좀 심한 거 아냐?"

서린은 한국말로 중얼거렸다.

변을 당한 키마는 아직 회복되지 않았다. 공작궁의 참된 안주인인 카말라는 딸의 병상 옆에 딱 붙어 움직이지 않고 있다. 그런데 사람들을 초대해서 파티를 연다니, 아무리 라탄의 생일이 라고 해도 어쩐지 부당하고, 해서는 안 되는 일을 하는 것 같았다. 라탄의 사고방식을 도무지 이해할 수가 없었다.

노크 소리도 없이 문이 열렸다. 라탄이 퇴근을 한 것이다.

[여기 있을 줄 알았지. 많이 연습했어?]

[이제 시작한 건데 늘어봤자죠. 오늘은 일찍 퇴근했군요.]

[아냐, 분명히 훨씬 나아졌을 거야. 당신의 음(音)은 진화가 빠르더군.]

그만 미소가 지어지고 말았다. 서린은 그가 키스할 수 있게 얼굴을 치켜들었다. 나부시 다정한 입술을 선물받았다. 그의 입맞춤 안에서, 미소 안에서, 그녀의 모든 생각과 영혼이 그에게로만 향일하고, 전부 다 빨려 나가는 것 같았다.

라탄이 귓불에 얼굴을 댄 채 소곤거렸다.

[이번 주말이 내 생일이야.]

[들었어요.]

[선물 받고 싶어.]

[받고 싶은 것이 있어요?]

[세상에서 가장 달콤한 것. 예쁜 것, 착한 것을 받고 싶어.]

[알았어요, 고민해 볼게요.]

달콤하고 착하고 예쁜 것이란 무엇일까? 세상을 다 가진 남자에게 선물을 주어야 한다니 상당히 부담스러운 일이었다. 하지만 이어진 라탄의 말이 서린을 더 부담스럽게 만들었다.

[한 가지 더. 이번 잔치 준비는 당신이 해줘야 해. 어머님이 델리에 계시니까 어쩔 수 없어. 할 수 있겠어?]

[세상에! 내가요?]

[당신이 안주인이잖아. 집사도 있고, 음식 준비를 총괄하는 요리장도 있으니까, 당신은 파티의 콘셉트만 잡아주고, 그들에게 명령을 해줘.]

처음에는 할 수 없다고 말하려고 했다. 하지만 언제까지 계속해서 뒤로 물러서고 못한다, 안 한다 하고 뒤로 뺄 수만은 없다는 생각이 들었다. 그와의 삶이 이런 생활의 연속이라면 서린은 이런 생활 방식에 익숙해지지 않으면 안 되는 의무가 있다. 그를 기쁘게 하는 일이라면 기꺼이 즐겁게, 힘들더라도 수행해야 하는 것이다.

[잘할 수는 없을 테지만, 노력해서 해볼게요. 하지만 라탄. 이번 파티에 대하여 저도 할 말이 좀 있어요.]

[무슨 말? 당신이 정색을 하니 갑자기 긴장되는군.]

라탄이 짙은 눈썹을 찡그렸다. 미소 짓고 있을 때면 한없이 부드러운 사람 같은데, 이런 표정을 지으면 갑자기 두려워진다. 서린은 조심스럽게 말을 골랐다.

[당신을 반대하는 건 아니지만요, 카말라님도 내내 병원에만 계시니 오시기 힘들 거고. 집안사람들 다 키마 일 때문에 마음이 편안하지 않은데…….]

[하고 싶은 말이 뭐야?]

[아무리 생일이라 해도 큰 파티를 하는 건 좀 심한 것 아닐까요? 별로 옳은 일 같지 않아. 내가 아주 많이 축하를 해줄게요. 올해 생일파티는 조촐하게 집안사람끼리만 하면 안 될까요?]

[미안, 서린. 당신의 부탁은 들어줄 수 없어.]

고개를 든 서린과 그녀를 내려다보고 선 라탄의 시선이 허공 어디쯤에서 만났다. 그가 가볍게 고개를 끄덕였다. 단호한 거부였다.

[우리나라 사람들에게는 자신에게 맞는 위신을 지키는 일이 아주 중요해. 몇 번이나 말해줬잖아. 이번 일에 대해서 토를 다는 일은 이제 금지하겠어.]

명령, 금지, 위신, 체면. 이 남자의 입술에서 나오는 말들은 아주 부드럽지만 무쇠의 무게를 지니고 있었다. 어떤 타협도, 설득도 가능하지 않다는 뜻이다.

그의 눈빛이 너무도 차가웠다. 강철 같은 의지가 서려 있었다. 언제나 다정하고 빙긋 웃는 이 남자. 하지만 정색을 하고 웃음기를 지우면, 사실은 빙하보다도 더 차갑고 서늘한 사람이다. 심장 속에 찬바람이 새어들어 오고 있었다.

[이건 단순한 축하파티가 아냐. 우리 타다 가문의 결속을 다지고, 나와 우리 가문을 둘러싼 수없이 많은 사람들의 충성을 새롭게 다짐받는 아주 중요한 행사라고. 내 마음대로 하거나 하지 않거나를 결정할 수는 없어. 내가 이런 파티를 열지 않는다면 모든 사람이 실망할 거고, 난 그들에게 미안한 일을 하는 거

야. 당신이 참아줘.]

어쩔 수 없다. 그가 아니라고 한다면 아닌 거다. 이번은 물러설 때인가 보다. 서린은 가만히 고개를 끄덕였다.

서린의 눈빛이 어두워진 것에 마음이 쓰인 걸까? 라탄이 금세 입술에 미소를 되살렸다.

[저녁때 디자이너가 들어올 거야. 파티에 입을 옷을 맞춰야 하거든. 마음에 드는 옷을 잔뜩 사. 당신이 아름다운 옷을 입는 게 좋아. 부디 예쁜 옷을 잔뜩 주문해 줘. 날 기쁘게 해줘.]

소박하고 서민적인 이서린의 사고방식에 있어 또다시 거의 악몽 같은 명령이 떨어졌다.

항공 승무원이었던 탓에 서린 역시 어지간한 명품의 이름을 보고 들은 적은 있다. 손이 떨려 사지는 못했지만 파리의 오만한 명품 매장을 구경한 적도 있다. 면세점에서 왕창 세일할 때 여섯 달 카드 할부로 스카프니 핸드백도 긁은 적은 있다.

그러나 그 콧대 높은 루이비통, 샤넬은 당연한 거고 한 번도 듣도 보도 못한 희한한 명품 회사마다, 라탄만을 위한 디자이너가 따로 있다는 것은 처음 알았다. 다시 한 번 그가 가진 부와 권력의 밑바닥까지 본 기분이었다. 놀라다 못해 거의 기절을 할 것 같은 심장에 서걱서걱 계속해서 찬바람이 불었다.

그와 함께이면 세상의 모든 것을 가질 수 있다지. '사랑을 이용하여 실속을 차리려는 창녀 같으니!' 하고 카말라가 소리 지르던 기억이 다시 떠올라 너무 괴로웠다.

[맙소사. 난 잘 입지도 않는 사리만도 벌써 몇 십 벌이나 가지고 있어요. 볼 때마다 죄책감에 시달린다구요.]

서린은 부드럽게 대꾸했다. 완곡한 거절의 뜻을 밝혔다. 라탄 역시 무거운 한숨을 내쉬었다. 자책하는 표정으로 머리통을 두들겼다.

[난 너무 무심했어. 가능한 한 빠른 시간 내에 이태리나 파리로 쇼핑을 떠나보자고. 우리 어머니가 결혼을 할 때는 외조부님이 트럭 열아홉 대 분의 옷감을 보내셨대. 어머닌 아직도 입지 않은 사리로 채운 방 세 개를 가지고 계셔. 타다 가문의 안주인으로서 당신의 사치는 지나치게 조촐해. 좀 더 분발해 줘. 최선을 다해 허영심을 충족시키기를 바라. 제발 나의 지갑을 텅 비게 해달라고.]

[기가 막혀서! 대체 왜 당신은 내 옷가지에 집착하죠? 난 청바지 한 벌이면 충분해요.]

[미안, 서린. 다른 나라에서는 몰라도 우리나라에서는 절대로 안 돼.]

라탄은 딱 잘랐다. 또다시 단번에 서린의 입을 막았다.

[옷차림은 그 사람의 사회적 지위와 신분을 드러내는 거야. 당신 같은 사람이 허름한 옷차림을 하는 건, 타인에 대한 실례지.]

[소박한 옷을 입는 게 실례라고요?]

[당연하지. 사람들은 당신이 입은 옷이나 보석, 타고 다니는 차나 같이 다니는 사람들을 통해서 당신의 지위와 신분을 짐작

해. 그리고 대우가 달라지지. 만약 당신이 적절하지 못한 옷차림으로 상대방의 오해를 사서 그가 당신에게 무례를 저지른다면, 그건 당신의 잘못이야. 상대로 하여금 실례되는 행동을 하게 만든 사람의 책임이 더 크니까. 오늘부터라도 나의 반려로서 합당한 옷차림을 하라고 명령하겠어.]

[명령?]

서린의 반달눈썹이 위로 휙 치켜 올라갔다. 이건 참을 수 없었다. 확실한 불쾌함을 드러냈다.

[하, 라탄. 그런 말 쓰지 않기로 약속했으면서?]

[원래 우리 인도 남자들은 부탁이란 말을 그렇게 표현해.]

라탄은 아무렇지도 않게 되받았다. 섹시한 윙크 한 번으로 모든 것을 마무리했다.

[아랫사람들이 듣고 있는데, 남자로서의 체면이 있지. '제발 부탁해', 이렇게 말할 수는 없잖아. 한 번만 봐줘.]

[말이 되는 소리를 해야죠. 그런 시대착오적인 말을 예사롭게 하는 사람인 줄 몰랐어.]

[나도 나름 위신이라는 게 있어, 서린. 지난번에 당신에게 얻어맞은 이후, 내 체면은 바닥에 떨어졌다고. 내 위신을 깎아도 유분수이지. 반성해 줘. 회복하느라 무진장 고생 중이라구.]

[맞을 짓을 했잖아요.]

[언제부터 아기를 낳아달라는 신성한 부탁이 맞을 짓이 된 건데?]

[내가 말을 말지, 말을! 좋아요. 내 지갑이나 돌려줘요. 내가 필요로 하는 건, 라탄. 내 돈으로 사요.]

[웃기지 마. 당신이 필요로 하는 것은 내가 줘. 신랑의 권리이자 의무를 빼앗으면 천벌 받아, 서린.]

[기가 막혀서.]

[공식적으로 당신은 실업자잖아. 난 실업가고. 실업가가 실업자를 먹여 살리지. 아주 간단해.]

서린의 반달눈썹이 다시금 휙 위로 치켜 올라갔다.

[여자는 남자의 부속품 아니라고 그랬죠? 정말 마음에 안 들어!]

[우리나라에서는 그래. 모든 건 나에게 맡겨. 독립적인 당신의 성품을 알고 있지만, 아무 일 없이 빈둥거리는 법도 배워. 제발! 그게 유일한 당신의 의무야.]

빈둥거리고 낭비하는 일이 유일한 의무라니. 대체 이 남자의 정신머리를 어떻게 개조하지? 꼭 움켜쥔 작은 주먹이 부르르 떨렸다. 역시 카말라의 말대로 이 남자의 세상과 그녀의 세상은 공존하기 힘든 걸까?

갑자기 몹시도 쓸쓸해지던 순간이었다.

제7장

—균열의 소리—

뭄바이, 히라난다니 포와이. 타다 가문의 저택. 오후 여섯 시 반.

파티 시작 오 분 전이다. 서린은 거울을 보며 마지막으로 옷차림을 점검했다.

거울 안에는 호사스런 이브닝드레스 차림의 여자가 서 있었다. 은하늘빛 실크에 일일이 은빛 실로 수를 놓고 자그마한 유색 보석들로 장식한 디오르의 드레스는 약이 오를 정도로 예뻤고, 아주 잘 어울렸다. 그림을 그리는 사람이라 그런지, 드레스를 골라준 라탄의 안목은 얄미울 정도로 정확했다. 비록 옷깃은 목 위까지 오고, 소매도 손등을 다 덮을 정도로 보수적인 드레스이긴 하지만.

목에는 인도의 별을 걸었다. 머리는 위로 틀어올려 마야가 선물해 준 목걸이와 한 쌍인 티아라를 꽂았다.

이리저리 고개를 돌려 머리 모양을 점검한 후 서린은 마지막으로 데르다가 준 비단 장갑을 건네받았다. 노크 소리가 나고 라탄이 들어왔다.

[끝났어?]

[네.]

라탄 역시 서린과 함께 디오르의 멋진 검정 슈트를 차려입고 있었다. 언제나처럼 한쪽 귓불에는 다이아몬드 귀걸이가 반짝이고 있다. 넥타이핀도, 커프스 버튼도 전부 다 투명한 얼음빛. 서린의 다이아몬드와 짝을 맞춘 것이다. 슈트 차림의 그는 스크린 안에서 걸어나온 환상의 존재 같았다.

[나가지. 사람들이 기다리고 있어.]

서린은 대답 대신 몸을 돌이켜 화장대 서랍을 열었다. 작은 상자를 꺼내 라탄에게 건넸다. 수줍게 속삭였다.

[제일 먼저 생일 축하를 하고 싶어요. 해피 버스데이, 라탄.]

서린은 사랑하는 남자에게 진정한 가슴으로 속삭였다. 간절한 시선으로 고백했다.

나와 같은 생의 시간에 태어나 줘서 고마워요.

나를 기억해 내고 찾아줘서 고마워요.

우리가 헤어졌을 때도 단념하지 않고 끝까지 나를 쫓아와 줘서 정말 고마워요, 라탄.

[내 거야? 정말?]

선물을 받을 거라고는 생각하지 못했나. 눈이 둥그렇게 변해 있었다. 입꼬리가 환한 웃음을 담고 위로 한껏 올라간다.

[착하고 예쁜 것인지는 모르지만 여하튼 분명히 달콤한 거예요.]

[열어봐도 돼?]

말로는 허락을 구하는 것이었지만, 성급한 손가락은 이미 포장을 풀고 있었다. 하얀 종이상자 안에 든 건 달콤하면서도 씁쓰레한 향기를 풍기는 갈색 아기 코끼리 한 마리. 라탄이 서린을 건너다보았다.

[초콜릿? 당신이 직접 만들었나?]

[내년에는 더 잘 만들어볼게요.]

데르다가 몰래 재료들을 사다 주느라 고생했었지. 사실은 그의 탄생석인 에메랄드 귀걸이를 선물하고 싶었지만, 그건 너무 비쌌다. 언젠가 보석공예를 배워서 꼭 선물해 줄게요. 그 말은 삼켜먹고 말았다.

[굉장해! 직접 만든 초콜릿은 처음이야. 게다가 코끼리라니. 와우!]

기대한 이상으로 기뻐해 주었다. 배시시 웃음이 나왔다. 부끄러우면서도 좋았다. 보채고 떼쓰는 아이의 얼굴이 된 채 그가 서린을 바라보았다.

[먹고 싶어.]

[지금?]

[그래. 지금 당장.]

그가 성급하게 갈색 코끼리 귀를 베어 삼켰다. 만족스러운지 실눈이 되었다. 허리를 굽혀 아직도 초콜릿 향이 나는 혀로 서린의 입술을 살그머니 핥았다.

[굉장히 행복한 맛이 나. 정말 달콤해. 당신 같아.]

씁쓰레하나 또한 지독히 달콤해. 강렬하고 열정적인 당신의 입술 맛. 서린 또한 수줍지만 분명한 화답으로 그의 키스를 받아 삼켰다. 순간이 전부. 내일 따윈, 미래 따윈 미리 걱정하지 말자. 그래 보았자 잃어버리면 그뿐. 이렇게 존재하는 순간의 현실에만 충실할 뿐.

그들을 기다리고 있는 문밖의 시간과 세상이, 마주친 입술 사이로 흔적도 없이 녹아 사라져 버리고 있었다.

[더 달콤한 것이 먹고 싶어.]

거부할 사이도 주지 않았다. 그의 손이 이브닝드레스 위로 솟아오른 봉긋한 가슴을 움켜쥐었다.

[부디 오늘 밤, 진짜로 작은 코끼리를 줘. 나의 하얀 암소 아가씨.]

서린의 얼굴이 화악 달아올랐다. 코끼리와 암소. 두 사람 사이에서만 통하는 은밀한 희롱이었다. 지금 뜨겁게 사랑하자는 이야기였다.

[손님들이 기다리…… 아핫.]

소용없었다. 그가 품에 안았던 서린을 뒤로 돌려 세웠고 곧바로 그녀의 얼굴을 돌려 깊은 입맞춤을 소낙비처럼 퍼부었기 때문이다. 서린의 팔을 잡아당겨 자신의 목을 감도록 했다. 천천히 아주 부드럽게 비단 위로 솟아오른 가슴을 애무했다. 서로 같은 방향으로 포개진 채 상체만 뒤틀린 그러한 모습으로, 서린은 라탄의 키스에 열렬히 응답했다. 이성으로는 그를 밀어내야 한다고 생각하면서도 정직한 몸은 그를 끌어당기고 있었다.

그만 목 깊이 달뜬 신음 소리가 새어나오고 말았다. 자신을 초대하는 신호로 느낀 것이다. 서린의 몸을 더듬는 라탄의 손길에는 한결 더한 흥분과 끈끈한 욕정이 묻어 있었다.

[라탄, 제발, 안 돼요……. 이미 늦었어요.]

[기다리라고 해.]

라탄이 서린의 말랑한 귓불을 살짝 깨물었다. 오만하게 중얼거렸다. 거침없는 손이 곧바로 이브닝드레스 자락을 허리 위까지 걷어 올렸다. 가터벨트에 스타킹. 앙증맞은 팬티에 감싸인 하얀 엉덩이를 움켜잡았다.

[난 당신이 너무 좋아. 보고만 있어도 미칠 것 같아…….]

피부에 닿는 애무보다 더 자극적이고 뜨거운 목소리. 집요하게 목덜미와 예민한 귓불을 자극하는 입술 아래에서 서린은 또다시 열기 어린 신음을 토해낼 수밖에 없었다. 비단 천 위로 솟아오른 젖무덤을 자극하면서 또 다른 한 손은 아래로 내려간다.

거의 피부와 다를 바 없을 정도로 얇은 팬티, 그 아래 은밀한 숲을 어루만지던 그가 서린의 귀에 대고 중얼거렸다.

[거추장스러워. 찢어버리면 안 될까?]

더 많이 좀 더 확실하고 강한 것을 욕망하는 목소리. 공명하는 서린의 목소리도 따라서 탁해졌다.

[안 돼요…….]

[어느 게 더 소중해? 나야, 속옷이야?]

[나쁜…… 사람 같으니라고.]

붉은 해는 이미 사라졌고 태양의 그림자인 노을이 하늘을 차지하고 있었다. 점점 사위는 어둠에 싸여져 가고 있었다. 라탄이 서린의 목을 끈질기게 애무했다. 강하게 빨았다. 아마 내일쯤이면 목 주변에 몇 군데나 민망한 자국이 남아 있을 것이다.

라탄의 손가락이 서린의 팬티 사이를 뚫고 들어왔다. 그에게 달디단 기쁨을 줄 원천을 세심하게 건드리고 어루만졌다. 서린의 입술 사이로 짙은 신음이 토해졌다. 아직 그를 맞이할 준비를 완전히 갖추지는 못했지만 서서히 쾌락의 물결에 동참할 수 있다는 신호이다. 반쯤 흐느끼며 그의 이름을 불렀다.

[라탄…….]

[말해봐, 어서. 당신이 원하는 것을 말해.]

화장대 거울 속에 반라가 된 채 포개져 있는 적나라한 두 사람의 모습이 담겨져 있다. 라탄이 서린의 두 손을 잡아 위로 올렸다. 그녀 자신의 손 위에 자신의 손을 덮어 서린 자신이 스스로의 유방을 애무하게 만들었다.

[당신을, 갖고 싶어요.]

예전의 서린이라면 입 밖에 낼 거라고 감히 상상도 하지 못한 말이다. 하지만 정직한 몸의 본능은 기쁘게 사랑하는 남자를 맞이하고 싶어 뜨겁게 꿈틀거리고 있었다.

[아음……. 아, 아……. 아학. 어서, 라탄!]

재촉이었다. 안달이었고 초대였다. 그녀의 신음 소리가 깊어짐에 따라 라탄의 숨소리 또한 거칠어졌다. 그가 고개를 숙여 하얀 어깨를 강하게 깨물며 서린의 허리를 붙잡아 다리를 벌리게 만들었다. 다른 손으로는 급하게 자신의 허리띠를 풀었다.

[그런 말이 있어.]

어깨 너머로 그가 씩 웃으며 속삭였다. 욱신, 심장이 아플 정도로 죄어왔다. 기대, 흥분, 그리고…… 금단.

[몰래 먹는 사과가 더 맛있다.]

말이 끝나기가 무섭게 라탄은 진다홍빛으로 달아올라 그를 한껏 초대하는 서린의 안으로 강하게 돌진했다.

완전한 한 덩어리로 결합한 연인들이 거기 있었다. 서로에게 도취하고 서로에게 미쳐 아무것도 보이지 않고 모든 것을 다 잃어버린 사람들이 거기 있었다. 감당하기에는 너무나 강렬한 자극. 무서워서 눈을 감아버렸다. 아래에서부터 시작하여 온몸으로 전해지는 쾌락의 파도. 활활 타는 애욕의 불꽃. 그냥 맡겨 버렸다. 라탄이 그녀를 사랑하는 방식 그대로, 처절하리만큼 아름다운 관능의 물결에 던져 버렸다.

라탄이 부드럽게, 그리고 천천히 서린의 등을 앞으로 밀었다가 자신 쪽으로 끌어당겼다. 두 사람의 결합이 아득히 멀어졌다가 다시 강하게 이어졌다.

[상당히 자극적인 체위지.]

라탄이 그녀의 귀에 대고 속삭였다. 놀리는 걸까? 하지만 그의 목소리도 주체할 수 없는 쾌감과 흥분에 젖어 살짝 떨리고 있었다. 똑같은 박자로 움직이는 두 개의 사랑하는 몸. 그가 손을 아래로 내려 둘이 결합된 곳을 손으로 자극하고 조절하기도 했다. 서린의 입에서는 고통과 쾌감이 교차하는 신음 소리가 터져 나왔다.

[지금은, 여기…… 까…… 지.]

그가 억눌린 숨결 사이로 간신히 뱉어냈다. 극도의 흥분 때문에 그 목소리는 거의 알아듣기 힘들 정도로 거칠어져 있었다. 그가 다시 서린의 몸을 조금 전과 같이 앞으로 숙이도록 했다. 그리고는 잠시 뒤로 물러났다가 다시 강하게 그녀의 안으로 파고들었다. 서린의 입에서는 또다시 비명 소리가 터져 나왔다. 그들 앞에 놓인 거울은 환락에 겨운 그 모습을, 언제나 그러하듯 절정에 함몰해 잠시 넋을 놓아버린 두 연인의 모습을 여과없이 투영하고 있었다.

시계를 보니, 겨우 이십여 분 정도 지났을 뿐이다. 그런데도 무한의 시간을 건너온 것 같았다.

사랑이 끝난 후, 라탄은 재빨리 서린의 옷매무시를 수습해 주었다. 그러나 한껏 사랑받은 흔적을 지우기란 쉽지 않았다. 볼에 가득 떠오른 홍조는 아무리 해도 가라앉지 않는다. 일껏 바른 립스틱도 반나마 지워지고 말았다. 화장을 다시 해야만 했다.

[이것 봐, 립스틱이 다 지워졌네.]

[내가 먹었다고 말해줄게.]

서린은 거울 속에서 눈을 흘겨주었다. 작은 브러시로 다시 입술을 꼼꼼하게 발랐다. 거울 안으로 소파에 앉은 라탄이 손가락으로 키스를 보내는 것이 보인다. 서린도 마주 미소 지어주었다. 은밀한 공범자의 미소. 그때 노크 소리가 들려왔다,

[라탄님, 손님들이 기다리십니다.]

아시프의 목소리가 새어들어 왔다. 그들의 등장을 기다리다 못해 마침내 직접 데리러 온 것이다. 둘만이면 충분한 밀실의 연인들을 세상이 부르고 있다는 신호였다. 피할 수 없는 노릇이었다. 라탄이 일어나 서린에게 팔을 내밀었다.

[자아, 나가볼까?]

서린은 마지막으로 머리 위의 티아라를 다시 한 번 꼭 눌렀다. 떨어지지 말아야 할 텐데. 돌아서서 라탄의 팔을 살짝 잡았다.

파티 준비를 끝낸 중정의 전경 앞에서 저절로 두근거렸다. 정

말 아름답고 장엄했다.

[아아, 굉장하네요.]

[서늘한 네팔에서 일부러 이때에 맞추어 키운 꽃을 수송해 온 거야. 저 꽃을 심느라 정원사들 백 명이 사흘 밤낮을 일했어.]

수영장을 중심으로 건물 안에 잠긴 거대한 정원에는 빼곡하게 노란빛 꽃들의 물결이 남실거리고 있었다. 노란 수선화와 황금빛 금잔화, 진노랑 튤립, 선명한 글라디올러스, 화사한 레몬빛 장미들이었다. 호위병처럼 선 거대한 고목들은 크리스마스트리처럼 색색의 작은 등불을 가지에 가득 달고 서 있었다.

[정말 아름다워요. 딸꾹.]

라탄이 서린을 돌아보았다. 씩 웃었다.

[린, 긴장한 거야?]

[응.]

기껏 생일파티. 한국식 잔치처럼 기껏 몇 십 명쯤 모여 밥 먹고 수다 떠는 정도가 아니다. 초대한 사람만도 오백 명이라는 말에 입이 떠억 벌어지고 말았다. 상상도 하지 못할 정도의 거대한 스케일을 자랑하는 행사 앞에 나서게 될 참이다. 움츠러든 심장은 펴질 줄 모르고 한 번 시작된 딸꾹질은 멈출 줄 몰랐다.

[자자, 긴장 풀어. 별거 아냐. 즐기라구.]

[당신은 일상이지만, 딸꾹. 난 일생에 한 번 있을까 말까 하는 경험이잖아요.]

[조만간 당신의 일상도 될 거야.]

호화찬란하게 장식된 천막 아래 경쾌한 음악이 장내에 가득 울려 퍼지고 있었다. 멀리서 보면 정적인 사람들로 보이지만, 뜻밖에도 인도 사람들의 기질은 놀랄 정도로 낙천적이고 쾌활하다. 춤도 그러하고, 음악도 그러하고, 조용하고 잔잔한 것보다는 경쾌하고 빠르고 활력에 가득 찬 것이 훨씬 더 많다.

[이것 봐, 우리 없어도 잘 놀 거라고 그랬잖아.]

라탄이 서린의 귀에 대고 귀엣말을 했다.

하지만 주인공인 라탄이 나타나자, 파티의 분위기가 더 유쾌해지고 절정으로 올라가게 되었다는 것을 부인할 수는 없었다. 사실상 그곳의 모든 사람이 그를 위해 모인 게 아닌가. 오색 천막 아래, 꽃이 조각된 대리석 정자 안에, 화목 아래에 초대된 손님들이 삼삼오오 모여 음식을 먹고 음악과 춤을 즐기고 있었다.

타다 가문의 가주 라탄의 생일잔치에 축제에 초대를 받았다는 것. 그건 이 사람들과 그들의 가문이 이곳 인도에서 가장 높은 지위를 차지하고 있다는 증거라고 서린은 생각했다.

담 하나를 넘으면 하루 한 끼도 제대로 먹지 못하는 사람들이 태반인 반면, 이토록 화려한 잔치를 베풀고 하룻밤 축제에 수천만 루피를 뿌리는 사람들이 사는 곳도 바로 여기 인도. 십억 오천만의 인구들 중 0.00001%에 해당할까 말까. 그야말로 정점(頂點)에 선 자들만이 모인 잔치라서 그런지, 어딜 돌아보아도 유복한 티가 줄줄 흘렀다.

라탄은 서린의 손을 꼭 잡고 이리저리 돌아다니면서, 손님들에게 인사하고 서린을 소개해 주었다.

[안녕하세요, 서린.]

[안녕하세요.]

라탄의 큰누나 마리암이 자매들과 함께 서 있다가, 서린에게 먼저 인사를 했다.

며칠 전 라탄은 마리암을 일부러 만나, 서린에게 친절하게 대하지 않으면 앞으로 국물도 없을 거라고 분명히 이야기해 두었다. 그 협박이 유효했던 게 분명했다.

누나들의 시선은 제일 먼저 서린의 목에 걸린 인도의 별에 가 멈추었다. 감추려 했지만 놀란 기색이 뚜렷했다. 잠시 굳어진 표정을 억지로 풀면서 셋째 지아니가 말을 건넸다.

[어머나, 예쁜 목걸이네요.]

[사양했지만, 할머니께서 선물로 주셨어요. 좀 부담스럽기는 한데 오늘은 파티라서 걸고 나왔어요.]

어쩐지 좀 부끄러웠다. 저절로 손이 목걸이를 지나 머리 위에서 간들거리는 티아라 쪽으로 갔다. 잘 꽂혀 있을까? 마리암이 활짝 웃었다.

[그렇구나. 참 예뻐요. 서린 씨에게 잘 어울리네요.]

[감사합니다.]

[서린, 뭐 좀 먹었나요? 우리 같이 좀 먹어요. 오늘 모디가 한껏 솜씨를 발휘했단 말이죠. 맛봐요.]

제일 활발하고, 인습에서 자유로운 편인 셋째 지아니가 서린을 떠밀고는 식탁 쪽으로 갔다. 마리암이 라탄을 바라보았다.

[할머니는 허락하신 거니?]

[할머닌 내 반려가 누구인지 애초부터 알았어.]

[강가의 물을 항상 곁에 두고 있는 사람이라니, 이젠 누구도 반대하지 못하겠구나.]

[아무렴.]

서린이 잔과 접시를 들고 다가왔다. 라탄은 고개를 기웃거려 접시 안을 살펴보았다.

[뭐 좀 먹을 게 있어?]

[맛있는 게 많아요.]

[파티에 술이 없으니, 흥이 안 나. 이게 문제야.]

라탄은 한탄했다. 인도에서는 공공연한 음주는 허락되지 않는다. 무슬림이었던 무굴제국의 풍습이 아직도 영향을 미치고 있기 때문이다.

[대신 과일 주스에 술을 듬뿍 집어넣으라고 부탁했는데 말이지. 어디 한번 보자구.]

라탄은 서린의 손에 들린 와인음료 〈샹그리라〉를 한 모금 얻어 마셨다.

[요리장 이 자식! 한 방울도 넣지 않았군. 와인을 듬뿍 넣으라고 했는데. 죽었어.]

지각을 한 라탄보다 더 늦게 나타난 사람이 있다. 하얀 수염을 기른 노인이 라탄에게로 다가와 포옹했다.

[라탄, 이 친구야!]

[저런, 우다이 할아버지. 초대를 받아주실 줄은 생각도 하지 못했는데요.]

라탄도 반갑게 웃으며 그를 포옹했다.

[서린, 소개할게. 이쪽은 우다이 할아버지. 우리 집안의 오래된 친구야. 할머니의 외가 쪽이시지. 우리 할머니 집안은 라자스탄 주의 토호셨어. 그런데 어떻게 오신 거예요?]

[너의 생일을 축하하지 않고 지나간 적이 있었던가? 나온 김에 델리에도 들러 키마를 만나고 오려고 한다.]

인상 좋은 노인의 시선이 서린에게로 돌려졌다.

[오랜만에 라탄 옆에 선 아가씨를 보는군. 난 항상 이 녀석 옆에 사내자식이 얼쩡거리는 게 못마땅했어.]

[저런. 우다이 할아버지, 그건 상당히 악의적인 비난인걸요. 전 절대로 히즈라가 아니랍니다.]

라탄이 실실거렸다.

[그런데 왜 그런 소문이 나는 거냐? 그 멍청한 꾸마르 녀석이 너 때문에 죽는다고 설쳤다면서? 아서, 라탄! 신은 마땅히 남자와 여자가 사랑을 하라고 가르쳤어. 네가 그것을 알고 있다니 다행이로구나. 하지만 이 아가씬 외국인이로군. 곤란해. 흠, 아가씨는 라탄과 어떤 사이지? 이봐, 라탄. 약혼했나?]

서린도 놀라고 마리암도 놀라고 지아니도 놀랐다. 노골적으로 대놓고 서린더러 라탄과 어떤 관계냐고 물을 정도로 간이 큰 사람은 그 파티장에 아무도 없었다. 그저 추측, 짐작. 눈빛으로 소곤거림으로 오가는 것들뿐이었다.

[정확하게 말하자면 지금 현재, 내가 이 사람의 정부죠.]

라탄이 싱긋 웃으며 능청맞게 대꾸했다. 당황할 것도 감출 것도 없다는 표정이다. 너무나 자연스럽게 노인과 서린을 갈라놓았다.

[아직까지 그래요. 날마다 결혼해 달라고 부탁하고 있지만 이 고집쟁이가 대답을 해주지 않는군요. 속만 태우고 있는 중입니다. 내 매력이 아직은 부족한가 봐요.]

[라탄, 입 다물지 못해요?]

부끄러워 견딜 수 없다. 서린은 그를 노려보며 나직하게 경고했다. 그것으로도 참을 수 없어 지그시 라탄의 구두를 하이힐로 밟아주었다.

[사실이잖아. 코끼리 두 마리만 줘. 그러면 지금껏 애만 태우면서 나의 매력을 착취하고 유린한 널 용서할게.]

[코끼리라니?]

[그런 게 있어, 누나. 하얀 암소 이야기는 다음에 해줄게.]

서린의 볼이 삽시간에 빨갛게 달아올랐다. 슬쩍 그녀를 바라보는 라탄의 눈빛 속에는 한 시간 전, 둘이 함께 나누었던 애욕의 잔상이 그대로 남아 있었다.

[자아 자아, 우다이 할아버지. 우리 집안의 맛있는 식사를 사양하지 마세요. 그런 다음 저의 생일을 축하하는 뜻으로 시타르

연주를 부탁할게요.]

[당연하지. 나에게 노래를 부탁하지 않는다면 너하고는 삼 년 동안 말하지 않을 테다. 자아, 자아! 뭣들 하는 거냐? 타다 가문의 어린 신이 태어난 날이야! 다같이 춤추자고!]

뚱뚱한 노인치고는 놀랄 만큼 날렵한 솜씨이다. 음악에 따라 교묘하게 손동작을 하며 인도 무용의 스텝을 밟는다. 엉덩이를 씰룩이며 춤을 추는 사람들 틈으로 끼어들었다. 사람들의 입술에서 폭소가 터졌다. 한 떼의 사람들이 우다이 노인의 선창에 따라 다시 춤의 거대한 행렬에 파고들었다. 파티는 절정으로 치닫고 있었다.

서린과 라탄 앞에 힌디라가 다가온 것은 그때였다.

내내 주변을 맴돌며 기회만 엿보고 있던 게 분명하다. 힌디라는 전신을 황금으로 칠한 듯했다. 번쩍거리는 금사의 화려한 사리 차림인 힌디라는 황금 팔찌와 코걸이, 게다가 황금빛 손톱까지 가진 터로 마치 여신처럼 보였다.

[라탄, 섭섭해요. 카말라가 파티 준비를 할 수 없다기에 대신 날 불러줄 줄 알았는데.]

심하다 싶을 정도로 상냥하게 굴고 있다. 힌디라가 라탄을 향해 긴 속눈썹을 깜빡거렸다. 입꼬리를 말아올리며 느른하게 미소 짓는 표정이 무척이나 섹시하고 도발적이었다. 누구나 알아차릴 수 있는 노골적인 유혹의 신호.

라탄은 씩 웃었다. 말한 사람이 무안할 정도로 서늘하게 내뱉었다.

[당신을? 내가 왜?]

힌디라의 얼굴이 불빛 아래에서도 빨갛게 변하는 것이 그대로 보였다. 상냥하던 미소가 얼어붙었다. 상처받은 만큼 힌디라의 목소리도 라탄의 그것처럼 날이 섰다.

[누구보다도 내가 더 자격이 있어요! 난 당신의 연…….]

[아, 저런. 힌디라. 저기 자자람이 당신을 찾고 있군 그래!]

힌디라의 말이 뚝하니 반 동강이 나고 말았다. 세 사람이 선 곳으로 콧수염을 기르고 거무스름한 피부에 상당히 뚱뚱한 사내가 다가오고 있었다. 거의 필사적이라고까지 말할 수 있는 연모의 표정이었다. 순식간에 힌디라의 아름다운 얼굴이 일그러졌다. 끔찍하다는 표정을 감추지 않았다.

[맙소사. 저 거머리!]

[어지간하면 잘해줘. 자자람이 뭐 어때서 그래? 오히려 당신에겐 과분한 상대라고. 자 힌디라, 다음에 보자구. 즐거운 시간을 보내도록.]

무어라 더 이상 말을 할 여유도 주지 않았다. 음식이 차려진 테이블 쪽으로 걸어가는데 뒤통수로 다가오는 힌디라의 시선이 그대로 느껴졌다. 유리 조각처럼 따끔따끔 찔렀다. 어쩐지 큰 잘못을 저지른 것처럼 마음이 편치 않았다. 서린은 자신도 모르게 혼잣말 비슷한 것을 내뱉고 말았다.

[두 사람, 친한 사이인 줄 알았는데…….]

라탄이 발길을 멈추었다. 서린도 발을 멈추고 그를 올려다보았다. 쓸데없는 말을 하고 있다고 힐난하는 시선을 피해 먼저 걸음을 옮겼다.

어떤 면에서는 몹시도 어리석은 남자 같으니라고. 힌디라가 한때 그의 '라다' 였다는 것을 정말 모를 거라고 생각한 걸까?

가슴을 후려치고 지나가는 이 모호한 감정의 정체는 무엇일까? 왜 자꾸만 화가 나는지, 왜 자꾸만 불편할 정도로 비참해지는지. 왜 죽고 싶을 정도로 이질감이 느껴지는지 알 수가 없다. 대체 어떤 얼굴을 하고 있어야 하나.

스스로가 초라해지는 기분이 너무 싫다. 도망이라도 치듯, 혹은 등 뒤에서 누가 잡아채는 것마냥 서린은 급한 걸음걸이로 파티장을 벗어났다.

오래도록 찬물에 손을 씻었다. 거울 속에 비친 낯선 여자를 바라보는 순간, 저절로 비주룩이 자괴의 미소가 서렸다. 그녀를 스쳐 지나가는 시선들이 가시처럼 따갑게 느껴진다. 들리지 않는 소곤거림. 호기심 어린 눈동자들은 지금 무슨 생각을 하며 그녀를 바라보고 있을까?

라탄과 서린, 두 사람만이면 정말 아무런 문제가 없는데, 왜 사람들은 그들을 가만 놓아두지 않는 걸까? 지금처럼.

화장실을 나오던 서린은 앞을 가로막듯이 선 힌디라를 바라보며 그런 생각을 했다.

[피하지 말아요. 난 지금껏 당신을 만날 기회만 노리고 있었

으니까.]

서린은 스르르 미끄러져 내려가려는 몸을 지탱하기 위해 회랑의 대리석 기둥에 몸을 기댔다. 입술이 바짝 마르는 느낌이었다.

'당신은 아니라 해도. 봐요, 라탄. 당신을 욕심내는 여자가 있네요. 게다가 이 여자는 모욕적이고 치사한 이런 전쟁을 한두 번 해본 것이 아닌 것 같아요, 라탄. 그만큼 당신의 '라다'는 모래알처럼 많았다는 거잖아요.'

어쩔 수 없이 겉으로 스며 나온 서린의 괴로운 웃음이 신경을 건드렸나 보다.

[기분 나빠. 웃지 말아요!]

힌디라의 앙칼진 목소리가 긴 회랑을 울렸다. 옆을 지나가던 여자가 깜짝 놀라 멈칫했다. 그녀는 두 여자 사이로 흐르는 날카롭고 불길한 기운을 느낀 것인지, 걸음을 빨리해서 사라졌다. 서린은 나직하게 되받아쳤다.

[잘 알지도 못하는 우리가 따로 만나야 하는 일이 있던가요?]

[도둑괭이 같으니라고! 당신이 내 약혼자를 빼앗아 갔잖아!]

대놓고 반말 짓거리였다. 서린은 힌디라를 똑바로 바라보았다. 아무리 노력해도 목소리가 저절로 버석이는 모래알처럼 까칠해지고 있었다.

[당신이 라탄의 약혼녀라니, 처음 듣는 이야기로군요. 난 내가 그 사람의 연인이라고 알고 있었는데.]

힌디라의 눈꼬리가 파르르 떨렸다. 아름다운 얼굴이 보기 싫게 일그러졌다.

[기가 막혀서! 입 꾹 다물고 새침을 떨어대기에 제 분수를 알아서 그런 줄 알았더니, 속에 칼을 숨기고 있었네. 닥치지 못해? 감히 그 남자에 대해서 무엇을 안다고 잘난 척인 거야?]

그 남자를 아는 사람은 그럼 누가 있을까.

서린은 생각에 잠겼다. 그 사람의 세상은 너무나 넓어. 그의 얼굴은 너무나 많아. 그의 마음은 너무나 깊어. 그래서 쉬이 알 수는 없었다.

다만 느껴. 보이지 않은 것까지 볼 수 있다. 그는 누구보다도 외롭고 힘든 사람이라는 거 알아. 보이지 않는 그 얼굴은 이 세상 그 누구보다 더 슬프다는 것도 알아. 그는 언제나 기다리는 사람이지. 손을 내민 채 그 자리에 서서. 자기 죄도 아닌 것을 자신의 죄로 알고, 늘 미안하다고 용서해 달라고 빌고 있는 사람이지. 그래서 사랑할 수밖에 없는 내 남자이지. 사랑할 수밖에 없는 내 유일한 운명이지.

집착 따윈 없다. 욕심도 없다. 아무것도 중요하지 않다. 삶의 어떤 것도 지킬 것이 없고, 원하는 것도 없다. 라탄 말고는 두려울 이유가 없었다. 그러니 주눅 들 이유도 없었다.

서린은 눈 하나 까딱 않고 힌디라를 응시했다. 조용히 되물었다.

[힌디라는 그럼 라탄에 대해 잘 아세요?]

[당연하지! 이 세상 그 누구보다 내가 그에 대해 가장 잘 알아. 가장 가까웠어, 당신이 나타나기 전에는.]

[지금은 내가 그와 가장 가까운 사람이라는 것을 인정하는군요.]

[정말 얄미운 여자로군!]

힌디라가 노골적으로 역겹다는 표정을 감추지 않았다. 붉은 입술 사이로 서린이 알아듣지 못하는 거친 소리가 터져 나왔다. 힌디어여서 알아들을 수는 없었지만 욕설임에 분명한 것이, 그녀의 표정을 보면 알 수가 있었다. 그녀는 아름다운 얼굴과는 달리 격렬하고 난폭한 성질을 숨기고 있었다.

[좋아, 얼마나 그에 대해서 잘 아는지 한번 들어보자고. 그 사람이 당신 그림을 그린다고 들었어. 하지만 그가 오직 여자만 그린다는 건 모르고 있을 텐데? 그는 여자의 나체만 그려.]

서린은 '그렇지 않다' 라고 말하려다가, 입을 다물었다.

라탄은 한 번도 그녀의 나신을 그린 적이 없었다. 설사 옷차림이 다소 정돈되지 못한 상태에서 스케치를 했다 해도 완성된 그림에는 답답하다 할 정도로 몸 전부를 가린 옷이 덧그려져 있었다.

둘만이 함께하는 침대 위에서는 소스라칠 정도로 관능적이고 무도덕적이고 쾌락적이었다. 입에 감히 담을 수 없는 것까지도 거리낌없이 행하고야 하는 자유분방한 남자였다. 하지만 그녀를 그리는 스타일은 너무나 청교도적이었다. 이해할 수 없을 정도로 그녀의 속살을 가리는데 집착했다. 오죽했으면 서린 자신까지 '답답하다' 고 놀렸을까?

[당신의 화풍은 있는 그대로 그리는 사실주의라고 믿었는데요.]

「〈모랄리스트 라타니즘〉이라고 불러줘. 내 마음대로, 끔찍하게 도덕적으로 그리거든.]

[말도 안 돼. 그런 게 어디 있어요?]

[내 스타일이야. 내가 찬미하고 사랑하는 당신의 속살을 남들이 보는 그림 안에 표현할 것 같아? 절대로 안 돼. 정숙한 아내는 언제나 남편이 허락한 그대로, 완벽하게 성장을 한 채 화가 앞에 서는 법이야.]

엊그저께, 완성한 마야와 서린의 초상화를 같이 바라보며 나누던 이야기가 생생하게 떠오르고 있었다. 힌디라는 씩 웃었다. 뱀처럼 기분 나쁜 웃음이었다.

[정말 악마라니까! 그는 섹스를 하고 난 후 만족해서 나른해진 여자의 모습만 그리지. 그 남자의 스케치북에는 그러한 여자들이 수백 명이나 담겨 있어. 너 따위도 겨우 그런 여자 중 하나에 불과하다구.]

서린은 열심히 떠들어대고 있는 힌디라를 바라보았다.

그녀로서는 서린의 기를 죽이고 라탄에게 만정이 떨어지게 만들 의도였을 것이다. 하지만 오히려 반감만 생기고 말았다. 차라리 정정당당하게 자신이 원하는 것을 대놓고 말해준다면 좋을 텐데. 왜 이렇게 이 자리에 없는 사람을 험담하고 있는 거지? 서린은 지지 않고 매섭게 쏘아붙였다.

[누굴 그리든, 어떻게 그리든 그건 라탄의 자유죠. 여자의 나체를 그리는 것을 두고 죄악이라고 말하다니. 힌디라, 너무 시대착오적인 생각 아닌가요? 지금은 미술대학 학생들조차 강의실에서 누드를 그리는 시대예요.]

그러한 이야기로는 큰 충격을 줄 수 없다고 생각한 모양이다. 힌디라는 다시 라탄의 이미지를 실추시키려고 시도했다. 굉장한 비밀을 말해주는 것처럼 소리를 낮춰 소곤거렸다.

[그 남자의 진실이 더 듣고 싶어? 이봐, 라탄은 히즈라란 말이야!]

아마도 '히즈라'라는 단어는 좋은 의미가 아닌 모양이다. 그 말을 할 때, 힌디라의 얼굴에 아주 혐오스런 표정이 떠올랐던 것이다.

[히즈라? 그래서요?]

[맙소사, 왜 놀라지 않지?]

서린이 덤덤한 것이 되레 더 충격스럽다는 표정이었다.

[동성애자라구! 그것이 발각되면 당장 체포된다구! 항문섹스를 금기시하는 우리나라에서는 치명적인 스캔들이란 말이지. 가문에서도 파문당한다구!]

그의 자유분방한 성적 취향에 대하여 모르는 바는 아니다. 전부를 말한 것은 아닐 테지만, 라탄은 비교적 솔직하게 젊은 십대 시절, 남자들과 사랑을 나눈 적이 있다고 고백했었다.

이질적이고 낯선 그의 성적인 취향과 일탈에 대하여 들었던 순간, 몹시 놀랐다. 솔직히 불편하기도 했다. 하지만 끝내 이해 못할 바는 아니었다. 동성애자들이 합법적으로 결혼까지 하는 세상 아닌가. 미국에서 공부를 한 라탄으로서야 잠시 색다른 유행에 휘말릴 수도 있었을 거라고 마지못해 이해했다.

'그가 그렇게 불성실하고 비도덕적인 남자라면, 남편으로서 가치가 없어. 그런데 당신은 이런 치사한 짓까지 해가며 그를 왜 원하는 건데요?'

서린은 자신은 강하고 우월하다 여길 테지만 한없이 초라한 그 여자를 슬프게 응시했다.

정말 묻고 싶었다. 결국은 그러한 것조차 감수하며 그 남자가 가진 부와 권력을 탐한다는 소리가 아닌가. 천박하고 이기적인 욕망을 자기도 모르게 드러내고 있으면서 부끄러운 줄 모른다. 오히려 너무 정당하고 당당하게 굴고 있다. 울컥 구역질이 나려고 했다. 서린은 힌디라를 바라보며 조용히 되물었다.

[저어, 힌디라. 그렇게 치명적인 비밀을 왜 당신은 나에게 까발리고 있는 거죠? 당신이 정말 그의 애인이거나, 친구라면 감추어주어야 마땅한 거 아닌가요?]

[그의 실체를 분명히 알고 덤비라는 충고야. 내가 왜 이런 말

을 당신에게 하겠어? 아직도 그 이유를 모르겠어?]

[모르니까 묻는 거예요. 힌디라, 당신이 정말 나에게 원하는 게 뭐죠?]

[그에게서 떨어져.]

힌디라가 딱 잘라 내뱉었다.

[정말 험한 꼴을 당하기 전에 떠나. 그 남잔 내 거라고! 당장 돌려줘!]

[가능하다면, 돌려줄게요.]

서린은 조용한 목소리로 되받았다. 이 여자, 자신이 호령하면 당장 서린이 말랑하게 눈물을 뿌리며 꽁지 말고 도망갈 거라고 생각했나? 이런 대답은 상상하지도 못했나 보다. 처음의 표독스러웠던 기색과는 달리 힌디라는 멍한 표정으로 서린을 바라보았다. 말을 채 잇지 못하고 있었다.

[돌려준다고……?]

[당신이 그를 얻을 수만 있다면요.]

힌디라 역시 말을 알아듣지 못하는 무뇌아는 아니었다. 금세 얼굴이 시뻘겋게 변했다. 분노와 모욕감으로 파르르 떨고 있었다. 그러거나 말거나, 서린은 계속해서 당차게 되받았다.

[내가 만약 당신이라면, 아무것도 모르고 유혹당한 죄뿐인 상대 여자에게 치사스런 패악질은 안 해요. 약혼녀를 두고 딴 짓을 하는 남자, 얻을 가치가 있어요? 나라면 자존심 상해서 너 가져라 하고 던져 버리고 싶은데요.]

서린은 흉하게 일그러지는 힌디라의 얼굴을 똑바로 바라보았다. 나직하나 똑똑하게 내뱉었다.

[버젓이 약혼녀를 놓아두고 날 유혹한 그 남자 뺨이라도 갈겨줄까요? 아님 포도주라도 끼얹고, 구두라도 벗어서 머리통을 내려칠까요? 저 많은 사람 앞에서 망신 주면 정말 멋질 것 같은데요. 당신이 원하는 것을 골라요. 약혼녀라고 자처하는 당신의 명예와 순진해서 농락당한 나의 자존심을 위해 난 뭐든지 할 준비가 되어 있어요.]

[기, 기가 막혀서!]

설마 서린이 이렇게 강하고 당차게 나올 줄은 생각하지도 못한 거다. 힌디라의 얼굴이 시커멓게 질려 버렸다.

[이런 짓, 추해요 힌디라. 당신의 거짓말, 무슨 이유 때문인지는 알지만 비겁하다고 생각해요.]

서린은 그녀를 놓아두고 걸음을 옮겼다.

[사악한 창녀 같으니라고! 그에게 달라붙어 있으면 네가 그의 아내라도 될 줄 알아? 정말 욕심도 과하지 뭐야?]

앙칼지게 소리치는 힌디라의 목소리가 가시처럼 귓속으로 꽂히고 있었다.

창녀라…….

서린의 입술 위로 아주 외로운 미소가 잡혔다.

'그건 당신에게 더 어울리는 말이네요. 난 그 남자의 존재 말고는 아무것도 원하는 게 없지만, 당신은 그가 가진 부와 권력

을 더 사랑하는 여자인 것 같으니까요.'

파티장으로 다시 돌아갔다. 그녀를 기다리던 라탄에게도 미소를 지어 보였다. 무엇 때문에 눈앞이 먹먹한 것인지도 모르면서, 무엇 때문에 이토록 심장이 아픈 줄 모르면서 그냥 억지로 웃었다. 왠지 그래야 할 것 같았다.

모래알처럼 많았을 이 남자의 라다들. 그중에서 가장 강렬한 힌디라는 여전히 저만치 서서 표독하게 그들을 노려보고 있다.

허파에 구멍이 뚫린 것만 같았다. 실없는 웃음이 자꾸만 흘러나올 것 같아 어금니를 사려 물었다. 이토록 가까이 곁에 서 있으나 그가 한없이 멀게 느껴지는 건 왜일까? 서린은 자신도 모르게 라탄의 옆얼굴을 외로운 표정으로 올려다보았다.

[무슨 일 있어?]

자신을 바라보는 시선이 신경 쓰인 걸까? 라탄 역시 서린을 뚫어질 듯 내려다보고 있었다. 그가 서린의 볼을 손가락으로 건드렸다.

[어디 불편하니?]

[아니요.]

[어쩐지 막 울고 싶은 얼굴인 걸? 깊이 상처받은 모습이야.]

[아니라니까!]

더 이상은 묻지 못하게 시선을 돌려 버렸다. 모든 것을 꿰뚫어 보는 그 남자의 눈동자 속에 잠기면, 그만 심장 속에 묻어둔 모든 슬프고 서러운 것들을 막 토해내고 싶어질 것 같아서였다.

'라탄, 수없이 많았을 당신의 라다 중 한 명이 나더러 당신을 돌려달라네요. 미치도록 당신을 원하고 있다고 말하네요. 어떡하면 좋아요? 자꾸 당신에게 화가 나고 슬퍼지는 이 마음을 어찌하면 좋을까요?'

자꾸만 이상하게 슬퍼진다. 서린은 그저 오색 불빛이 아롱진 정원만 응시했다. 커다란 손이 서린의 작은 손을 꼭 잡아왔다. 힘이 가득 주어졌다. 온기. 확실히 그녀 곁에 존재하는 온기. 이 남자를 잃고 싶지 않아. 하느님, 부탁해요. 정말로 이 남자를 원해요. 다시 한 번 누군가를 빼앗기는 일, 죽어도 못해요. 싫어요.

하지만 운명은 심술궂은 변덕쟁이라서 기쁨과 행복을 한껏 주어놓고, 한순간에 박탈하고 말지. 한순간에 절망과 슬픔의 나락으로 떨어뜨리고 말지. 이미 그런 일을 당해보았기에, 서린은 이 순간의 행복이 얼마나 불안한 것인지, 얼마나 위태로운 것인지 헤아리지 않을 수 없었다.

서린은 그의 손에 잡힌 손은 빼냈다. 대신 그녀가 온기 가득한 그의 큰 손을 다시 꼭 잡았다. 미소가 날아왔다. 오직 그녀만을 향일하는 이 남자의 미소. 서린도 억지로 입꼬리를 위로 치켜올려 같이 미소 지었다. 사랑해요. 제발 당신과 헤어지는 일은 없었으면 해요. 영원히 곁에 있고 싶어요. 라탄, 당신 곁에서 행복하고 싶어요. 나도 당신을 행복하게 만들어주고 싶어요.

바로 그때, 문득 공기의 흐름이 미묘해졌다.

칼로 쪼갠 듯 사람들의 웅성거림과 웃음이 뚝하고 끊겼다.

찰나이기는 하지만 모든 소리와 움직임이 완전히 멈추었다. 눈에 보이지는 않으나 분명히 존재하는 아주 어색하고 미묘한 틈, 침묵 그 사이로 너덧 사람이 들어오고 있었다.

이 잔치에 모인 다른 사람들처럼 화려한 사리 차림의 여자들. 값비싼 양복과 고급 구르따를 입은 남자 세 사람이었다. 자신들에게 다가오는 시선들을 의식한 탓인지 몹시 긴장한 얼굴이었다. 팔다리를 어떻게 움직여야 할지 모르겠다는 듯 동작들이 뻣뻣했다.

[세상에, 모함다스가 나타나다니!]

[뻔뻔하기도 하지! 어떻게 감히 이곳에 올 수가 있어?]

힌디어라서 다 알아들을 수는 없지만 서린은 마리암과 지아니가 내뱉는 분노의 속삭임 중에서 '모함다스'라는 단어는 똑똑히 알아들을 수 있었다.

모함다스. 라탄의 막내누나 키마의 남편 이름이다. 키마를 죽도록 때리고는, 뻔뻔하게 거리를 활보하고 다닌다는 파렴치범이었다.

그런데 그 남자가 감히 타다 가문의 파티에 나타나? 그럴 수도 있나? 서린 역시 놀라고 분개스러웠다.

[여어, 매형. 오늘은 늦으셨습니다.]

사람들을 헤치고 앞으로 나간 사람은 뜻밖에도 라탄이었다. 싱글거리며 손을 이마에 대고 인사했다. 인사를 받는 사람들이 흠칫 놀랄 만큼 흔쾌하게 두 팔을 벌려 그들을 환영했다.

[우리 집안의 잔치 때면 언제나 제일 먼저 오시더니, 오늘은 왜 이렇게 늦으신 겁니까? 자아, 어서 들어오세요. 어차피 파티는 밤새 계속될 겁니다. 마음껏 즐기시지요.]

[초, 초대해 주어서 영광이야. 라탄, 생일 축하하네.]

벼룩도 낯짝이 있다는 말인가? 말을 더듬는 모함다스를 향해 라탄은 더욱더 활짝 웃어 보였다.

[무슨 말씀을! 우린 '가족'이 아닙니까? 비하인드라 가문의 모든 분들은 제가 당연히 모셔야죠. 자자, 음식도 좀 드시고, 사람들도 만나보시죠. 다 반가운 얼굴들 아닙니까?]

제 손으로 아내를 죽을 만큼 때리고 난 후 처갓집 문지방을 넘어오는 일이란, 그토록 기름지고 뻰드레한 모함다스에게도 좀 힘겨운 일이었나 보다. 첫 번째 관문을 통과했다는 건가. 모함다스 뒤에 선 사람들의 얼굴에 비로소 화색이 돌았다.

[그럼 즐기십시오. 전 다른 손님들에게 가보아야 할 것 같습니다.]

[그래, 그래. 바쁘지? 좀 있다가 보자구.]

라탄이 그들을 남겨두고 돌아섰다. 자동적으로 서린과 시선이 마주쳤다. 입술은 웃음의 모양을 짓고 있는데, 눈빛은 끔찍하도록 새카맣게 얼어 있었다. 소름이 쫙 끼쳤다.

[라, 라탄…….]

[이리 와, 서린. 나랑 같이 있자.]

그가 팔을 잡았다. 무어라 말할 사이도 없이 끌어당겨 걷기 시작했다. 서린은 강한 힘에 붙잡혀 그가 걸어가는 대로 따라갈 수밖에 없었다.

다시 음악이 시작되고 사람들의 웃음소리며 소곤거리는 소리가 이어졌다. 모함다스를 비롯한 비하인드라 가문의 사람들도 주변의 익숙한 얼굴들을 향해서 미소를 지으며 한 발자국 뗐다. 친근한 척, 안부 인사를 하려 했다.

[라탄은 언제나 멋지네. 지아니, 올해의 파티는 예전보다 더 화려하군요.]

[어머나, 마리암. 멋진 옷이네요. 오랜만이에요.]

그들의 반가운 인사는 대답없는 메아리에 불과했다. 그들의 주변에 서 있던 사람들이 한 발 물러섰던 것이다. 그 누구도 대답하지 않았고 그 누구도 그들과 시선을 마주치지 않았다.

다시 아주 잠시 짧은 침묵. 이내 큰 홀은 다시 음악 소리와 떠들썩한 소음으로 시끌벅적해졌다. 하지만 그곳에 모인 모든 사람이 마치 약속이나 한 것처럼 그들을 투명인간처럼 스쳐 지나가 버렸다. 모함다스를 비롯한 비하인드라 가문의 사람들은 그 누구의 틈바구니에도 끼이지 못했다. 거대한 홀 안에서 그들만 모여서는 멍하니 선 그대로 움직일 줄을 몰랐다.

[뭐, 벌 받는 중이야.]

서린과 라탄은 창에 등을 기대고 서 있었다. 라탄은 팔짱을 낀 채 모함다스 일행이 겪는 말없는 굴욕과 엄청난 수모를 노려보고 있었다. 나직하게 한마디 내뱉었다.

[벌?]

[공식적으로 이곳 델리, 뭄바이, 그리고 우리 가문의 근거지인 구자라트주, 간다르나가에서는 저들, 비하인드라 가문의 존재는 이제부터 먼지라는 뜻이야.]

[무슨……?]

[난 충분히 경고했었어. 우리 타다 가문을 존중하라고. 하지만 저들은 감히 내 누이를 무시하고 우리 가문을 멸시하고 능멸했어. 그러니 저들이 저지른 대로 당해도 싸지.]

라탄이 되갚아주는 벌이란 이리도 조용하나 사형 선고보다 더 잔혹했다. 삽시간에 서린의 온몸에 싸늘한 소름이 돋았다.

[뿐만 아니라.]

그가 이 사이로 내뱉었다.

[바라트의 어디를 가든, 다시는 저 인간들. 타다 가문의 이름을 이용하지 못해. 우리 가문뿐 아니고 내 누나들이 혼인한 집안들 역시 비하인드라 가문과는 절대로 연을 맺지 않겠노라고 맹세했어. 우리나라 어디를 가든, 저 인간들. 지옥보다 더한 치욕을 맛보게 될 거야.]

라탄이 싱긋 웃으며 손에 들고 있던 잔을 서린의 것에 부딪쳤다.

[정의를 위해 축배하자.]

살아도 산 것이 아닌 너희들의 삶을 위하여.

라탄은 씩 웃으며 잔에 든 음료수를 마셨다.

내 누이가 그러하였듯이 너희들의 잘난 삶이 하찮은 모래알처럼 부서지는 것을 보아주지. 죽을 수조차 없게 만들어주겠어. 개처럼 짖고 살아. 평생.

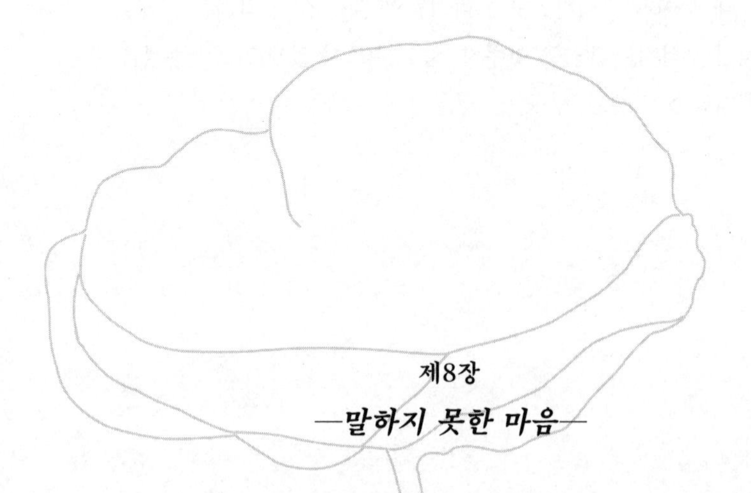

제8장

—말하지 못한 마음—

—여보세요?

들려오는 목소리는 아주 낮았다. 이 목소리를 들은 게 대체 얼마 만인가?

국제전화로 들려오는 목소리여서, 멀게 들리는 것을 감안한다 하더라도, 이건 너무 심했다. 겨우 반년. 그사이에 삶의 기력 따윈 전부 잃어버린 목소리였다. 아예 넋을 딴 데 둔 듯 느껴졌다. 언제나 넉넉하고 강인하시던 분이 이렇게 기운을 거의 쇠진한 채, 이렇게 비통해하며 여전히 울며 지내시는구나.

잠시 할 말을 잊고 말았다. 멍하니 허공만 응시하며, 비죽 새어나오는 눈물을 참느라 눈을 깜빡였다.

아아, 어머니. 아직도 여전히 울고 계신가요.

어머님의 눈물은 아직도 계속되고 있군요. 영원히 마르지 않겠죠. 비탄의 강은 흘러 명부를 적시고 있지만, 그러나 그는 돌아오지 않아요. 살아 있는 우리의 삶은 무심하게 여전히 흘러가고 있죠.

목구멍에 칼이라도 박힌 듯 아프다. 억지로 침을 넘기며 서린은 조용히 대답했다.

"어머니, 저예요."

—누구……? 너, 너! 서린아! 서린이니? 정말 서린이 맞니?

이렇게 목소리를 들을 거라고는 생각하지 못하신 거다. 차마 믿지 못하겠다는 듯, 홍 여사는 잠시 말을 잇지 못했다. 이내 몇 번이고 몇 번이고 서린의 이름을 불렀다. 거푸 확인하려 했다.

—이, 이 야속한 것아! 간다면 간다고 해야지. 먼 길 떠나면서 어떻게 기별 한 번 안 주고 갈 수가 있니? 사람이 어찌 그리 야속해? 어찌 그리 모질어? 내가, 어어…… 어미가…… 오지 말랬다고……. 그렇다고 그렇게 한 마디도 없이 떠나 버리면…… 어떻게 하려고…….

이내 목소리마저 멀어졌다. 말을 채 잇지 못하시는 거다. 입을 막은 채 흐느낌을 삼키는 모양이 선연히 그려졌다. 서린의 목도 따라서 더 아파졌다. 자신만의 고통과 슬픔에 골몰해서 주변도 돌아보지 못한 스스로의 모질음과 매몰참에 너무 부끄러웠다. 서린은 한 손으로 두 눈을 가려 버렸다. 손가락 사이로 마침내 참지 못한 눈물이 주르르 흘러내리고 있었다.

—형수, 정말 형수 맞아요?

홍 여사의 목소리 대신 이번에는 영조의 목소리가 들려왔다.

"도련님."

서린은 억지로 울음을 삼켰다. 애써 밝게 웃으려 했다.

"어머님 우실까 봐…… 이래서 전화 못 드린 건데……. 나, 참 나쁘죠? 아버님께 혼나겠네."

—아직도 인도예요?

"엽서 받았구나. 예, 아직 인도예요. 뭄바이에 와 있어."

—언제 돌아올 건데요? 어머니 아버지 두 분 다 형수 걱정 정말 많이 하셔. 형수마저 잃을까 봐 얼마나 속상해하시는데.

그래, 그랬지. 고마운 그분들께 그렇게 사랑받았었지. 그렇게 예뻐해 주셨지.

"조만간 돌아갈 거예요. 그럼요. 저도 어머님 아버님 걱정해 주시는 거 알아요. 너무 걱정 마세요. 난, 잘 지내고 있어."

—형수, 지금 어디서 묵고 있어요? 어디로 연락하면 형수하고 연락될 수 있어요?

"지금은 아는 사람 집에서 묵고 있는데요. 주인에게 실례인 것 같아서 확실한 연락처를 알려 드리기가 좀 그래요. 일단 뭄바이에 코리아나 항공사 사무실이 있거든요. 그쪽으로 연락해 주세요. 저도 가끔 그쪽으로 연락을 할게요."

다시 홍 여사의 목소리가 수화기에서 흘러나왔다.

—몸은 어떠냐? 밥은 먹고는 다니는 게야?

"예, 어머니. 많이 좋아졌어요. 그러니까 제 걱정은 하지 마세요."

—언제 돌아올 거냐? 오기는 오는 거지?

"그럼요, 돌아가야죠. 돌아가서, 씩씩하게 살아야죠. 우리 어머니, 저 많이 보고 싶어하시는데 돌아가야죠."

서린의 이름을 부르는 목소리가 더 축축해지고 낮아졌다. 무슨 말씀을 하시려는 걸까?

—서울 오면 집에 와. 응? 서린아, 딴 맘먹지 말고 집으로 와. 우리, 같이 살자.

아아, 어머니. 서린은 눈을 감고 말았다. 참지 못한 울음소리를 막으려 입을 틀어막았다.

—한국 돌아오면, 너 갈 데 없잖니. 집도 팔았다면서? 어미가 미안해서……. 현조도 없는데, 너 잡기 미안해서 모진 소리 했지만……. 다른 좋은 사람 만날 때까지…… 어미가 너 밥해서 먹일 거다. 그래야 마음 편안하겠어. 와, 꼭 집에 와. 응? 약속해.

"……네, 그럴게요. 서울 돌아가면 어머니 집으로 갈게요."

지킬 수 있는 약속만 하기로 했는데.

말로 하는 약속은 영원하지 못해. 너무나 깨어지기 쉬워, 차라리 약속하지 않기로 다짐했었다.

하지만 이날 서린은 먼저 거짓말을 하고 말았다. 지키지 못할 약속하고 말았다. 사랑만 가득한 그분들에게, 조금이나 마음 편안하시라고 죽은 아들 약혼녀까지 거둬주시려는 그분들의 하염없는 사랑이 너무 가슴 아파. 너무 사무쳐서.

현조 오빠, 참 나쁘다. 어떻게 이런 분들을 놔두고 죽을 수 있어? 자식 먼저 보내는 무서운 참척을 당하게 해? 날 버려도 좋았어. 배신해도 상관없어. 하지만 어떻게 이런 부모님 가슴에 평생 빠지지 않을 대못을 박은 거야? 무정하고 나쁜 사람 같으니라고.

전화를 끊고 나서, 서린은 두 손으로 얼굴을 가린 채 한참 동안 고개를 숙이고만 있었다. 볼을 타고 흘러내린 눈물이 뚝뚝 치맛자락 위로 검은 얼룩을 만들고 있었다. 자꾸만 만들고 있었다.

잊어버린 듯 살고 있을 때는 그냥 견딜 만했다. 그러나 정작 목소리를 듣고 나니, 불현듯 너무나 그리워졌다. 당장 서울로 가서 그분들의 얼굴이라도 보고 주름진 손이라도 꼭 잡아드리고 싶었다. 영원히 마르지 않을 어머니의 그 상심한 눈물을 서투른 손으로라도 닦아드리고 싶었다.

[저런, 괴로우신 겁니까?]

[아, 아시프?]

서린은 고개를 들었다. 문 앞에 아시프가 서 있었다.

눈물을 흘리는 것을 누구에겐가 들켜 버렸다. 당황해서 손수건을 찾을 생각도 하지 못하고 손으로 젖은 볼을 문질렀다. 다가온 아시프가 손수건을 건네주었다. 나지막한 목소리로 걱정해 주었다.

[이렇게 홀로 마님께서 울고 있는 것을 아신다면, 회장님께서는 실망하고 상심하실 겁니다.]

아시프가 한국어를 알아들었을 리는 없지만 서린의 표정만 보아도 그녀가 서울에의 전화를 마친 이후 깊은 슬픔에 잠겨 버렸다는 것을 느낀 듯했다. 그는 걱정스러워하는 표정이었다. 행여 서린이 라탄을 버리고 서울로 돌아갈지도 모른다고 생각한 것이다. 언제나 라탄의 감정과 상황이 가장 중요하게 여기는 그로서는, 서린의 서울 통화가 달갑지 않을 수도 있을 것이다.

[미안해요. 가족들과 통화를 했거든요. 오랜만에 목소리를 들으니 그만 감정이 격해졌나 봐요.]

[가족과의 통화라뇨? 제가 듣기로는 마님께 가족은 없다고 하던데요?]

[……가족이에요. 피는 섞이지 않았지만 제게 남은 마지막 가족이에요.]

서린은 강하게 주장했다. 현조가 죽었다 해도 사랑은 남아 있으니, 걱정해 주고 안타까워해 주고, 어찌 사나 만날 가슴에 못 박아두고 살면, 그것이 바로 가족이지.

[그렇군요. 누구든지, 마님께서 마음을 의지할 데가 있다면 저로서도 기쁜 일입니다.]

이해한다는 표정으로 아시프가 가볍게 고개를 흔들었다. 은근히 캐물었다.

[혹여 서울로 돌아가시고 싶으신 건가요?]

[……언젠가 한 번은 다녀와야겠지만, 지금 당장은 힘들겠죠?]

서린은 창밖을 바라보며 힘없이 반문했다.

[만약 회장님께 말씀드리기 곤란하시면, 제가 대신 말씀드리겠습니다. 마님이 행복하신 것이 회장님의 가장 큰 기쁨이고, 저는 회장님을 보필하는 게 의무니까요.]

[고마워요, 아시프. 하지만 제가 만약 서울로 돌아가고 싶어진다면, 직접 라탄에게 말하겠어요.]

서린은 고개를 흔들었다. 상냥하나 야무지게 거절했다.

만약 정말 라탄 곁을 떠나야겠다고 생각한다면 누군가를 통해 전할 말은 아니다. 그녀는 라탄에게 약속했다. 말없이 떠나지는 않겠다고, 그의 곁에 있겠다고 준엄하게 맹세했다. 다시는, 그의 마음을 아프게 하고 싶지 않았다.

[서울의 사람들을 그리워하는 것이 그를 괴롭히는 일이라면 난 하지 않을 거예요. 그러니 아시프, 오늘 일은 라탄에게는 비밀로 해줘요.]

[그러지요.]

[그런데 이 시간에 웬일이죠?]

서린은 그에게 라시를 따라주며 물었다. 라탄의 그림자인 그가 홀로 빌라에 나타난 건 아주 드문 일이었다.

[저녁때 우리 회사가 투자한 영화 시사회가 있거든요. 참석하셔야 하는데, 들어오셔서 갈아입을 시간이 없을 것 같아서요. 미리미리 회장님의 옷을 준비해 가려고 합니다.]

[그래요. 그럼 잠시 기다리세요. 준비할게요.]

당연히 그 일을 자신이 해야 하는 줄로만 알았다. 서린이 일어서려는데 아시프가 만류했다.

[아닙니다, 마님. 제가 하겠습니다. 회장님 취향이야 제가 더 익숙하니까요.]

무어라 말할 사이도 없이 그가 라탄의 침실 옆에 딸린 드레스룸으로 들어갔다. 좀 황당했지만 서린도 무엇인가 도울 일이 없을까 싶어 그를 따라갔다.

하지만 괜한 짓이었다. 그곳에서 서린이 도울 일이란 애초에 존재하지 않았다. 늘 하던 일이라 그런지 아시프의 손길에는 주저함이 없었다. 눈 감고도 찾을 수 있을 정도로 익숙한 동작이었다. 그는 라탄의 드레스 룸에 든 물건의 종류와 위치를 다 알고 있는 것 같았다. 짙은 색 양복을 헝겊 주머니에 담고 넥타이를 고른다. 황금빛 넥타이였다.

[은색 쪽이 더 낫지 않아요? 요즈음 라탄은 실버 컬렉션 쪽인 것 같던데.]

서린은 무심코 한마디 하고 말았다.

[밤의 행사장에서 회장님은 황금빛 넥타이를 자주 매시거든요.]

듣은 척도 하지 않았다. 말한 사람이 무안할 지경이었다. 아시프는 마지막으로 넥타이 색과 조화를 이루는 커프스 핀과 넥타이핀을 상자에 담았다. 마지막으로 양복에 어울리는 구두를 골라 마분지 상자에 넣었다.

그런 아시프의 모습을 바라보고만 있는데, 어쩐지 서린의 기분이 썩 흔쾌하지 않았다. 자꾸 좀 불편하고 불쾌했다.

라탄의 옷을 챙기거나 샤워 시중을 들거나 하는 이런 일은 서린 자신이 해야 하는 일이 아닌가.

서린과 같이 살고 있지 않았을 때는 비서인 아시프가 그의 시중을 드는 것이 당연하다. 하지만 지금은 사정이 다르지 않는가. 만약 라탄의 새 옷이 준비되어야 한다면 마땅히 서린더러 골라달라고 부탁해야 하는 것이 아닌가?

아시프로서야 서린에게 폐를 끼치지 않으려고 하는 것일 테지만 어쩐지 월권 같아 기분이 묘했다. 이런 식으로 라탄의 일을 전부 아시프가 독점하는 이상, 서린은 이 집에 있으나마나 한 존재에 다름없었다. 심하게 표현하자면, 할 일 없이 빈둥거리며 몸치장만 하다가 그의 침대나 덥히는 섹스인형 노릇이나 하는 것 아닌가.

이런 이야기를 지금 해두어야 하나 말아야 하나. 서린은 잠시 망설였다. 그러나 역시 하지 않으면 안 될 것 같다. 내내 기분 나쁘고 불쾌할 일은 빨리 싹을 자르고 해결해야 한다.

그래서 서린은 드레스 룸에서 옷 주머니를 들고 나오는 아시프를 불러 세우고 말았다.

[저어, 아시프. 잠깐만요.]

서린은 그를 세워둔 채 드레스 룸으로 들어갔다. 눈으로 골라 둔 은빛 넥타이와 오닉스로 만들어진 커프스 핀과 넥타이핀을 집어 들어 상자에 넣고, 같은 색의 은빛 버클이 달린 혁대까지 담아 그에게 내밀었다.

[어차피 차로 가실 테니, 한 종류 더 가져가도 괜찮으시죠?]

[아, 네. 그야 뭐…….]

분명히 당황해하는 기색이었다. 아시프가 서린이 내민 상자를 마지못해 받아 들었다.

[그 사람이 마음에 드는 것으로 고르게 하세요. 그리고 하나 더.]

서린은 상냥하게, 그러나 확고한 의지를 담고 딱 부러지게 말을 이었다.

[미안한데요, 다음에 이런 일이 또 생기면 저더러 부탁해 주실래요? 사랑하는 남자에게 옷을 골라주는 건 참 큰 기쁨이거든요.]

[아, 네. 명심하겠습니다.]

허를 찔린 듯한 표정이었다. 그녀가 라탄의 사생활 안에 자리 잡는 것을 아시프가 결코 달가워하지 않는다는 느낌이 더 강해지고 있었다. 서린은 닫히는 문을 바라보며 한참 동안 서 있었다. 쓴웃음을 지르며 돌아섰다.

"내가 예민해지긴 예민해진 모양이야. 별걸 다 가지고 신경을 곤두세우는 것 같네……."

달칵 문이 열리고 아시프가 옷이 든 헝겊 주머니를 들고 들어왔다. 라탄은 런던의 미탈과 통화를 하던 것을 멈추고 손짓을 했다. 성급히 물었다.

[서린이 같이 가겠대?]

[아차, 저런!]

아시프가 당황해하는 표정으로 그 자리에 멈추어 섰다. 자신의 머리통을 두들겼다.

오늘 밤, 라탄의 회사가 투자한 영화 시사회가 만찬회와 겸해 벌어질 예정이었다. 서린더러 같이 외출하자고 부탁하라고 말해두었는데, 깜빡 잊어버렸다는 것이다.

[옷 챙기는 데 급해서 그만 잊어버렸습니다. 지금 당장 전화드리지요.]

[좋아, 됐어. 내가 전화할게. 아, 미안, 미탈. 여하튼 다음 주에 내가 직접 암스테르담으로 날아갈 테니까 말이야. 그때 끝장을 내자구. 러시아 쪽 움직임을 예의주시해. 그럼 다음에.]

아시프가 옷 주머니를 열어 구김살을 편 다음 옷장에 집어넣었다. 자신의 책상에 앉았다. 서린과 통화를 하는 라탄을 곁눈질하고는, 혼잣말처럼 나직하게 중얼거렸다.

[유감스런 일이지만, 마님께서는 서울로 돌아가실 생각이 없지

않은 듯도 합니다만.]

휴대전화 폴더를 접던 라탄의 손가락이 멈칫했다.

[무슨…… 말이야?]

[아까 제가 집으로 가보니, 마님께서 울고 계시더군요. 서울에 있는 전 약혼자의 가족과 통화를 하셨답니다.]

저절로 라탄의 표정이 굳어지고 말았다. 아시프가 주인의 표정을 살피고는 후회하는 얼굴이 되었다.

[죄송합니다. 심기를 어지럽혀 드렸군요. 저만 알고 있을 것을…….]

[아냐, 내가 당연히 알아야지. 대체 어떤 말을 주고받았기에 그 사람이 울기까지 했다는 거야? 지금 목소리는 평온하던데.]

[그쪽에서 마님더러 돌아오라고 했답니다. 흔들리는 모습을 보이고 있는 것 같았습니다. 돌아가야 하지 않을까 하고 말씀하시더라구요. 만약 비행기 표가 필요하면 저에게 부탁하겠다고 말씀하셨습니다.]

[말도 안 돼!]

라탄은 사납게 소리쳤다.

차라리 듣지 않느니만 못했다. 아시프인들 일부러 말한 것은 아닐 테지만, 그 말이 가져다준 파문은 예상외로 컸다.

절대로 그럴 리 없어 하고 강하게 부인하는 마음 하나. 아직도 현조를 잊지 못해 홀로 울고 있다는 서린에 대한 배신감 하나.

무엇 때문에 더 큰 상처를 받은 것인지 알지 못한다. 다만 심장 안에서 수습할 수 없을 정도로 커다란 소용돌이가 생겨났다는 것 외엔. 치밀어 오르는 불안과 괴로움을 가누지 못해 라탄은 벌떡 자리에서 일어났다. 상처받은 짐승처럼 서성이다 창가로 가 섰다. 검푸른 아라비아해를 내려다보았다.

이젠 잊어가는 거 아니었어? 내 삶 안에서만 뿌리박기로 약속한 거 아니었어? 내 곁에서 행복하기만 한 거 아니었어?

[……서린이 정말 서울로 가고 싶어해? 내 앞에선 한 번도 그런 기색을 보이지 않았어.]

[그런 뜻을 회장님께 대놓고 말을 할 수는 없지요. 저에게도 회장님께서 싫어하시고 실망하는 일은 절대로 하지 않겠노라고 말씀하셨습니다.]

[하지만 혼자 있을 때는 갈등하고 상심하고 있다……?]

라탄의 입술 선이 딱딱한 선을 그리며 굳어졌다. 대놓고 서린이 서울로 돌아가겠다는 선언을 들은 것보다 훨씬 더 마음이 아팠다.

그의 예상보다 훨씬 더 많이 서린은 그의 나라에서 뿌리박는 일을 힘겨워하고 갈등하고 있다는 건가? 절대로 말하지는 않지만, 겉으로는 미소 짓고 행복한 척하지만, 내심은 고통으로 썩어가고 있다는 뜻인가? 그의 소중한 연인은 아직도 속으로 슬픔과 괴로움의 병을 앓고 있는 건가? 여전히 불행하다는 건가?

[역시…… 린은 이곳에서 사는 게 힘든 걸까?]

[……만약에 말입니다. 정말 마님께서 이곳에 적응하지 못하고, 한국으로 돌아가겠다고 하면 어쩌시렵니까?]

라탄은 대답 대신 차가운 유리창에 이마를 댔다.

대답을 해야 하는 게 두려웠다. 말로는 멋진 척, 너그러운 척 그녀의 행복이 우선이라고 말했지만, 사실은 그렇지 않다. 세상에서 가장 이기적이고 제멋대로인 사람이 바로 자신이다. 그녀를 순순히 놓아주고 보내주겠다고 말할 만큼 그는 착하지도, 이타적이지도 않았다.

그러나 정말 서린이 이 나라 안에서 불행하다면……. 반려인 그를 위해 겉으로만 행복한 척하면서, 속으로는 병이 들어간다면 그는 어째야 할까?

'서린, 대답해 봐. 널 위해 어떻게 해야 하는지. 어떻게 하면 네가 진짜 이곳에서 행복할 수 있니?'

해답을 찾을 수 없다. 어쩌면 영원히 찾지 못할 수도 있겠지. 그 해답을 가진 사람은 라탄 자신이 아니라 서린일 테니까.

그날 저녁 일곱 시.

서린이 주차장에 내려가자, 미리 도착해 있던 차 문이 스르르 열렸다.

[어서 와, 서린. 오늘도 여전히 미치도록 아름답군.]

넥타이는 반 풀려 있었다. 좌석에 거의 드러눕다시피 한 퇴폐적인 자세로 라탄이 서린을 맞이했다. 저절로 서린의 눈길이 그의 목 아래로 갔다. 그녀가 골라준 은빛 넥타이. 오후 내내 우울했던 기분이 삽시간에 활짝 펴지는 느낌이었다.

[힘들었어요? 무척 피곤해 보여.]

[피곤해. 무려 다섯 시간 동안 결론도 나지 않은 일에 매달려 있었어! 허무해 죽겠어. 내일도 새벽부터 [10]간디나가르 출장이야. 사흘이나 머물러야 한다구. 진짜 짜증나. 사리따 우디얀(Sarita Udyan)의 현황을 점검해야 해.]

[사리따 우디얀?]

[놀이공원과 호텔. 레크리에이션을 위한 온갖 부대시설을 갖추기 위해 개발 중인 곳이야. 거기에 [11]STPI 지사도 있어. 에릭이 그곳의 IT 산업 전망을 조사해 달라고 했거든. 간 김에 의뢰를 해놓고 오려고 해. 아 정말, 일은 해도 해도 끝이 없군.]

언제나 느긋하고 느른한 라탄치고는 상당히 신경질적인 목소리였다. 그가 탁자에 놓인 유리그릇에서 사과 한 알을 집어 들었다. 심술맞게 와삭 깨물었다.

[배고파. 시사회가 만찬까지 겸해서 지금껏 아무것도 못 얻어

---

10)간디나가르: 구자라트주의 새로운 주도

11)STPI(Software Technology Parks of India): 1991년 인도의 소프트웨어 수출의 증대와 촉진을 목적으로 인도 정보통신부에 의해 설립되었다. 정보기술 산업 발전을 위한 제반 서비스를 제공하고 있으며 인도 산업지역의 요지에 위치하고 있어 전 인도를 연결하는 중추적인 역할을 하고 있다. 뉴델리에 본부를 두고 있으며 푸네, 방갈로르, 부바네쉬와르, 하이드라바드, 노이다, 간디나가르, 티루바난타뿌람. 모할리, 자이푸르, 뭄바이, 캘커타, 첸나이에 센터를 두고 있다

먹었어.]

[식사도 챙기지 못할 만큼 바쁜 사람이 어째서 델리에서는 그리도 한가로웠대요?]

서린은 미소 지으며 그를 놀렸다.

[난 일 년 동안 할 일, 한 달에 몰아서 해. 게다가 다음 주에는 진짜 정말 중요한 일을 처리하러 암스테르담으로 날아가야만 한다구. 그건 더 끔찍해. 며칠짜리 출장인지도 몰라. 에릭 자식까지 귀찮은 일은 다 나에게만 시키고 말이지. 죽여 버릴 테야.]

하지만 서린은 몰랐다. 늘 그런 것처럼 싱글거리고는 있지만 라탄의 날카로운 눈이 그녀의 얼굴을 유심히 살피고 있다는 것을 알지 못했다. 행여 눈물자국이라도 남았을까 봐. 행여 거짓으로 행복한 척하는 것일까 봐. 껍질뿐인 웃음일까 봐. 유연하나 강철처럼 강한 그 남자가 소심한 어린애처럼 마음 졸이고 있음을 알지 못했다.

금세라도 사라질 것만 같아 또다시 불안해서. 이렇게 곁에 있어도 안타깝고 너무 멀어서. 애틋하고 정말 그리워서. 그녀를 남김없이 확인하고 싶어서. 그녀의 모든 것을 약탈하고 소유하고 싶어 근질거리는 손길과 조급함을 알지 못했다.

[에릭이 누구예요?]

라탄이 한숨을 내쉬며 휴지통에다가 사과 꽁지를 던졌다.

[아, 내가 이야기하지 않았던가? 에릭 스톨만. 내 가장 친한 친구야. 혹은 숙적이거나. 지금 한창 연애질 중이야. 나보다 먼

저 그 자식이 결혼하면 난 자존심 상해 못 살아. 빨리 나에게 코끼리를 선물로 줘, 나의 사랑스런 하얀 암소.]

[암소라고 부르지 말랬죠!]

서린은 앙칼지게 쏘아붙였다. 그 말을 들을 때마다, 그녀 자신이 정말로 육중한 젖통을 축 늘어뜨린 거대한 암소가 된 기분이 들어 끔찍했다.

[최고의 애칭인데 왜 신경질내고 그래? 나중에 에릭을 소개시켜 줄게. 컴퓨터에 미친놈이긴 하지만 제법 대화도 잘 통할 거야. 좋은 친구야.]

[당신에게도 친구가 있긴 있군요. 천상천하 유아독존인 줄 알았는데.]

[나도 인간이야, 린. 인생에 있어 진정한 친구는 한 명이면 돼.]

그가 아무렇지도 않은 어조로 내뱉었다.

그런 친구, 서린에게도 있었지. 명윤을 생각하자 갑자기 착잡해졌다. 바라나시에 명윤과 현조를 위해 띄워 보냈던 꽃불이 떠올랐다. 그 꽃등은 지금 어디쯤에 가라앉아 있을까? 부디 네 영혼이 그곳에서 행복하기를. 나도 열심히 살게. 그리고 너에게 갈게. 그때까지 현조 오빠랑 잘 지내줘.

지금 그녀는 무슨 생각을 하고 있는 걸까? 설풋 그늘이 서리는 서린의 얼굴을 바라보는 라탄 또한 고뇌하고 있었다.

등골이 서늘해지는 기분이 들었다. 네 마음이 떠나고 있어.

넌 지금 나와 다른 세상에 가 있어. 안 돼, 그러지 마. 돌아와. 내 세상으로 돌아와. 그의 손이 조급증에 걸린 사람처럼 서린에게로 뻗어나가고 있었다.

[사랑하자.]

[기가 막혀!]

채 도망칠 사이도 없었다. 강한 힘이 서린의 몸을 끌어당겨 자신의 가슴 위로 무너지게 만들었다. 분홍빛 입술을 달큰하게 약탈했다. 그의 입술에서는 새콤하고 달콤한 사과 향기가 가득 묻어 있었다. 서린은 사과를 가진 아름다운 뱀에게 유혹당하는 이브였다. 미약하게 거부했다. 최소한의 체면을 차리고자 저항했다.

[하지 마요! 제발, 라탄!]

[스트레스를 많이 받았단 말이야. 머리가 복잡해. 린, 극장까지는 한 시간이나 걸려. 우리 둘이 사랑하는 건 삼십 분이면 충분하고 말이야. 시간을 아끼자고.]

도망갈 기회 따윈 애초에 주지 않았다. 라탄이 버튼을 누르자, 운전석과 뒷좌석을 차단하는 스크린이 내려졌다.

[도덕적인 당신을 위해 한마디 하자면, 내 차는 방음장치가 완벽해. 우린 지금 완벽한 밀실 안에 있어. 그러니까 거침없이 사랑하자구.]

[기가 막혀!]

서린이 한탄하거나 말거나, 비난하거나 말거나 라탄은 작은 손을 잡아 자신의 몸을 건드리고 욕망하게 만들었다. 애무당하는 것보다 더 자극적이고 직접적인 충격. 그를 쓰다듬고 애무하는 스스로의 입술과 손이었다. 거의 무너진 채로 서린은 마지막 저항을 시도했다.

[하지 말라니까! 부끄럽지도 않아요?]

[단추 풀어.]

실실 웃으며 말하는 표정이 너무나 짓궂었다. 하지만 저런 미소는, 절대로 거부할 수 없는 폭압적인 명령이다. 까칠한 수염이 나기 시작하는 턱을 어루만지는 자신의 하얀 손가락. 삽시간에 발끝에서부터 뇌수까지 뜨거워져 버렸다. 이성을 배신한 서린의 손가락이 어느새 단단한 가슴을 가린 셔츠의 단추를 하나씩 하나씩 풀고 있었다.

닿을 듯 말 듯, 입술과 입술이 스쳤다. 자신을 만지고 수줍게 키스하는 서린 아래서 라탄이 나른하게 신음했다. 실눈을 뜨고 자신의 얼굴 위에 있는 서린을 올려다보았다.

[기분 좋아.]

만족한 표범이 불 앞에서 가르랑거리는 것 같다. 선명한 입술선이 섹시한 선을 그렸다. 그녀보다 덩치가 훨씬 큰 이 남자가 이토록 귀여울 수 있다니.

뒤로 돌아간 두 손이 자신의 몸 위에서 꼼지락거리고 있는 하얀 엉덩이를 움켜잡았다. 치솟아오르는 딱딱한 기둥 쪽으로 옮겨 비비며 자극했다. 이삼 일 후면 생리가 시작될 것이다. 몸은 미치도록 예민하게 변해 있었다. 부풀어 오른 젖무덤에 스치는 손길도, 하얀 허벅지 사이를 자극하는 손길에서 지독한 쾌락의 전율이 흐르고 있었다. 발갛게 열꽃 돋는 서린의 얼굴을 올려다보며 그가 나른하게 중얼거렸다.

[저녁 식사 대신 널 먹어치우고 싶어.]

[기가 막혀. 내가 당신 먹이예요?]

[당연하지. 린, 이왕 할 거면 더 친절해 줘. 이젠 허리띠도 풀어야지.]

[염치없는 짐승 같으니.]

결국 이렇게 다가오는 관능의 입술과 손길을 저항할 수 없다. 서린은 그가 원하는 대로 탐욕스럽게 키스를 되돌렸다. 라탄이 싱긋 웃으며 연인의 어깨를 가린 드레스 끈을 아래로 끌어 내렸다. 불쑥 드러난 하얀 가슴 봉오리, 나른하고도 감각적인 손가락이 오뚝 솟은 진홍빛 유두를 살짝 꼬집었다. 서린의 몸이 후르륵 전율했다.

[끔찍하게 섹시한 짐승라고 말해줘. 난 당신 앞에서 항상 발정기잖아.]

죽음과도 같은 카마의 시간이 시작되려 한다. 라탄이 젖은 혀로 분홍빛 입술을 살며시 쓸었다. 서린의 손을 잡아 바지 지퍼까지 끌어 내리게 만들었다. 그 속의 것은 이미 불룩 솟아 있었다.

[만져 줘. 죽을 만큼 좋아. 당신이 틀림없이 내 곁에 있다는

것을 느낄 수 있거든. 이 순간이 내 인생의 전부야.]

작은 손 아래에서 꿈틀거리는 짐승의 딱딱한 야만. 그것을 확실하게 감촉하는 순간, 하얀 허벅지 사이 검은 숲 그늘이 어느새 젖어들고 있었다. 광기와도 같은 열기가 뇌수를 가득 태워 버렸다.

[이번에는 당신 차례야. 날 확실하게 흥분시켰으니, 키스 열 번. 상으로 줄게.]

그의 손길이 닿은 피부마다 꽃이 핀다. 물이 흐른다. 사향 같은 그의 체취가 가득 몰려왔다. 열정어린 도취, 뜨겁게 달아오른 몸 위로 덤벼드는 강렬한 키스. 영혼을 잠식해 버리는 미망. 그는 서린을 철저하게 미쳐 버리게 하고 길들인다. 처음부터 저항할 길을 알지 못했고, 이제는 저항할 이유도 없었다. 서린은 라탄의 관능과 애욕 안에서 늘 그러하듯, 철저하게 잠겨 버렸다. 우주 안에는 오직 그와 그녀만이 존재하고 있었다.

하지만 이상하다. 어째서 그녀를 사랑하는 그의 몸짓이 다른 날과는 달리 더 거칠고 뜨겁고 폭압적인 느낌이 들까? 어째서 더 애달프고 간절한 느낌이 들까?

시도 때도 없는 주인의 사랑놀음 때문에 애꿎은 운전기사는 필요도 없는 거리를 이리저리 헤매고 있었지만.

뭄바이 시내의 커다란 영화관에서 벌어진 시사회는, 말만 시사회이지, 떠들썩한 잔칫집 분위기였다.

할리우드와 버금갈 정도라고 해서, 〈볼리우드〉란 말이 있을 정도이다. 그 정도로 인도의 영화산업은 활성화되어 있고, 또 뭄바이는 그러한 영화산업의 중심지라고 했다.

영화의 제목은 〈괴도 본드〉.

군데군데 라탄의 설명으로 대강 이러저러한 내용이더라 정도는 이해할 수 있었다. 처음에는 장면이 바뀔 때마다, 상황과는 전혀 상관없이 춤과 노래가 곁들여지는 데에 적응하기가 좀 힘들었다. 어안이 벙벙했다. 하지만 이내 서린도 화려하고 역동적인 화면 안에 빨려들었다.

사실 대사는 거의 필요없는 완전한 오락물이었다. 헐리우드 활극 영화의 총집합. 온갖 표절 짬뽕. 가족애, 권선징악. 아름다운 남녀 간의 로맨스 등등, 보편적인 내용까지 총 망라하여 재창조 및 재구성한 작품이었다. 한국이라면 당장 표절로 재판정에 오를 정도로 노골적인 황당 3차원 액션 로드판타지 활극이었다.

노래가 나오면 같이 부르고, 춤이 나오면 흥겨워서 어쩔 줄 모르며 엉덩이를 들썩대는 주변의 현지인들을 보는 재미도 쏠쏠했다. 애절한 음악 안에서 배우들이 울었고, 관객들도 따라 울었다. 주인공이 위기에 처할 때는 한숨이 가득 찼고, 즐거운 춤과 음악 안에서는 다들 손뼉을 치고 환호성을 올리고 좋아서 어찌할 바를 모른다. 관객들 대부분이, 영화를 보는 게 아니라 배우들과 함께 스크린에서 펼쳐지는 영화를 같이 살아내는 것 같은 느낌이 들 정도였다.

그러고 보니, 열심히 변장하고 웃겨주면서 검은 선글라스 끼고 나와 총질하고 도둑질 하다가 도망치고, 틈만 나면 춤을 추거나 여배우와 연애 걸기 바쁜 남자 주연배우를 어디선가 본 것 같아. 서린은 라탄의 옆구리를 폭폭 찔렀다.

[라탄, 저 남자 배우, 혹시 '끄리쉬'? 수퍼맨 표절 작품에 나왔던 그 남자?]

[그래, 리틱 로샨. 끄리쉬와 작년에는 둠 시리즈로 대박 쳤지. 정말 춤은 잘 춘다니까. 그리고 표절이라니, 이 친구야. 끄리쉬는 슈퍼맨의 볼리우드식 재구성이야.]

[데르다가 엄청난 팬이에요. 저 사람이 선전하는 초콜릿 쿠키까지 사 와서 같이 먹었어.]

라탄이 쿡쿡 웃었다. 영화는 계속되고 있었다. 그런데 한참 보다 보니, 이거 좀 이상하다. 서린은 살짝 몸을 기울여 라탄의 귀에 대고 속삭였다,

[라탄, 저기 말이죠. 왜 키스 장면을 잘라요? 항상 아슬아슬하게 자르고 마네요. 저것 봐, 또 그래.]

[남녀칠세부동석. 공공장소에서 어떻게 대놓고 키스를 해? 풍기문란죄로 고발되지.]

그가 대수롭지 않다는 듯 간단하게 말했다. 이것이 정녕 지상 최고의 무도덕론자, 애욕절정 쾌락지상주의자 라탄의 입에서 나온 대답인가? 물었던 서린이 어리둥절해질 정도로 위선적인

대답이었다.

[저 정도의 특급배우들은 감히 절대로 음욕을 돋우고 풍기를 문란하게 하는 장면을 찍으면 안 돼. 잘못되면 체포되는 수도 있어.]

[그럼 저렇게 흠뻑 젖어서는 분수대에서 허벅지며 허리를 훤하게 드러내고 춤추는 여자들은 뭔데요?]

대수롭지 않은 키스 장면도 자르는 순진한 도덕성과는 전혀 어울리지 않게, 지금 화면에는 주연 남녀 배우가 낀 거대한 군무단이 흩뿌려지는 물세례를 받으면서 춤추는 장면이 돌아가고 있었다.

남자 배우들은 전부 더위를 핑계대고 위통을 벗어 젖힌 상태이다. 여자들도 멀건 허벅지를 대놓고 드러내고, 가슴과 아래만 가린 노골적인 옷차림이다. 몸을 전부 가리는 사리를 입은 배우들조차도, 물을 잔뜩 맞아 얇은 천이 몸에 딱 달라붙었다. 맨살이 드러나지 않았다 뿐이지, 여배우들의 몸매는 거의 벌거벗은 거나 다름없었다. 그런 상태로 남녀 수십 명이 엉켜서는 춤을 추고 있으니, 노골적인 키스 장면보다 더 에로틱하고 선정적으로 느껴졌던 것이다.

라탄이 서린의 손을 잡아 올렸다. 말로는 공공장소에서 손도 잡으면 안 된다고 하더니, 자기는 잘만 잡는다. 그것으로도 모자란지, 손가락 끝을 살짝 깨물기까지 했다. 등골에서부터 파란 전류가 흐르는 기분이었다. 그가 약간 눈을 치뜬 채 싱글 웃었다.

[팬 서비스.]

[네에?]

[영화를 보는 남자들에게 적당한 자극도 있어야지. 합법적으로 더위 때문에 물을 맞는 사람들을 어떻게 체포해? 키스 장면은 보이지 못하더라도, 대신 꿈에서 한 번 만날까 말까 한 여배우들의 속살이라도 상상하게 만들어줘야지. 엄숙하고 점잖기만 하면 누가 영화를 봐? 흠, 저거 좋은데? 이번 영화도 엄청 팔리겠어.]

서린은 그만 쿡쿡 웃고 말았다.

[아아, 인간성이란…….]

[시대와 장소를 초월하지.]

그가 덧붙였다. 그러는 사이, 스크린에는 엔딩 크레딧이 올라가고 있었다. 라탄이 자리에서 일어나 박수를 치기 시작했다. 그것을 신호로 관객들 전부가 기립해, 뜨거운 박수로 열렬히 환영했다. 주연배우들과 감독이 단상에 올라왔다. 서린 또한 몸을 아끼지 않고 열연을 한 배우들에게 아낌없는 박수를 보냈다. 멋진 춤을 선보인 주연 남자 배우가 등장했을 때는 더 크게 박수를 쳤다.

[뭐야, 린. 저 녀석을 찬미하는 것같이 보이는데.]

라탄이 씩 웃으며 서린의 목을 자신에게로 돌렸다. 짐짓 노한 듯 눈을 부릅떠 보였다.

[반한 거지? 바람피우려는 거지?]

[기가 막혀서. 그런 것 아니에요.]

부인했어도 소용이 없었다. 라탄은 내내 빙글거리며 서린이 그에게 반했다고 질투하는 척, 실쭉한 표정을 지으며 놀리기에 여념이 없었다.

인사를 마친 배우들과 감독이 무대에서 내려와 관객들과 포옹하고 인사를 나누기 시작했다. 기자들이 벌 떼같이 달려들었다. 카메라 플래시가 터지고, 무비 카메라가 돌아가기 시작했다. 라탄이 서린의 손을 잡았다.

[리틱을 만나게 해줄까?]

[정말요?]

[어라라, 이것 봐라? 서린. 정말 당신, 리틱에게 반한 거지? 절대로 싫다고는 안 하잖아. 보지 마! 고개 돌려! 절대로 저 녀석은 만나지 마!]

화난 척까지 한다. 끝까지 정색한 채 놀리는 것을 멈추지 않는 이 남자를 한 대 때려줄까 말까 고민하던 중이었다. 막 인터뷰를 마치고 돌아서던 한 남자 배우를 향해 라탄이 손을 들었다. 주인공을 쫓는 어리숙한 탐정 역으로, 꽤 중요한 역을 맡았던 사람이었다.

그가 환하게 웃으며 다가왔다. 덤으로 줄줄이 기자들의 카메라도 따라왔다. 스크린에서 보았던 것보다 더 키가 크고 미려한 근육질의 사내였다. 인도인 중에서 옐로우 그린의 눈동자는 처음 보았다. 그래서인지 이국적이고 기묘한 매력이 한층 더했다.

[마하라자 타다. 와주시다니, 영광입니다.]

[네가 나오는데, 당연히 시간을 내야지.]

두 남자가 악수를 나누었다. 서로 포옹하고 양 볼을 가볍게 스쳤다. 다투어 카메라 플래시가 터졌다.

[결혼 생활은?]

[뭐, 그럭저럭 흘러가고 있습니다만. 당신은?]

[나 역시 똑같아.]

그 남자의 시선이 라탄 옆에 선 서린에게로 멎었다. 미소를 잃지는 않았지만, 깜짝 놀라는 표정이었다.

[린, 인사해. 베이벅 꾸마르. 이삼 년 안에 바라트 최고의 배우가 될 녀석이지. 저 엄청난 작업을 멋지게 해치운 녀석이고. 베이, 내가 돈을 투자한 보람이 있어 기쁘다.]

[아하, 정말 아름다우신 분을 곁에 두셨군요. 역시 안목은 대단하시다니까!]

서린에게 인사를 하는 대신 그는 라탄만 바라보고 있었다. 회한, 뜨거운 그리움, 혹은 깊은 원망과 비애 같은 것이 신비한 옐로우 그린의 눈동자 속에 어렸다. 그가 힌디어로 나직하게 중얼거렸다.

[시간은 흘렀지만 잡히지 않는 바람 같은 생활은 여전하시군요. 언제쯤이면 그 바람이 내게로 다시 돌아와 줄까요?]

[난 언제나 똑같아. 시간은 흐르고 마음도 흐르는 법이지. 어리석어, 베이. 넌 이미 지나간 시절만 헛되이 그리워하고 있구나.]

대답 대신 그가 손을 들어 애틋하게 자신의 왼쪽 귓불을 어루만졌다. 그 귀에는 붉은 빛 루비가 박힌 귀걸이가 걸려 있었다. 싱긋 웃으며 아무렇지도 않은 표정으로 물었다.

[나중에 연락드려도 될까요?]

[바쁠 거야. 다음에.]

칼날같이 잘라 버리는 라탄의 대답에, 베이벅이 입꼬리를 살짝 위로 치켜올리며 미소 지었다. 무척 허무하고 쓸쓸해 보였다.

[무정하신 분. 하지만 당신을 미워할 수는 없어요. 처음부터 나 따위는 금세 사라질 시간의 희생자일 뿐이라는 것을 알고 있었으니까요. 아듀, 아름다우신 분.]

서린은 알아들을 수 없는 힌디어로 빠르게 내뱉은 그가 홱 몸을 돌이켜 다른 사람들에게로 떠났다. 시사회장을 걸어나오면서 서린은 팬들과 기자들 사이에 파묻혀 있는 그 남자를 다시 한 번 돌아보았다. 마침 그 남자 역시 두 사람의 뒷모습을 바라보고 있었나 보다, 서린과 그 남자의 시선이 잠시 마주쳤다. 금세 시선을 돌려 버렸지만. 어쩐지 그는 굉장히 당황해하고 당혹스러워하는 표정이었다.

[라탄, 정말 너무했어요. 일탈도 적당히 해둬요. 기자들이 당신과 베이벅을 함께 찍은 건 알고 있나요? 더러운 소문을 만들기 위해 혈안이 되어 있는 작자들이에요. 정말 소문을 사실로 만들어 버릴 작정인가요?]

주차장으로 걸어가던 두 사람의 등 뒤에서 뜻밖의 목소리가 들려왔다.

언제 다가온 것인가? 소리없이 표적을 노리며 스며드는 암표범인 양, 힌디라가 라탄의 차 옆에 서 있었다. 맹독 바른 발톱을 치켜들어 누구든지 할퀴어 버리려는 의지로 충만해 있었다.

힌디라의 시선은 서린에게로 고정되어 있었다. 아직도 그에게서 떨어지지 않았군. 정말 뻔뻔하기도 하지! 욕이라도 퍼붓고 싶은 얼굴이었다. 입술은 여전히 라탄을 상대하고 있었지만,

[한때 당신이 사랑했던 연인이라고 정직하게 말해줘야죠. 안 그래요?]

라탄 역시 미소를 잃지 않았다. 힌디라와 마찬가지로 힌디이로 빠르게 대꾸했다.

[내 기사를 낼 정도로 간 큰 신문사가 있나? 절대로 그럴 리 없지. 네가 더 잘 알잖아?]

부드럽고 상냥했으나 씨알도 먹히지 않는다. 유연한 강철 방패나 다름없다. 어차피 상관없었다. 정작 상처를 주고 싶은 쪽은 서린이다. 망설이지 않고 힌디라는 공격 방향을 바꾸었다.

[아직도 욕심을 버리지 못한 모양이지? 더러운 매춘부 같으니라고! 그에게 달라붙어 있으면 그의 아내라도 될 줄 알아? 언젠가는 쓰레기처럼 버려질 거라고! 정말 욕심도 과하지 뭐야?]

갑자기 쏟아진 저주와 악담 앞에서 서린의 얼굴이 새파랗게 질렸다. 라탄은 더 놀랐다. 설마 힌디라가 그의 앞에서 이런 식

으로 대놓고 서린을 모욕할 만용을 가졌을 줄이야.

[듣지 마.]

그는 서린의 귀를 두 손으로 막아버렸다.

아시프가 황망해하며 다급히 차 문을 열었다. 그의 얼굴도 시커멓게 질려 있었다.

힌디라가 이 정도로 가까이 접근할 수 있다는 것은 다른 자들도 충분히 그럴 수 있다는 가능성이 존재한다는 것. 이것은 경호망에 커다란 구멍이 뚫려 있다는 증명이나 다름없었다. 하물며 그녀가 이렇게 라탄을 상대로 천둥벌거숭이처럼 날뛰게 내버려 둔 실수는 절대로 용서받지 못할 일이었다. 그의 주인은 귀찮고 불편하고 짜증스러운 일은 딱 질색인 사람이었기 때문이다.

아니나 다를까, 라탄의 수려한 이마에는 벌써 몇 개의 깊은 주름살이 져 있었다.

라탄이 서린의 몸을 반 강제로 차 안에 밀어넣었다.

[타. 미친 여자의 헛소리 따위는 귀담아들을 필요는 없어.]

탁 소리 나게 차 문을 닫아버렸다. 세상과 서린을 차단시켰다. 그런 다음 라탄은 힌디라 쪽을 향해 돌아섰다.

[미스 아왈리스, 충고 하나 하지.]

세련되지 못하게 소리 높이고 아우성을 치는 건 그의 취향이 아니었다. 입술은 여전히 느른하게 빙글거리고 있으나, 정색을 한 채 노려보는 라탄의 눈빛은 새카맣게 변해 있었다. 보기 드물게 드러낸 분노였다.

그렇지 않아도 서린이 이곳에서 적응하지 못하는 것 같아, 상처받는 것 같아, 불행한 것 같아, 가슴 졸이고 있는 형편이다. 힌디라의 폭언은 그러한 불안과 분노에 기름에 부은 것이나 다름없었다.

두려움에 떨며 힌디라가 숨을 몰아쉬었다. 저절로 한 발 물러섰다.

[감히 린을 할퀴려 드는 네 무모하고 어리석은 충동을 잘 보았어. 너를 꾹 참아주는 나의 자비는 오늘로써 끝이야. 부디 네 자신의 안전을 위해 입을 꽉 다물어주기를 충고하지.]

[라탄! 당신을 위해서야. 아직도 모르겠어요? 난 당신의 위신과 체면을 생각해서 이러는 거야. 카말라도 얼마나 당신을 걱정하고 있는지 알아요? 제발, 정신 좀 차려줘요.]

라탄은 싹 돌아서서 아시프를 불렀다. 단호하게 명령했다.

[미스 아왈리스를 댁으로 아주 정.중.하.게. 모셔다 드려. 잘 가, 힌디라.]

[라탄, 나에게 잔인하게 대하지 말아요! 오직 당신 때문이야. 당신을 위해서라고!]

만류하는 아시프의 손길을 뿌리치려 애를 쓰며 힌디라가 부르짖었다. 그녀는 거의 필사적이었다. 그를 만나기 위해, 그의 옆에 서기 위해, 얼마나 노력했고 끈질기게 맴돌았던가.

무참한 바닥까지는 보이고 싶지 않았다. 힌디라의 마지막 자존심이었다. 하지만 대놓고 모욕을 당한 지금, 그녀의 얼굴빛은 새카맣게 변해 있었다. 참을 수 없는 분노로 그녀는 자신이 지금 얼마나 처참하게 비참해지고 추해졌는지 전부 잊어버렸다. 힌디라의 얼굴이 표독하게 변했다. 피가 배이도록 입술을 잘근 물었다.

[나만이 당신을 걱정해 주고 있어요! 아직도 모르겠어요? 저 어리석은 여자는 자신이 당신을 더럽히고 있는 사실조차 모르고 있잖아요. 이미 사람들은 당신이 외국인 창녀와 산다고 떠들어대고 있다구요! 당신 체면은 이미 나락이란 말이야!]

차 문이 탁 닫혔다. 힌디라가 무어라 소리치든 아랑곳하지 않는다. 두 사람을 태운 차는 먼지를 날리며 달려가 버렸다.

[여자가 사랑의 전쟁에 나서면, 무슨 짓이든 하기 마련. 라탄, 날 과소평가 하지 말아요. 난 사 년이나 기다렸어! 당신을 얻을 수 있다면 살인이라도 할 준비가 되어 있다구!]

멀어지는 라탄의 승용차를 노려보며 고함지르는 힌디라의 목소리는 표독한 살쾡이가 물어뜯듯 날이 서 있었다.

[그만 하시죠, 미스 아왈리스. 더 큰 소란이 일어나면 당신만 망신입니다.]

출구를 찾지 못한 힌디라의 좌절과 분노는 고스란히 아시프에게로 향했다.

[주인을 위한다면서 그가 저런 여자와 어울리게 내버려 두는 건가요? 정신 차려요! 언젠가는 자신을 말리지 않은 당신을 원망할

때가 올 거라구요.]

[충고는 감사합니다. 하지만 미스 아왈리스, 회장님께 어떤 것이 최선인지는 제가 스스로 판단합니다. 한 가지 더 말씀드리자면, 오늘 당신은 정말 회장님을 화나게 만드셨습니다. 다스리지 못하는 분노와 증오는 스스로를 망치는 독이죠.]

[내게 잔소리하지 마! 어차피 그 남자의 성향이야 당신이나 나나 잘 알고 있지 않나? 제법 진심처럼 보이지만 그 여자도 결국 한순간의 일탈이야!]

[그렇다고 해서 회장님께서 미스 아왈리스 당신을 선택하실 이유도 없지요. 부디 스스로의 안전에 유의해 주시기를.]

조만간 이 주제 모르는 여자가 모진 일을 당할 거라는 경고에 다름 아니었다. 아시프가 힌디라의 차 문을 열어주었다. 정중하게 요청했다. 싱긋 웃으며 손까지 흔들어주었다. 라탄이 오늘의 일을 그냥 넘어가지 않을 거란 건 그가 가장 잘 알고 있었다.

아니나 다를까, 그가 저택으로 돌아가자 하녀가 서재에서 라탄이 기다리고 있다고 전했다.

라탄은 책상에 지도책을 펼쳐 놓고 있었다. 다음의 여행지라도 결정하고 있나. 혼자 중얼중얼하고 있었다.

[모하비 사막? 흠. 사하라? 음. 남미의 밀림도 나쁘지 않군.]

[부르셨습니까?]

라탄이 고개를 들었다. 펼쳐진 지도책을 그에게 건네주며 씩 웃었다.

[부탁이 있어, 아시프. 여기 사하라가 좋을 것 같아. 오늘 밤, 내 앞에서 감히 헛소리한 그 여자. 이쯤에다 모셔다 주라고.]

[저런. 그분이 회장님을 노엽게 한 것은 사실이지만, 사막에다가 유기를 하라니, 너무하시는 것 아닙니까?]

[그럼 어떻게 할까? 그 여자, 제 잘난 얼굴이 무기이니, 그것을 망쳐 버릴까?]

나직한 목소리에서 피 냄새가 물씬 풍겼다. 아시프는 그만 한 발 물러서고 말았다. 깊이 감추어진 라탄의 불길한 광기와 잔혹한 본성이 깨어나는 것이 느껴졌기 때문이다. 라탄이 지도책을 부채처럼 화락화락 부쳤다. 생글생글 웃으며 소름 끼치는 명령을 내렸다.

[어차피 그 여자, 무슬림이잖아. 평생 히잡으로 가리고 눈만 내놓고 살면 되지, 안 그래? 아, 이거 좋다. 그 여자가 죽도록 싫어하는 자자람과 결혼을 시키는 건?]

[회장님, 자중하십시오.]

[입 다물어, 아시프! 그냥 넘어갈 수 없어. 감히 내 아내더러 대놓고 매춘부라고 비난한 후에 무사하기를 바란다면 그게 난센스지. 저 사하라 쯤에 떨어뜨려 놓고, 내 말을 전해. 산 채로 모래구덩이에 묻힐지, 입 꾹 다물고 죽도록 싫어하는 자자람하고 결혼해서 집에 조용히 들어앉든지. 아니면 교통사고라도 당해서는 그 잘난 얼굴을 뭉갠 채 평생 눈만 내놓고 살든지. 어느 것이든 대환영이야.]

앞으로 평생 그녀의 인생은 무엇을 어찌하든 지옥이 될 것이다. 라탄이 그렇게 만들 테니까. 힌디라와 얽히게 될 자자람의 인생이 지옥일지 천국일지는 관심 밖이었다. 그건 라탄의 문제가 아니었다.

델리의 공작궁.

카말라는 부들부들 떨리는 손으로 지금껏 보고 있던 조간신문들을 사납게 내던졌다.

[꼴도 보기 싫어! 당장 가져가 불태워 버려!]

하녀들이 서둘러 탁자에 놓인 신문들을 거두어서는 문을 닫고 사라졌다. 카말라는 평상시 침착한 태도와는 다르게 책상을 격렬하게 내려쳤다. 이를 악물었다.

[이젠 정말 참을 수 없어! 더 이상은 안 돼.]

아침의 신문들은 하나같이 대서특필, 인기배우인 베이벅 꾸마르가 자살 기도를 했다는 충격적인 소식을 전하고 있었다.

기자는 점잖게 '지난밤, 타다 회장이 볼리우드의 기대주, 떠오르는 신성(新星) 베이벅 꾸마르를 격려했다. 앞으로의 승승장구를 보장받은 거나 다름없는 그가 왜 자살 기도를 한 것일까?' 라고 모르는 척 적어놓았다.

하지만 기사의 행간에 흐르는 미묘한 모욕을 읽지 못했다면, 카말라는 눈뜬장님이다.

그따위 배우 한 사람이 자살 기도를 했다는 기사와 아들이 그와 포옹한 사진을 나란히 왜 박아놓았단 말인가? 라탄 회장이 사람들의 추측대로 〈히즈라〉일지도 모른다는 것을 대놓고 비아냥댄 것이나 다름없다고 생각했다. 베이벅이 라탄 회장에게 버림받은 것을 비관하여 자살을 시도한 것이라는 소문이 들불처럼 걷잡을 수 없이 퍼져 나가고 있다는 기별이었다.

게다가 이제는 신분도 모호한 외국 여자와의 동거라.

카말라가 방금 구겨 버린 신문은 라탄과 함께 차에 올라타는 서린의 모습이 버젓이 박힌 것이었다. 방탕한 생활을 즐기는 것도 한도가 있다. 히즈라라는 추문으로도 모자라서 보잘것없는 외국인 창녀와 동거 중이라는 치명적이고 끔찍한 조롱거리의 주인공이 되고 있었다.

[절대로 그렇게 내버려 둘 순 없어, 라탄 타다. 망신을 시켜도 유분수이지. 용서하지 않아.]

바로 그때, 두르가가 다가와 조심스럽게 전화기를 내밀었다.

[암다바드의 어르신이십니다.]

구자라트의 옛 수도인 암다바드에는 아직도 타다 가문의 일족들이 살고 있다. 생존해 있는 가장 큰 어른은 시어머니 마야의 시동생이자, 라탄의 종증조부이다. 그 사람이 전화를 했다는 것이다.

그와 통화를 끝낸 후 카말라는 어찌하면 좋을지 몰라 한참 동안 멍하니 앉아만 있었다.

맙소사. 그녀가 델리에서 손 놓고 장고(長考)만을 거듭하는 사이, 어느새 일이 걷잡을 수 없을 정도로 나쁘게 진행되고 있었다.

그는 라탄이 다음 달에 신부를 데리고 암다바드의 일족에게 인사를 하러 온다는데, 어떻게 된 일이냐고 묻고 있었다. 기도 막히고, 어떻게 대처를 해야 할지 알 수가 없다. 멍하니 허공만 응시하는 그녀에게 하녀가 다시 수화기를 내밀었다.

[라탄님이십니다.]

[잘도 어미인 나를 바보로 만들고, 전체 가문을 웃음거리로 만들어놓은 주제에. 감히 전화를 해? 망할 녀석 같으니라고!]

간신히 거두었던 심장의 열기가 확 치밀어 올랐다. 카말라는 날카롭게 소리치며 수화기를 받아 들었다.

[큰 웃음거리가 되고 말 거야, 라탄! 무슨 일이 있어도 서린을 암다바드 성으로 데려가는 일은 용납할 수 없어!]

라탄이 무어라 말을 하기도 전에 카말라는 딱 잘라 선언했다. 침착하자, 진정하자 하였어도 저절로 목소리가 격앙되고 있었다. 하지만 수화기 안에서 아들은 얄밉게도 느른한 웃음소리를 내고 있었다. 그녀의 분노와는 전혀 동떨어진 반응이었다.

―[저런, 정보망이 굉장한데요? 제가 암다바드 성으로 서린을 데리고 가겠다고 통고한 건 겨우 어제의 일이에요. 델리에 계신 어머니까지 알고 있을 줄은 생각도 하지 못했습니다.]

[라탄! 이런 상황에서 농담이 나오는 거니? 어젯밤 신문에 찍힌 그 사진은 대체 뭐냐? 그것부터 설명 좀 해보렴. 보란 듯이 한때 관

계를 가진 사내와 버젓이 포옹을 하는 사진을 찍지 않나, 대체 어쩌려고 그러는 거지. 그것으로도 모자라서, 이젠 외국인 아내를 일족에게 소개를 하려고 해? 대체 넌…….]

—[이미 알고 계시니 더 이상 설명할 필요가 없겠군요, 어머니.]

수화기 속에서 들리는 아들의 목소리는 언제나처럼 부드러웠다. 그러나 그 속에 담긴 기운은 더없이 냉혹했다.

—[전 서린과 결혼합니다. 조만간 빠른 시일 내에요. 저희들을 축복하시고 결혼식에 참석을 하시든지, 아니면 영영 절연하시고 다시는 저를 보지 않으시든지 그건 전적으로 어머님 선택에 달려 있습니다.]

[안 돼! 절대로 용납할 수 없어! 라탄 타다!]

—[저는 어머니께 우리의 결혼을 받아들여 달라고 부탁하는 게 아닙니다. 아들의 예의상 통고하는 거지요. 저의 일정을 감안하셔서, 어머니의 일정도 변경 드리기를 부탁드리죠.]

분노하다 못해 심장이 으깨어지는 기분이었다. 온 정성과 사랑을 쏟아 아들을 키운 대가가 오늘날 이것인가?

더러운 것을 던져 버리듯이 수화기를 내려놓고 카말라는 깍지를 꼈다.

[라탄, 네가 기어코 내가 용납하지 못할 일을 저지르고야 마는구나.]

적어도 이 정도로 최악의 짓은 저지르지 않는 사람이라고 믿었다. 그런데 그는 보기 좋게 그녀의 뒤통수를 치고 있었다.

'다 그 여자 때문이야. 그 마녀가 내 아들을 홀려 이성도 분별심도 수치도 다 잊게 만들었어!'

세상에서 가장 쉬운 일은, 잘못되고 어그러지는 일을 남의 탓으로 돌려 버리는 일이다. 분노하고 노염을 내는 일이다.

카말라는 라탄에 대한 걱정과 분노만큼, 그가 집착하는 서린을 미워하기로 작정했다. 지금 벌어지는 곤란한 모든 일이, 그녀를 수치스럽게 하고 아들과 불화하게 만드는 이유 전부가 서린에게서 기인한 것이라 믿어 마지않았다.

'난 너를 낳았어. 너의 명예와 우리 타다 가문의 체면을 지키기 위해서라면 무슨 일이든 할 권리를 가졌단 말이다.'

카말라의 입술이 꽉 다물어졌다.

아들은 누구도 자신을 가로막을 수 없다고 생각하는 모양이다. 누구도 서린에게 다가갈 수 없도록 겹겹이 사람들을 세워두었다고 안심하고 있는 모양이다. 어리석은 녀석. 사람이 원하는 바가 있으면 누구하고도 손을 잡을 수 있고, 어떠한 수든 찾아내게 마련이라는 것을 무시하다니. 카말라는 엷게 미소 지었다.

[이럴 때는 그 애의 오만한 자신감이 정말 도움이 되는군.]

카말라는 전화기를 들었다. 그녀를 도와줄 가장 강력한 조력자를 불러냈다.

[이제 더 이상 라탄의 일탈을 그대로 두고 볼 수 없어!]

카말라는 딱 잘라 선언했다.

[그 여자를 라탄에게서 떼낼 수 있다면 무슨 짓이든 다할 작정이

야. 그래서 너의 도움이 절실히 필요해.]

—[당연히 도와드려야지요. 마님께서 원하시는 일은 바로 제가 원하는 일이기도 합니다.]

수화기 안에서 가장 든든한 조력자의 목소리가 흘러나왔다. 언제나 침착하고 진중해서 더 믿음직스러웠다.

[좋아. 이곳의 일은 내가 처리할 테니 넌 네 일을 잘 처리하렴. 내가 널 믿어도 되겠지?]

그렇다는 확답을 받은 후에야 카말라는 수화기를 놓았다. 정말 오랜만에 속의 체기가 가신 것 같다.

그 여자를 잃게 되면 물론 아들은 한동안은 상심하겠지. 하지만 이내 잊을 것이다. 아무리 강한 것도 시간을 이길 수는 없다. 게다가 카말라는 그런 하찮은 여자 따윈 깡그리 잊을 수 있게 그보다 수백 배 아름답고 알뜰하고 착한 여자를 고르고 있는 중이었다. 신은 잘못 흘러가는 물길을 바로 잡을 의무와 권리를 그녀에게 주셨다.

[넌 아직도 그 애를 라탄에게서 떠나게 할 수 있다고 믿고 있니?]

일어서던 그녀는 너무 놀라 한 발 물러났다. 기척도 없이 마야가 뒤에 와 서 있었던 것이다.

[어머님!]

[하긴 넌 아직 네 아들을 잘 모르지. 어리석은 카말라.]

마야는 지금 암다바드의 원로들로부터 기별을 받은 직후였다. 다음 달에 라탄이 서린을 소개시키기 위해 찾아온다는 통보를 받았다는 것이다. 카말라에게 마음의 준비를 하라고 귀띔을 하러 나왔다가, 멍청한 결정을 내리고 있는 그녀를 보게 되었던 것이다.

[그런 말씀은 그만두세요. 이 세상에서 가장 제 아들을 잘 아는 사람은 바로 저예요.]

[과연 그럴까?]

마야가 수수께끼 같은 미소를 지었다.

[이 세상에서 유일하게 네 아들이 원하고 그 애를 달랠 수 있는 사람은 그 애뿐이란다. 넌 끝내 부인하겠지만 정직한 네 마음은 이미 알고 있어.]

[듣지 않겠어요, 어머님. 제가 할 일은 옳아요. 내 아들이 카르마도 가지지 못한 하찮은 외국인 따위와 혼약하는 망신을 절대로 당하지 않을 겁니다. 아무리 어머님이라 하셔도 저를 막을 순 없어요.]

난생처음 카말라는 마야 앞에서도 주눅 들지 않고 격렬하게 항의했다. 마야가 혀를 찼다.

[난 널 막지 않아, 카말라. 네 욕심 때문에 네 아들이 평생 안식을 찾지 못할 것이 안타까울 뿐이지.]

[라탄은 금세 잊을 거예요. 늘 그러했듯이 또 다른 여자를 찾을 겁니다. 그 애의 명예와 지위에 걸맞는 반려를 제가 찾아줄 겁니다.]

[부디 그러기를 나도 바란다. 어미인 네가 그 애를 떼내려는 음

모를 꾸미는 것을 라탄이 알지 못하도록 기도하마.]

[그럼 어머님께서는 라탄이 그 하찮은 여자를 반려로 맞는 일을 허락하시겠단 말씀이세요?]

[운명은 인간이 바꾸는 게 아니야. 대체 언제쯤이면 너도 순리라는 것을 알게 될까?]

카말라는 부들부들 떨며 마야가 기도원 쪽으로 사라지는 것을 노려보았다. 타다 가문으로 혼인해 온 지 벌써 오십 년, 단 한 번도 해보지 않은 일을 저지르고 말았다. 참지 못하고 그만 바락 소리 지르고 말았던 것이다.

[나이가 들어 총명이 흐려지셨으면 부디 수도에나 전념해 주세요. 손자의 체면을 망치는 일일랑 제발 삼가해 주시라구요!]

라탄은 누가 뭐래도 그녀가 배 아파 낳은 아들이 아닌가. 어머니를 존경하는 것은 바라트의 남자가 가진 의무. 카말라는 아들을 위해 절대적으로 옳은 일을 할 것이다. 결코 후회하지 않을 것이다. 라탄이 그 여자가 사라진 것을 알게 된 후 터뜨릴 분노와 좌절을 달래고 위로하는 것은 차후 문제였다.

기도원으로 걸어가며 마야 역시 혀를 차고 있었다.

[어리석은 카말라. 나이가 그만 하면 지혜도 좀 늘어나면 좋을 텐데. 어째서 내 눈에는 보이는 것이 그 애 눈에는 보이지 않는 걸까.]

[마님은 기어코 작은 마님을 내치시려는 거죠? 이젠 어쩌지요? 주인님께 미리 귀띔을 해두어야 하는 건 아닌지요?]

따라오던 트리샤가 근심스레 중얼거렸다. 마야는 고개를 가볍게 끄덕였다. 하녀의 의견을 내쳤다.

[내버려 둬. 그 애가 과연 제 남자를 얼마나 강하게 사랑하고 지키려는지 한번 두고 보자꾸나.]

[가엾어라. 작은 마님이 그 시련을 통과하실까요?]

[그거야 그 애의 의지겠지. 라단과 같이 살아야 하는 여자야. 만날 눈물이나 흘리고 뒤로 물러서고 약하게 굴어선 절대로 제 남자를 지키지 못해.]

[하지만 그런 분이라면요?]

[우리 가문의 커다란 불행이 될 테지. 라단이 없는 이 집안은 모래성처럼 무너지게 되어 있어. 버석한 모래알을 단단히 붙잡아주고 지탱해 주고 있는 물기가 바로 서린이지. 그런 것을 카말라가 알아주면 좋을 텐데……. 어리석어, 정말 어리석어. 제 배로 낳았으면서도, 아들을 너무 모른다니까.]

마야는 다시 혀를 찼다.

제9장

—닿을 수 있다면—

간디나가르. 밤 아홉 시 오십 분.

하루 종일 땡볕 아래에서 이리저리 먹이를 물고 왔다 갔다 하는 개미 한 마리가 된 기분이었다. 라탄은 차 안에 오르자마자 축 처진 채 시트 안에 파묻혔다.

손가락 끝으로 넥타이 매듭부터 느슨하게 만들었다. 와이셔츠 단추도 두 개쯤 풀었다. 아시프가 건네주는 냉수 잔을 받아 들었다. 단숨에 마셨다.

[아시프, 요즈음 날 너무 바쁘게 만드는 거 아냐?]

[이렇게 분주하게 일정을 잡으라고 명령하신 분은 바로 회장님이십니다. 정말 저도 좀 쉬고 싶습니다.]

어지간히 참을성이 많은 아시프조차도 버럭 화를 낼 정도였다.

[일 년 하는 일, 한 달에 몰아서 한다고 치자구요. 하지만 요즈음 회장님의 강행군은 십 년 할 일을 석 달 만에 끝내자는 것처럼 보입니다.]

[맞아. 십 년 치 일 미리 해두는 거야.]

[미리 일하시고 난 후, 남은 시간에 뭐 하시려고요?]

[린이랑 놀아야지.]

그들이 탄 차는 어느새 슬슬 움직이기 시작하고 있었다. 아시프가 노트북을 열고 일정표를 점검했다.

[샤리따 우디안 현장을 돌아보시고 난 후, 바로 대기 중인 헬기를 타고 공항으로 이동합니다. 도착 시간은 새벽 한 시 삼십 분. 일단 빌라로 들어가셔서 쉬신 다음에, 암스테르담으로 아침 여덟 시에 출발할 예정입니다. 공항까지는 일곱 시까지 도착 예정이니, 적어도 여섯 시엔 기상 부탁드립니다.]

[날 아예 죽여라!]

언제나 나른하고 느긋한 라탄이라지만, 거의 숨을 돌릴 틈도 없는 살인적인 스케줄 앞에서 솟구치는 짜증을 감추기 힘들었다. 그러거나 말거나 아시프의 표정은 변함이 없었다.

[이렇게 스케줄을 잡으라고 하신 분이 회장님이라니까요.]

[미쳤어! 내가 미친 게 분명해. 잘 놀기 전에 일 좀 미리 하겠다고 했더니, 아예 작정하고 뺑돌이를 시키는구만.]

라탄이 두 손으로 머리를 벅벅 긁었다. 발광이라도 하고 싶다. 후회하고 깊이 탄식했다. 아시프가 내미는 찬물 한 잔을 더 마셨다.

[샤리따 우디안 쪽에 내가 나타난다는 것을 아는 사람은 없지?]

[네. 회장님께서 사람들이 평소 일하는 그대로를 보고 싶다고 말씀하시지 않으셨습니까? 일부러 연락하지 않았습니다. 현재 제6공구 쪽 작업이 불철주야 계속되고 있다는 보고를 받은 바 있습니다.]

어지간한 강철 체력이라 하지만, 거의 쉴 틈 없는 강행군의 일정이었다. 지치는 것이 당연했다. 반쯤 눈을 감은 채 라탄이 고개만 가벼이 흔들었다.

잠시 차 안에는 침묵이 흘렀다. 아시프는 눈을 감은 채 반 잠이 들은 듯한 라탄을 물끄러미 바라보았다. 거의 연정에 가까운 다정함이 그의 눈에 스몄다. 차로 이동하는 동안 잠시라도 그가 쉴 수 있다면 다행이다. 아시프가 쿠션을 집어 들었다. 라탄이 좀 더 편안하게 휴식을 취할 수 있도록 목 아래에다 괴어주었다. 그리고 자신의 자리로 돌아와 노트북을 다시 들여다보았다.

[아시프.]

잠이 든 듯해 보이는 라탄의 입술이 열렸다. 아시프가 고개를 들어 그를 응시했다. 눈도 뜨지 않은 채 혼잣말처럼 중얼거렸다.

[베이벅 녀석, 정말 나 때문에 죽는다고 유서라도 쓴 거냐?]

[글쎄요…….]

[그 자식, 그렇게 용기있는 녀석은 아닐 텐데.]

[그런 말씀 마십시오. 나름대로 베이벅도 가슴이 아프다는 뜻을 회장님께 호소한 모양인데요.]

라탄이 픽 웃었다. 냉소였다. 이미 끝난 지 오래인 일탈의 바람. 사실상 그를 이용해서 그도 위로 올라간 것이 아닌가. 몇 년이나 지난 지금에야 새삼스레 사랑타령 따위라니. 지나가던 소가 웃을 일이었다.

[이상하잖아. 우리가 절연한 지가 언젠데. 그동안은 멀쩡하게 잘 살던 놈이 갑자기 그런 일을 한다는 게 웃기잖아. 어쩐지 그런 루머를 통해 누군가가 날 공격한다는 생각이 들어.]

[저런!]

아시프의 몸이 저절로 곧추세워졌다. 긴장이 서렸다.

[나야 전혀 상관없지만, 말이지. 내가 히즈라라는 소문이 퍼지면 싫든 좋든 가문에서는 체면 때문에 날 파문해야 해. 내가 사라지면 누구에게 좋은 일이 생길까?]

[깊이 조사해 보겠습니다.]

그때 차 시트 위에 놓인 라탄의 전화가 울렸다. 반사적으로 아시프의 손이 먼저 갔다. 전화를 받아 라탄에게 건네주었다.

[마님이십니다.]

그만 라탄의 입술 위로 싱긋 맑은 웃음이 맺혔다. 벌써 사흘이나 보지 못했다. 수화기를 통해 서린의 다정하고 맑은 목소리가 흘러나왔다. 한순간, 쌓였던 피로함이 싹 사라지는 기분이었다.

—[몸은 괜찮아요? 피곤하죠? 당신은 힘든데 나만 편안한 것 같아서 속상해.]

[늘 하는 일이야. 내가 고생해서 당신이 편안하다니, 남편으로서의 자부심이 회복되는군. 오늘은 뭐 하고 지냈어?]

플루트를 두 시간 불었고, 병원으로 봉사활동 하러 다녀왔고, 하녀들과 방 배치를 다시 했고, 델리의 마야와 통화도 했고……. 그가 없는 사이, 어떻게 지내는지 아주 자잘한 것까지 궁금해한다는 것을 알고 있나 보다. 서린이 어린 새처럼 조잘거렸다.

[도착했습니다.]

차가 멎었고, 아시프가 먼저 나가 차 문을 열어주었다. 차에서 내리며 라탄은 휴대전화를 다른 귀 쪽으로 옮겼다.

[착해, 당신. 나 없어도 잘 지내고 있군. 한결 안심이 되는 것 같아. 새벽에 돌아가. 기다려 줄 거야?]

—[당연하죠. 우린 며칠이나 떨어져 있었잖아요.]

서린이 잠시 머뭇거렸다. 나직하게 속삭였다. 그리워하는 마음이 그대로 보였다. 가슴이 뻐근할 정도였다.

—[보고 싶어요, 라탄. 아주 많이.]

[난 열배백배야, 마님.]

네가 날 그리워하는 것보다 더 많이 내가 널 그리워해. 보고 싶어. 함께이고 싶어. 몇 주만 더 고생하면 우린 내내 함께 있을 수 있어. 그것 때문에 내가 이렇게 몰아치듯 움직이고 있는 거니까.

—[고생해 줘요. 기다릴게요. 참, 어쩐지 나…… 느낌이 별로 좋지 않아. 몸조심하겠다고 약속해 줘요.]

[저런, 내 머리 위로 돌멩이가 하나 떨어지는 모양이로군. 알았어, 조심할게. 사랑해.]

대답 대신 수화기에서 살짝 키스해 주는 소리가 스며 나왔다. 라탄의 입술이 한결 더 위로 치켜 올라갔다. 늘 수줍어하고 사랑 표현에는 인색한 서린이 이 정도로 정직하게 표현해 주다니. 심장 안쪽이 발갛게 달아오르는 느낌이었다. 휴대전화를 주머니에 집어넣으며 그는 홀로 씩 웃었다.

사리따 우디안 공사 현장은 늦은 밤 시간임에도 불구하고 여전히 대낮처럼 환했다. 굴착기 소리와 망치질 소리가 쉽없이 들려오고 있었다. 낮인 양 조명등이 밝게 켜진 현장에는 인부들이 새카만 개미 떼처럼 부지런히 움직이고 있었다.

이곳의 사업을 전담하고 있는 건설 쪽 관계자 두 명이 기다리고 있다가 아시프와 라탄을 맞이했다. 청사진을 펴놓고는 어느 정도의 공기가 남았고, 현재 상황은 어떠하다고 주르르 설명을 했다. 눈으로 보아도 공사 현장은 활기찼고, 민활하게 움직이고 있었다. 적어도 첫째 고모부는 멍청한 하잘처럼 넋을 놓고 딴짓이나 하면서 사업을 내팽개쳐 두고는 있지 않다는 것을 확인한 셈이다.

[현장이 제대로 돌아간다는 느낌이 들어 흡족하군. 책임감을 가지고 끝까지 수고해 주게.]

라탄은 현장책임자에게 악수를 청했다.

[이곳에 온 김에 그저 잠시 들러 확인을 하고 싶었던 것뿐이니까. 다음에 보지.]

인부들 몇 명들과도 악수를 하고 막 돌아서던 순간이었다. 미처 생각할 여유도 없었다. 배웅하느라 모여든 인부들 사이에서 갑자기 검은 그림자 하나가 튀어나왔다. 라탄을 향해 무작정 덤벼들었다.

[조심하십시오!]

조명등 아래 칼날의 빛이 새파랗게 번쩍이고 있었다. 누가 말릴 사이도 없었다. 심지어 라탄 자신조차 이런 곳에서 이런 식으로 어이없이 누군가에게 공격당할 거라는 생각은 추호도 하지 않았다. 거의 완전히 무방비한 상태에서 당하게 된 위해였다.

와이셔츠를 뚫고 날카로운 칼날이 허리에 박힐 찰나였다. 라탄은 그때 무모하게도 자신을 공격하는 자의 얼굴을 분명히 보았다. 경악의 신음 소리가 새어나왔다.

[모함…… 다스?]

눈에 보이지는 않지만 언제나 그를 둘러싼 경호원들의 존재를 알지 못한 멍청하고 비겁한 모함다스 녀석. 목적을 달성할 수 있을 거라 예상하고 의기양양했을 테지만, 그로부터 일 초 후에 경호원들의 총에 맞아 바닥에 꼬꾸라지고 말았다. 너 죽고 나 죽자 식으로 미쳐 버렸을 때는 이판사판 작정하고 덤볐을 텐데, 칼 하나도 제대로 휘두르지 못했다. 기껏 칼날이 옷자락을 뚫고 피부를 약간 스친 정도였다.

어리석은 놈. 이런 일도 제대로 하지 못하는 놈이라니. 라탄은 실소를 할 수밖에 없었다.

간단한 응급조치만으로도 충분한 가벼운 해프닝이었다. 돌발적인 공격이었지만 머리 위로 돌멩이 하나 떨어진 것과 진배없는 일. 정말 예사로운, 사고라고도 말할 수 없을 정도로 사소한 일이었다. 별다른 일 없이 수습되었다.

공격당한 당사자인 라탄은 태연한데, 대신 아시프가 새파랗게 질려 있었다. 보기에도 안타까울 지경이었다.

[용서해 주십시오. 회장님, 용서해 주십시오! 제가 회장님을 지키지 못했습니다.]

라탄은 괜찮다고 하는데, 아시프는 땅에 닿도록 고개를 숙인 채 몇 번이고, 몇 번이고 사죄했다.

[그만 해, 기껏 스친 정도잖아. 대체 네가 왜 사과하는 거야?]

[죄송합니다. 회장님의 일정과 행선지를 아는 사람은 저뿐입니다. 그런데 어떻게 모함다스가 이곳에 나타난 건지 알 수가 없습니다. 경호에 큰 구멍이 뚫린 겁니다! 절대로 있을 수 없는 일입니다. 죄송합니다.]

헬기에 올라탄 후, 라탄은 한 손으로 턱을 문질렀다.

[그렇군. 좁쌀만한 심장쪼가리를 가진 놈이지. 약한 여자나 팰 줄 아는 개자식이 단독으로 이런 짓을 저지를 용기는 없을 테지. 내가 간디나가르에 간다는 것을 다른 사람에게 말한 적 있어?]

[마님 말고는……. 아, 그렇군요. 마하라니님께서 암다바드에 마님을 모시고 간다는 게 사실이냐고 전화를 하신 적이 있습니다. 간디나가르 출장 동안 집안어르신들을 만난다고 말씀드렸습니다.]

[할머님이 아신다……?]

라탄은 차창 밖으로 시선을 돌렸다. 검은 눈동자 속에 차가운 빛이 번뜩였다. 어쩐지 집안의 검은 양들이 힘을 합쳐 그를 물어뜯으려고 한다는 생각이 드는 순간이었다. 마야가 알고 있다면, 만날 그녀의 곁에 붙어 속살거리는 빈다 고모도 알고 있다는 뜻이었다.

[하잘과 모함다스가 손을 잡을 가능성은?]

아시프의 얼굴이 이젠 푸른 치즈처럼 새파랗게 변했다.

[하잘님? 까맣게 잊고 있었습니다.]

[흠, 그림이 보이기 시작하는군. 베이벅의 기사가 제일 크게 난 게 12)Afternoon Despatch & Courier였지? 그 신문사 사장이 하잘과 친하다고 알고 있어. 좋아, 이 정도면 누가 보아도 뻔한 일이로군.]

아시프와 라탄의 눈빛이 마주쳤다.

---

12)Afternoon Despatch & Courier: 뭄바이에서 발행되는 대표적인 일간신문

[검은 양들을 진짜 정리해야 할 때가 온 것 같은데?]

[알겠습니다. 맡겨주십시오.]

새벽 두 시 반.

라탄이 침실 문을 열었을 때, 힌디어를 가르치는 어학학습기가 혼자서 떠들고 있었다.

탁자에 회화 책을 펴놓은 서린은 소파 등받이에 머리를 기댄 채 잠들어 있었다. 아마도 그가 돌아오기를 지금껏 기다린 모양이다. 몰려든 졸음을 이기지 못해 소파에 앉은 채 잠이 들어버린 것이다. 앞에 선 그가 한참 동안 내려다보고 있었어도, 그러한 인기척을 느끼지 못할 만큼 잠에 푹 취해 있었다.

라탄은 살며시 서린을 안아 침대 위로 옮겼다.

[으음…… 라탄……? 자기예요?]

서린이 돌아누우며, 검은 실루엣으로 침대에 앉아 있는 그를 불렀다. 여전히 잠에 반 취한 목소리였다. 라탄은 연인의 하얀 이마에 꿈결같이 키스해 주었다.

[푹 자. 괜찮아.]

[……기다리려고 했는데……. 미안해요. 병원에서 아기들…… 목욕시켰어요. 아기가 네 명이나 태어났어. 너무 예뻐요. 하지만…… 아, 정말 힘들었어요.]

라탄은 빙그레 미소 지었다. 매일 오후마다 시립병원에서 어린 환자들을 돌보는 봉사활동을 나가는 일에 서린은 가장 큰 보람과 자부심을 느끼고 있었다. 라탄은 왜 그리도 그녀가 자신의 일을, 자기만의 세상을 갖고 싶어했는지 조금은 알 것도 같았다. 그가 아무리 신경 쓴다 해도 때때로 지금처럼 그녀가 홀로 지내야 하는 날이 많이 생길 것이다. 어쩔 수가 없다. 그럴 때 힘차게 스스로의 삶을 꾸려가야 할 지혜로운 방법을 그녀는 벌써 터득한 셈이다.

라탄은 옷을 입은 그대로 서린을 안은 채 침대에 누웠다. 아기를 재우듯이 등을 토닥거렸다.

[그래, 힘들 거야. 잘 자. 미안. 새벽 일찍 암스테르담으로 떠나야 해.]

[응, 그래요……? 언제 돌아와요?]

[잘되면 일주일 후쯤. 안 되면 나도 몰라. 마지막 협상이 기다리고 있어. 너에게 연락도 제대로 못할지도 몰라. 섭섭해하지 마.]

[바쁜 거 알아요. 용서할게요. 열심히 일하고 와요. 많이 졸려요.]

[알았어, 푹 자. 내가 돌아오면 암바다드의 집안어른들에게 인사드리러 가자.]

음, 하고 대답하는 서린의 입술에 달빛 같은 미소가 어렸다. 인도 남자가, 집안어른들에게 인사드리러 가자는 말을 한 것은 청혼이나 다름없다. 사랑하는 남자가 청혼을 하는데, 잠들어 버리는 여자라니. 라탄은 이마로 서린의 볼을 비볐다.

[내 청혼을 무시했으니 나중에 복수해 줄 테야, 공주님.]

곤히 잠들어 버린 서린을 다시 깨우기 싫었다. 라탄은 조용히 몸을 일으켜 자신의 방으로 돌아가려 했다. 막 문을 여는데 등 뒤에서 가냘픈 목소리가 그를 불렀다.

[라탄.]

[음?]

라탄은 돌아섰다. 달빛이 새어든 그 자리, 침대에서 몸을 반 일으킨 그림자가 그가 선 문 쪽을 바라보고 있었다.

[내가 졸려서…… 생각해 보니까, 당신더러…… 몸 건강하게 잘 다녀오란 인사를 안 했어요.]

[그래, 잘 다녀올게.]

[힘내요. 잘하고 돌아와요. 라탄, 언제나 당신을 위해 기도할게요.]

한동안 헤어져 있어야 한다. 하지만 네가 언제나 날 기다려 줄 테니까. 서린의 마지막 인사를 듣고는 흡족한 마음으로 라탄은 미소 지었다. 살짝 문을 닫았다.

라탄이 떠난 지 이틀째 되는 날이다. 어지간히도 바쁘고 분주한 일정인지, 암스테르담에 도착했다는 전화를 받은 이후로는 그의 목소리를 듣지 못했다. 서린은 그가 뭄바이로 돌아오기까지, 무소식이 희소식이라는 것을 믿기로 했다.

서린이 청바지에 간편한 티셔츠만 걸치고 문을 나서니, 조르르 데르다가 달려왔다.

[어디 나가세요? 저도 같이 가요?]

[아니, 오늘은 나 혼자 다녀올게. 자잘한 쇼핑을 좀 하고 싶어서 그래.]

말은 그리했지만, 사실은 쇼핑다운 쇼핑을 하러 가는 것도 아니다. 차에 탄 후 서린은 기사에게 부탁했다.

[타지마할 호텔로 갈 거예요.]

타지마할 호텔에 도착하자, 전통 의상을 차려입은 도어맨이 서둘러 문을 열어주었다. 서린은 망설이지 않고 식료품점으로 걸어갔다.

[일주일 전에 미리 주문했는데요. 한국 식료품을 찾으러 왔어요.]

서린은 직원이 내어준 꾸러미를 열어 하나하나 꼼꼼히 살폈다. 인도에서는 구하기 힘든 곶감. 대추. 마른 고사리. 마른 도라지. 봉지김치……. 내일이 어머니 기일(忌日)이다. 서린은 미소 지으며 카드를 내밀었다.

[필요한 건 다 왔네요. 고마워요.]

이제 백화점에 들러 한국 배와 사과 등속만 사면 될 것 같다. 로비로 나가니, 운전기사가 다소 난처한 표정으로 그녀를 기다리고 있었다.

[마님, 델리의 큰마님께서 뭄바이로 오셨답니다. 이곳으로 오고 계신답니다.]

[카말라님이? 왜 집으로 가시지 않고 이리로 온다는 거죠?]

[다른 사람의 눈이 없는 곳에서 마님과 조용히 이야기를 나누고 싶다고 하시는군요. 이곳에서 기다려 달라고 부탁하셨습니다.]

왜 갑자기 카말라가 그녀를 만나러 온다는 건가. 그것도 라탄이 오래도록 인도를 비운 이때에.

서린은 한숨을 쉬었다. 그녀는 멍청한 바보가 아니다. 이미 한번 호되게 카말라에게 당한 적이 있다. 어떤 이야기를 하기 위해 이곳에 찾아오는 것인지 대강 짐작할 수 있었다.

차라리 라탄이 죽은 약혼자 현조처럼 마냥 평범한 사람이었다면 얼마나 좋을까. 이렇게 가슴 콩닥이고, 불안해하고, 스스로에게 비참하고, 화가 나는 일은 적었을 텐데. 사랑하는 남자를 만나기 위해, 그와 함께하기 위해 넘고 넘어야 하는 산은 참으로 많았다.

한 십여 분 기다리니, 회녹색 벤츠가 호텔 로비 앞에 나타났다. 도어맨이 문을 열어주자 두르가가 나타났다.

[타시지요. 공항까지 가시면서 이야기를 나누자고 하십니다.]

서린은 그녀를 태우고 온 운전기사더러 이곳에서 대기하라고 부탁하고는 카말라의 벤츠에 올라탔다.

고급스러운 사리를 차려입고 온갖 황금빛 장신구로 치장한 카말라의 모습은 귀부인으로서의 위엄이 넘치고 있었다. 하지만 서린을 바라보는 눈빛은 결코 따뜻하지 않았다. 자꾸만 주눅들게 만들었다. 인사도 하지 않는다. 자리에 앉는 서린더러 다

짜고짜 쏘아붙였다.

[그래. 뭄바이에서 라탄과 즐거운가요?]

어쩌면 비웃음 같고 어쩌면 또 신랄한 힐난처럼 들렸다. 서린은 자신도 모르게 시선을 떨어뜨리고 말았다.

[우린 서로…… 많이 배려하고 이해하려고 노력합니다. 살아가는 일이 언제나 즐거울 순 없지만, 가능한 한 그를 행복하게 해주려고 노력해요.]

서린의 조심스러운 말 따윈 전혀 들을 생각이 없는 거다. 되받아치는 카말라의 목소리는 차디차기만 했다.

[내가 왜 여기까지 달려온 줄 알아요? 라탄은 며칠 전 일방적으로 서린 양과의 결혼을 통보했습니다. 알고 있나요?]

그런 말을 한 적은 없다. 다만 돌아오면 암바다드의 집안어른들에게 인사드리러 가자고 말했던 것이 꿈속의 이야기처럼 가물가물 떠올랐을 뿐이다. 서린은 침묵했다.

[나는 라탄을 낳은 어미야. 당연히 물을 권리가 있다고 생각해요. 그래, 두 사람의 생각이 같은가요? 서린 양도 내 아들과 결혼하기를 원해요?]

[……잘 모르겠습니다.]

서린은 잠시 망설였다. 정직하게 대답했다.

사랑하는 그 사람. 오래도록 기다려온 운명의 사람. 영혼으로 묶여진 짝. 피하고 도망치고 잘라도 보았지만, 그런 것은 가능하지 않았다. 라탄의 말대로 그들은, '만나고 또 만나고 다시 또 만나게 될 운명. 둘이 죽을 때까지 멈추지 못하는' 굴레에 묶여 있었다.

아그니 신의 불 앞에서 같이 쌀을 던진 것이 결혼식이라며 그는 서린을 두고 아내라고 말하지만, 그건 둘만의 비밀스런 언약일 뿐. 이 세상 그 누구도 두 사람을 결혼한 부부로 생각지 않는다. 지금 카말라처럼.

그들의 관계가 앞으로 어떻게 될지 알 수가 없었다. 그러나 서린은 이 세상을 향해 있는 힘을 다해 소리치고 싶었다.

그 사람과 결혼하고 싶어요. 명실상부한 아내가 되고 싶어요. 그의 아이를 낳고 일생을 같이 살고 싶어요, 가능하다면. 이제 다신 사랑하는 사람과 이별하거나 헤어지고 싶지 않아요. 그 사람은 내게 남은 마지막 삶의 선물이에요. 그러니 제발 그 사람을 빼앗지 마세요. 전 그 사람 말고는 아무도 없어요.

그러나 그 모든 것은 심장 속에서만 울려 퍼지는 공허한 메아리였다.

[서린 양도 스스로의 처지를 잘 알고 있으니 그런 대답을 하는 거겠죠? 다행이네, 그럼 얘기가 쉽겠어요. 난 절대로 이 결혼 찬성할 수 없습니다.]

너무나 이성적이고 고상한 어조로 카말라는 서린에게 대못을 박았다.

[내가 예전에 카스트가 없는 외국인인 서린 양은 내 아들의 아내가 될 자격 자체가 없다고 말했지요? 게다가 당신은 다우리

를 치를 능력도 없을 텐데? 공식적으로 사라졌다고는 하지만 다우리는 여인에게 있어 반드시 지켜야 할 전통이자 명예야.]

[지참금을…… 명예라고 하시다니, 그건 좀 어폐가…….]

21세기를 사는 사람으로 도저히 이해하지 못할 이야기이다. 서린은 소극적이나마 반박하려 했다.

[당신은 외국인이니까, 우리들의 사고방식과 행동방식을 이해하지 못한다고 했지요. 우리나라 여자들에게 있어 다우리는 자신의 가치를 증명하는 방법이에요.]

딱 잘라 내뱉는 카말라의 말 앞에서 감히 토를 달 수조차 없었다. 언젠가 하리잔의 문제로 라탄과 대화를 나눌 적에 느낀 감정 그대로였다. 같은 세상에 살지만 완전히 다른 인종인 거다. 천만 광년이나 떨어진 이질적인 존재로 느껴졌다.

하지만 카말라의 이야기가 과장이 아니라는 것이 문제였다. 적어도 인도의 남자와 인도에 사는 한은 그렇다.

최상류층인 라탄의 누이조차 그러한 다우리의 희생물로서 끔찍한 폭행을 당하고 살았을 정도라고 했지. 누이의 문제로 인해 괴로워하던 그 사람의 얼굴이 얼마나 슬펐는지 그 자신은 모르리라. 인도에서의 다우리 문제는 현실 그 이상의 엄청난 힘을 가진 필수 강제사항이었다. 피할 수 없고, 뛰어넘을 수도 없고, 타협도 할 수 없는 엄혹한 현실이었다.

카말라가 자부심에 가득 찬 얼굴로 의기양양하게 내뱉었다.

[세상을 전부 가진 내 아들이야. 참고로 난 내 남편과 결혼할

때, 주(州) 하나만큼의 토지를 다우리로 가져왔어요. 내 가족들과 친척들과 친구들이 내게 보내는 선물을 보관하기 위해 남편이 새 창고를 지어야 할 정도였지. 긍지 높은 내 아들의 신붓감은 마땅히 그보다 더해야만 해요. 서린 양은 그걸 가지고 올 수 있어요?]

서린이 만약 굴욕을 무릅쓰고 다우리를 내놓아야만 한다면 기껏 서울의 아파트를 처분하고 남은 돈, 그것이 전부였다. 시티 은행에 넣어둔 그녀의 재산 정도라면 라탄의 양복이나 신발 한 켤레 정도는 살 수 있을 것이다. 초라하다고도 가난하다고 생각한 적은 없었다. 하지만 카말라의 말은 서린의 위치를 적나라하게 인식하게 해주었다. 어떤 상황이 되더라도 그녀는 라탄과 정당한 결혼을 할 수 없다는 것.

[하지만 우린 이미 아그니 신 앞에서 맹세했어요.]

서린은 중얼거렸다. 고이는 눈물을 억지로 참으며 강하게 주장했다.

[죄송해요, 부인. 저희더러 결혼할 수 없다고 말씀하시지만 우린, 벌써 결혼해 버렸는걸요.]

[말도 안 돼.]

카말라의 얼굴이 창백해졌다. 강하게 소리쳤다.

[거짓말하지 말아요! 라탄은 내게 그런 말을 하지 않았어.]

[제가 공작궁에 간 첫날, 할머님이 아그니 신의 화로 앞에서 우리 두 사람의 옷자락을 묶어주셨어요.]

[맙소사!]

카말라의 얼굴이 일그러졌다. 충격을 받은 것이 분명했다.

[라탄이 부인께 요청한 결혼은 인간의 법률과 관습에 따른 결혼이지요. 하지만…… 죄송해요, 부인. 무어라고 말씀하셔도, 전 이미 그 사람의 아내예요.]

서린은 단호하게 대꾸했다. 아무것도 가진 것 없어 초라하고 비참했고, 카말라의 눈빛이 무서웠다. 그러나 비겁하게 도망만 갈 수는 없었다. 운명 같은 사랑을 거부하고 없던 일로 할 수는 없었다.

[난 라탄의 행복을 누구보다 바라요. 그 누구도 내 아들이 행복해지는 것을 방해할 순 없어.]

카말라가 딱 잘라 말했다. 반드시 그렇게 만들고야 말겠다는 결의로 가득 차 있었다.

[그 애는 정말 서린 양을 원하고 있어. 나도 알아. 하지만 내 아들이 당신과 결혼함으로 당하게 될 많은 비난과 모욕과 곤란을 막아줄 의무가 나에게는 있어요. 무슨 말인지 이해하겠어요? 차라리 그 애의 정부로 살아요. 그건 막지 않겠어. 정숙하고 고상한 인도인 아내, 아름답고 사랑스러운 애인. 그 애도 더 이상은 바랄 것이 없을 거야.]

서린은 치맛자락 위에 떨어진 손을 내려다보았다. 아무리 태연하려 해도 마음과는 달리 정직한 손이 홀로 바들바들 떨리고 있었다.

그녀가 아는 한, 라탄은 명예와 긍지를 아는 사람이었다. 신 앞에 맹세한 아내를 두고서, 다른 여자와 눈속임뿐인 결혼을 할 사람이 아니다. 정식으로 결혼을 하지 못한다면, 그는 아마 평생 결혼하지 않겠다고 말하겠지. 그는 인간의 관습 따윈 이미 벗어난 사람이니까.

[……서린 양이 떠나줘요.]

카말라가 나지막하게 통보했다.

[당신의 존재가 평생 동안 그 애의 걸림돌이 될 거라는 건 불 보듯이 뻔해. 당신도 사랑하는 남자의 방해물이 되는 건 바라지 않을 텐데?]

[부인, 저는, 저는…… 지금은 떠날 수 없어요. 적어도 라탄이 돌아오기 전까지는요. 헤어진다 해도 그가 돌아온 다음 우리 둘이 결정할 문제이지, 부인의 강요로 일방적으로 떠날 수는 없어요.]

서린은 고개를 흔들었다. 바들바들 떨면서도, 강하게 주장했다.

[제가 떠나면 당장 라탄이 알게 될 거예요. 게다가 전 그에게 말없이 떠나지 않겠다고 약속했어요. 그런 잔인한 짓을 그에게 할 수 없어요.]

[당신이 라탄 곁에 붙어 있는 게 정말 잔인한 짓이라는 걸 몇 번이나 말해야 해?]

고상하고 우아하던 카말라의 얼굴이 일그러졌다. 손바닥으로 들고 있던 핸드백을 내려쳤다. 마치 서린의 뺨이라도 후려갈기는 듯한 동작이었다.

[사랑한다면서! 그런데 그 애의 명예를 땅에 떨어뜨리는 짓을 하고 있단 말인가? 그런 게 당신의 사랑인가?]

분함을 참을 수 없다는 듯, 카말라가 서린의 핸드백을 낚아챘다. 그 안에 든 휴대전화를 들어 채 말릴 사이도 없이 차창 밖으로 던져 버렸다. 도로 한복판에 내던져진 휴대전화는 이내 달려온 트럭 아래 깔려 산산조각 부서져 버렸다. 라탄과 서린을 연결하는 끈이 보란 듯이 잘라졌다. 분을 참지 못한 듯, 심지어 서린이 어렵사리 구한 제수 꾸러미를 발로 걷어차기까지 했다.

카말라가 무참해서 어찌할 바를 모르는 서린을 오만하게 노려보았다.

[정말 진실한 속마음을 이야기할까? 난 당신이 내 아들 곁에 있는 것조차 치가 떨려. 무슨 권리로 무슨 자격으로 그 애에게 달라붙어 떨어지지 않으려는 거야? 대체 뭘 원하는 거지?]

그렇지 않다고 항변하고 싶었지만 말이 나오지 않았다. 서린은 그만 입을 틀어막았다. 마지막 자존심까지 짓뭉개며 그녀를 밀어내는 사람 앞에서 울음소리를 낼 수는 없었다. 그러나 저절로 눈물이 복받쳐 고개를 숙일 수밖에 없었다. 볼을 타고 허락하지 않은 눈물이 뚝뚝 떨어졌다. 치맛자락에 얼룩을 남겼다. 서린은 황급히 손가락으로 치마에 박힌 눈물의 얼룩을 문질렀다.

처음에는 아버지, 그 다음에는 어머니. 그 다음은 현조와 명윤이 그녀 곁을 떠났다. 소중한 사람들을 하나하나 잃어가면서 어느덧 가슴에 굳은살이 박혀 버렸다고 믿었다. 어떤 일을 당하든지 이제 상처 따위는 만들어지지 않을 거라고, 아프지 않을 거라고 생각했다.

그러나 그녀는 틀렸다. 이날의 상처는 더 깊고 더 고통스러웠다. 왜냐하면 그녀에게 남은 마지막 삶의 이유에 대한 것이었기 때문이다. 그녀가 살아 있는 유일한 이유. 그녀를 살게 하는 사람. 유일하게 사랑하는 존재에 관련된 일이었기 때문이다.

라탄의 일은 서린에게 있어 가장 유약한 부분이었고, 가장 취약한 부분이었다. 절대적이고 간절하고 유일무이하기에, 누군가가 건드리고 자극하면 가장 아파지는 것이었다.

[부인, 전…… 정말 라탄을 사랑합니다. 그의 곁에 머물고 싶어요. 어떤 이름으로든 상관없어요. 원하신다면 정부(情婦), 도 좋고…… 그의 신발 닦는 하녀도 상관없습니다. 그 사람 말고는 제게 소중한 건 없어요. 아무것도 바라지 않아요. 제발…….]

[정말로 말이 통하지 않는군. 두르가!]

조수석에 석상처럼 앉아 있던 하녀가 돌아보았다.

[더 이상 이 여자와 이야기를 나눌 필요가 없군. 차 세워요.]

로봇처럼 운전기사가 인도 옆에다 차를 세웠다. 사전 약속이라도 된 것일까? 두르가가 내려, 택시를 잡았다. 카말라가 오만하게 서린을 돌아보았다.

[어디로든 가버려요. 절대로 돌아오지 말아. 만약 당신이 내 아들 곁에 다시 돌아온다면, 난 무슨 짓을 할지 몰라. 기분 같아서는 쥐도 새도 모르게 널 죽여 버리고 싶을 정도야.]

[부인, 이러지 마세요. 전 갈 수 없어요. 라탄에게 약속했어요. 그를 버리지 않겠다고 맹세했어요. 전, 그 사람 곁에 있을 거예요.]

[부디 내 눈에 뜨이지 않도록 조심해요. 난 내 아들을 위해 그 어떤 더럽고 치사한 짓도 다 할 작정이야. 당신은 내 아들을 위해 무엇을 해줄 수 있지? 스스로를 준엄하게 돌아보기를 바라.]

그 말을 끝으로 카말라가 바람 소리 나게 문을 열고 차에서 내렸다. 힌디어로 빠르게 무어라 운전기사에게 명령했다. 아마도 멀디먼 곳으로, 다시는 라탄을 만날 수 없는 곳으로 서린을 싣고 사라지라는 명령이겠지.

눈앞에서 카말라와 두르가가 택시를 타고 떠나 버렸다. 서린이 홀로 탄 벤츠도 움직이기 시작했다. 어디로 가는지는 신만이 아시겠지.

서린은 두 손으로 얼굴을 가렸다. 손가락 사이로 눈물이 흘러내렸다.

자신에게 라탄은 얼마나 큰 존재인가. 삶의 전부. 생의 이유. 반대로 라탄에게 자신은 얼마나 작고 보잘것없는 존재인가. 먼지 한 톨만도 못한 것. 그의 어머니를 통해 다시 한 번 자신의 자리를 바라보게 되었다,

아그니 신 앞에서 한 혼약은 누구도 깰 수 없다. 그녀의 진정한 슬픔은 그러한 사슬이 그녀에게도 그 남자에게도 전혀 도움이 되지 않는다는 사실이었다.

왜, 왜?

미친 사람처럼 울부짖고 싶었다.

차창을 타고 가득히 낯선 노을이 떨어지고 있었다.

작은 가슴이 슬픔의 소용돌이로 가득 차 걷잡을 수 없이 터지고 있었다. 어째서 그 사람 곁에 있으면 안 되는 건데? 어째서 그를 사랑하면 안 되는 건데?

폭풍처럼 그가 그녀의 인생에 등장한 것이 불과 일 년 전이다. 하지만 그를 만난 이후, 서린은 평생 겪을 경험과 감정을 모두 겪어보았다. 깊은 슬픔과 고통, 애잔함과 희망과 절망, 뜨거운 욕망과 가없는 갈망까지도. 이제 와서 그를 잃을 순 없어. 평생 그를 잃은 슬픔과 함께하지 못하는 아픔으로 밑바닥도 없는 심연 안에서 작은 게처럼 기어다녀야 할 뿐.

그를 만나게 해준 것은 운명이었다. 하지만 그 운명이 그녀에게서 그를 빼앗을 만큼 잔인하기도 하다는 것을 이제야 알았다. 결혼식 직전에 현조를 빼앗아간 운명인데, 지금에서야 굳이 너그러울 이유는 없지. 이제는 라탄마저 잃어야 하는 건가. 운명이 그녀에게 요구하는 건 바로 그것인가.

떠날 수 있을까. 우린 헤어질 수 있을까. 다정하고 아름다운 그 사람을 감히 떠나, 살아갈 수 있을까. 그 사람 품이 아니면

이 세상 어디에도 갈 데 없는 운명인데. 마음 붙일 곳도 없고, 행복할 수 없는 그녀는 어떻게 하면 좋을까?

서린은 두 손으로 입을 막았다. 마지막 자존심을 지키고 싶었다. 누구에게도 비통하게 오열하는 나약한 모습을 더 이상은 보여주고 싶지 않았다. 손등을 세게 깨물었다. 깊은 이 자국이 손등에 가득 남았다.

몇 시간 후, 서린은 이곳이 대체 어딘지 방향도 알 수 없고, 위치도 알 수 없는 낯선 들판에 홀로 떨어졌다. 카말라의 운전기사는 어찌할 바를 모르는 서린을 낯선 곳에 유기하는 일에 대해 그다지 큰 죄책감을 느끼고 있는 것처럼은 보이지 않았다. 묵묵히 자신이 명령받은 일을 해치웠을 뿐이다. 벤츠는 먼지를 날리며 이내 지평선 너머로 사려졌고, 그렇게 서린은 지금의 상황에서는 전혀 도움이 되지 않는 마른 고사리며 곶감이 든 제수 꾸러미와 지갑 하나 달랑 든 핸드백을 들고 막막한 들판에 버려졌다.

돌아갈 테야.

서린은 어두워져 가는 하늘을 바라보며 입술을 꼭 깨물었다. 묻고 물어서라도, 걷고 걸어서라도 다시 돌아갈 거다.

카말라는 자신의 협박이 서린의 의지를 부러뜨렸을 거라고 생각했겠지만 그거야말로 난센스이다. 달리 '의지의 한국 여자'라 할까? 라탄의 곁으로 다시 돌아가 카말라의 또 다른 보복이나 박해를 받게 된다 해도 서린은 반드시 돌아가야만 했다. 그러기로 했으니까. 다시는 그에게서 떠나지 않겠다고 약속했으니까. 삶이 다하는 날까지 그 남자 곁에 머물기로 했으니까.

정말로 그 남자가 가족들의 기대나 어머니의 뜻을 이기지 못해, 또한 지금 가진 것을 지키기 위해 그녀와 헤어지기로 결정한다면, 헤어지는 것은 그때의 일. 하지만 지금 이런 식으로 강제로 무책임하게 이별할 수는 없다.

그 남자는 서린의 살아 있는 이유 전부였다. 그를 잃는 것은 그녀의 삶 모두를 잃는 것이기도 했다. 그와 함께여야 하는 운명이라면 이런 식으로 그녀를 그에게서 떼어낼 순 없어!

위험한 줄은 알았지만 서린은 장거리 버스 스탠드를 찾기 위해서 발이 부르트도록 걸었다. 기어코 도로로 나가 히치하이킹까지 시도했다. 드문드문 낙타가 끄는 수레가 지나가고, 알록달록 요란한 치장을 한 트럭들이 질주하고, 하얀 칠을 한 관광버스가 지나간다. 거의 삼십 분을 도로에 내려 손을 흔들어댔던 것 같다. 털털거리는 낡은 버스가 섰다. 반 영어, 반 손짓발짓으로 말하고자 하는 바를 설명하려 애를 썼다.

[뭄바이로 갈 건데요. 어디든지 좋으니 장거리 버스 스탠드로 내려주세요.]

어찌 되었거나 '뭄바이', '버스 스탠드'는 알아들은 눈치였다. 시크교도인지 터번을 쓰고 시커먼 턱수염을 기른 운전기사가 시원스럽게 오케이를 외쳤다.

서린은 꾸러미와 핸드백을 보물처럼 끌어안고 발 디딜 틈도 없는 만원 완행버스 안에 간신히 올라탔다. 사리를 입은 여인네들, 허름한 차림의 눈빛 새카만 남자들, 닭과 오리와 야채가 든 바구니들. 슬리퍼 안에 때 묻은 발가락을 끼워 넣고 까딱거리는 학생들. 이가 빠져 검게 보이는 입을 헤 벌린 채 도무지 이런 곳에 어울리지 않는 몰골을 한 이방인 여자를 구경하기에 바쁜 노인들 사이에 낀 채 어두워져 가는 도로를 달려갔다.

한 시간 이상을 달린 완행버스가 멎었다. 낯선 마을버스 정류장에 멎었다. 초라한 알전구 하나가 버스 노선 안내판이 붙어 있었다. 인도는 날이 더워 주로 밤에 다니는 버스노선이 많다더니, 밤이 깊은 그 시간에도 사람들이 제법 올망졸망 모여 있었다. 담배가게와 복권판매대와 신문잡지 가판대와 기름에 튀기는 음식 장수와 숯불 위에다 거대한 솥을 걸어놓고 땅콩을 볶는 사내와 시든 야채를 파는 장사치들이 모여 제법 번화한 버스 정류장이었다.

[버스 스탠드, 여기. 오케이? 뭄바이. 저기.]

친절하게 운전기사가 단어로, 손짓발짓으로 설명했다. 내린 곳 반대편에서 버스를 타라는 이야기였다.

뭄바이 직행버스는 또다시 두 시간 후였다. 밤 열 시였다.

[죄송한데요. 여기가 어디지요?]

표를 사며 매표원에게 물어보았다. 뭄바이에서 하이드라바드로 통하는 도로 근교의 마을이라고 했다.

[뭄바이까지는 몇 시간이나 걸리나요?]

[넉넉잡아 한 대여섯 시간쯤 걸릴 겁니다.]

한국에서 버스로 다섯 시간 거리라면 거의 서울에서 부산 거리이다. 참 멀리도 내쫓겨진 것이다.

멍하니, 버스 스탠드의 전등불 아래에 쪼그리고 앉아 서린은 하염없이 버스를 기다렸다. 아랫배에서 꼬르륵거리는 소리가 들렸다.

하루 종일 아무것도 먹지 못한 것 같다. 그러나 너무나 상처가 크고 큰 충격을 받은 것이다. 먹고 싶은 생각조차 들지 않았다. 또 무엇을 먹자고 해도 사먹을 만한 것이 없었다. 손톱만한 파리가 윙윙거리는 데다 바싹 마른 터로 식욕이 전혀 돋아나지 않는 닭튀김을 먹을 수도 없고, 이상야릇한 냄새가 나고, 무엇이 들었는지조차 의심스러운 거리의 커리 요리에 도전할 용기도 없었다. 결국 서린은 담배 가게에서 생수 한 병을 샀다. 한 모금씩 한 모금씩 삼키며 허한 뱃속의 허기를 달랬다.

분명 열 시에 온다는 버스는 자정이 가까워져도 도착하지 않았다. 그러나 주변의 어느 누구도 불평하지 않는다. 의례 그러려니 하는 얼굴들이었다. 결국 뭄바이로 가는 버스는 자정이 되어서야 도착했다.

매표소에서 표를 판 남자가 문 앞에서 표를 받았다. 앞에서 세 번째 자리에는 사리를 입은 뚱뚱한 여인이 앉아 있었다.

인도인 특유의 뚜렷하고 걱실걱실한 눈매에 통통한 몸. 팔목에는 황금 팔찌가 몇 개나 둘러져 있고, 미간의 비니도 보석이었다. 제법 부유한 집안의 마나님이라는 느낌이 들었다. 드문드문 하나씩 빈자리는 대부분 남자가 차지하고 있었다. 여자 옆의 빈자리는 오직 그 자리뿐이었다. 아무래도 밤의 버스인지라, 남자 곁에 앉기가 좀 꺼려졌다. 서린은 그녀 옆에 앉게 되었다.

[어디까지 가나요?]

풍성한 인상처럼 성품도 시원시원하고 붙임성이 있는 여자였다. 먼저 말을 걸어왔다.

[뭄바이까지 가는데요.]

[외국에서 온 여행객? 어디서 왔어요?]

[한국에서 왔습니다.]

[아, 한국. 삼성. 휴대폰.]

친절하게 말을 걸어준 그 여인 역시, 자분자분 대답해 주는 서린에게 호감을 느낀 듯했다. 계속 이것저것 물어왔다. 그러다가 주섬주섬 가방 안에서 도시락을 꺼내 펼쳤다. 자신이 먼저 한 개를 집어 먹으면서 서린에게도 권했다.

[이것 좀 먹어봐요. 혼자 먹기 미안하네요.]

[괜찮습니다.]

[내가 만든 건데, 먹을 만해요. 보아하니 배도 고픈 것 같은데.]

계속 권하는 사람에게 내내 사양하는 것도 미안하다. 서린은 결국 그 여자의 권유에 못 이겨 난 한쪽을 받았다. 배가 고프기는 고팠나 보다. 다 식은 난 한쪽이 그렇게 맛있을 수가 없었다.

[이것 봐. 정말 시장했던 모양이네. 한쪽 더 먹어요.]

한 번이 어렵지 이왕 얻어먹은 터인데 다시 사양하는 일도 우습다. 서린은 다시 여인이 건네주는 커리 샌드위치 한쪽을 먹었다. 배도 부르고, 규칙적인 차의 진동 안에서 슬슬 졸음이 몰려오기 시작했다. 하루 종일 누적되었던 몸과 마음의 피곤함이 한꺼번에 몰려들기 시작하는 모양이다. 어느 사이엔가 서린은 서서히 잠에 빠져들기 시작했다. 여전히 계속되는 옆 자리 여인의 수다를 자장가로 삼은 채. 그것이 절망으로 떨어지는 나락인지도 모르고…….

대체 얼마나 오래도록 잠에 빠져 있었는지 모른다. 누군가가 몸을 흔드는 느낌에 서린은 억지로 눈을 떴다. 눈꺼풀이 천근만근이나 되는 듯이 무겁기만 했다. 너무 많이 잤나. 뒷골이 뭉근하게 무거웠다.

간신히 눈꺼풀을 치켜올리다가 그만 심장이 쪼그라들 듯이 놀라고 말았다. 강한 햇살을 등지고 있어 마치 검은 악마처럼 보이는 운전기사가 그녀를 내려다보고 있었기 때문이다. 화들짝 놀라 반사적으로 몸을 움츠리는 서린만큼이나, 운전기사 또한 어리둥절한 얼굴이었다. 왜 안 내리느냐고 신경질난 목소리로 채근했다.

[아우랑가바드. 종점. 내리세요. 다 왔어요.]

[아우랑가바드? 맙소사! 뭄바이 아니에요?]

[뭄바이 경유. 종점은 여기예요. 내리세요. 손님들 다 내렸어

요. 나 집에 가야 해요.]

이번에는 정말 심장이 떨어졌다. 차마 믿을 수 없는 사실 앞에서 서린은 경악했다.

옆 자리에 앉았던 여인과 함께 그녀의 핸드백이 사라졌다. 말 그대로 깨끗하게 털린 것이다. 무슨 귀중품이 든 것으로 알았나. 곶감이며 마른 고사리가 든 꾸러미도, 심지어 팔목에 찬 시계까지도 풀어 다 가져갔다. 별것도 아닌 손가락의 반지까지 다 빼간 것이다. 그 악랄한 여자는 마시다 만 생수병조차도 다 쓸어갔다. 그야말로 하나도 남겨두지 않았다. 신고 있는 신발까지 훔쳐 가지 않은 것을 다행이라고 말해야 할 지경이었다.

삽시간에 온몸에 시퍼런 오한이 돋고 눈앞이 캄캄해졌다.

그저 순진하게 사람 믿은 죄로, 눈 감고 잠이 든 죄로 그녀는 지금 생애 최악의 봉변을 당하고 있는 상태였다. 어리석게도 친절한 동행을 가장한 도둑에게 홀라당 털리고 이름도 들어보지 못한 이국의 낯선 곳, 뭄바이에서 오천만 년쯤 떨어진 듯한 곳에, 완전히 무일푼으로 떨어져 버린 것이다.

그야말로 돈 한 푼 없이 완전히 거지가 되어, 아는 사람 하나도 없는 낯선 곳에 무작정 운전기사에게 밀려서는 서린은 억지로 버스에서 내려야만 했다. 그녀는 그만 힘없이 땅바닥에 주저앉고야 말았다. 사상 최악의 재앙 속으로 무방비한 몸이 내던져졌다.

암스테르담. 메르디앙 호텔.

벌써 사흘째. 타다 철강과 아르셀로 철강 사이의 지루한 마라톤 회의가 계속되고 있었다. 협상, 결렬. 재개. 다시 결렬. 다람쥐 쳇바퀴 돌리듯이 반복되는 일정 안에서 어지간한 라탄도 지쳐 가는 것은 당연했다. 그의 여유롭던 표정도 어느새 초췌해지고 있었다.

밤 아홉 시. 그는 발코니의 소파에 앉아 있었다. 호텔 중정에 만들어진 수영장에서 한가롭게 수영을 하는 사람들을 내려다보고 있었다.

[13)어느 날 흘러내린 눈물은 영원히 마르지 않을 것이며, 시간이 흐를수록 더욱더 맑고 투명하게 빛나리니. 그것이야말로 타지마할.]

[타고르로군요.]

등 뒤에서 들려오는 목소리에 고개를 끄덕였다. 다가온 아시프가 뜨거운 허브차를 건네주었다.

[좀 쉬시지요. 밤 열 시부터 다시 회의에 들어가야 하지 않습니까?]

[괜찮아. 잠시 눈을 붙였어. 갑자기 타고르가 쓴 시가 입술에 붙어서는 떨어지지 않는군. '기도'도 나쁘지 않아. '인생의 싸움터에서 동조자를 찾게 해달라고 기도하지 말게 하시고 인생과 싸워 이길 스스로에 힘을 달라고 기도하게 하소서'.]

[초조하십니까?]

라탄은 고개를 가볍게 흔들었다. 마음을 털어놓는 심복에게

---

13)타고르의 시 〈타지마할〉 중에서 인용

만 속내를 펼쳐 놓았다.

[판돈이 무려 200억 유로야. 이 정도로 큰 도박은 나로서도 떨려.]

[결렬되면 어쩌시렵니까?]

[내년에 다시 덤빌 거야!]

라탄은 딱 잘라서 단언했다.

[더 이상 철강 공장 따위로 내 인생을 허비하지 않겠어! 다시는 날 귀찮게 하지 않도록 확실하게 매듭을 짓고 말 거야.]

[저쪽에서 동원하는 그룹도 만만찮을 겁니다.]

[그렇다면 이쪽에서도 판돈을 왕창 올려야지. 공작궁의 계단을 몽땅 떼어내서 팔아버리지 뭐. 누구도 감히 덤비지 못하도록.]

아시프가 쿡쿡 웃었다.

[정말 그럴 작정이십니까?]

[내 증조부께서 구자라트의 그 전설적인 부를 싹쓸이해서 어디에다 감춰두었는지는, 지금으로선 나와 할머님만 아시는 비밀이야.]

라탄은 쿡쿡 웃었다. 공작궁의 계단과 기둥이 매물로 나온다면 전 세계의 금값이 폭락을 하게 될 것이다.

[이제 저 역시 그 비밀을 알게 되었으니, 여차하면 계단 한 귀퉁이 떼어 들고 줄행랑을 칠 수가 있겠군요.]

아시프가 미소 지으며 대꾸했다. 그때 그의 재킷 주머니에서 전화벨 소리가 났다. 라탄은 차를 마시며 아시프가 전화를 받는 모습을 지켜보았다. 저쪽 방 모퉁이에서 전화를 받으며 그가 빙그레 웃고 있었다. 이내 전화를 끊고 다가왔다.

[좋은 일이야?]

무슨 뜻이냐는 듯 아시프가 눈썹을 치켜올렸다.

[오랜만에 네가 미소 짓는 걸 본 것 같아서 말이야.]

[뭐, 사소한 일입니다만, 제가 고대하던 일이 제대로 된 것 같아서요. 집안일입니다.]

꽤나 기쁜지 아시프의 입가에 걸린 미소는 쉬이 사라지지 않았다.

[무슨 일인지 궁금하군.]

[나중에 말씀드리지요. 회장님도 결국에는 다행이다 하실 일입니다.]

라탄은 두 팔을 들어 올려 기지개를 켰다.

[나도 가족이 그리워. 린에게 전화해 봐.]

[한 시간 전에도 전화를 받으셨잖습니까?]

[내가 직접 목소리를 들은 건 아니잖아. 네가 대신 받았지.]

[지금 시간이면 마님께서 병원에 계실 시간인데요. 일단 해보죠.]

아시프가 라탄의 휴대전화로 서린에게 전화를 걸었다. 잠시 후 그를 돌아보았다.

[역시 데르다가 받는군요. 아기를 안고 산책 중이시랍니다.]

[아, 지나치게 박애적인 나의 서린. 조금만 더 나에게나 신경 써

주면 좋을 텐데……. 좋아. 셔린더러 나에게 음성메시지라도 남겨 주기를 바란다고 부탁해 줘. 참, 발신명은 '섹시한 당신의 따개비'로 해줘.]

[섹시한 따개비라니요?]

[아, 그런 게 있어. 더 이상 알려고 하지 마. 다쳐.]

노크 소리가 났다. 라탄은 벌떡 일어나 넥타이를 죄었다. 재킷을 들고 문을 열었다. 문 앞에는 타다 철강을 책임지고 있는 미탈 사장과 부사장인 아리트야가 나란히 서 있었다. 두 사람 다 형편없이 피곤에 절은 모습이었지만, 눈은 투사처럼 번쩍번쩍 빛나고 있었다.

[다시 시작하죠, 회장님.]

[좋아, 이번에는 확실하게 잡아보자고!]

이번 합병 협상은 무려 일 년 반 동안이나 지속되었다. 처음 라탄이 아르셀로를 인수하겠다는 의사를 처음으로 밝힌 이후, 아르셀로의 반발로도 모자라서 자국 기업을 보호하려는 프랑스와 룩셈부르크 정부의 개입까지 겹쳐 기업 인수전이 심지어 국가 간 자존심 경쟁으로 번지기까지 했다. 무슨 일이 있더라도 이번에는 결판을 내고야 말겠다.

라탄은 아시프를 돌아보았다.

[내가 회의장에서 나오기 전까지는 어떤 전화도 연결시키지 마. 전부 다 네가 알아서 처리해.]

[걱정 마십시오.]

라탄은 아시프가 건네주는 서류가방을 들고 뚜벅뚜벅 호텔 복도를 걸어갔다. 그의 연인이 지금 어떤 곤경에 처해 있는지, 그 전에 어떠한 수모를 당했는지 전혀 알지 못한다. 단지 이 모든 일을 빨리 끝내고 그녀에게로 돌아갈 생각만을 하며 아래층의 협상장으로, 치열한 전쟁터로 출발했다.

해가 지고, 밤이 내렸다. 다시 해가 떠올라 중천에 다다를 때까지 서린은 멍하니 버스 정류장 낡은 의자에서 오도카니 앉아 있었다. 예상도 못한 막막한 사태 앞에서, 감당할 수 있는 수준을 넘어선 재앙 앞에서 너무 큰 절망과 막막함으로 그녀의 뇌는 정지 상태가 되어버린 것이다. 이치를 따지고 앞뒤를 헤아릴 힘도, 생각할 기력도, 움직일 최소한의 힘조차 사라진 이후였다.

그녀의 손과 주머니에는 아무것도, 정말 아무것도 없었다. 먼지뿐이었다. 표 한 장이라도 살 잔돈은커녕, 생수 한 병을 살 십루피조차도 없었다. 물 한 모금도 마시지 못한 채 하루를 꼬박 흘려보냈다. 그저 멍하니 앉아, 멍한 눈빛으로 땅바닥만 내려다보며.

그런데 정말 웃기는 일이다. 머리 한구석에서 참 기막힌 생각이 자꾸만 고물거리는 것이다. 핸드백을 도둑맞은 것보다도, 돈 한 푼 없이 고립무원으로 낯선 곳에 떨어진 것보다도, 어머니의 제수거리였던 고사리와 곶감 꾸러미를 잃어버린 것이 더 속상하다니.

'엄마 제사상은…… 꼭 차려 드리려고 그랬는데. 제사는커녕, 진짜 바보같이 이상한 데 와버리고……. 이게 뭐야. 엄마, 미안해. 정말 미안해요…….'

스스로를 비웃어 홀로 중얼거리는데, 그때서야 조금 눈물이 날락 말락 했다. 너무 기막히고 막막하고 아뜩하여 눈물 흘릴 힘조차 나지 않았던 것이다. 서린은 피가 나올 정도로 세게 입술을 깨물었다.

바보, 멍청이.

'라탄, 나 정말 바보 같죠? 또 여러 사람 힘들게 한 것 같아요.'

서린은 가만히 사랑하는 남자의 이름을 마음속으로 불렀다. 그녀가 당한 곤경을 알면 얼마나 놀랄까? 얼마나 속상해할까?

쇼핑하러 나간 사람이 돌아오지 않았으니, 집의 사람들도 얼마나 걱정하고 있을까? 분명 그녀의 행방을 찾아 큰 소동이 벌어졌을 것이다.

거지들에게 공격당해 서린이 아주 조그만 상처를 입었을 때조차도, 경호원들을 일말의 망설임 없이 가차없이 후려치던 라탄의 살기 어린 표정이 저절로 상기되었다. 만약 그가 돌아올 때까지 서린이 집으로 다시 돌아가지 못한다면, 경호원들은 물론, 데르다를 비롯한 하녀들은 당연한 거고, 어쩌면 이 모든 일의 시초를 제공한 카말라까지 라탄의 분노를 피할 수 없을 거다. 결국 서린 자신, 무어라 변명해도 모자지간을 갈라놓는 악녀가 될 뿐이다.

어찌하든 여기서 떠나야 해. 돌아가야 해. 어찌하든 이곳에서 벗어나야만 해. 하지만 대체 어떤 방도로 이 난관을 헤치고 나가야 하는지, 생각할 힘조차 사라진 상태였다.

양철 지붕을 새어들어 온 햇살은 끔찍하게 뜨거웠다, 하루 종일 아무것도 먹지 못하고 물도 마시지 못한 서린은 이제 거의 탈진 상태가 되었다.

'시금치나물, 무채나물, 고사리나물……. 조기구이, 밤, 감. 사과, 배……. 산적, 생선전, 떡…….'

바싹 마른 입술이 기계적으로 뇌리 안에 떠도는 음식들을 되풀이해서 읊고 있었다. 제대로 뭄바이의 집으로 돌아갔다면, 돌아가신 어머니의 제사상을 위해 지금쯤 서린이 장만하고 있을 음식이다. 이제는 허공으로 날아가 버렸지만.

'이런 딱한 상황에서 이런 한가한 생각이나 하고 앉았다니, 내가 정말 미쳤나 봐.'

그러나 서린은 그런 헛된 짓을 멈추지 못하고 있었다. 이런 생각이라도 하지 않는다면, 정말 불안과 두려움으로 미쳐 버릴 것 같았기 때문이다.

홀로 멍하니 버스 정류장에 앉아 있는 외국 여자라니, 희롱하기 가장 좋은 표적이다. 그녀를 곁눈질하고 흘깃거리는 음흉한 인도 남자들의 시선들이 한두 개가 아니다. 그리고 그런 시선은 시간이 갈수록 노골적으로 변해가고 있었다. 은근슬쩍 수작을 붙이기 시작하는 빈도수와 강도도 점점 더 강해지고 짧아지고 있었다. 심지어 그녀더러 돈을 줄 테니, 자기를 따라가자고 대놓고 유혹하는 남자도 있을 정도였다.

여기서 지면 안 돼. 힘내자. 서린은 간신히 정신을 추슬렀다.

어찌하든 방법을 생각해 내야 한다. 뭄바이로 돌아가야 한다. 휴대전화를 빼앗겨 버렸기에 전화번호를 기억할 수는 없지만 일단 뭄바이로 가면 기억을 더듬어 집으로 찾아는 갈 수 있을 것 같았다. 설사 집으로 갈 수 없거나, 라탄을 만나지 못한다 하더라도, 한국 영사관이나 코리아나 항공사 사무실이 있다. 거기에라도 도착하면 적어도 새 카드를 발급받고 서울로 돌아갈 방도는 생기겠지.

용기를 내서 서린은 비틀거리는 다리를 억지로 지탱하며 몸을 일으켰다. 일단 호텔이라도 찾아가 물이라도 얻어먹고 로비에서 기다릴 작정이었다. 한국 관광객이라도 만나서 도움을 받거나, 아니면 정말 염치없지만, 뭄바이의 코리아나 항공사 사무실에라도 연락해서 자신을 데리러 와달라고 부탁할 작정이다.

그런데 이것이 웬 행운일까? 버스 정류장 맞은편 나무 그늘 아래에서 생수병을 옆에 두고 열심히 망고 껍질을 깎고 있는 한 여자가 있었다. 배낭여행객 같은데, 우연인지, 필연인지 한국 사람인 듯했다. 등에 맨 배낭에 한국여행사 로고가 찍혀 있었다.

하루 내내 물 한 모금 마시지 못한 상태라 갈증으로 미칠 것만 같았다. 목 안에서 불이 붙는 기분이었다. 망설이다가, 서린은 그녀에게로 다가갔다. 당장 물 한 모금이 미친 듯이 그리웠다.

사흘 내리 굶으면 사람은 무엇이든 훔치게 된다지, 심지어 자신의 몸뚱어리라도 판다지. 언젠가 라탄이 한 이야기이다. 서린은 비로소 그 말이 무슨 뜻인지 사무치게 깨달았다. 한 번도 그런 경우를 당하지 않고 살아온 자신이 얼마나 행운이었는지도. 염치도 예의도 차릴 수가 없었다.

"저어, 혹시 한국 분이세요?"

놀란 눈동자가 서린에게로 향했다. 맑고 시원한 눈매였다. 적어도 아주 나쁜 사람은 아닐 거라는 확신이 섰다.

"그런데요?"

역시나 한국 사람이었다. 너무 구차하고 비굴한 상황이었지만 서린은 최소한 위엄을 갖추려고 노력하며 그 여자에게 부탁했다.

사실은 생수병 좀 빌려달라고, 물이라도 한 모금 마시게 해달라는 말을 하려 했다. 그런데 너무 부끄러웠다. 엉뚱하게도 입에서 차비를 꿔달라는 부탁이 튀어나오고 있었다.

"혹시 괜찮으시면, 저에게 뭄바이까지 갈 수 있는 차비를 좀 빌려주실 수 있으세요? 나중에 꼭 갚을게요……."

말을 하다 보니 내가 어쩌다 이런 팔자가 되었나 싶은 생각에 그만 말을 잇기가 싫을 정도였다. 울컥 치밀어 오르는 서러움과 비참함이 가슴을 쳤다. 서린은 더 이상 말을 하지 못하고 끝을 흐리고 말았다. 여자의 눈이 휘둥그레졌다. 다급하게 부르짖었다.

"혹시 가방을 잃어버렸어요?"

"예."

"저런! 언제쯤이요?"

"어제저녁에 버스를 타고 오다가……."

"그럼 지금까지 식사도 못했겠네요."

서린은 힘없이 고개를 끄덕였다. 급한 김에 그 여자가 손에 들고 있던 깎다 만 망고를 내밀었다.

"먼저 이것 좀 드세요!"

망고 향기를 맡으니, 거의 눈에 보이는 것이 없어졌다. 서린은 빼앗듯이 급하게 망고를 받아 들었다. 게눈 감추듯이 먹어치웠다. 그녀가 건네주는 생수도 사양하지 않고 꿀꺽꿀꺽 마셨다. 타오르던 목이 비로소 촉촉해지고, 살 것만 같았다. 정신을 차려보니, 그녀는 혼자 생수병을 다 비우고 있었다.

허겁지겁 서린이 먹고 마시는 광경을 여자는 가만히 보고 있었다. 무척 미안하다는 얼굴로 나직하게 중얼거렸다.

"그런데 어쩌죠? 제가 돈을 많이 가져오지 않아서 빌려줄 만큼은 없는데요."

어렵사리 말한 것인데 원하던 도움을 얻지 못하게 되었다. 꼭 이 여자만이 아니라 다른 방도도 많이 생각해 놓았다. 그런데도 말릴 사이도 없이 왈칵 눈물이 쏟아지고 있었다. 꾹꾹 참았던 것들이 한꺼번에 몰아닥쳤다. 체면도, 부끄러움도 잊었다. 서린은 말 그대로 대성통곡을 하고야 말았다. 제대로 서 있을 수조차 없을 정도로 탈진하고 지친 데다, 정신적으로 긴장된 상태에서, 마지막 한 가닥 기대마저 끊어졌다. 간신히 지탱하고 있던 이성과 위엄이 흔적없이 사라져 버린 것이다.

지금껏 이렇게 서럽게 운 적이 있을까 싶을 정도로 걷잡을 수 없이 눈물이 흘러내렸다.

"어, 어, 울지 마세요. 괜찮아요, 울지 말아요!"

갑자기 서린이 통곡을 하니 그게 자신의 죄라도 되는 미안해하는 얼굴이 되었다. 망고를 건네준 그 여자가 서린을 한껏 안아주며 당황해서 쩔쩔맸다. 그럼에도 눈물을 그칠 수가 없었다. 허락한 적이 없는데, 눈물은 계속 흘러내렸다.

이젠 홀로 견뎌야지. 억지로 이 악물고 눈물 따윈 흘리지 말아야지 했는데, 고립무원의 상황에서 그 누구에게도 도움을 받을 수 없는 막막함과 절망으로 어떻게 진정을 할 수가 없었다. 달래다 지쳤나 보다. 그도 아니면 진정할 때까지 기다려야 한다고 생각했던지. 그 여자는 이제 가만가만 서린의 등을 쓸어주고 안아주고 있을 뿐이다.

낯선 사람인데도, 그러한 위로의 손길 안에서 서서히 정신이 돌아왔다. 안심되었다.

오히려 실컷 울고 나니, 정신이 맑아지는 기분이 들었다. 옆에 앉은 여자가 안 보는 척하면서 생수병을 건네준다. 손수건까지 슬쩍 쥐어주었다. 시선은 내내 허공에 가 있었지만. 서린더러 몸과 마음을 추스를 기회를 주려는 것이었다.

서린은 생수를 조금 부어 손수건을 적신 후에 얼굴의 눈물을 닦았다. 어쩐지 굉장히 후련했다. 여자가 건네준 망고와 물로 일단 정신을 차렸으니, 다른 방도를 찾아봐야지. 더 이상의 최악은 없을 거라고 억지로 자신을 달랬다.

"다 울었어요?"

"네. 죄송해요. 제가 염치가 없네요."

"걱정 말아요. 제가 어찌하든 방법을 찾아볼게요. 하늘이 무너져도 솟아날 구멍이 있잖아요. 우리 씩씩한 한국 여자들답게 힘을 합쳐 봐요."

시원시원한 인상답게 말도 시원시원했다. 인상도 시원시원하지만 동작도 빨랐다. 형편없이 지치고 더위를 먹은 서린의 얼굴을 살피더니, 손을 들어 릭샤를 잡았다. 무조건 자신이 묵는 호텔로 가자고 손을 잡아끌었다.

"일단 통성명이나 해요. 난 유지하, 푸네에 있는 컴퓨터 회사에 파견 근무 나와 있고요. 여긴 잠시 관광 온 거예요."

"전 이서린이에요."

"야아, 이름 참 예쁘다. 좋아요, 서린 씨. 제가 지금 당장은 도와드리지 못하지만요, 모레 여기서 우리 오빠를 만나기로 했거든요. 우리 오빠라면 어떻게든 서린 씨를 도와줄 수 있을 거예요. 정 안 되면 나랑 같이 푸네로 가요. 뭄바이로 갈 수 있게 도와줄게요."

아우랑가바드 버스 정류장에서 서린은 말 그대로 천사를 만났다. 유지하라는 평생의 친구를 얻는 순간이었다.

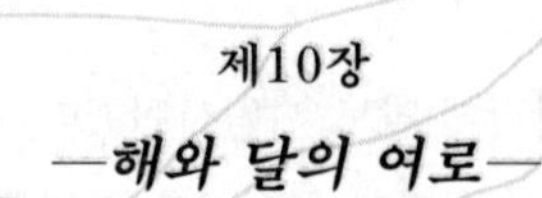

제10장

—해와 달의 여로—

이틀 후, 아우랑가바드.

우연이 만들어준 길을 따라, 어느덧 서린과 지하는 친구가 되어 있었다. 그리고 그사이 두 사람이 네 사람으로 늘었다. 지하를 만나러 온 그녀의 오빠 유상하와 그날 밤 지하를 찾아 미국에서 온 약혼자 아시프라는 남자까지 모인 것이다.

서린의 입장으로서야, 당장 뭄바이로 돌아가게 해달라고 부탁하고 싶었다. 그러나 염치없이 빌붙어 신세를 지는 형편에, 자신의 사정 때문에 일부러 관광을 나선 그들에게 여행을 포기해 달라고 부탁할 순 없다. 어차피 하루 이틀 상관이니 어쩔 수 없다고 마음을 달랬다.

유상하는 동경대 교환 교수로 나가 있다고 했다. 주름 풀린 반바지에 후줄근한 티셔츠 차림으로 벙거지 모자에 배낭을 메고 나타났다. 지하처럼 키가 훌쭉하니 컸고, 지하처럼 밝고 솔직 담백해 보였다. 불교미술 전공이라더니, 어쩐지 스님 같은 느낌도 났다. 식당에서 힌디어를 좔좔 읊는 실력이 보통 아니었다.

"긴장 풀어요, 서린 씨."

상하가 포크를 어린애처럼 입에 물고 서린을 바라보았다. 검은 눈 속에는 짓궂은 장난기가 남실거리고 있었다.

"난 너무 예쁜 여자한테는 작업 안 걸어요."

"어머나."

서린은 그만 웃고 말았다. 아우랑가바드에 떨어진 이후 처음 웃는 웃음이다. 이렇듯이 또 삶은 돌아가고, 그녀는 다시 살아가야 하는 건가 보다. 막막하던 어둠 속에서 어찌할 바를 모르고 헤맬 때 기적처럼 지하를 만나 도움을 받은 것처럼 그녀는 다시 웃고 살아야 하는 건가 보다. 만약 나중에라도 카말라의 반대를 이기지 못해 라탄과 헤어진다 해도, 설사 그에게 버림받는다 해도, 그를 위해 이 지구 안에 존재해야 하는 것처럼.

서린은 살짝 부인했다.

"그런 거 아닌데."

"아니긴 뭘 아냐? 긴장한 게 뚜렷이 보이는데. 인간 유상하, 연애작업에 있어서 확고한 두 가지 원칙이 있습니다. 첫째, 가는 여자 안 잡고 오는 여자 안 막는다."

"두 번째는요?"

"임자 있는 여자는 절대로 안 건드린다."

"제가 임자 있는 여자인지, 없는 여자인지 어떻게 아세요?"

"아, 딱 보면 척 알지. 내가 이 장사 몇 년인데? 실연당한 것만 해도 삼백 번이 넘는구만. 서린 씨 같은 미인한테 어련히 임자가 없으려고? 솔직히 말해요. 애인 있죠?"

"……네."

"거 봐, 거 봐. 귀신을 속이지 나는 못 속인다니까. 이런 사람한테 함부로 작업 걸었다간, 멀쩡한 이빨 단번에 날아간다니까. 새 이빨 하려면 돈이 얼만데."

"그런 적 있으시죠?"

"귀신이구만."

시무룩해진 얼굴로 상하가 입맛을 쩍쩍 다셨다.

"금이빨 그거 진짜 비싸거든. 보험도 안 돼요. 그래서 임자 있는 여자들은 기필코 피해 다닙니다. 그러니 부디 서린 씨, 내가 마음에 들어도 제발 유혹하지 말아요. 돈 없어."

"쳇, 오빠한테 넘어오는 여자도 있어? 말도 안 돼. 순전히 구라만 쳐."

대놓고 오빠를 무안 주는 지하의 말에 서린의 입술에 맺힌 미소의 꽃봉오리가 다시 터졌다. 지하뿐 아니라 이 남자 유상하 역시 사람을 참 편안하게 만들고 기분 좋게 만드는 재주를 가졌다. 이런 남자를 오빠로 둔 지하가 새삼 너무 부러워지던 순간이었다.

"그런데 이서린 씨, 영 멍청해 보이지는 않는데 말이지. 어쩌다가 배낭을 잃어버리셨대?"

상하가 다시 물었다.

이틀이나 지난 지금, 제법 속의 이야기까지 터놓기는 했지만, 그렇다고 지하에게 라탄과 관련된 일까지 미주알고주알 설명하는 것이 민망하고 힘들었다. 그래서 그냥 배낭여행 중에 가방을 잃어버렸다고만 말해두었다. 서린은 작은 목소리로 여기까지 흘러들어 오게 된 상황을 간단히 요약했다.

"버스 옆 자리에 앉은 아주머니가 자꾸 먹을 걸 주시더라구요. 사양하기 미안해서 조금 먹었는데……."

"자꾸만 졸음이 오더니 그만 잠이 들었고, 눈을 떠보니 버스 종점이었고, 이미 그땐 배낭이며 그 친절한 아주머니도 온데간데없더라?"

서린은 고개를 끄덕였다. 조금은 놀랐다. 상하의 말은 그녀의 사정을 눈으로 본 것처럼 정확했기 때문이다.

"순진한 게 죄네. 배낭여행객들을 노리는 익숙한 수법이죠. 그래서 여기 오면 남이 주는 음식, 함부로 덥석덥석 먹으면 안 돼요. 인도 여행의 필수 주의사항이라고. 게다가 여긴 날씨가 더워서 음식이 상할 수도 많거든. 한 번 배탈 나면 무진장 고생해요."

"조심할게요. 하지만 서울로 돌아가면…… 이곳에 다시 오게 될까 모르겠어요. 아마, 다시 오지 않을 것 같아요."

"사람은 한 치 앞도 내다보지 못하는 존재거든요. 함부로 미래를 속단해서는 안 되지. 지금이야 서린 씨는 이곳에 다시는 안 온다고 말하지만 그거야 모르는 일. 내내 이곳에서 사는 사람이 될지 누가 알아?"

"그건 그렇네요."

"우리 오빠, 은근히 멋지죠?"

지하가 서린의 귀에 소곤거렸다.

"다른 건 엄청 추접스럽고, 하는 짓은 악마대왕 저리 가랄 정도이지만, 저럴 때 보면 진짜 멋있다니까."

"동생아, 너만 인정하지 않지. 네 오라비 평상시에도 멋있다."

상하가 점잖게 받아쳤다. 서린은 그에게 고개를 돌렸다.

"상하 씨는 인도에 자주 오셨나 봐요?"

"한 열두어 번?"

상하가 라시를 따르며 대답했다. 남들은 한 번도 오기 힘든 인도를 제 집 드나들듯이 드나드는 사람이란다.

"적어도 일 년에 한 번씩은 오게 되죠. 제가 불교미술 전공이니 연구 논문 쓰러 오고, 학생들을 데리고 답사도 오고, 돈 없으면 절의 보살님들 가이드 하러도 오고, 울적하면 영혼의 행복을 구걸하러도 오고."

별일 아니라는 것이었다.

"인도란 나라가 그런 곳 아닙니까? 엄청난 가난과 기아와 무지가 있다지만, 동시에 세상에서 가장 부유한 나라예요. 게다가 국민들의 행복지수가 가장 높은 나라이기도 하죠. 물질적인 우리가 볼 때 아무것도 가진 것이 없는 사람들이 어째서 우리나라 사람보다 훨씬 더 행복할까? 그래서 그 비법을 훔치러 옵니다."

상하의 말을 듣고 있으려니, 바라나시에서 만났던 순례자 나지브가 떠오르고 있었다. 그는 아직도 경건한 신에의 기원과 선량하고 아름다운 인간에의 헌신을 담은 일과를 계속하고 있겠지. 어떤 괴로움이 있어도 살아 카르마를 다하라고 가르쳐 주었지. 그것이야말로 인간이 가진 유일한 의무라고 말해주었지.

지하의 약혼자 아시프는 큰 키에 푸른 눈을 가진 근사한 남자였다.

하필이면 왜 지하의 연인 이름이 '아시프' 일까. 있는 듯 없는 듯 라탄의 곁에서 보좌하는 점잖은 아시프의 얼굴이 떠올랐다. 어쩔 수 없이 라탄의 생각이 절로 났다. 서린은 아름다운 그 남자가 정말 그리웠다. 어찌하든 돌아갈 테야. 그에게로 돌아갈 거야.

아시프는 약혼녀인 지하처럼 쿨하고 세련된 남자였다. 날카로운 지성과 섹시한 멋이 줄줄 흐르는 미남자인데다가 지하와 같은 프로그래머라고 하지 않던가. 대화가 통하는 연인을 만나기란 쉬운 일이 아니라는 것쯤은 서린도 잘 알고 있었다. 과연

명불허전. 똥차 대신 만난 근사한 리무진. 버린 즉석복권 대신 당첨된 로또복권이라고 자랑할 만했다. 말 한마디 나누지 않았어도 그가 지하를 얼마나 사랑하는지 그 열기가 온몸에서 활활 뿜어져 나왔다. 주변 사람이 화상을 입을 정도였다.

그날 밤 네 사람은 지하와 아시프의 약혼을 축하하여 멋진 만찬을 즐겼다.

그런데 이상한 일이다. 언제부터 자꾸만 그녀를 흘깃거리는 시선이 느껴졌다. 처음에 서린은 쓸데없이 자신의 신경이 예민한 것이라고 치부했다. 하지만 근거없는 오해가 아니었다. 한순간, 그녀를 몰래 훔쳐보는 아시프와 딱 눈이 마주치고 말았기 때문이다.

이 남자 아시프. 처음의 인상과는 달리 약혼녀를 옆에 두고 다른 여자를 곁눈질하는 사람인가 싶어 와락 불쾌했다. 그러나 금세 황급히 시선을 돌려 버리는 아시프의 시선에는 다른 남자들에게서 익히 느꼈던 끈끈한 유혹이나 비릿하고 추한 성적인 신호 따윈 전혀 느껴지지 않았다.

절대로 그럴 리 없다는 것을 알고 있다. 그런데도 서린은 아시프가 어쩐지 그녀를 알고 있다는 느낌을 지울 수가 없었다. 아무리 생각해도 이미 만났거나 알고 있는 사람이 아니다. 한 번도 본 적이 없는 사람이 맞다. 그런데 왜 자꾸만 그는 기묘한 표정으로 그녀를 건너다보고 있을까?

'혹시 내가 근무 중일 때 승객이었던 적이 있었나?'

아무리 생각을 굴리고 굴려봐도, 생각해 낼 수 있는 해답이란 기껏 그런 정도였다. 그 이후로 그는 다시 곁눈질 따윈 하지 않았다. 더 이상 신경을 건드리지 않으니 서린 역시도 의아함을 접을 수밖에 없었다.

다음날 아침 일찍 네 사람은 아시프의 승용차를 타고 아잔타 석굴을 관광하러 떠났다.

[당시 인도의 풍속이나 불교에 관한 내용들이 구석구석까지 묘사되어 불교미술사에 있어 가장 귀중한 문화유산 중 하나로 손꼽히고 있죠. 8세기 들어 불교가 쇠퇴함에 따라 약 천 년 이상 버려졌다가 1819년 영국군에 의해 발견되었습니다.]

상하는 불교미술이 전공인 교수님답게 가는 곳마다 유창한 설명을 곁들여 주었다.

[건축물과 조각품의 규모면에서 엘로라보다는 못하지만 예술성과 정교함으로만 보자면 아잔타의 벽화를 따라올 수가 없죠. 여러 군상들의 자유롭고 활동적인 모습과 매혹적인 표정으로 그려진 여인들의 모습은 유래를 찾아볼 수 없는 걸작 중의 걸작입니다. 이런 양식이 중앙아시아를 거쳐 중국으로 들어와 한국까지 오게 되죠. 자, 아잔타 석굴 벽화 중에서 가장 아름다운 벽화입니다. 아잔타가 간직한 보석 중의 보석이죠.]

상하가 벽화를 손짓했다. 입에 침을 튀기며 열광했다.

[연꽃을 든 검은 공주상입니다. 내 애인이죠. 정말 늘씬하고 풍만하고 관능적이지 않아요? 캬하! 저 가슴 좀 보라지. 정말 노

총각 아랫도리 발씬발씬하게 만드네. 이 여자는 아마도 그 시대 최고의 미인이었을 겁니다. 볼 때마다 한번 같이 자고 싶다니까.]

[오빠! 이 신성한 사원에 들어와서 음탕한 이야기만 할 거야?]

지하가 버럭 소리치며 상하의 등을 때렸다.

[뭐가 어때서? 사내에겐 당연한 욕망을 솔직하게 이야기한 것뿐인데.]

[어이구, 이런 식으로 천박하게 구니까 붙었던 여자들이 다 떨어지지.]

[괜찮아. 붙었던 여자들이 다 떨어져서 나 외롭다고, 하느님이 서린 씨를 딱 떨어뜨려 주었잖아.]

[김칫국 마시고 있네! 누구 맘대로 서린 씨한테 수작 붙이고 그래? 시퍼렇게 뜬 내 눈이 무섭지도 않아? 엉?]

기회만 있으면 폭력을 휘두르고 투덕거리기 바쁜 유씨 남매였다.

[여기까지 왔는데, 마지막 엘로라까지는 찍어야 그게 도리지.]

[나 피곤해. 운전하는 게 얼마나 힘든지 알아?]

꼬불꼬불한 산길을 운전하느라 녹초가 되었던 아시프가 처량맞게 푸념했다. 감히 약혼녀의 희망사항 앞에서 찬물을 끼얹었다. 운전은 핑계이고, 그의 얼굴을 보자하니 아무 데도 가기 싫고, 그저 사랑하는 약혼녀와 호텔방 침대 안에만 있었으면 좋겠다는 희망사항이 역력했다. 하지만 활기찬 지하가 그것을 용서할 리가 없었다.

[차 놓아두고 버스로 가면 되지!]

결국 지하의 고집이 승리를 거두었다. 지하는 넘어지면 그 자리에서 돌멩이라도 주워 들고 일어나야 한다는 대단히 적극적인 사고방식을 가지고 있었다. 그 누구도 감히 막을 자가 없었다.

[엘로라 투어에서의 좋은 점은 무료라는 건데 말이지.]

상하의 말이 떨어지기가 무섭게 지하가 너무 좋아라 했다.

[어머어머! 인도는 관광지마다 외국인들에게 바가지 씌우기로 악명 높은데! 공짜라니. 여기 진짜 좋다. 마음에 들어.]

[그런데 딱 한 군데에만 입장료를 받아. 5달러야.]

[뭐야? 미쳤어! 미쳤어! 넷이면 20달러인데! 루피로 환산하면 무려 820루피잖아. 이런 빌어먹을 네이션. 된장국을 끓일 인간들 같으니라고, 치사하다! 거긴 안 봐!]

[문제는 그 16굴이 가장 볼만한 곳이라는 게 문제란다, 동생아.]

달관한 표정으로 상하가 대꾸했다.

[인생이란 다 그런 거야. 좋은 것을 얻고 싶으면 그에 상응하는 대가를 치러야 하는 법. 다시 올 리 없을 곳이니, 5달러를 희생하는 쪽을 권유한다.]

그 다음날 관광한 엘로라도 아잔타만은 못하지만 꽤나 볼만

했다. 다만 원숭이들이 극성을 부려 그것이 좀 귀찮았을 뿐이었다. 이놈의 원숭이들은 사람을 무서워하지도 않았다. 심지어 손에 든 음식마저 낚아채이는 관광객들이 있을 정도였다.

유일하게 입장료를 받는 16굴에 들어가니, 돈을 받을 만은 했다. 사원의 중앙에는 시바 신의 상징인 [14]링감이 모셔져 있었고, 장엄한 네 마리의 코끼리 상, 깎아지른 듯한 벽에 빼곡히 들어찬 조각들이 참으로 인간의 솜씨가 아닌 것 같았다. 모든 사람들의 입에서 감탄의 환호성이 절로 새어나올 정도였다.

[이곳을 조각가들의 보물 상자라고 하죠.]

[하지만 심각한 훼손이 진행 중인데요. 저렇게 아름다운 것들이 사라지고 있다고 생각하니 어쩐지 속상하네요.]

계속 입만 다물고 있으면, 활기차고 명랑한 사람들의 분위기를 깰 것만 같다. 서린은 자그맣게 그녀만의 감상을 덧보탰다. 상하가 동감이라는 듯 고개를 끄덕였다.

[그래서 이곳을 보전하고 복원하기 위한 기금조성 중인데 잘되지 않네요. 이런 건 인도의 보물이 아니라 전 인류의 보물이란 말이죠. 걱정됩니다. 올 때마다 훼손되는 속도가 달라요. 내년쯤에 뭄바이 대학쯤으로 와서 본격적으로 이 문제를 다루고 싶은데 잘될까 모르겠네요.]

[오빠, 내년에는 인도로 올 거야?]

---

14)링감: 시바 신의 남근을 묘사한 돌기둥. 아내 파르바티의 상징인 요니(여성의 음부)와 한짝인 경우가 많다

상하의 이야기를 듣고 있던 지하가 물었다.

[생각 중이다.]

[오빠가 홍길동이야, 동에 번쩍 서에 번쩍하게? 오고 싶다면 올 수 있어? 누가 보내준대?]

[내가 이곳으로 오겠다면 오는 거지. 일단 한국에서 힌디어에 달통한 불교미술 전공자가 나뿐이거든. 게다가 일본에서의 인맥이 넓어 복원할 기금 긁어모을 능력되는 사람도 나뿐이거든.]

[잘났다, 잘났어! 이 천상천하 유아독존아! 인터넷에서 도구 상자가 사라지면 그것을 못 찾아서 동경에서 전화하는 주제에!]

[이게 오라비를 국제적으로 망신시키고 있어!]

상하의 잽을 지하가 척하고 막아냈다. 나라고 질쏘냐. 지하의 발길질을 상하가 멋있게 피했다. 두 사람의 모습은 보고만 있어도 유쾌했다. 활기차고 구김살 하나 없는 사람 곁에 서 있는 것만으로도 마음 밑바닥까지 밝아지는 기분이 들었다.

[저 두 사람, 같이 있으면 정말 재미있지 않아요?]

서린도 보시시 미소 지으며 아시프를 돌아보았다. 아시프도 빙긋 웃으며 고개를 끄덕였다. 바로 그 순간, 그의 표정이 갑자기 묘하게 변했다. 한 일이 초쯤, 거의 숨이 막히는 표정으로 서린을 멍하니 응시했다.

[아시프, 왜 그러세요? 어디 불편하세요?]

[아, 아닙니다. 갑자기 잊었던 기억이 떠올라서요.]

단지 순간일 뿐이었다. 그는 사람 좋은 얼굴에 희미한 미소를 담더니 고개를 돌려 버렸다. 바쁜 일이라도 생각난 모양이다. 휴대전화를 꺼내 들고는 일행이 선 반대편의 나무 그늘 쪽으로 걸어가 버렸다.

"서린 씨, 망고 들어요. 잘 익어서 맛있어!"

지하가 망고살을 잘라 담은 접시를 들어 보이며 소리쳤다. 서린은 휴대전화를 귀에 대고 무어라 통화하는 아시프를 다시 돌아보았다. 대체 왜 그렇게 그녀를 보고 묘한 표정을 짓느냐고 물을 기회를 놓쳐 버렸다. 그에 대한 이상한 느낌은 그렇게 또 잊혀지고 말았다.

엘로라 관광을 다 끝내고 아우랑가바드로 돌아오는 길. 하늘에 아름다운 노을이 가득 물들었다. 네 사람은 일단 아시프와 지하가 머무는 피비시힐튼 호텔 앞에서 내렸다. 지하가 서린을 바라보았다.

"우린 여기서 며칠 더 묵을 건데. 서린 씨는 어떻게 할래요? 내일 오빠랑 뭄바이로 갈래요?"

"그게 나을 것 같아요. 가방은 찾을 가망성이 없다고 했고. 일단 한국 영사관으로 찾아가야죠."

"그럼 뭄바이까지는 서린 씨랑 나랑 둘만 호젓하게 여행을 하겠네."

상하는 단 반나절이라 해도, 서린과의 둘만의 일정이라는 것을 너무 즐거워했다.

"입던 빤스라도 팔아서 서린 씨 곤란을 다 해결해 드릴 테니,

나만 믿으셔. 자, 그런 의미에서 우리 찐하게 악수 한번 합시다."

상하가 먼저 손을 내밀었다. 망설이지 않고 서린은 그 손을 잡았다. 그런데 이 사람, 또 짓궂은 장난질이다. 악수에 그치지 않고 쪽하고 서린의 손등에 입맞춤했다. 바로 그때, 새카만 롤스로이스가 거칠게 먼지를 날리며 달려오다가 그들 앞에서 끼익 소리를 내며 멈추어 섰다. 다급하게 문이 열리고 장신의 사내가 밖으로 나왔다. 맙소사! 그가 여기까지 어떻게 나타난 거지? 서린의 입술 사이로 신음 같은 이름이 새어나왔다.

"라, 라탄……."

라탄이 긴 다리로 성큼성큼 다가와 다짜고짜로 서린의 팔부터 홱 낚아챘다.

[이야긴 나중에 해. 차에 타.]

[라탄, 제발.]

[내가 당신에게 입 맞춘 저 자식을 때려죽이는 꼴을 보고 싶다면 문제는 다르지만. 그러고 싶어?]

예상치 못했던 그의 말에 서린의 얼굴이 다시금 하얗게 질렸다. 다른 사람은 안중에도 없다. 라탄의 전신에는 오직 상하에 대한 분노와 살기로만 가득 차 있었다.

평생의 숙적인 양 라탄과 상하가 서로를 노려보았다. 라탄은 신경질적으로 내뱉었다. 감히 서린의 손에 입 맞춘 저 자식을 당장에라도 짓이겨 버릴 수만 있다면.

[너, 내 아내한테서 당장 떨어져. 조금이라도 헛수작을 했기라도 해봐, 죽여 버리겠어.]

[어라? 제법 대단하셔. 그렇게 사랑한다는 말씀?]

이 자식이! 힌디어를 알아듣고 말까지 해? 기분이 더 나빴다. 주눅 든 티가 전혀 보이지 않아 더 불쾌해졌다. 첫눈에도 만만치 않은 자식이었다. 당장에라도 라탄이 상하를 향해 주먹이라도 휘두를 것처럼 보였나 보다. 이번에는 지하의 애인 아시프까지 나서서 라탄의 허리를 두 손으로 움켜잡았다.

[라탄! 그만둬.]

[라탄, 안 돼요. 상하 씨는 그런 사람이 아냐!]

바들바들 떨며 서린도 소리쳤다.

아니, 내가 뭘 어쨌다고? 상하가 처량맞게 하늘을 바라보며 푸념했다.

"내가 국제 샌드백이야? 어떻게 된 게 만나는 놈들마다 날 패려고 하는 건데? 이놈에게도 맞고, 저놈에게도 맞고 사는 유상하 팔자라니. 아이고, 내가 어쩌다가 이 꼴이 된 거지?"

네 사람을 태운 헬기가 먼지구름을 끌며 날아올랐다. 타타타타 소리를 내며 뭄바이 쪽으로 방향을 틀었다. 저 아래쯤 어디, 한참 동안 손을 흔들고 있는 상하의 모습도 아스라이 멀어져 갔다.

참 고맙고도 좋은 사람.

서린에게 유상하는 오래도록 그런 의미로 남을 것이다.

후미 쪽에 앉은 지하와 아시프는 사랑하는 사람들답게 서로에게만 몰두한 채 이쪽은 신경도 쓰지 않는다. 아마도 두 사람의 재회를 위해 부러 모르는 척해주는 것 같기도 했다. 그들에가 다가가 잠시 이야기를 나눈 라탄이 다시 서린의 옆 자리로 돌아왔다.

우연이라 치부하기에는 정말 기묘한 운명이었다. 지하의 약혼자 아시프가 라탄의 친구였다니. 서린을 알아보고는, 라탄에게 연락을 한 것이다. 라탄이 아우랑가바드에 불현듯 나타난 건 바로 그러한 이유에서였다.

[몸은 괜찮아?]

라탄이 손을 잡아오며 나직하게 물어왔다. 어쩐지 낯선 사람들이 하는 것만은 데면데면하고 어색한 인사였다. 대답 대신 고개만 끄덕였다.

[속상해. 많이 타고 야위었어. 고생한 게 너무 역력하잖아.]

[겨우…… 일주일 못 본걸요.]

[겨우? 바보 같으니! '무려' 일주일이라고!]

익살맞은 목소리였지만 안타까움이 그대로 느껴졌다. 간결하지만 우주처럼 광대한 대답이었다. 그 속에 담긴 한없는 슬픔과 애정이 가슴을 저리게 만들었다.

[당신은요? 일은 잘 끝냈어요?]

[아팠어. 다 집어치우고 귀국했어. 엉망진창이야.]

[거짓말.]

[정말이야. 당신이 없으면 몸이 아파. 힘들어. 살기 싫어. 하지만 당신을 만났으니, 이젠 나을 거야.]

[암스테르담에 갔던 일은……?]

[내년에 다시 시작하면 돼. 당신보다 소중한 건 아무것도 없어.]

[정말 당신은…….]

어쩔 수 없는 사람이야. 그만 눈에 눈물이 차 올랐다. 저절로 서린의 커다란 눈이 눈물이 함뿍 고였다. 주르르 볼 아래로 흘러내렸다. 라탄이 고개를 기울여 축축이 젖은 연약한 눈시울에 키스했다.

[난 따개비잖아. 당신에게 딱 달라붙어 있는 말썽쟁이. 이런 날 버리고 가면 천벌받아, 서린.]

[……어떻게 알고 왔어요?]

[당신이 여기 있으니까.]

해를 쫓는 달처럼, 구름 뒤를 타고 오는 바람처럼 오직 그녀를 향일하여 다가오는 이 사람. 흔들림없이 오직 그녀만 갈망하고 바라는 이 남자. 그의 마음이 그대로 느껴져 눈앞이 캄캄해졌다.

두 시간 만에 헬기는 뭄바이 근교, 거대한 저택의 기착장에 내려앉았다. 지하와 에릭을 방으로 안내하라고 지시한 뒤 라탄은 서린의 손을 움켜쥐고 이층의 계단을 올라갔다. 너무 급해

발을 헛디딜 정도였다. 한시도 놓지 않고 꼭 잡은 두 개의 손이 똑같이 떨리고 있었다.

문이 닫혔다. 드디어 둘만의 세상이 되었다. 그럴 것이라 생각한 대로, 라탄은 망설이지 않고 맹수처럼 서린에게로 항일했다.

뜨거운 두 개의 입술이, 네 개의 손이 광란에 젖어 서로를 갈구했다. 누가 먼저랄 것도 없었다. 갈망 어린 손길이 허겁지겁 서로의 몸을 가린 천을 찢어내듯 벗겨내고 있다. 옷가지가 흘러내리는 그 사이도 참을 수 없다. 침대로 갈 시간마저 아까웠다. 강제로 여인을 덮치는 야수처럼 라탄이 단번에 서린의 몸을 타고 올랐다. 미친 듯이 키스를 흩뿌렸다.

서린 역시 그를 팔 벌려 얼싸안았다. 그리움은, 아무리 거짓말을 하려 해도 넘치고 흘러 어찌할 수가 없었다.

[벌이야.]

예민한 가슴 끝에 뜨거운 입김이 흘러내렸다. 단번에 라탄이 서린의 두 다리를 벌리고 강하게 자신을 묻어왔다. 고통과도 같은 아픔이 덮쳤다. 미처 그를 맞이할 준비도 하기 전이었다. 그를 받아들일 몸의 상태도 되지 못한 채였다. 하지만 그는 막무가내였다.

애무고 키스고 나발이고, 다 필요없었다. 난폭하게 짓누른 단단한 몸에서는 오직 욕망만이 번뜩이고 있었다.

[도망쳐 봐야 소용없다는 것을 넌 언제쯤 깨달아줄래?]

그제야 서린은 라탄의 감정을 확연하게 이해할 수 있었다. 서린이 그를 버리고 도망친 것으로 오해하고 있는 것이었다. 그의 눈빛이 전하는 것. 오직 지독한 소유욕과 뒤섞인 검붉은 욕정뿐이었다. 붉고 음란한 열기. 격렬한 욕정에 닿은 서린의 몸에도 진분홍 꽃이 피었다. 두려움과 설명할 길 없는 미묘함으로 와들와들 떨렸다.

[다시는 이런 짓 하지 마. 절대로. 절대로!]

격렬한 목소리만큼이나 강력한 몸짓이 이어졌다.

배려나 친절, 부드러움 따위는 손톱 끝만큼도 없었다. 그녀에게 닿고 합해지고 소유하겠다는 광기 같은 의지만이 서려 있었을 뿐이었다. 몸을 함께 나눌 때 그가 서린을 아프게 한 건 이번이 처음이었다. 메마른 속살이 아직은 난폭하기까지 한 그를 받아들이기를 거부하고 있었다.

저절로 서린은 나직한 신음을 토해냈다. 가늘게 떨리는 몸, 본능적으로 그를 밀어내려고 여린 팔을 파닥여 보았지만 소용없었다. 라탄의 영혼과 육신 전부가, 존재 전부가 서린의 영혼과 육신을 강하게 소유하고 짓눌렀다. 꼼짝도 하지 못하게 만들었다.

[라탄, 제발……. 조금만……. 천천……히, 아학!]

[싫어. 받아들여.]

잠시만 기다려 달라는 애원을 흔적없이 마셔 버렸다. 남자의 강철 같은 근육이 탐욕적으로 꿈틀거렸다. 아핫! 짧고 다급한 비명 소리가 다시 한 번 서린의 입술 사이로 새어나왔다.

반달 같은 눈썹이 고통스럽게 일그러졌다. 저절로 원망 가득한 눈동자가 되고 말았다. 그러나 라탄은 하나 흔들림 없었다. 고집스럽게 서린을 내려다보고 있었다.

[이게 나야. 너랑 함께 살고 네 안에 있는 네 남자는 이런 사람이야. 힘들어도 견뎌.]

또다시 밀려드는 잔혹한 힘. 잔인하고 이기적인 말과는 달리, 눈시울을 흘러 볼을 스치고는 마침내 입술에 닿은 키스는 어째서 이리도 부드러울까?

서린의 몸에 포개진 라탄의 무게가, 안에서 꿈틀거리는 단단한 몸이 완전한 욕망. 격렬한 욕정을 수치심없이 터뜨리고 있었다. 극한의 그리움과 원망처럼 느껴졌다.

그가 이렇게 잔혹하게 군적은 없다. 이렇게 서투른 적도 없었다. 이토록 성급하고 그토록 애달픈 몸짓을 한 적도 없었다. 그래서 이리도 눈물겨운 적도 없다.

'나 보고 싶어서 힘들었어요? 날 찾아내지 못할까 봐 불안했던 거예요? 우리가 다시 닿지 못할까 봐, 나처럼 당신도 많이 아팠어요?'

말하지 못한 말들이 서럽게 심장에서 핏물로 새어나오고 있었다. 서린은 눈을 떴다. 아주 가까이 다가온 라탄의 검은 눈동자를 응시했다. 그가 서린의 눈 아래 촉촉이 배어난 물기를 뜨겁게 핥았다.

아프게 한 건 그이면서도, 오히려 그가 더 고통스러워하고 있었다. 맙소사, 심지어 떨고 있었다. 서린의 팔목을 움켜쥔 손에 가득히 힘이 주어졌다. 라탄이 비통하게 중얼거렸다.

[말없이 떠나지 마. 난 평생 한 줌 부스러기 같은 추억만 안고, 불안한 그리움이란 지옥 속에 살아야 해. 제발, 이런 짓 다시 하지 마. 차라리 날 죽여!]

라탄이 서린의 턱을 잡아 자신에게로 향하게 만들었다. 엄한 목소리와는 달리 검고 깊은 눈에는 어느새 그녀와 마찬가지로 물기가 고여 있었다.

[제발. 당신이 어디에 있는지, 무사한 건지는 알게 해줘. 제발, 제발 부탁이야. 나하고의 연결은 끊지 마. 이것이 계속되고 되풀이될 때마다 난 삶이 잘라져 나가는 기분이 들어. 영원히 외로움의 형벌을 받아야 한다는 건 너무 끔찍해.]

그가 스르르 무너졌다. 두 팔로 다시 찾은 연인의 허리를 안고 얼굴을 묻어버렸다.

[네가 없으면 미쳐 버릴 것 같아. 무엇이 지옥인지 넌 날마다 내게 가르쳐 주지. 네가 내 삶에 없는 순간 전부가 지옥이야.]

[라탄, 부탁이…… 아흑!]

그가 서린의 목덜미를 강하게 깨물었다. 서로의 이름을 담은 두 개의 입술이 다시 하나로 합쳐졌다. 열기와 애욕을 담고, 그리움과 간절함을 담고 서로를 흡입했다.

[날 버린다는 말, 헤어지자는 말만 안 하면 돼. 뭐든지 들어줄

게. 같이 죽어라도 줄게!]

그의 목소리는 낮았지만 강한 의지가 서려 있었다. 오직 진실뿐. 젖어 있는 눈동자가 그렇게 약속하고 있었다. 차마, 현조를 잊지 못하면, 그러한 슬픔과 고통에서 빠져나오지 못하고 그를 잊지 못할 것 같으면 같이 죽자 말하던 사람. 기꺼이 같이 죽어 줄 이 사람. 이 남자야말로 서린이 닿고 싶은 유일한 사람이었다.

절망. 분노. 환상. 농밀한 벌꿀. 사악한 주문이고 끔찍한 쾌락. 무서운 광기. 이 남자는 그러한 모든 것. 또한 이 모든 것을 다 벗어난 것. 그녀를 아프게 하고 울게 하고 고통에 빠뜨리나, 동시에 행복하게 하고 기쁨의 원천인 이 남자는, 고통과 환희. 슬픔과 기쁨. 낮과 밤. 고귀함과 비천함. 증오이자 연정. 개별자와 절대자. 부와 가난. 왕과 노예. 천당과 지옥. 세상의 모든 것. 하지만 또한 아무것도 아닌 것.

결국은, 사랑하는.

남자.

이서린의 세상 전부.

달콤한 입술과 단단한 팔이, 뜨거운 혀가 전해주는 것은 지금. 실존. 삶. 끓는 피. 살아 있는 우리. 살아 있는 한은 우리, 헤어질 수 없지. 이런 사람을 어떻게 잊어. 놓지 못해.

짐승이라는 소리를 들어도 좋아. 매춘부라는 욕설을 들어도 좋아. 몇 번이고 몇 번이고 끌려 나가도 좋아. 멀리 내동댕이쳐진다 해도 좋아. 돌아오고 싶어. 이 사람 곁에 있고 싶어. 같이 살고 싶어. 이 사람 곁에서 죽고 싶어.

[당신이 믿을지 모르지만…….]

고백하려는 목울대가 아팠다.

[말해. 거짓말이라도 좋아. 전부 다 믿을 테니.]

[……도망치려고 했던 거 아니야. 당신 버리려고 했던 것도, 아니에요.]

서린은 나직하게 중얼거렸다. 두 팔을 벌려 그녀의 생 전부로, 사랑 전부로 그를 끌어안았다. 간절하게 속삭였다. 그녀로 인해 더 이상은 아프지 말라 똑똑히 말해주었다.

[당신과 헤어지겠다는 생각은 한 적 없어요. 이렇게 사랑하는데. 하느님, 다시는 아무 데도 안 가요. 난 당신에게 돌아오려고 했어요. 단지 시간이 좀 늦었을 뿐이야. 당신이 데리러 오기 전에 내가 먼저 당신에게로 돌아갈 작정이었어요. 기어서라도 당신한테 가. 죽어도 당신 곁에서 죽을 작정인걸.]

격한 열병에 걸린 것마냥 음울하게 빛나던 그 남자의 눈동자가 둥그레졌다. 이내 라탄의 눈이 구름에 가려진 별처럼, 어둡게 가라앉았다. 삽시간에 서린의 맨어깨 위로 그가 무너졌다. 그 남자가 그만 흘려버린 눈물 같은 것이 살갗에 서늘하게 젖어들고 있었다.

진실. 지고선. 절대가치. 함께 있어야만 하는 운명. 나머지는 전부 다 거짓이고 불필요한 것들이었다. 서린이 찾아낸 생의 완전한 해답이었다.

서린은 아름다운 머릿결에 먼저 키스했다. 젖은 눈 아래에도 부드럽게 키스했다. 조금만 참아달라고, 조금만 상냥하게 사랑하자고 부탁했다.

[미안해요, 라탄. 내가 너무 어리석었어요. 당신이 얼마나 날 찾았을지, 미처 헤아리지 못했어요. 도움받은 사람들에게 미안해서 빨리 돌아오지 못한 것뿐이야. 용서해 줘요.]

다시 잡았다. 다시 담았다. 완전히 닿았다. 하나의 마음처럼 두 사람의 젖은 입술이 맞부딪쳤다. 뜨겁게 갈구하는 몸이 미친 열기를 담고 더 뜨겁게 합쳐졌다. 서린은 사랑하는 남자를 꼭 안고 간절하게 부탁했다.

[라탄, 우린 지금 싸우는 게 아니라 사랑하고 있잖아요. 날 아프게 하지 말아요. 그래서 당신도 아픈 일일랑은 하지 말아요. 부탁해.]

꿈. 꿈이 아닌 꿈.

마음껏 두 다리를 벌린 채 연인의 하얀 살갗과 따뜻함과 은밀한 연약함을 탐닉하던 남자가 고개를 들었다. 반쯤 풀어헤쳐진 윗옷자락까지 허겁지겁 헤치고 이번에는 달콤한 젖가슴을 물어 삼켰다. 동그란 유방, 도도록 돋아나는 분홍빛 싹에 입 맞추었다. 미치도록 달았고 소스라치게 음란했다. 온몸의 세포 전부가, 피 한 방울까지 미쳐 날뛰고 있었다. 불길에 타서는 재가 되고 있었다. 수천 개의 조각난 빛의 자락들. 광란처럼 엉킨 두 개의 나신을 반사하고 있다. 애욕에 떨며 절규하는 연인의 신음 소리에 침묵은 깨어지고, 삼라만상이 애끓는 욕정에 몸을 떨었다.

그날 밤, 아직은 '아시프' 라 불리는 에릭과 지하의 약혼을 축하하는 만찬이 끝났다.

라탄과 서린이 먼저 침실로 올라갔고, 지하는 소화를 위해 정원 산책이라도 한다면서 바깥으로 나갔다. 슬프게도 유일하게 일을 해야 하는 에릭은 노트북을 들고 라탄의 서재로 올라갔다.

그런데 그곳에 아까 서린을 따라 올라갔던 라탄이 서 있었다. 깊은 생각에 잠긴 얼굴로 창밖만 바라보다가 고개를 돌렸다.

[일하려구?]

[음. 중도에 작파하고 집어치우고 온 것이 있어서 말이지. 오늘 밤 내로 끝내야 해.]

에릭이 책상에 앉아 노트북을 세팅했다. 문이 열리고 차 주전자와 잔이 올려진 쟁반을 들고 아시프가 들어왔다.

[두 분 다 여기 계실 줄 알았습니다. 차를 드시지요. 다즐링 퍼스트 플러쉬를 준비했습니다.]

아시프가 쾌활하게 말하며 하얀 도자기 포트를 들었다. 두 사람의 잔에 차를 따랐다.

[야, 향기 좋다. 정말 멋진 차네!]

에릭이 홍차를 한 모금 마시고는 환성을 내질렀다. 라탄이 찻

잔을 들며 에릭을 건너다보았다.

[대대로 우리 가문의 차만을 만드는 [15]고팔다라 농원에서 나온 퍼스트 프레시야. 어때? 마실 만해?]

[난 홍차에 대해서 잘 모르지만 이 정도라면 정말 멋진데? 고마워, 아시프.]

[다즐링을 일러 홍차의 샴페인이라고 하지요. 올해의 차는 특히 품질이 좋은 것 같습니다. 기뻐하시니 저도 즐겁습니다.]

아시프가 미소 지었다. 라탄도 한마디 보탰다.

[이건 자연이 만들어낸 최고의 차지. 선물해 줄 테니 사무실에서 마셔.]

[고맙다. 마치 와인 시음하는 것 같군. 들꽃 향이 나는 것 같아. 완벽해. 나도 미처 몰랐던 내 미각을 깨워주는 것 같아. 그런데 아시프.]

에릭이 포트를 들어 다시 차를 따라주는 과묵한 비서를 바라보았다. 우스갯소리처럼 툭 내뱉었다.

[홍차 준비쯤이야 하녀에게 맡겨두라고. 이것 말고도 할 일이 부지기수일 텐데, 라탄의 차 시중까지 도맡다니, 과로사하고 싶어?]

[뭐, 별로 수고랄 것도 없습니다. 즐거운 일이니까요. 저야 회장님이 기뻐하시는 모습을 보는 일이야말로 가장 큰 행복입

---

15)고팔다라: 신의 사랑을 가장 많이 받는다는 '고팔'과 맑고 신선한 샘물이란 뜻의 '다라'를 합친 이름

니다.]

[징그러워! 멀쩡한 얼굴로 그런 말 하지 말라고! 모르는 사람이 보면 네가 라탄을 상대로 금지된 애정을 바치는 것으로 보여. 혹시 둘이 사귀는 거야?]

[으윽! 제발 그런 말 하지 마!]

펄쩍 뛰다시피 하는 얼굴로 라탄이 양팔을 휘저었다. 아시프 역시 끔찍하다는 표정을 감추지 않았다.

[에릭, 다른 누구도 아니고 아시프라니! 내가 아무리 양심없이 방탕하게 놀았다고 하더라도, 설마 형제 같은 아시프를 상대로 흑심을 펼쳤겠어? 진짜 닭살 돋으려고 그래.]

[아시프가 네게 해주는 일이 신부가 신랑에게 하는 일하고 똑같으니 그렇지, 인마!]

[좋아좋아. 아시프, 우리 서로 사랑하는 일은 그만 하자구. 에릭의 정신건강을 위해 이제부터는 차 그만 끓여. 이젠 서린에게 달라고 할게. 됐지?]

[아, 슬픕니다. 점점 더 제가 할 일이 사라지는군요.]

[그게 자연스러운 일인걸. 라탄의 곁에 있는 서린 씨 입장에서도, 네가 라탄의 모든 시중을 들어버리면 할 일이 없잖아. 썩 기분 좋지는 않을 것 같은데?]

[마님께서 원하지 않으시면 할 수 없지요. 하지만 예전부터 언제나 늘 회장님 곁에는 제가 있었으니까요. 습관이 되어버린 모양입니다.]

[예전대로 해, 아시프. 네가 내 시중을 들어주는 것을 서린이 싫어할 리가 없잖아. 에릭이 놀리는 거야.]

미소를 지으며 아시프가 가볍게 목례를 했다. 그가 나가고 나서, 그리도 유쾌하던 라탄의 표정이 다시 삽시간에 어두워졌다. 닫힌 문만 물끄러미 바라보고 있었다. 에릭이 의아한 얼굴로 기묘한 표정을 짓고 있는 그를 건너다보았다.

[왜 그래?]

[음? 음, 아, 아냐!]

[왜 혼자 있어? 보고만 있어도 애달픈 네 신부와 휭하니 침실로 올라가더니만. 지금쯤 침대 안에서 지옥 같은 애염을 불태워야 하는 것 아냐?]

[그 사람, 샤워 중이야. 정리할 것도 있다고 해서 잠시 나왔어. 이것저것 좀 생각 중이었어.]

[고민있어?]

라탄이 에릭을 향해 고개를 돌렸다. 에릭의 예리한 눈동자가 억지로 태연한 척하려는 얼굴을 끝까지 따라갔다.

[몹시 심란해 보여. 네 연애 말이야. 애지중지하는 파랑새를 네가 놓아줬을 리는 없고 분명 파랑새가 먼저 떠난 거야? 그렇지? 네 얼굴도 내내 죽을상이었지만, 아까 식사할 때 보니 서린 씨 표정도 심상찮더라.]

[아, 그거……?]

라탄이 창가에서 물러나 에릭 옆의 의자에 다가가 앉았다.

[대체 어떻게 된 거야? 서린 씨가 어떻게 빈털터리로 그곳까지 밀려간 거냐?]

[……어머님이 억지로, 서린을 집에서 내보내신 거야.]

[저런.]

에릭이 혀를 찼다. 라탄은 김이 피어오르는 찻잔을 지그시 응시했다. 서린이 사라졌다는 보고를 받은 이후, 그녀의 행방을 찾지 못한 지난 사흘 동안의 악몽이 고스란히 그 김을 타고 뇌리에 다시 새겨지고 있었다.

인도에 돌아온 이후, 에릭이 서린과 함께 있다는 연락을 하기 전까지 삼십육 시간 동안 그는 단 한 잠도 자지 못했다.

아무것도 모르고 암스테르담에서 머무르고 있던 그가 뭄바이의 연인에게 벌어진 일을 알게 된 건, 서린이 사라진 지 이틀이나 지난 후였다.

무려 열여덟 시간의 마라톤 회의를 끝내고 난 후, 일에서 해방될 수 있었다. 그도 인간이다. 나오자마자 곯아떨어졌다. 오후에 일어나 휴대전화부터 열었지만 당연히 담겨 있으리라 생각했던 서린의 음성 메시지는 들어 있지 않았다. 쌀쌀맞은 연인에게 화를 내주리라 생각했다. 그러나 서린의 휴대전화로 연락을 했지만, 통화를 할 수가 없었다. 신호불통이었다. 불길한 예감에 집으로 전화를 해보니 아니나 다를까, 온통 소동이 벌어져 있었다. 타지마할 호텔로 잠시 쇼핑을 다녀온다던 서린이 지금껏 돌아오지 않았다는 것이다. 서린을 태우고 간 운전기사를 닦달하니, 어머니 카말라가 대화를 나눈다는 명목으로 그녀를 차에 태우고 어디론가 사라져서는 다시 돌아오지 않았다는 것이다.

머리끝까지 화가 난 채 라탄은 그동안 델리나 뭄바이와의 연락을 도맡은 아시프를 불렀다.

잠자다 말고 뛰쳐나온 그의 얼굴은 몽롱했다. 사실상 그 역시 마흔여덟 시간 동안 한잠도 자지 못했던 것이다. 자신이 회의에 들어간 사이 뭄바이에서 연락이 온 것이 없느냐고 묻자 그가 두 손가락으로 관자놀이를 꾹 눌렀다. 기억을 더듬어냈다.

[무뚜가 연락을 했죠. 큰마님이 오셔서 두 분이 타지마할 호텔에서 만나신다구요.]

[왜 나에게 말하지 않았어?]

[그게…… 제가 깜빡 잊어버렸습니다. 회장님께서 바로 주무시는 바람에…… 보고드릴 기회를 놓쳐 버렸습니다. 저도 머리가 하도 복잡해서요. 저 역시 그만 잠이 들어버렸습니다.]

[경호원들은? 그 녀석들 중 누구 한 사람도 린을 따라가지 않았단 말이야?]

[죄송합니다. 카말라님과 함께라서 경호원들도 안심한 것 같습니다. 무엇보다 작은 마님께서도 운전기사와 경호원들에게 호텔에 남아 있으라고 명령하셨다던데요.]

[빌어먹을!]

터져 나오는 욕설을 목 안으로 삼켰다. 그렇다고 잠시 부주의

했을 뿐인 아시프에게 끝까지 신경질을 낼 수는 없었다.

자신을 보좌하느라 그 역시 밤낮으로 눈코 뜰 새 없이 움직이고 있었다. 너무 많은 일을 한꺼번에 감당하다 보니, 뇌에 과부하가 걸린 모양이다. 아무것에도 신경 쓰지 말고 일에만 집중하라고 명령한 건 다름 아닌 라탄 자신이었다.

그 길로 모든 일을 작파하고 뭄바이로 돌아왔다. 카말라의 운전기사에게서 서린을 하이드라바드로 가는 시골길에다 내려놓았다는 말을 들었다. 그날부터 뭄바이와 하이드라바드 사이의 모든 마을을 샅샅이 뒤졌다. 그러나 서린의 자취는 어디에도 없었다.

이렇게 쉽게 어이없이, 허무하게 그녀와 끊어질 수 있다니. 차마 믿을 수 없을 정도였다.

서린 역시 믿었을 거다. 그의 어머니가 그토록 차갑고 냉혹한 짓을 하리라고는 생각하지 못했던 거다. 그러니 너무나 순진하게 카말라의 차에 올라탔을 테지. 하지만 서린은 그 길로 어머니에 의하여 멀리 유기되고 말았다. 낯선 곳에 이무런 이유도 없이 하찮은 쓰레기처럼 내팽개쳐진 것이다. 그의 연인이라는 이유로, 그를 사랑한다는 이유만으로 그토록 부당하고 잔인한 대접을 받은 것이다. 다름 아닌 그가 가장 사랑한 육친에 의하여.

그녀가 사라진 이후, 그녀의 종적을 찾지 못했던 삼십육 시간은 라탄 생애에 있어 가장 괴로운 순간 중 하나였다.

거의 뜬눈으로 밤을 지새웠다. 물 한 모금도 제대로 마실 수 없었다. 서린이 어떻게 된지도 모르는 형편에 그만 편안하게 먹고 자고 할 염치가 없었다.

최악의 경우, 그녀가 위해를 당했을 거란 생각은 애써 하지 않기로 했다. 그럴 리 없다. 절대로 그녀는 그를 버리지 않는다고 약속했다. 살아서 그의 곁에 있기로 약속했다. 그리워하면 닿을 수 있다. 어디에 가 있든 찾아낼 수 있다 믿었다.

몇 번이고 몇 번이고 불렀다. 제발 당신을 찾게 해줘, 라고. 심장을 갈라 그녀의 영혼 안에 놓아두듯 간절하게 불렀다, 애원했다.

'원하면…… 언제든지 떠나게 해줄게. 당신이 가고 싶다면 서울로 돌려보내 줄게. 서린, 제발 너를 닫지는 마. 날 자르지 마. 제발 네가 안전한지만 알게 해줘.'

그럼에도 서린을 찾았다는 연락은 오지 않았다.

그때만큼은 그는 철저하게 혼자였다. 삼억 삼천의 우주 안에서 그리워하는 반려를 잃어버리고 시공을 넘어 홀로 떠다니던 고독을 다시 맛보고 있었다. 소름 끼치는 정적과 공허 안에서 하얗게 메말라 죽어가고 있었다. 그 순간, 그들은 잘라진 상태였다. 언제나 연결되어 있다고 믿었던 서린과 완전히 단절되어 있었다. 반려를 잃어버린 후, 상실감과 두려움을 견디지 못하고 날뛰는 본신의 아우성을 견디기 힘들었다. 무참하게 그의 영혼을 파괴하는 외로움 때문이었다. 다시는 그런 끔찍한 지옥을 맛보고 싶지 않았다.

서린이 곁에 돌아온 지금에야 비로소, 영혼은 다시 안식을 찾았다. 심장은 제대로의 박동을 찾았다.

라탄은 고개를 들어 언제나 그의 편을 들어줄 에릭을 바라보았다.

[자세한 건 나중에 이야기할게.]

[나중에 이야기할 거면 지금 해. 나중이면 해결이 되냐?]

[아직은 시기상조. 정리정돈 해야 할 것이 몇 개 있어. 그때 이야기하지. 그보다.]

반 장난처럼 반 농담처럼 라탄의 입술이 키스를 갈구하듯 에릭의 얼굴 가까이 다가갔다. 그윽이 그의 이름을 불렀다.

[에릭?]

[야, 야아— 인마! 너 무슨 짓 하려고 그러는 건데?]

이제 내가 날씬해지니, 혹시 이 자식이 못다 한 애욕을 기어코 태우려는 건가. 강제로 덮치려는 건 아닌가? 에릭이 경악의 비명을 질렀다. 실실 웃는 라탄의 입술이 그의 귀에 닿았다. 거의 들리지 않는 낮은 목소리였다.

[얼마간 이젤로 좀 빌려줘.]

두 남자의 눈이 마주쳤다. 웃음기 하나 없는 라탄의 눈동자를 보고는 에릭도 장난기를 지웠다.

[조사할 일이 좀 있는데, 나의 측근 일이라 아시프에게는 부탁할 수 없어. 이젤로가 필요해.]

내일 아침에 이젤로를 부르겠다는 약속을 듣고서야 라탄은 서재를 나왔다. 능력이 대단한 사람이니, 그를 시켜 조사해 보면 이 며칠 내내 그를 괴롭혔던 의문이 깨끗이 풀리겠지. 그는 긴 복도의 중간에 멈추어 섰다.

서린이 사라졌을 때는 그녀의 일에만 집중하느라 일의 추이에서 느껴지는 사소한 모순들과 기묘한 어긋남. 사건들의 빠진 조각들을 생각할 여유가 없었다. 그런데 이제 서린이 그의 품안에 다시 돌아온 이후, 라탄의 머리가 제대로 돌아가고 있었다. 평상시에는 잘 쓰지 않지만, 한번 시작하면 집요하도록 뿌리 끝까지 캐내야만 만족하는 성격이다.

왜 갑자기 그런 생각이 들었던 걸까? 그가 미처 헤아리지 못한 사이, 불길한 무엇이 착착 진행되고 있었다. 서린과 그의 주변에서 벌어진 일들이 겉으로 보면 따로따로 떨어져 있는 것이지만, 사실은 눈에 보이지는 않는 땅 아래에서는 유기적으로 연결되어 있다는 예감이 퍼뜩 들었던 것이다. 그의 본능은 거의 틀린 적이 없었다.

그는 닫힌 문을 지그시 노려보았다. 슬프게 비틀린 입술이 나직한 한마디를 뱉어냈다.

[이해를 못하겠어. 대체 무슨 생각을 하고 있는 거지?]

같은 시간. 정처없이 발길 닿는 대로 걷다 보니, 어느덧 호숫가에 와 있었다. 서린은 관목 사이 만들어진 정자에 앉았다.

어디선가 날카롭게 울고 있는 풀벌레 소리가 요란했다. 밤이 내려 한결 시원해졌다고는 하지만 엉덩이에 닿은 대리석 의자의 감촉은 마치 온돌방 아랫목처럼 뜨거웠다. 하루 종일 달궈진 돌이라 아직까지 식지 않은 것이다.

서린은 멍하니 별이 총총한 하늘을 올려다보았다.

아무래도 방에 앉아 있을 수가 없었다. 마음이 편안하지 않았다.

—[라탄, 제발 내 말 좀 들어보렴. 그녀는 16)강가의 흐름에서 멀리 떨어진 자야. 그녀를 내보낸 나의 행동은 절대로 옳아! 사과하지 않을 테다. 난 옳은 일을 했어.]

[절대로! 절대로! 대체 몇 번이나 말해야 하죠? 가능하지 않은 일입니다. 린을 버리느니, 차라리 어머니를 버리겠습니다!]

아까 전, 카말라와 통화하며 내내 힌디어와 영어로 버럭버럭 소리치던 라탄을 보았다.

언제나 나른하고 어지간해서는 목소리를 높이지 않는 그이

---

16)강가에서 떨어진 자: 힌두교도들은 갠지즈강에서 떨어지면 힌두교도의 자격을 잃어버린다고 생각한다. 그래서 심지어 외국 여행을 나갈 때는 갠지즈강의 물을 담아가지고 떠날 정도이다. 그래서 갠지즈강을 알지 못하는 외국인들은 불가촉천민보다 더 낮은 신분으로 여겨진다

다. 그런데 진심으로 화를 내고 있었다. 얼굴마저 시뻘겋게 붉혀가며 격렬하게 노염을 터뜨리고 있었다.

너무 비참했다. 그가 다른 누구도 아닌 어머니에게 그녀 때문에 화를 내고 있어 너무 가슴 아팠다. 도무지 마음속에 떠돌아다니는 괴로움과 슬픔을 누를 길이 없었다. 그를 믿어. 그를 사랑해. 그와 사랑하는 것만으로 모든 문제가 해결된다면 얼마나 좋을까? 하지만 세상일은 그렇게 녹록치 않은 것이다.

라탄을 사랑하고 완전히 마음을 준 만큼 서린은 너무 무서웠다. 그의 지옥이 서린과 헤어지는 것이라 했지. 서린 역시 마찬가지였다.

그러나 그의 가족은 그녀를 절대로 라탄의 신부로 원하지 않는다. 받아들일 수 없다고 한다. 카말라와 라탄은 결국 계속해서 불화할 수밖에 없다. 서린 자신을 이유로. 그녀가 카말라와 라탄 사이에 서 있는 한, 저런 일은 끊임없이 계속될 테지. 어느 쪽에서든 고집을 꺾지 않는 이상은 해결될 수 없는 문제이다. 그리고 두 사람 중 누구도 고집을 꺾지 않을 것이라는데 서린의 아픔이 더 커지고 있었다.

[왜 여기 혼자 있어?]

등 뒤에서 다정한 목소리가 들려왔다. 언제 다가왔는지 모르게 라탄이 뒤에 와 있었다.

진정하려 애를 썼지만 울컥 눈물이 나려고 했다. 이렇게 사랑하는데 이렇게 다정한 사람인데. 혹시나 쫓겨날지 몰라. 잃어야 할지 몰라. 헤어져야 할지 몰라. 평생 동안 마음 졸이며 사는 건 너무 끔찍해.

차마 대답하지 못하고 침묵하자, 그가 다가와 앉았다. 서린의 턱을 들어 자신에게로 향하게 했다. 오직 서로만 담은 네 개의 눈동자가 부딪쳤다. 서로 다른 색으로 보이지만 똑같은 아픔을 담은 눈동자들. 사랑하기에, 서로에게 상처가 되는 일은 감추고자 하는 비밀 때문에.

[침실에 당신이 없었어. 얼마나 놀랐는지 알아? 한참 찾았잖아. 왜 말도 없이 여기 있는 거야?]

[……생각 좀 하고 싶었어요. 당신하고 좀 떨어져서. 당신이 곁에 있으면 생각을 할 수가 없거든요. 그것뿐이에요.]

[나와 떨어져서 생각해야 할 일이라면, 옳은 생각이 아닐 거야. 우린 같이 고민하고 같이 걱정해. 해결을 해야 한다면 역시 함께해야 할 거고. 자, 말해봐. 왜 나한테 화가 난 거지?]

[……굳이 그런 말까지 할 필요는 없잖아요. 나 때문에 어머님을 버리다니, 어떻게 그럴 수가 있어요?]

라탄의 선명한 입술이 단단하게 굳어졌다. 그러나 망설이지 않았다. 단호하게 내뱉었다.

[널 쫓아내신 분이야. 친절할 이유가 없어.]

[당신 어머니잖아요.]

[널 상처 입힌 사람은 절대로 용서 못해. 설사 어머니라도!]

[난 당신 곁에 돌아왔어요. 그럼 된 거 아닌가? 충분해. 그러

니 예전의 일은 더 이상 말하지 말아요.]

[바스, 린. 착한 척 위선 떨지 말라고 명령하겠어. 확실하게 마무리하자고. 듣고 싶다. 어머니가 너에게 무슨 말로 상처 입혔는지. 어떻게 널 쫓아냈는지 다 말해. 네 눈물에 대한 이유를 나도 알아야 해.]

[어떻게 그런 말을 해요? 나더러 지금, 감히 당신과 어머님 사이를 이간질하고 망가뜨리라고 요구하는 거예요?]

[당신을 내 집에서 쫓아낸 이후로 이미 그렇게 됐어. 뭐라고 했어? 나하고 결혼해선 안 된다고 해? 그건 날 더럽히는 짓이라고 했어?]

[기가 막혀! 이미 다 알고 있는 것을 나에게 왜 묻는 건데요? 내가 당신더러 속살거려, 어머니를 버리고 적대하기를 바라요? 당신은 나빠요. 그런 것을 묻는 게 아니에요.]

그만 목소리가 높아졌다. 정말 화가 나버렸다. 어느새 눈동자가 새카맣게 타오르고 있었다. 서린은 거칠게 숨을 내쉬었다. 그가 그녀의 편을 들어 화를 내면 낼수록 자꾸만 더 비참해지고 슬퍼지는 이유를 알 수가 없었다.

[네 일은 내 일이야! 나도 알아야 해!]

라탄의 목소리가 커졌다. 하지만 서린의 목소리도 지지 않았다.

[이야기하지 않으려는 게 내 마지막 자존심이라는 거 아직도 모르겠어요? 나도 알아요! 쉬운 길이 무엇인지 정말 잘 안다고!]

휙 몸을 돌이키려는 서린의 팔을 라탄이 움켜잡았다. 억지로 다시 자신에게로 돌렸다. 밤처럼 어두운 목소리로 중얼거렸다.

[왜 화내는 척하면서 슬퍼하는지 끝까지 말하지 않으면, 정말 화를 낼 거야.]

서린은 주먹을 쥐고 정말 멍청하고 사랑스러워서 정말 미워진 그 남자의 가슴을 있는 힘껏 때렸다.

[왜 화를 내지 않느냐고 물었어요? 당신이 나 때문에 화를 내서 싫어. 당신은 몰라요. 내가 왜 당신의 어머니에 대하여 이토록 저자세이고, 부당한 요구까지 거부하지 못하는지. 당신은 절대로 몰라요!]

그녀가 말하면 이 남자는 들어준다. 서린 역시 인간인데 억울하고 부당한 대접을 받으면 화가 나고 노엽다. 상처 입히면 피가 흐르고 아프다. 그녀의 편을 들어주는 이 남자에게 고자질하고 일러바치는 것도 쉽다. 하지만 그럴 수가 없다 그래서는 안 되는 거다. 서린의 마지막 남은 자존심이요, 유일한 긍지였다.

[말해. 이해하도록 노력해 볼게.]

[당신을 사랑해서 그래요.]

서린은 그의 눈을 똑바로 바라보며 중얼거렸다. 굳게 마음을 먹었는데도, 태연한 척하려 애를 쓰는데도 목소리가 가늘게 떨려왔다.

[당신에게서 어머니를 빼앗을 수 없기 때문에 그래요. 라탄, 당신은 어머니가 어떤 존재인지 아직 몰라요. 어머니를 잃어본 적이 없잖아요. 우리 어머닌 내가 대학 2학년 때 암에 걸려 돌아가셨어요. 어머니를 잃는 기분이 대체 어떤 것인지, 당신은 카말라님이 돌아가시기 전까지는 내 말의 의미를 절대로 모를 거예요.]

이 남자는 아직도 절대적인 사랑을 주는 어머님이 살아 있다. 어머니가 살아 있기에 이렇게 화도 내고 불화도 하고 짜증도 부릴 수 있는 거다. 세상에서 가장 숭구한 이름 어머니. 바로 그러한 존재이다.

그렇기에 서린은 무슨 일이 있어도 라탄과 카말라를 갈라놓는 짓을 할 수 없다. 하지 말아야 한다. 설사 그녀가 좀 더 아프더라도, 비참하더라도 카말라를 이해하고 참아야 한다.

[라탄, 잘 들어요. 어머니가 하시는 일은, 겉으로는 부당하게 느껴져도, 아들에게는 최선이야. 어머니는 언제나 자식에게 옳은 결정을 해주시는 분이니까요. 나는 그렇게 믿어요. 그런 분이 어머니예요. 라탄, 날 위해서 어머니와 적대하지 말아요. 나도 이제 곧 어머니가 될 거야. 그런 나더러, 당신이 어머니를 버리는 짓을 하게 만들 작정이에요? 그러지 말아요. 옳지 않아요.]

라탄의 얼굴이 흐려졌다. 서린은 손을 들어 그의 얼굴을 쓰다듬었다.

[어머니가 없는 세상은, 텅 비어요. 아파도, 말라비틀어져도,

힘들어도 어머니가 계신다면 하고 바라거든요. 제가 혼자 남았다고 생각했는데, 천지사방……. 이 세상의 모든 어머니가 계시더군요. 나는 당신에게 그런 어머니가 있기를 바라요, 그래서 카말라님을 이해하려고 해요.]

[그럼 대체 나더러 어떡하라는 말이야?]

[당신의 어머니가 나를 받아들일 때까지 기다릴게요. 난 당신 어머님께, 비천한 정부가 되어도 좋고, 당신의 구두를 닦는 하녀가 되어도 좋다고 말했어.]

[뭐라고?]

믿을 수 없다는 듯 라탄이 눈도 새카맣게 변했다. 서린이 그러한 말을 했다는 것을 믿을 수가 없다는 표정이었다.

[괜찮아요. 결혼할 수 없다면, 그것도 나쁘진 않을 거예요. 내가 곁에 있어요. 무슨 이름으로 곁에 있든 헤어지는 것보단 나아. 나는 참을 거예요, 받아들일 거예요. 당신 곁에 있을 수만 있다면. 나 때문에 당신이 어머니를 버리는 일보다는 덜 나쁠 거야. 제발 나 때문에 훗날 마음 깊이 후회할 일 하지 말아요. 그러면 난 당신 곁에 살 수가 없어요.]

[그럴 순 없어. 나는 너를 더 이상 불명예스럽게 만들 수가 없어.]

[명예는 내가 만들어요. 남들이 주는 게 아니죠.]

[우리의 아이들은? 네가 낳아줄 내 아이들은? 그 애들의 불명예는?]

[명예는 결혼식으로 얻는 게 아니에요, 라탄. 남들 생각하지 말아요. 내가 남들을 생각하지 않으니까. 당신이 나를 운명이라고 생각하고, 당신이 나를 사랑하다면, 그럼 우린 부부예요. 욕심내지 않아요. 그러니 당신도 날 위해서 욕심 부리지 말아요. 그게 더 날 상처 입혀요.]

라탄은 가만히 서린을 끌어안았다. 사랑이라 말하며 결혼을 거부하고 있는 이 사람. 정말 결혼이 싫어서가 아니라, 누구도 상처받는 것을 원하지 않기에 스스로만 상처받으려는 것이다. 정부라는 수치와 불명예까지도 감수하며, 그의 매몰찬 가족까지도 감싸려 한다.

세상의 모든 아픔과 슬픔을 다 몸에 묻힌 채, 그래도 마지막에는 웃으려는 이 여자. 사랑이라고 말하며 아픈 가시 옷을 걸치지. 맨살 찢기는 고통을 당하면서도 행복이라고 한다. 이런 사람의 깊은 마음을, 왜 내 어머니는 몰라주는 걸까?

서린이 미소 지었다. 눈에 눈물을 가득 담고, 그러나 햇살마냥 웃었다. 나직하게 맹세했다. 어디선가 밤 꾀꼬리의 소리가 나지막하나 준엄한 맹세를 따라오고 있었다.

[내가 전에 그랬잖아요. 당신을 사랑하니까, 그래서 당신의 세상까지 전부 다 사랑하려고 노력해요. 당신의 어머니는 나에게도 어머니야. 나에게 나쁘게 하신다 해도, 그런 어머니까지 사랑하겠어요. 그러니 당신도 당신의 어머니를 사랑해요. 라탄, 그게 나를 정말 기쁘게 하는 일이에요.]

[바보, 서린은 정말 바보.]

서린은 먼저 그의 목을 휘감았다.

[……하지만 당신은 그런 바보를 사랑하는 남자예요. 그리고 난 내가 바보라서 좋아요. 당신이라는 세상 하나밖에 볼 줄 모르거든요. 당신밖에 담지 못하거든요.]

제11장

—위대한 청혼—

투명한 아침 햇살 안에서 서린은 깨어났다. 어젯밤, 정원에서의 뜨거운 애욕으로도 모자랐던가. 라탄은 부끄럼없이 아기처럼 그녀의 젖무덤에 매달려 있었다. 어루만지고 빨고 애무하고 부드럽고 진한 키스를 번갈아 쌍둥이 달에다가 뿌리고 있었다. 밤새 내내 사랑받았던 가슴 봉우리는 예민해질 대로 예민해져 있었다. 손길이 스치는 것만으로도 아릿한 아픔마저 느낄 정도였다. 그가 장난꾸러기처럼 짓궂은 미소를 머금은 채 여린 신음을 토해내는 분홍빛 입술을 살짝 깨물었다.

[미안해. 당신이 너무 사랑스러워서 내가 그만 미쳐 버렸어. 용서해 줘.]

그가 다시 살짝 고개를 기울여 키스했다. 입술 위만이 아니었다. 투명한 가슴 봉우리 끝 분홍빛 유실에도, 하얀 목에도, 쇄골 위에도, 귓불에도 이왕 그려놓은 진분홍 열흔 위로 또다시 열정의 흔적을 덧그렸다.

비죽 솟아나는 새로운 애욕, 연인끼리 사랑하는 데에는 부끄러움이나 수치 따위는 필요없다. 지금 이 순간, 사랑을 요청하는 것은 가장 옳은 일이었다. 동시에 그녀만이 가진 찬란한 권리였다. 서린은 사뭇 대담하게 그의 목에 팔을 감았다. 수줍게 속삭였다.

[라탄, 혹시 몹시 좋은 아침 기념으로 나에게 유혹당하고 싶은 마음은 없어요?]

그의 눈동자가 의외의 놀라움으로 커졌다. 서린은 발갛게 달아오른 수줍음 속에, 농익은 관능을 숨기고 그의 입술에 먼저 키스했다.

[나, 당신 때문에 완전히 타락했나 봐. 참기 힘들어요. 당신을 갖고 싶어요.]

[좋아. 하루 종일 우리 침대에만 있자.]

라탄이 인터폰을 눌러 아침식사를 침실로 가져오라고 명령했다. 서린은 두 팔로 그의 등을 감고 얼굴을 묻었다. 나직하게 중얼거렸다.

[지하 씨와 아시프는 식사를 했을까요? 하루 종일 우리 둘, 침실에만 있으면 뭐라고 하지 않을까?]

[어젯밤 이후로 나도 그들을 본 적이 없어. 식당에서 봤잖아. 두 사람, 서로에게 완전히 미쳐 있더라구.]

[우리하고 똑같네요.]

서린의 검은 머리카락이 라탄의 어깨 위로 가득 떨어졌다. 라탄이 비단결 같은 부드러운 머리카락을 한 줌 집어 입술을 댔다.

[내가 더 미쳤어. 둔탱이 에릭 자식하고 나하고 감히 비교하지 마.]

[에릭? 아시프잖아요.]

서린의 눈썹이 의문으로 찌푸려졌다.

아차차, 실수했다. 라탄은 순간 혀를 깨물었다. 하지만 이왕 엎질러진 물. 이 마당에까지 와서 거짓말을 할 수도 없었다. 의외로 야무진 서린의 성격상 허투루 넘어갈 것 같지 않았기 때문이다. 라탄은 잠시 망설이다가 솔직히 고백했다.

[그게 있지, 린. 좀 사정이 있는데……. 지하 씨의 아시프. 사실은 진짜가 아니야. 에릭이야.]

서린이 화들짝 놀랐다.

[아시프라고 자처하는 그 자식이 바로 내 친구 에릭 스톨만이라고. 지하 씨한테 홀라당 반해 가지고 내 비서 아시프인 척하고 지하 회사에 취직을 했다는 것 아냐. 제 놈 회사는 팽개치고 말이지.]

[세상에! 어떡하면 좋아! 지하 씨는 전혀 모르고 있어요! 너무한 것 아니에요? 자신의 신분과 이름까지 속이다니. 어떻게 그

럴 수가 있어?]

만난 지는 얼마 되지 않았지만, 서린은 지하를 굉장히 좋아하고 있었다. 정말 좋은 사람이라고, 오래도록 친하고 싶다고 몇 번이고 말했을 정도였다.

고립무원인 상태에서 지하를 만나 도움을 받은 것도 고마운 일이지만, 워낙 시원시원하고 쾌활한 지하의 성격이 소극적이고 내성적인 서린에게 일종의 대리만족을 주는 모양이다. 빛과 그늘처럼 서로 다른 면모가 상대방에게 더 큰 호감을 주었는지, 라탄이 보아도 지하와 서린은 마음을 완전히 터놓는 친구가 된 것 같았다.

그런데 그런 지하의 약혼자가 엉뚱한 거짓말로 속이는 사람이라는 말을 들었으니, 서린이 기함해서 넘어갈 만도 했다.

[진정해. 진정해! 린. 그 자식 문제야. 흥분하지 마.]

라탄이 침대에서 당장 벗어나려는 서린의 팔을 잡아 눌렀다.

[이건 명백한 기만이라구요! 두 사람 약혼까지 했잖아요! 어떻게 그런 짓을……? 기가 막혀! 당신도 그래요! 그런 사실을 다 알고 있으면서 그 사기극에 동참을 했다는 이야기잖아. 이런 악당 같으니라고! 저리 가요! 보기 싫어!]

서린이 라탄을 두 팔로 확 밀어냈다. 삼 분 전까지만 하더라도 그에 대한 사랑과 수줍은 애교로 가득하던 다정한 사람은 어디로 간 걸까? 서린의 눈동자에는 분노의 불꽃이 가득 타오르고 있었다.

에릭 이 자식, 도대체 내 인생에 도움이 되는 건 하나도 없군. 라탄은 속으로 한탄을 하며 손으로 머리카락을 벅벅 긁었다. 이 난관을 어찌 수습해야 하나. 분연히 일어나 가운을 입고 벨트를 죄는 서린의 팔을 잡았다. 일단 다시 침대로 끌고 왔다.

[에릭이 조만간 이야기한다고 했어. 다 밝힌대. 그러니까 제발 당신은 나서지 마.]

[말이 되는 부탁을 해요! 나한테 지하 씨가 얼마나 고맙게 해주었는데? 생명의 은인이라고 해도 과언이 아니라구요. 그런데 지금 그이가 인생 전부를 홀라당 사기당하고 있는데 나한테 눈 감고 모른 척하란 거예요? 참으라고 하는 거예요?]

[사랑한다잖아!]

라탄도 지지 않고 버럭 소리 질렀다. 그가 강하게 나가지 않으면 당장 서린은 지하에게 달려갈 얼굴이었다. 에릭이 고백도 하기 전에 지하가 알게 되면……. 오, 마이 갓! 그 자식, 인생 끝장나는 거지. 라탄은 이를 악물었다, 만약 지금 그가 서린을 막지 못한다면, 십 년 우정은 끝장이다. 에릭은 그를 때려죽이려 들 것이다.

[아하. 그래서 신분, 이름까지 위조해서는 지하 씨에게 달라붙었다? 기가 차서! 아시, 아니지, 에릭. 그 사람 그렇게 보지 않았는데, 정말 음흉해! 유유상종(類類相從)이라더니. 그런 짓을 말리기는커녕, 오히려 도와줘요? 친구끼리 하는 짓이 어쩜 그리 닮았대?]

서린의 눈을 보아하니, 당장에 그의 뺨이라도 한 대 철썩 갈길 기세였다. 라탄은 목소리를 낮추었다. 불에는 물, 일단 서린의 흥분을 진정시킬 필요가 있었다. 실실 웃으며 내뛩겼다.

[진정해, 자기. 이것 좀 이상하잖아. 이 좋은 아침에, 더없이 다정한 우리가 왜 남의 일 때문에 이렇게 험악하게 싸워야 하는 건데?]

[지하 씨가 어떻게 남이야? 그 사람 도움 없었으면 내가 이 자리에서 당신을 다시 보고 있을 줄 알아요? 나한테는 둘도 없는 친구가 된 사람이라구요!]

서린이 평상시 소극적이고 조용한 성품답지 않게 바락 고함질렀다.

[나한테는 에릭이 그래, 린.]

라탄은 두 팔로 서린을 안아 자신에게로 끌어당겼다. 무조건 침대에 눕히고 자신의 몸으로 그녀를 눌렀다.

[그 자식이 사람을 죽여도 난 그 자식 편을 들어줄 거야. 당신이 지하 씨를 생각하는 마음 이상으로 나도 에릭을 좋아해. 사랑한다잖아. 미치도록 좋다잖아. 무슨 수를 쓰든 결혼하고 싶다잖아. 그렇게 미친놈을 어떻게 말려? 그렇다고 에릭이 지하 씨를 속여서는, 유린하고는 잔인하게 버리려는 것도 아니잖아.]

[……그건, 그렇죠.]

그런 여자에게 십만 달러짜리 에메랄드 약혼반지를 끼워주지는 않지. 서린은 간신히 진정했다.

[에릭은 그 정도로 절박하고 그 정도로 미치게 사랑하는 거야. 한 번만 봐줘.]

[하지만 지하 씨는…….]

[지하 씨도 에릭을 사랑해.]

[에릭이 아니라 아시프를 사랑하죠!]

[이름이 뭔 소용이야? 에릭이든 아시프든 자자람이든 같은 인간인데. 장미를 걸레라고 부른다고 해서 장미가 걸레가 돼?]

[여하튼 말은 잘해! 입술에 꿀을 발랐다니까.]

서린이 투덜거렸다.

[에릭, 멋진 놈이야. 21세기를 이끌어갈 [17]예티족(Yettie)의 젊은 교주라고. 에릭을 만난 건 지하 씨에게도 행운이란 말이지. 우린 그냥 지켜보자. 조만간 진실을 밝힌다고 했어. 스스로 입을 열 때까지 비밀을 지켜주자고.]

[만약, 그 남자가 조금이라도 지하 씨를 아프게만 해봐요. 당장 정체를 밝혀 버리고 쫓아낼 거야!]

서린이 끝까지 엄포를 놓았다.

[알았어, 알았다구. 내 자기는 정의의 사도라니까.]

라탄은 실실 웃으며 서린의 머리에 입술을 비볐다. 서린이 얄밉다는 표정으로 그를 확 밀어냈다.

---

17)예티족(Yettie):젊고(Young), 기업가적(Entrepreneurial)이며, 기술에 바탕을 둔(Tech-basd), 인터넷 엘리트(Internet Elite)를 의미한다. 민첩하고 유연하며 일에 있어서는 주말과 야간 근무도 마다하지 않는 열정을 지니고 있으며, 기술로 무장하고 새로운 시대의 경제를 이끌어가는 신인류이다

[당신도 쫓겨날 줄 알아요! 그따위 인간을 친구라고 여겨 속임수에 동참한 거 아냐? 가만둘 줄 알아요?]

[정말 너무한다. 지하 씨 때문에 사랑하는 나를 쫓아내려 한단 말이야?]

[힘없는 여자들이 사악한 남자들의 흉계에 대항하려면 힘을 합쳐야죠.]

[자기, 무서워. 이제 보니 한성질을 감추고 있는걸? 가만히 보니까, 지하 씨도 성질이 만만찮던데. 원래 한국 여자들은 다 이렇게 드세?]

약간 기가 질렸다. 라탄은 처량맞게 뇌까렸다.

[21세기 현대 여성들이 남자들에게 말 한 마디도 못하고, 시키는 대로 하는 것, 봤어요?]

[우리나라 여자들은 대놓고 남자를 때리고 걷어차진 않는다고. 제발 사랑스럽고 수줍었던 십 분 전의 자기로 돌아와 줘.]

[기가 막혀.]

[사랑이나 하자. 자기들 일은 자기들이 알아서 하라고 해.]

서린이 실소를 흘렸다. 그녀는 기가 차서 웃는 것일 테지만 입 한번 잘못 놀린 라탄은 지옥을 벗어난 기분이었다. 진홍빛으로 익어갈 뻔했던 아침은 그렇게 허무하게 가고 있었다.

그 다음날 오후, 라탄은 실실거리며 수영장이 내려다보이는 발코니로 나갔다. 볼이 퉁퉁 부어 홀로 뚱하게 앉아 있는 에릭의 어깨를 주먹으로 툭툭 쳤다.

[그만 화 좀 풀지 그래?]

[닥쳐!]

[재미있자고 한 짓이잖아.]

[닥치지 않으면 진짜 주먹 날아간다, 라탄 나발 나와르완지타다.]

에릭의 볼이 더 불룩해졌다. 마침내 인내심의 한계를 넘어선 듯 목소리마저 거칠어졌다. 라탄은 실실 웃으며 곰탱이의 염장을 한 번 더 질렀다.

[재미있으라고 스트립 쇼 한번 한 것을 가지고 그렇게 난리야? 별것도 아니었구먼.]

[이 자식아, 친구 약혼녀 앞에서 네 잘난 몸뚱어리를 드러내는 게 정상이야? 이 변태자식 같으니라고! 우리 지하 앞에 10m 이상은 접근하지 마. 죽여 버리겠어.]

라탄은 씩씩대는 에릭 앞에서 그만 쿡쿡거리고 말았다. 누르면 바로 반응하는 게 정말 놀리는 재미가 쏠쏠하단 말이지.

아까 수영장에서 지하와 서린을 앞에 두고 일부러 세미누드 스트립쇼를 해보였던 것은 아무리 생각해도 이 근래 가장 재미있던 일이었다. 종마처럼 아름답고 섹시한 남자의 누드를 보자고, 필사적으로 눈을 가리려는 에릭에게서 지하는 벗어나려 했고 라탄은 그 상황을 즐겼다. 반면 에릭의 분노 게이지가 최고치로 상승했지만.

라탄이 셔츠 단추를 풀기 시작하자, 서린은 기껏 얼굴을 빨갛게 붉히는 정도였지만, 지하는 흥분한 나머지, 마구 광란하여 '오빠!' 아우성을 치며 휘파람까지 불어주며 엄청난 몰입과 열광을 보여주었더랬다. 셔츠를 벗어 던졌는데 하필이면 그게 지하 쪽으로 날아갈 게 무엇이람. 마침내 라탄이 바지 버클까지 풀자, 설마 그 정도까지는 생각하지 못한 듯 서린까지도 얼이 빠져서는 멍하니 그를 바라보고만 있었다.

물론 당연히 그 안에 수영복을 입고 있었다. 하지만 제 약혼녀 앞에서 그런 짓을 저질렀다는 데에 분노한 에릭은 거의 발광한 토마토가 되고 말았다. 죽여 버린다고 난리를 쳐댔다.

속 좁은 녀석. 아직까지 그 분노가 풀리지 않은 것이다. 어제의 밤나들이 도중, 타지마할 호텔의 나이트클럽에서 서투른 피아노를 치게 만든 것까지 해서 에릭의 분노는 거의 임계점에 달해 있었다.

[내가 아무리 남녀불문하고 유혹을 해대고 끔찍하게 방탕한 생활을 했었다 하더라도 말이지, 에릭, 친구의 약혼자 앞에서 누드를 보여줄 수는 없는 일이지. 그만 화 풀어. 안에 수영복 입고 있었잖아.]

[그게 변명이냐? 나쁜 놈. 감히 누구 눈앞에다가 제 잘난 누드를 드러내고 난리야? 너 같은 놈은 전 세계 남자의 공적이야, 인마! 내 언젠가 이 세상 모든 남자들의 평화로운 밤을 위해 반드시 널 죽여 버리겠어! 그래, 그런 네 사악한 꼬리지를 네 공주

님은 좋다고 하시더냐?]

[아주 좋아하지.]

[웃기네! 서린 씨가 그런 네 광증을 참아준다고?]

라탄은 슬쩍 목소리를 낮추었다. 엄청난 비밀이라도 털어놓는 얼굴로 소곤거렸다. 실실 웃으며 간특하게 꾀었다.

[사실은 말이야. 아까 침실에서 진짜 스트립쇼를 했거든. 린이 정말 좋아하던데. 우리, 완전히 불타올랐잖아. 날더러 유혹의 화신이라더군. 에릭, 너도 한번 해보지 그래? 지하 씨가 끔뻑 넘어갈 거야.]

붉으락푸르락하던 에릭의 얼굴이 순간적으로 변했다. 순진한 녀석. 긴가 민가, 눈동자가 대굴대굴 굴렀다.

[지, 진짜? 정말 좋아하던?]

[그—러엄! 나름대로 여자들도 성적인 욕망이 있는데, 그것을 자극한 거지. 사랑하는데 무슨 상관이야? 모름지기 연인을 꽉 잡는 데는 에로틱한 액션이 최고지.]

에릭의 표정이 확 풀렸다. 순진한 놈. 애인이 좋아하더란 말 한마디에 꾀여서는, 왜 화를 낸 건지도 잊어버렸다. 거의 넘어오고 있는 중이었다.

[저어, 나도 하면 우리 지하가 좋아할까? 한번 해볼까?]

[해봐. 너 살 싹 뺐잖아. 너도 나름 섹시해졌어, 귀여운 곰탱이. 지하 씨도 너랑 섹스하는 거 좋아하잖아?]

[물론이지! 천생연분 아니겠어? 우리 지하는 날 만지기만 해

도 오르가즘을 느낀대.]

에릭이 체구에 어울리지 않게 귀여운 표정을 지으며 으쓱댔다. 라탄의 뱃속이 요동쳤다. 아까 마신 라시가 고스란히 올라오려고 했다.

[진짜?]

[그럼! 나도 이제 나름 섹시가이잖아.]

[네 테크닉이 그렇게 발전했단 말이냐? 대단한데, 에릭 스톨만? 혹시 다른 여자를 상대로 실습했어?]

[닥쳐라, 라탄.]

자식이 자존심은 있어가지고.

그때 지하와 서린이 간식이 담긴 쟁반을 들고 발코니로 나왔다. 지하가 감탄의 표정을 감추지 못하며 생긋생긋 라탄에게 애교를 떨었다.

[고마워요, 라탄. 정말 새로운 세계를 알게 해주셨어요. 기회 있으면 한 번 더 부탁해요. 라탄의 스트립쇼는 진짜 국보급이라니까요.]

[지하! 저 바람둥이 녀석한테 웃어주지 마!]

당장에 에릭이 발끈했다. 그녀를 잡아채 자신의 무릎에다 앉히며 으르렁댔다. 당장에 안대라도 채울 기세였다.

[아시프!]

지하의 항의에도 아랑곳하지 않고 에릭이 라탄에게 경고의 눈빛 화살을 강하게 쏘았다. 아직도 지하가 아시프라고 부르는 것을 보면 자신의 신분을 밝히지 못한 것이 분명하다.

[이 인간 옆에 있으면 물들어! 지하, 방에 가서 우리끼리 놀자.]

[미치겠네! 아시프, 어린애처럼 굴 거야?]

지하가 항의하거나 말거나, 에릭은 일방적으로 지하의 손을 끌어당겼다. 에릭에 의하여 거의 질질 끌려가다시피 지하의 모습이 사라졌다. 아까 뀐 대로 에릭 녀석, 지하를 상대로 되지도 않는 스트립쇼를 할 작정인 거다. 사랑에 빠져 허우적거리는 그의 모습에 자신의 모습이 겹쳐져서 라탄은 픽하고 웃음을 흘렸다.

[지하 씨는 아직도 아시프라고 부르네요.]

[아직도 자신에 대해 밝히지 못한 모양이야.]

서린이 다정하기만 한 그들의 뒷모습을 응시하고 있었다. 못내 근심스러운 표정이었다. 라탄 역시 성격이 만만찮아 보이는 지하가 그 사실을 알았을 때 뒷감당을 어찌하려고 아직까지 말하지 않고 있는지 잠시 걱정이 되었다.

[저 녀석이 알아서 할 일이야. 당신이 신경 쓸 일이 아냐.]

[그래도……. 나중에 알게 되면 지하 씨가 상처받을 텐데. 배신감 느껴서 우리까지 미워하면 어쩌죠?]

서린이 말꼬리를 흘렸다.

[그럼 큰일이지. 그러니까 당신은 모르는 척 꾹 입 다물고 있어. 밤에 요트나 타러 가자. 피곤할 텐데, 잠시 낮잠이나 자는

게 어때?]

서린이 고개를 저었다.

[괜찮다면 병원에 잠시 들를까 해요. 오랫동안 봉사활동을 하러가지 못해서 궁금해. 다녀와서 준비할게요.]

그러나 밤의 세일링은 무위로 돌아가고 말았다. 지하가 급히 처리해야 할 일이 생겨 못 나간다고 거절했기 때문이다.

[회사복귀 명령이 떨어졌어요. 돌아가기 전에 정리할 일이 좀 있어서요. 쫓아낼 때는 언제고 말이지, 지금은 안 온다고 난리야. 짜증나 죽겠네. 아시프, 노트북 좀 쓸게.]

지하가 휑하니 서재로 올라가 버렸다. 일 때문에 가차없이 애인을 내버린다 이 말이지. 정말 화끈하고 멋있었다. 보면 볼수록 일중독자 에릭과 천생연분인 아가씨였다. 서린은 서린대로 정리할 것이 좀 있다면서 먼저 방으로 올라갔다. 연인에게 버림받은 처량맞은 두 남자만 남았다.

[혼자 잘 놀고, 일이 우선이라. 업무 때문에 미련없이 널 내버리고 가는 여자. 애인으로 좋아?]

[……할 수 없지. 나도 그러니까. 원래 컴퓨터로 먹고 사는 이 업계 사람들 성향이 좀 그래.]

에릭이 한숨을 푹 쉬었다. 하긴 그렇지. 라탄도 동의했다.

[오늘은 외로운 우리 둘이 커피나 마시자.]

두 남자는 커피잔을 들고 거실로 자리를 옮겼다. 에릭이 라탄을 건너다보았다. 쾌활했던 오후와는 달리 저녁부터 라탄은 내내 말이 별로 없다. 처음 볼 만큼 기운이 빠지고 울적해하는 친구의 일이 영 마음 쓰이나 보다.

[지금 보니 서린 씨 표정이 별로 밝지 않더라. 너도 마찬가지고. 아까만 하더라도 근심일랑 하나 없더니, 왜 또 그래? 진짜 청승맞아. 재미없어 죽겠어. 빨리 얄밉고 느른한 라탄으로 돌아오지 못해?]

에릭이 꾸짖었다. 그의 선량한 눈이 그를 예의 주시하고 있었다. 라탄은 잠시 망설였다. 어떤 경우에도 편이 되어줄 친구의 말없는 격려가 기다리고 있다. 결국 그는 깊이 심어둔 마음의 끝자락을 살짝 내보였다.

[논의할 일이 좀 있어서, 어머님하고 잠시 통화를 했어. 어머니와 내 의견이 요즈음 들어 잘 맞지 않아. 내가 무섭게 화를 내는 것을 린이 보아버렸거든. 린이 속상해하는 것을 보니 또 기분이 나빠지고 있어.]

[서린 씨하고 결혼한다고 통보했구만?]

라탄은 고개를 끄덕였다. 에릭이 휘리릭 휘파람을 불었다.

[제대로 핵폭탄을 터뜨렸네. 너 같은 하이-카스트 남자는 절대로 외국 여자랑 결혼할 수 없다면서? 서린 씨는 외국인인데다 아무것도 없는 사람이라며?]

라탄은 두 손가락을 깍지 낀 채 에릭을 바라보았다. 절대로 농담이 아니라는 뜻을 분명히 했다.

[에릭, 네가 린의 지참금을 내줄 수 있니?]

[뭐라고?]

[미리 스위스 은행 개인계좌로 송금해 두었다. 네가 찾아서 린 대신 지참금을 내줘. 결혼식 할 때 지참금과 선물을 늘어놓고 구경시키는 것은 피할 순 없어. 내 신부를 망신당하게 할 수는 없잖아.]

[신부의 지참금을 신랑이 대신 내주신다? 나름 괜찮은 방법이로군. 그런데 넌 다우리 반대론자 아니었어? 그런데 자기 아내더러는 다우리를 요구하다니 이율배반 아니냐? 위선적인 녀석.]

역시 미국인이라 사고방식이 다르다. 에릭이 노골적으로 비아냥거렸다.

[그런데 결혼 허락은?]

[어떻게 되겠지. 일단 난 린과의 결혼을 선언했어. 그거면 되는 것 아닌가?]

[빌어먹을 녀석, 네가 명령하면 하늘의 해도 서쪽에서 떠오를 줄 알고 있지? 하지만 지참금 문제야 내가 어떻게 해결한다 쳐도 끝내 결혼 허락을 받지 못하면 어떡할래?]

[별수없지. 다 버리고, 우리 둘이 떠나야지.]

[아하! 다 버리고 떠나면 뭐 해서 먹고 살 건데?]

[그래서 하는 말인데, 에릭, 너 혹시 별장지기 필요없어?]

에릭이 아니꼬운 표정으로 라탄을 노려보았다. 아래위로 쫙 빠진 섹시한 자태를 훑어보며 심드렁하게 내뱉었다. 복수혈전이다, 이놈아. 거만하게 내뱉었다.

[글쎄, 메인 주에 관리가 필요한 별장 한 채가 있기 하지만 난 게으름뱅이는 용서 못하잖아. 왜, 누구를 취직시켜 주려고?]

[내가 좀 아는 녀석이 있는데 말이지. 하버드에서 경제학과 고대 미술을 전공했고, 잠시 회사 경영을 맡은 적 있는데. 몸도 튼튼해서 수영장 청소도 잘하거든. 어떻게 안 될까?]

[다른 특기는 없어? 꺼진 형광등을 잘 간다든지 막힌 수도관을 잘 뚫는다든지. 배관공 라이센스가 있으면 더 좋아. 이런 불경기에 네가 말한 정도의 커리어 가지곤 취직 힘들어.]

[피아노도 좀 치고, 스트립 댄싱도 좀 하는 편이고, 무엇보다 섹스를 잘해. 아참, 도박판에서도 여간해서는 지는 편이 아냐. 나름 와인에 대한 조예도 있다는 것 같고, 미술품 위작 감정도 곧잘 하는 편이야.]

줄줄이 읊어대는 내용을 가만히 듣고 있다가 에릭이 정색을 했다. 아주 진지하게 충고했다.

[라탄, 그런 녀석이 한적한 메인 숲의 별장지기가 가당키나 할 것 같아? 헛소리하지 말고, 라스베이거스나 니스에 가라고 해. 거기 나이트클럽 많잖아. 스트립 댄서로 나가보지. 돈 많은 여자들이 환장할 거야.]

[그건 안 되는 게, 유부남이거든.]

[그럼 식당 웨이터밖에는 못할걸?]

[시급은 어느 정도일까?]

[뭐, 돈이야 많이 받겠어? 정말 웨이터로 일하겠다면 이번에 호주 쪽에 우리 회사 지사가 설립되는데, 구내식당을 만들 예정이야, 그 자리는 알아봐줄 수 있어. 단!]

[단, 뭐?]

에릭이 라탄을 빤히 노려보았다.

[성형수술부터 해, 너 이 자식. 이런 낯짝 들고 실실거리며 쟁반 들고 다녀라. 우리 회사 모든 미남미녀들을 다 손댈 거 아냐? 우리 회사 인간들 전부 다 상사병에 걸려 일도 안 하고 해롱댈 게 분명해. 생산성 떨어지는 일을 내가 왜 해?]

[나, 이제 그런 생활 청산했어. 완전히 개심한 것 몰라?]

[웃기네. 제 버릇 개 주냐? 믿을 수 없어. 넌 죽었다 깨어나도 바람돌이야. 혈관에 흐르는 피 자체가 농도가 달라? 왜 이래?]

[그렇지 않다니까 그러네. 이 자식이!]

가만히 듣고 있다 보니 은근히 자존심이 상한다. 라탄이 냅다 덤벼들어 에릭의 목을 졸랐다.

[자꾸 나의 어두운 과거를 들먹여서 우리 린의 심기를 불편하게만 해라. 당장 엉덩이 걷어차서 쫓아내겠어. 그것만인 줄 알아? 지하 씨한테 네 정체를 까발려 버릴 거야!]

[아, 제발 그것만은 안 돼! 항복, 라탄. 항복이라니까!]

정체를 밝혀 버린다는 말 한마디 앞에서 당장 에릭의 꼬리가 떨어졌다. 처량맞게 낑낑대며 자비를 호소했다.

[그나저나 지사 설립 이야기 좀 해라. 어디로 결정한 거냐?]

[방갈로르.]

[애인은 푸네에 있는데, 지사 설립은 방갈로르라. 하긴 방갈로르가 사업 요건이 훨씬 더 낫지. 장한 결정이긴 하다만, 원거리 연애는 힘들 텐데……. 자, 잠깐만. 에릭, 큰일났다!]

문득 아주 중요한 그 무엇인가를 생각해 낸 듯 라탄의 거무스름한 얼굴이 순식간에 창백하게 변했다.

[에릭, 지하 씨에게 너에 대해서 솔직하게 밝혔어?]

[아니, 아직 못했어. 오늘 밤에는 말하려고.]

[서재에 너와 내가 찍은 사진이 널려 있다는 사실은 기억하지?]

[나도 봤어. 하지만 전부 안경 쓰고 수염 기른 사진뿐이던데……? 오, 맙소사, 아웃룩!]

이번에는 에릭의 얼굴도 허옇게 질렸다. 라탄은 한숨을 내쉬었다. 조용히 선고했다.

[에릭, 아무래도 걸린 것 같다.]

아시프, 아니지, 에릭 스톨만을 직접적으로 강타한 유지하발(發) 태풍이 라탄의 저택을 한바탕 휩쓸고 지나갔다.

한국 여자들, 정말 우습게 볼 일이 아니었다. 분노하면 물불 가리지 않는다는 것쯤은 얌전한 서린에게서도 느낀 적 있지만, 괄괄한 성격을 지닌 지하는 한층 더했다. 심지어 의자를 내던져 거울을 깨뜨리지를 않나, 칼처럼 날카로운 유리 조각을 들고 에릭을 향해 덤벼들 정도였다.

[죽여 버릴 거야! 이 나쁜 자식아! 감히 날 갖고 놀아?]

지하의 고함 소리에 집안 유리창이 죄다 부서질 정도였다.

단지 사랑을 한 죄뿐인데. 온 마음 바쳐 순정을 바쳐 사랑했는데. 무슨 죄가 있습니까? 오직 하나, 제 본명을 말할 기회를 놓쳤을 뿐인 불쌍한 에릭. 졸지에 사랑을 배신하고 혼인빙자 간음죄를 지은 사기꾼이 되고 말았다.

엎친 데 덮친 격으로 뉴욕에서 긴급 연락까지 왔다. 에릭더러 당장 돌아오라는 것이다. 지금 그가 복귀하지 않으면 일껏 일군 회사를 통째로 말아먹게 생겼다고 부사장인 리처드가 앵앵대고 있었다.

일단 누구든 나서서 정리정돈을 해야 할 판이었다. 사랑싸움도 좋지만 긴급한 쪽은 역시 뉴욕의 일이었다. 분신 같은 회사를 말아먹게 할 수는 없지. 라탄은 일단 에릭의 목줄을 잡아 질질 끌어냈다. 흥분해서 여전히 에릭을 죽이려 드는 지하는 서린에게 맡겼다.

미리 연락을 해두었으므로 공항으로 갈 헬기가 타타타 소리를 내며 착륙하고 있었다.

[이대론 못 간다구!]

에릭은 버럭 고함지르며 라탄의 팔을 뿌리쳤다. 그러거나 말거나 라탄은 에릭을 억지로 헬기 속으로 밀어 넣었다. 아직도 연애 초보인 불쌍한 친구에게 용기를 심어주었다. 연애 고수답게 오묘한 여심(女心)을 설명했다.

[아직도 모르겠어? 지하 씨 네가 준 약혼반지 빼지 않았어. 마음 깊이는 완전히 너하고 이별할 마음이 없는 거야. 걱정 마. 갔다 와. 시간이 필요해. 그녀도 널 사랑해. 너의 거짓말까지 무시할 만큼 사랑한다고.]

[정말…… 이야?]

[날 믿어, 에릭. 만약 그녀가 끝까지 연락하지 않는다면 나중에 네가 다시 찾아오면 되잖아. 인도에 있는 한은 어떤 놈도 집적이지 못하게 내가 철저히 보호해 주지. 날 믿고 떠나. 네 문제부터 해결하라고.]

너만 믿고 내가 간다. 애처로운 표정으로 에릭이 마지못해 헬기에 올라탔다. 이 분 뒤에 헬기가 높이 떴다. 새처럼 빠른 속도로 공항을 향해 사라져 갔다.

그를 보내고 두 사람이 머물던 침실로 가보았다. 하녀들이 치우고는 있었지만 산산조각이 난 거울, 부서진 의자는 그대로였다. 서린도 라탄 팔 아래에 고개를 빼꼼 드밀어 난장판이 된 방을 들여다보았다. 고개를 설레설레 저었다.

[굉장하군요.]

[그러게 말이야. 지하 씨 정말 무섭네.]

라탄은 혀를 찼다.

[지하 씨가 '에릭 스톨만'에게 맺힌 원한이 많다고 하더구만. 그나저나 연인의 싸움질에 왜 내 재산만 박살이 나는 거야? 억

울하네.]

[지금 그런 말이 나와요? 지하 씨는 심장이 부서졌는데.]

서린이 뾰족한 목소리로 라탄을 나무랐다.

[린, 너무 지하 씨만 편들지 마. 나 화나려고 해. 내가 질투 많은 거 알지?]

[기가 막혀! 아무 데나 당신의 이상한 질투 따위 갖다 붙이지 말아요.]

상심한 지하는 자신의 방에 틀어박혀 나오지를 않고 있었다. 서린이 몇 번이나 찾아갔지만 혼자 있고 싶다는 말로 그녀를 밀어내고 있었다.

[라탄, 어떻게 좀 해봐요. 제발.]

[그냥 둬, 시간이 필요할 거야. 혼자 이겨내야지.]

[그래도요. 당신이 에릭의 진실에 대해서는 이야기를 해줄 수 있잖아요. 에릭이 아시프라고 속이면서 지하 씨를 끌어들일 때 당신도 나서서 도움을 준 책임이 있어요. 이번 일의 반은 당신도 책임을 져야 한다구요.]

[알았어. 잠깐만 지하 씨랑 이야기 좀 하고 갈게.]

서린의 말이 일리가 있었다. 에릭이 아시프라고 거짓말을 하며 뭄바이 공항에서 지하를 낚아챌 때 라탄 자신도 동참을 했다. 게다가 증명서 위조에다가 신분 위장까지 시켜주었으니 서린의 말대로 '사기꾼들'이란 비난에 대하여 할 말이 없기는 했다.

다른 것은 몰라도 사랑만은 진실이던 친구를 위해 최소한의 변명이라도 해주어야만 할 것 같았다.

라탄은 문 앞에 등을 기대고 섰다. 지하의 얼굴을 찬찬히 살폈다.

[지하, 괜찮아요?]

[괜찮지 않을 이유가 없죠. 사랑했던 남자는 어디론가 사라지고, 지겹게도 미워하는 남자는 쫓아냈고, 거짓말이 들키자 그 남자는 뒤도 돌아보지 않고 도망갔고. 기막힌 나는 여기에 남았고. 괜찮지 않을 이유가 없어요.]

지하가 무뚝뚝한 목소리로 억지로 뱉어냈다. 담담하려 애를 쓰는데, 깊은 속마음은 그렇지 못한 것이다. 그녀의 볼에 주르륵 눈물이 흘러내렸다.

[에릭, 내가 억지로 보냈어요. 아무리 지하하고의 일이 해결되지 못한 상태라 해도 지금 그가 돌아가지 않으면 힘들어지거든요. 사랑도 중요하지만 그 녀석 사업도 그만큼 중요해요. 그건 지하가 이해해야 해요.]

[다시는 돌아오지 말라고 하지 그랬어요?]

[마지못해 가면서도 지하 걱정만 했어요.]

[걱정하는 것조차 거짓말이면 어떡하죠? 이제 그에 대해서는 아무것도 믿을 수가 없어요. 믿을 수가 없을 것 같아요.]

지하가 얼굴을 무릎에 푹 파묻었다. 맥없는 소리로 중얼거렸다.

[친구라서 변명해 주는 말이 아니에요. 에릭을 알아온 게 이십 년이 거의 다 되어가지만 그 녀석, 지금까지 절대로 거짓말 따윈 하지 않았어요.]

[하지만 나에게는 했죠. 가장 중요한 자신의 존재 자체를 속였죠.]

[그 녀석이 그런 짓까지 한 이유를 생각해 봐요. 그만큼 지하 씨에게 흠뻑 미쳐 있었다는 증거예요.]

[그 잘나고 유명하신 에릭 스톨만 회장님께서 흠뻑 빠져 거짓까지 꾸며대서는 접근할 정도로 나 그렇게 대단한 여자 아니에요.]

[지하 씨는 아주 대단한 사람이에요. 에릭이 사랑하는 유일한 여자니까요. 지하, 에릭을 한 번만 이해해 보려고 노력해 줘요. 그놈 별명이 얼음심장이었어요. 컴퓨터 말고는 어떤 사람도 사랑한 적이 없었거든요.]

지하는 얼굴을 다시 무릎 위에 묻어버렸다. 혼잣말처럼 되물었다.

[라탄은 지금 그가 나에게 거짓말을 한 것을, 오직 사랑이 이유라고 말하고 싶은 건가요?]

[내가 아는 한, 에릭은 어떤 여자에게도 사랑을 느낀 적이 없어요. 지하, 당신은 특별해요. 에릭에게 당신은 진정한 첫사랑이자 마지막 사랑이에요.]

라탄은 조용한 목소리로 지하를 설득했다. 오직 사랑 때문에 벌인 거의 광기에 홀리듯이 에릭이 벌인 그 모든 거짓을 설명했다. 다시 한 번 간곡히 부탁했다.

[지하, 제발 그 녀석의 진심을 외면하지는 말아줘요. 그의 신분은 거짓이었겠지만, 그의 사랑만큼은 절대로 거짓이 아니에요. 지하, 부탁하는데 그를 너무 많이 기다리게 하지는 말아요.]

문을 닫아주고 돌아서며 라탄은 문득 그 말은 서린에게 해야 할 말은 아닌지 곰곰이 생각했다.

너무 많이 기다리게 한 사람은 에릭이 아니라 라탄 바로 자신이었다. 그의 곁에 머물러 있다는 이유만으로 죄인 아닌 죄인이 되어 있는 서린이 아닌가. 그녀를 상처 입히지 않는다고 하면서도, 사실은 그의 망설임과 비겁함이 서린을 자꾸만 상처 입히고 있는 것이다. 최소한 사랑에는 정직하고 저돌적이던 에릭처럼 그도 망설임없이 그녀를 위해 다 버려야 할 때가 온 것 같았다.

복도를 걸어가는데, 아시프가 자신의 방에서 서류철을 잔뜩 들고 나왔다.

[잘 만났습니다. 제발 오늘은 일 좀 하시죠.]

[암스테르담에서 연락이 왔어?]

[미탈님이 그럭저럭 마무리를 하는 모양입니다. 거의 밀담은 끝난 것 같구요. 아르셀로가 우리에게 회사를 팔 뜻이 드디어 분명해진 것 같습니다.]

[다행이군. 내가 아니라 그들에게.]

라탄은 서재로 들어갔다. 아시프가 내려놓는 서류철을 뒤적였다. 대놓고 상욕을 퍼부었다.

[돼지들!]

[네?]

[이 자식들, 애초보다 두 배나 불렀잖아. 내가 공작궁의 계단을 가지고 있기에 망정이지, 못 살 뻔했다. 미탈에게 연락해서 그대로 가라고 해.]

[알겠습니다. 그리고 한 가지 충고드려도 되겠습니까?]

[좋아. 해봐.]

[지금 현재 공식적으로 회장님은 급성 바이러스에 감염되어 고열을 앓고 있는 것으로 알려져 있습니다. 적어도 어젯밤처럼 클럽에서 술을 마시고 춤을 추는 모습을 사람들에게 보여주시면 안 되는 것 아닙니까?]

[칵테일 딱 한 잔 마셨어! 아시프, 잔소리가 너무 많은 것 아냐? 헛소리 말고 델리와 암다바드에 연락이나 해.]

웃기시네, 언제 그가 사람들 시선을 의식한 적 있던가. 라탄은 콧방귀를 뀌며 쪼잔한 잔소리쟁이 아시프에게 쏘아붙였다.

[무슨……?]

[다음 주면 이 일이 마무리될 거야. 보름 후에 공작궁에서 내가 일족들을 전부 다 만나고 싶어한다고. 아주 중요한 일을 논의해야 하니, 한 사람도 빠지지 말고 모이도록 통보해.]

[아주 중요한 일이요? 제가 모르는 중요한 일이 있습니까?]

[네가 몰라도 내가 아니까 상관없잖아.]

라탄은 명랑하게 말하고는 서류철을 아시프에게 돌려주었다.

[말씀을 해주셔야 제가 준비를 하지요.]

[괜찮아. 이번 행사는 할머님이 주관하실 테니까. 넌 일족들에게 연락만 해줘. 그 이상은 신경 쓰지 않아도 좋아.]

지금까지 모든 것을 맡기고 모든 것을 일임하던 그가 아닌가. 그런데 이번 일만은 물러나 있으라 명령한다. 억지로 아무렇지도 않은 척하려고 했지만 라탄에게서 밀려난다는 기분이 들었나 보다. 아시프의 얼굴이 순간적으로 흐려졌다.

[내 개인적인 일이야. 넌 내 일 말고도 다른 일로 바쁘잖아. 요즈음 너의 뇌에 과부하가 걸린 것 같아서 말이야. 지난번처럼 중요한 전화도 제대로 받지 못하고, 일에 치여 이것저것 잊어버리고 빠뜨리고 그러지. 나 반성 중이야, 널 너무 혹사시키는 것 같아서. 네게 휴가를 주어야 하는 게 아닌가까지 생각하고 있어.]

[괜찮습니다. 늘 하던 일인걸요. 제가 고생해서 회장님이 조금이라도 편안하고 행복하시면 전 만족합니다.]

[늘 고맙게 생각하고 있어. 아시프, 정말이야. 내게 무슨 일이 생기면 언제나 제일 먼저 너에게 말할 테니, 너무 섭섭해하지 마.]

[알겠습니다. 지시하신 일을 처리하지요.]

아시프가 계단을 내려 때까지 라탄은 미소를 잃지 않았다. 그가 사라지자마자 서서히 흐려지긴 했지만. 그는 어깨를 으쓱하고 휴대전화 폴더를 올렸다.

[조만간 알게 되겠지. 무엇이 진심인지…….]

에릭이 떠난 후, 지하도 이제는 슬슬 회사로 복귀해야 한다고 말했다. 물론 회사에서도 전화를 받았지만, 에릭도 없는데 혼자 이곳에 남아 있다는 게 영 부담스럽다는 기색을 감추지 못했다.

[너무 멋진 휴가였지만요. 이젠 일해야죠.]

[……나, 지하 씨밖에 친구 없는데, 지하 씨 떠난다니까 너무 속상하다.]

서린으로서는 결코 지하에게 부담 주려고 한 것은 아니었다. 다만 인도에서 만나기 힘든 한국 친구요, 게다가 가장 힘들었을 때 도움을 받았다. 짧은 시간이기는 하지만 마음 깊은 이야기도 털어놓고 이해받은 친구인데, 정작 떠난다고 하니 마음이 울적해져서 그만 방정맞게 말이 튀어나오고 만 것이었다.

[언제든지 다시 만날 수 있잖아. 지하 씨가 뭄바이로 오든지 당신이 푸네로 가든지. 말만 해. 당장 헬기를 띄워줄 테니까.]

[으흑! 말만 들어도 무서워요, 라탄. 서린 씨, 전요, 뼛골까지 서민이거든요. 누구 만난다고 헬기 타고 왔다 갔다 하는 제트족 생활, 생각만 해도 멀미 나요.]

지하가 펄쩍 뛰었다. 짐을 챙긴다기에 서린은 지하의 방에 따라 올라갔다. 짐을 챙기는 것을 도와주며, 라탄이 있는 곳에서는 할 수 없는 여자들만의 이야기를 잠시 나누었다. 다음번에는 서린이 푸네에 놀러가기로 약속했다.

침실로 돌아가니, 라탄이 수화기를 들고 돌아보았다.

[지하 씨는 뭐 해?]

[배낭 챙기고 있었어요.]

[그렇군. 에릭, 들었지?]

라탄이 다시 휴대전화를 귀에다 댔다. 통화 중인 사람은 에릭인 모양이다. 미국에 도착하자마자 지하의 일이 궁금하니 전화를 한 것이다.

[내일 지하 씨는 회사로 복귀한단다. 네 녀석이 걱정하는 대로 이층에서 뛰어내린 것도 아니고, 좌절하여 목을 맨 것도 아니니까 걱정 마. 상처? 아하, 유리에 벤 상처?]

[아까도 약 발랐어요. 괜찮아요.]

서린이 다시 얼른 대답했다. 라탄이 다시 수화기에 대고 버럭 소리 질렀다.

[인마, 유리에 조금 벤 상처로 죽는 사람 없어. 자식아! 주접 그만 떨고 네 일이나 잘해!]

다음날 아침, 지하가 떠났다. 라탄과 서린은 창가에 나란히 서서 그녀가 떠나는 것을 지켜보았다. 지하가 떠남으로 하여 내내 흐려진 서린의 얼굴을 어떻게라도 펴주고 싶었나 보다. 라탄이 그녀를 꼭 끌어안아 주었다.

[약속했잖아. 지하 씨를 만나고 싶으면 언제든 푸네로 가게 해준다고.]

[음, 그러고 싶어요. 지하 씨 정말 좋은 사람이에요. 에릭하고 오해가 잘 풀려서 두 사람, 정말 잘되었으면 좋겠어요.]

[나도 그래. 에릭을 위해서도 그렇지만, 린 당신에게도 좋은 친구가 생기는 거니까.]

[그래요. 본받을 점도 많은 사람이에요. 언젠가 상하 씨도 다시 만나면 좋겠어요.]

[웃기지 마. 그 자식은 안 돼.]

라탄이 딱 잘랐다. 서린은 그를 돌아보았다. 언제나 그러던 것처럼 질투하는 척 실실거리는 농담기란 없었다.

[라탄, 상하 씨는 지하 씨 오빠예요. 참 좋은 사람이구요. 나한테 도움도 많이 줬어요. 언젠가 꼭 다시 만나 은혜를 갚을 사람이라니까요.]

[내가 갚을 테니 당신은 나서지 마.]

[왜요? 참 이상하네.]

서린은 혼잣말을 했다. 아무런 상관도 없는 상하에게 라탄이 왜 이렇게 예민하게 신경을 곤두세우는지 이해를 할 수가 없었다. 그가 혼잣말처럼 툭하니 내뱉었다.

[너무 잘난 놈이란 말이야! 아우랑가바드에서 당신은 그놈하고 웃고 있었잖아. 게다가 당신 손등에 키스까지 한 놈이잖아! 그 자리에서 때려죽이지 않은 것만 해도 다행인 줄 알아!]

[기가 막혀! 라탄, 지금 당신 질투해요?]

[누, 누가!]

라탄의 거무스름한 얼굴이 얼핏 붉어졌다. 기를 쓰고 부인하려 했다. 서린은 너무나 황당해서 그만 실소를 머금고 말았다.

다음날 아침, 두 사람이 막 식사를 마치고 일어서는데, 하녀가 다가와 수화기를 내밀었다.

[마님, 전화 좀 받아보세요. 코리아나 항공사 사무실이라는데요. 한국에서 마님을 찾으려는 사람들이 왔대요.]

서린과 라탄의 시선이 허공에서 맞부딪쳤다.

[사무실에다가 연락처를 전해놓기는 했는데……. 한국에서 도대체 누가 왔다는 거지?]

혹시 뭄바이행 비행기에 탑승한 혜전 선배나 이화명 매니저님인지도 모르겠다. 서린은 침착하게 전화를 받았다.

—형수, 저예요.

믿을 수가 없었다. 서린의 심장이 뚝하고 떨어졌다. 현조의 목소리! 아니, 아니다. 그럴 리가 없잖아. 똑같은 사람이라고 믿을 정도로 비슷한 목소리를 가진 아우 영조였다. 자신도 모르게 서린은 소리치고 있었다.

"도련님! 세상에! 어떻게 된 거예요?"

—지금 우리, 뭄바이에 와 있어요. 어머니 모시고 왔어. 형수 봐야 한다고 부득불 고집 피워서…….

서린은 라탄을 바라보았다. 그만 눈물이 고이고 있었다. 너무 미안해서, 그녀에게 이리도 깊이 마음 써주는 분이 고마워서.

[한국에서…….]

[누구야?]

[……현조 오빠 동생이랑 어머님. 내가 인도 와서 연락이 없으니까 걱정돼서 여기까지 일부러 오셨대요.]

[우리가 그쪽으로 간다고 해.]

라탄이 얼른 대답했다. 서린은 손으로 막고 있던 수화기를 다시 귀에다 댔다.

"도련님, 어디서 묵으실 건가요?"

—하얏트 리젠시로 예약했어요.

"그럼 그곳으로 가 계세요. 제가 지금 그리로 찾아갈게요."

차를 타고 하얏트 리젠시로 가는데, 이상하다. 라탄은 내내 뚱한 얼굴이었다. 한 마디도 하지 않았다. 좀 신경이 쓰였지만 어쩔 수가 없었다. 차가 호텔 입구에 도착했다. 차를 타고 오는 동안 계속해서 고민했던 문제를 이제는 털어놓을 수밖에 없었다. 서린은 어렵사리 부탁했다.

[……저어, 라탄. 오늘은 혼자 만날게요. 우리 둘이 나타나면 놀라실 것 같아요.]

[왜?]

무뚝뚝한 목소리였다. 서린은 잠시 망설였다. 그러나 정직하게 말할 수밖에 없었다.

[다른 사람도 아니고 현조 오빠 가족들인데, 당신하고 함께 만나기가 좀 민망해요. 오빠가 죽은 지 이제 겨우 반년 남짓인데……. 벌써 다른 사람 만났다고 어머니, 섭섭해하실 것 같아……]

비록 웃으며 그녀만을 내려주었지만, 상처받은 거다. 돌아서서 로비로 걸어가는데, 등 뒤로 라탄의 시선이 느껴졌다. 바보. 그렇게 소리치는 것 같았다. 죄인. 누군가를 사랑하는 것이 언제나 죄가 되는 그녀는 대체 어떤 팔자일까?

서린은 카운터에 다가가, 영조가 가르쳐 준 대로 룸 넘버를 말했다. 이삼 분이 지났는데, 엘리베이터가 내려왔다. 먼저 모습을 드러낸 사람은 홍 여사였다. 구르듯이 다가와 의자에서 일어서는 서린을 끌어안았다.

"서린아!"

"어머니……."

"살아 있었어. 이것 봐, 말짱하게 살아 있었어."

손을 들어 얼굴을 만지고 손을 어루만지고, 몇 번이고 머리를 쓰다듬는 홍 여사의 볼을 타고 굵은 눈물이 저절로 주르륵 흘러내렸다. 서린의 눈시울 아래도 촉촉이 젖어들었다.

"어디 얼굴 좀 보자. 밥은 제대로 먹고 다녔어? 아픈 데 없고? 괜찮아?"

한 마디도 묻지 않는다. 한 마디도 추궁하지 않는다. 그저 밥은 먹고 다녔는지, 몸은 건강한지, 그것만 묻고 있다. 가슴으로 안아줄 뿐이다.

서린의 몸이 홍 여사의 품 안으로 모래성처럼 무너졌다. 서린의 눈에서 그만 허락하지 않았던 눈물이 장맛비처럼 쏟아지고 있었다. 어머니, 고마워요. 제가 이런 사랑받을 자격이 있었던

가요. 이런 어머니를 놓아두고, 홀로 죽으려 했던 제가. 생때같은 아들 잃고 상처투성이인 이 가슴에 다시 한 번 대못 박으려 했던 못난 제가, 어머니. 이 넉넉하고 감사한 가슴 안에 파고들 자격이 있을까요.

유리창 너머. 차 안에 앉아 로비에서 서린과 우현조의 가족이 재회하는 것을 지켜보았다. 그의 어머니인지 늙수그레한 여자와 우현조와 상당히 흡사한 분위기를 가진 젊은 청년이 곁에 있었다. 이내 그들과 함께 서린이 엘리베이터 안으로 사라지는 모습이 보였다. 이내 문이 닫혔고 그녀는 사라졌다.

[돌아가시지요. 마님께서 나중에 연락한다고 하셨습니다.]

아시프가 재촉했다. 그러나 라탄은 움직일 수가 없었다. 이상한 일이다. 서린을 여기 혼자 놓아두고 혼자 돌아가기 싫었다. 발길이 떨어지지 않았다.

[왜 자꾸 머뭇거리십니까? 집으로 가시자니까요.]

[너 혼자 돌아가. 어쩐지 불안해. 난 여기서 기다리겠어.]

아시프의 얼굴이 순간 어이없다는 표정이 스쳤다. 라탄은 누구에랄 것도 없이 열없게 홀로 미소 지었다. 지금 아시프처럼 누구든 그의 속내를 들으면 다들 미쳤다고 할 것이다. 그러나 그것이 거짓 하나 없는 지금 이 순간의 솔직한 심정이었다.

저 사람들이 만약 서린을 데리고 서울로 돌아가겠다고 하면 어떡하지? 서린 또한 설득당해서 돌아간다고 하면 어쩌지? 그럴 리 없다고 몇 번이고 스스로를 세뇌한다. 설사 그렇다고 해도 다시 가서 데려오면 그만이다. 그럼에도 불안하고 무서웠다. 그녀와 단절되어 미치는 경험은 한 번으로 족하다. 그런 지옥은 다시 맛보고 싶지 않았다.

세 시간 후.

엘리베이터 문이 열렸다. 서린이 그 안에서 타박타박 걸어나왔다. 앞을 가로막는 사람을 보고 그만 깜짝 놀라 소리치고 말았다.

[라탄! 지금까지 여기 있었어요?]

그가 고개를 가볍게 흔들었다. 어쩐지 나쁜 짓을 하다가 들킨 아이 같은 표정을 짓고 있었다.

[아무래도, 혼자 갈 수가 없더라고.]

[왜요?]

아주 어렵게, 얼굴까지 벌겋게 붉히며, 그 오만하고 거침없는 남자가, 떠듬떠듬 말까지 더듬고 있었다.

[……그 사람들이, 당신을 데리고 돌아가 버릴까 봐서. 걱정되어서.]

[말도 안 돼!]

어쩌면 좋아. 겉으로는 멀쩡해 보이는데 이리도 겁 많고 소심하고 멍청하고 사랑스러운 남자라니. 볼이라도 당겨 죽 늘려주고 싶었다. 서린은 그만 그의 손을 잡아 품에 꼭 안고 말았다. 간절하게 속삭였다.

[어떤 일이 있어도 당신 곁에 있겠다고 약속했잖아요.]

[그래도……. 당신, 예전에 서울에 전화 걸면서 울었다면서? 돌아가고 싶다고 아시프더러 말했다면서? 나한테는 말하지 말라고 하면서, 당신, 서울 가는 비행기 표까지 구해달라고 했다면서?]

[세상에. 아시프더러 그렇게 말한 적 없어요.]

[정말이야?]

라탄의 표정이 심각해졌다. 서린은 그의 눈을 바라보며, 진실만을 고백했다.

[돌아가고 싶은 마음도 없지 않지만, 당신을 아프게 하는 일이라서 하지 않겠다고 말했어요. 그날은 당신이 괜히 마음 쓸까 봐서, 서울에 통화한 것을 말하지 말아달라고 부탁했을 뿐이에요. 오늘도 어머님께 인도에 더 있을 거라고 말했어요.]

라탄이 입을 꾹 다물었다. 갑자기 서린의 팔목을 움켜쥐더니, 내려온 엘리베이터를 눌렀다. 무작정 그 안으로 밀어 넣었다.

[라탄! 왜 이래요? 뭣 하자는 건데?]

[같이 올라가. 그 사람들에게 날 소개해.]

[말도 안 돼. 어떻게 그래?]

느닷없는 그의 요구에 서린의 얼굴이 창백하게 변했다. 세차게 고개를 흔들었다. 그의 팔을 잡은 손이 바들바들 떨리고 있었다. 서린이 푹하니 고개를 숙였다. 염치없고 풀죽어서 아래로 내려앉은 목소리가 가냘프게 새어나왔다.

[라탄, 그러면 안 돼요. 도리가 아냐. 어떻게 그분들께 그런

말을 해? 난 못해요. 그분 아들이 죽은 지 이제 겨우 반년 지났어……. 조금만 더 있다가…….]

[조금만 더? 언제까지? 일 년, 이 년? 십 년? 얼마의 시간이 흐르든 그 자식은 죽었고, 우리가 같이 살고 있는 건 움직일 수 없는 사실이야. 왜 나하고 사는 것을 감춰? 당신이 무엇을 잘못했다고?]

라탄이 서린의 어깨를 잡아챘다. 꽉 움켜쥐었다. 정말 화가 났는지, 그녀를 노려보는 눈빛이 음울하게 번쩍이고 있었다. 왜 날 소개 못해? 왜 당당하게 사랑한다고, 나랑 결혼한다고 그들에게 말하지 못해? 당신, 내가 부끄러워? 우리가 사랑하는 게 망신스러워? 버럭버럭 소리 지르는 것처럼 느껴졌다.

그가 나직하나 단호하게 내뱉었다. 절대로 거역할 수 없다는 뜻을 분명히 했다.

[날 소개하지 못할 이유가 없어. 가서 당당하게 말해야 옳아. 당신은 내 사람이라고, 우린 같이 살 거라고. 그러니까, 다시는 죽은 아들 핑계 대며 당신 흔들지 말라고 말할 거야! 찾아오지도 말고, 연락도 하지 말라고 분명히 말하겠어!]

라탄의 얼굴은 처음 볼 만큼 심각했고, 동시에 깊이 상처받은 표정이었다. 그를 부끄러워한다고 생각한 것인지, 정말 화를 내려고 하고 있었다. 그들의 사랑을 감추고 부인하려는 서린에게 찬성할 수 없다는 뜻을 분명히 밝혔다.

어찌하든 도망치고 싶었지만 라탄의 무시무시한 힘이 그녀를 억압하고 있어 불가능했다. 결국 서린은 얼굴이 시뻘겋게 변한 채 반 끌려가다시피 라탄과 함께 홍 여사와 영조가 머무는 객실 앞으로 갈 수밖에 없었다.

초인종을 누르자, 잠시 후 문이 열렸다. 영조였다. 방금 전에 내려간 서린이 서 있으니 놀라는 것이 당연했다.

"형수, 왜……?"

그의 말꼬리가 흐려졌다. 서린의 등 뒤에 선 라탄을 본 것이다. 의아한 표정이 더 짙어졌다.

[누구…… 십니까?]

라탄이 한 발 앞으로 나섰다. 죄인처럼 고개를 숙인 서린의 어깨를 안았다. 난 이 여자의 연인이라고 무언으로 당당하게 시위했다.

"안녕하십니까? 나는, 라탄이라고 합니다."

영조도 놀라고 서린은 더 놀랐다. 세상에! 라탄이 한국어를 말할 줄이야. 그가 서린을 내려다보았다.

[나도 한국어 연습했어. 약속대로. 당신만큼은 아니지만. 잠시 실례하려고 합니다. 어머님을 뵙고 싶습니다.]

"영조야, 누가 왔니?"

궁금한지 홍 여사도 나왔다. 서린과 함께 선 라탄을 보고는 깜짝 놀라는 표정을 지었다.

"이게 어떻게 된 일이야? 무슨 영문이니? 이 남자는 대체 누구냐?"

홍 여사가 서린더러 두서없이 물었다. 목소리가 가늘게 떨리고 있었다. 눈으로 본 바, 전부이다. 서린의 어깨를 당당하게 감싸 안은 이 남자. 강한 눈빛 그것만으로 전부 짐작했다.

다만 믿고 싶지 않아서, 너무 놀라서, 아무리 아니라 해도 순간적으로 몰려든 배신감과 노여움이 너무 커서, 서린에게 아니라는 거짓말이라도 듣고 싶은 거다. 서린은 두 손으로 얼굴을 가렸다. 염치없고 미안해서 차마 나오지 않는 목소리로 띄엄띄엄 고백했다.

"어머니…… 죄송해요. 저는……. 어머니. 속였어요. 거짓말했어요."

"그게…… 무슨 말이야? 대체 이 남자가 누구냐니까?"

심장의 상태와는 상관없이 입술이 제멋대로 움직이고 있었다.

[일단 들어오십시오.]

영조가 한 발 물러섰다. 객실로 들어간 세 사람은 소파에 마주 앉았다. 영조가 홍 여사에게 찬물을 한 잔 가져다주었다. 단숨에 냉수를 들이킨 홍 여사가 가슴에 손을 대고 후우~ 한숨을 내쉬었다. 낮은 목소리로 물었다.

"이제 이야기 좀 듣자. 이분은 누구신데 이렇게……."

"……저랑…… 같이 살고 있는 사람이에요. 이 사람이 저를 다시 만들어주었거든요."

서린은 고개를 들고 홍 여사의 얼굴을 보았다. 이젠 어쩔 수가 없다. 일이 이렇게 된 이상, 라탄의 존재를 끝까지 비밀로 할 수 없다. 부끄럽고 미안하여, 막막하게 눈물 흘리며, 그럼에도 부인할 수 없는 진실의 마음을 고백하고야 말았다.

"죄송해요, 어머니. 제가 인도로 온 거, 사실은…… 저 죽으러 왔던 거예요. 오빠 없는 세상, 살기가 너무 무서워서. 막막해서……. 따라 죽으러 온 거였어요."

서린은 지금껏 내내 긴 옷소매로 가리고 있던 왼쪽 팔목을 걷었다. 홍 여사 앞에 내밀었다. 아직도 선연한 자해의 흔적 안에서 후루룩 홍 여사가 거친 숨을 들이쉬었다. 영조도 말을 잇지 못했다. 서린은 억지로 미소 지었다. 그러나 구겨진 미소 대신 주르르 눈물이 흘러내렸다.

"죽자고 했는데, 잘 안 되더라구요. 그런데 이 사람이, 갈기갈기 찢어진 종이인형처럼 망가진 저를…… 다시 풀로 붙여줬어요."

한 조각, 한 조각 땅바닥에 떨어진 조각들을 가슴 안으로 사랑 안으로 기다림이란 풀로 붙여주었지. 삶의 그 위대한 힘으로, 살아 있기에, 끝내 살아가야만 하는 사람의 슬프고도 기막힌 힘으로 꼭꼭 누르고 붙여서는 다시금 온전하게 형체 갖춘 사람, 만들어주었지.

언제나 멀리 멀어지고 도망친 건 서린 자신.

거절한 것도 서린 자신.

거부하고 밀어내고 매몰차게 잘랐던 것도 그녀 자신.

하지만 언제나 주었고 또 주기만 했던 남자가 있었다. 관대하고 너그럽고 다정했다. 손 내밀어주었다. 사랑한 죄로. 먼저 더 많이 사랑한 탓에.

어떤 사랑은 너무 강하고 무거워, 감히 인간의 저울추로는 재어지지 않는다고 했다. 주기만 하고, 또 주기만 하고. 기다리기만 하고 또 기다리기만 하고. 참아주고 또 참아주고. 안아주고 또 안아주고. 수십 번 떠나보낸 후 다시 맞이해 주는 그런 사랑을 어떻게 측량할까? 그런데 그런 사랑을 하는 사람이 있었다. 이 지구상에. 바로 그녀 옆에 앉은 이 남자.

서린은 두 손으로 주름진 홍 여사의 손을 잡았다. 간절히 부탁했다.

"이 사람이 절 살렸어요. 어머니, 이 사람이 아니었으면 전 여기 이 자리에 없어요. 어머니 가슴에 다시 또 대못 박았겠죠. 그런데 이 사람이 있어, 저 살았어요."

"부처님! 부처님! 이것아! 이런 모진 짓을 어떻게……."

서린의 손을 마주 잡은 홍 여사의 눈에서도 눈물이 주르르 흘러내렸다.

"죄송해요, 어머니. 이 사람 받아주세요. 용서해 주세요. 기다리고 또 기다려 주는 사람이에요. 현조 오빠, 마음에 담고 추억하는 것마저 같이 가슴에 담아주고 같이 울어주었어요. 그러니까 저도 이제 이 사람, 피할 수 없어요."

서린은 고개 숙인 채 간절하게 소망했다. 잔인하고 염치없는 짓이지만, 그런 것까지 감싸주시는 '어머니'란 이름을 가진 그 분께, 언제나 염치없고 이기적인 딸의 이름으로 간청했다.

"어머니, 이제 남은 저의 삶은 온전히 다 이 사람 거예요. 저도, 이 사람에게 가고 싶어요. 그러니 부디…… 저를, 이 사람에게 보내주세요. 염치없지만, 부탁드릴게요. 이젠 현조 오빠 잊고 잘 가라고…… 등 떠밀어 주세요. 절 보내주세요."

홍 여사와 라탄의 시선이 부딪쳤다.

라탄은 두 팔로 흐느끼고 있는 서린을 꼭 안았다. 온 생으로 온 영혼으로 그녀를 감싸 안았다. 그 마음이 그 진실이 홍 여사의 눈에도 보일 거라고 믿었다. 한 마디 한 마디, 가슴으로부터 아로새기고 온 말을 털어냈다. 어눌하나 또박또박, 사랑하는 여인을 자신에게 보내달라고 간청했다.

"아주, 많이, 사랑합니다. 평생 동안, 내가, 이 사람을. 돌보아 주겠습니다. 행복하게, 꼭. 만들어줄 겁니다. 나에게, 이 사람을 주십시오. 나는 서린과 함께, 언제까지나, 우리 둘이, 함께, 살고 싶습니다."

제12장

—우리들의 [18]삼사라—

뭄바이, 타다그룹 본사 회장실.

[자, 이것으로 일단락이 났군.]

라탄은 서류철로 탁탁 책상을 쳤다.

TV에서는 타다 철강과 아르셀로 철강이 합병에 합의함으로써 연간 일억 톤의 철강을 생산하는 철강업계의 '공룡'이 탄생하게 되었다는 뉴스가 계속해서 되풀이되고 있었다.

—6월 26일, 두 회사는 지난 한 달 동안 계속된 지루한 마라

---

18)삼사라: 산스크리트 어로서 윤회라는 뜻. 바퀴가 굴러가듯이 돌고 돈다는 뜻이다. '생과 사의 순환'이라는 뜻이며 원래 의미는 '옮겨진다' 또는 '다시 태어난다'는 것이다. 전생(轉生)·재생(再生)·유전(流轉)이라고도 한다

톤 협상을 마치고 협상안에 조인했으며 현지 시간으로 28일, 암스테르담에서 기자회견을 가질 예정이라고 보도했습니다. 타다 철강의 미탈 사장은 이날 협상을 마친 뒤 성명을 내고 '이번 합의에 만족한다'고 밝혔습니다…….

[수고하셨습니다.]

[너도 고생했어. 우리끼리 자축하자. 아시프, 한 잔 줘.]

아시프가 돌아서서 글라스에 코냑을 따랐다. 두 남자는 TV 화면에 비치는 미탈 사장의 얼굴을 향해 잔을 높이 치켜들었다. 진심으로 기쁜 아시프의 표정과는 달리 그러나 라탄의 표정은 별로 밝지 않았다.

[기억나시죠? 작년에 생일 파티에 초대받아 가서, 청천벽력처럼 합병 의사를 밝히셨을 때 빈 회장의 얼굴 말입니다.]

['아르셀로를 인수하고 싶다'라고 말하자마자 그만 하얗게 질리더군. 내일 '아르셀로를 인수하겠다는 공식 발표를 하겠다'고 했더니, 그는 너무 당황해서 휴대전화를 바닥에 떨어뜨리기까지 하던데.]

[방해 공작도 많았습니다만, 여하튼 무사히 넘겼지요.]

[어려움이 많을수록 헤쳐 나가는 보람이 있지.]

라탄은 잔을 내려놓았다. 두 손을 깍지 낀 채 가만히 아시프를 바라보았다. 삼십여 년 동안 곁에 있어주었던 사람. 자신의 얼굴보다 더 많이 본 그를, 변함없이 익숙한 그 얼굴을, 언제나 다정하고 맹목적으로 충성스런 얼굴을 찬찬히 바라보았다. 그 시선을 옮기지 않고 뚫어질 듯 응시했다. 처음에는 영문을 모르겠다는 표정으로 그를 마주 보던 아시프의 시선이 문득 흔들렸다.

이제는 덮어두고 미루어두고 감추어두었던 일을 처리할 차례였다. 이젤로의 보고서는 어제 도착했다. 싫어도 해야 하는 일. 라탄은 잠시 눈을 깜빡였다. 바닥에 깔릴 정도로 낮은 목소리로 물었다.

[아시프.]

[네.]

[……왜 그랬어?]

[무, 무슨 말씀이신지……?]

[간디나가르.]

[무슨 말씀을 하시려는지 이해할 수 없습니다…….]

애처로울 정도로 얼굴이 파랗게 질려가고 있었다. 그러나 아시프는 끝까지 부인하려 애를 썼다. 라탄은 가볍게 고개를 끄덕였다.

[부인하지 마. 다 알고 있어.]

실마리를 찾았다. 모든 일의 중심에 선 이름, 아시프.

한동안 라탄은 모함다스가 그를 공격했던 일을 곰곰이 생각해 보고 또 생각해 보았다 그의 일정을 아는 사람은 아시프뿐이다. 그런데 모함다스가 그 자리에 우연히 나타났다는 건 오다가다의 우연이 만든 기적일 리는 없을 테고, 남은 건 하나. 누군가가 정보를 주었다는 거다. 게다가 그의 경호원들을 뚫고 그가 그토록 가까이 접근할 수 있었던 것 역시 누군가가 일부러 경호망을 느슨하게 만들어주지 않으면 불가능한 일이었다.

[그런 일을 가능하게 만들 수 있는 사람은. 아시프, 이 세상에서 딱 두 사람, 너와 나뿐이야.]

아시프의 이마에서 땀이 뚝뚝 떨어졌다.

[하지만 난 아냐. 난 모함다스 그 개자식의 얼굴만 봐도 토하고 싶어지거든. 부끄럽게 그런 자식의 칼에 찔려 죽을 마음도 손톱만큼도 없고 말이야. 결국은 너라는 말인데…….]

[아닙니다! 절대로 제가 감히 어떻게……. 전 회장님의 발길이 닿은 땅바닥까지 숭배하고 충성하는 사람입니다.]

[맞아. 그래서 넌 그런 짓을 저질렀지. 아시프, 너의 충성심이 너무 과다했어.]

라탄은 냉정하게 내뱉었다.

[네가 무슨 이유로 그런 짓을 했을까, 생각하고 또 생각했지. 결론은 하나. 넌, 그가 정말 나를 해치기를 바랐던 거야. 아냐?]

아시프가 무릎을 꿇었다. 간절하게 외쳤다.

[회장님, 부탁드립니다! 제가 이야기할 기회를 주십시오. 그 문제는 제가 설명드릴 수 있습니다. 저는 다만…….]

[그래, 다만……?]

라탄은 잔의 남은 액체를 단번에 마셨다.

[네가 날 좋아하는 만큼 나도 너를 좋아해. 네가 나를 아는 만큼

나도 널 잘 알지. 오늘은 내가 너 대신 너의 심정을 설명해 볼게. 틀렸으면 틀렸다고 말해.]

아시프와 라탄의 시선이 마주쳤다.

[나를 아주 많이 사랑하는 넌 나의 마음을 불편하게 만드는 그 어떤 것도 참지 못해. 그렇지 않나? 넌 나의 심기를 불편하게 한 모함다스와 하잘을 일거에 제거할 궁리를 했어. 다시는 귀찮게 하지 못하게 내 앞을 가로막는 벌레들을 어떻게 하면 깨끗이 해치울 수 있을까, 생각하고 또 생각했을 테지.]

[그, 그렇습니다.]

[검은 양들은 절대로 탐욕을 버리지 못하지. 앞을 가로막고 있는 내가 사라져야 하잘은 회사에 복귀해서 콩고물이라도 얻어먹을 수 있을 테고, 모함다스는 쥐꼬리만큼이나 연명하는 것을 보전할 수 있을 테니까. 하지만 누군가가 충동질을 하지 않았다면 그들은 감히 나를 공격하는 어리석은 짓 따위는 하지 못해. 불가능한 것을 그들도 잘 알거든. 하지만 넌 그들이 날 습격하는 일을 저지르기를 간절히 바랐어. 그들이 감히 날 공격하는 짓을 저질러야 공식적으로 그들을 제거할 수 있는 명분을 만들 수 있을 테니까. 그래서 넌 그들에게 내가 나타나는 곳의 정보를 흘렸고, 경호망을 일부러 풀었지. 그들은 네 기대대로 꼭두각시처럼 나를 습격하는 어리석은 짓을 저지른 거야. 덕분에.]

[용서해 주십시오. 제멋대로 군 죄, 미리 말씀 올리지 못한 불찰, 달게 벌을 받겠습니다.]

[괜찮아. 모든 일이 다 네 뜻대로 됐잖아.]

라탄은 싱긋 웃으며 술잔을 탁자에 놓았다. 대견하다는 듯이 환하게 웃어주었다. 가볍게 고개를 흔들었다.

[역시나 뒷공작을 한 하잘은 영구 추방되었고, 모함다스는 경호원의 총에 맞아 확실하게 죽었어. 네 뜻대로 깨끗이 청소가 끝났지. 안 그래? 정말 멋진 작전이었어, 아시프. 넌 정말 영리해.]

[……제멋대로 일을 처리한 저를 벌해주십시오.]

아시프가 비장하게 중얼거렸다.

[벌이라……? 내가 무어라고 명령하든 넌 복종할 의사가 있다는 건가?]

[전 회장님의 사람입니다. 십칠 년 전에 제 불찰로 회장님께서 납치를 당하신 이후 전 제 목숨이 붙어 있는 한, 회장님을 위해서 쓰리라고 결심한 사람입니다. 어떠한 벌이라도 달게 받겠습니다. 단, 계속해서 회장님을 보살펴 드릴 수 있도록 허용해 주십시오. 제가 숨을 쉬는 이유는 오직 회장님을 위해서입니다.]

[……좋아, 아시프. 충성심이 이유라니, 이해하지 못할 바도 아니야. 내가 다치거나 죽은 것도 아니니 그 정도는 넘어가자구. 하지만.]

[하지만이라니요……?]

[반드시 네 입으로 대답을 듣고 싶었어. 이건 아무리 생각해도 내가 해답을 내릴 수 없었거든.]

라탄은 아시프의 명민하고 선량한 얼굴을 바라보았다. 이런 말을 해야 하는 지금 이 순간이 너무나 고통스럽다. 하지만 반드시 해야 하는 말. 피를 나눈 형제라 해도 과언이 아닌 충복. 평생 동안 그의 곁에서 마음을 나누고, 그의 삶이 가진 무게를 덜어주고, 좋은 조력자 역할을 할 거라고 믿었던 사람인데. 누구보다 믿었는데…….

라탄은 고통스럽게 물었다. 명확한 대답을 요구했다.

[왜 서린을 미워하는지 그 이유를 설명해 봐.]

아시프의 얼굴이 삽시간에 잿빛이 되었다. 그의 시선이 바닥으로 툭 떨어졌다. 부인하지 않고 침묵하는 그것만으로도 충분했다. 라탄은 그가 알고자 하는 모든 것을 다 알았다.

침실 문이 열리자, 서린이 돌아보았다. 그녀의 무릎 앞에는 지난번에 라탄이 그린 서린과 키마의 아이들이 담긴 스케치북이 펼쳐져 있었다. 열린 창 너머로 아시프가 떠나는지, 차의 시동 소리가 들려오고 있었다. 라탄은 부드러운 머리카락에 깊이 얼굴을 묻었다. 빌어먹을! 아시프, 멍청한 녀석!

[마님에게는 달리 유감은 없습니다. 하지만 회장님께 어울리는 분이 아니지요. 다만 전, 세상의 주인이신 회장님의 반려가 그분이기를 바라지 않았을 뿐입니다.]

어리석은 아시프 녀석, 맹목적이고 삐뚤어진 충성심과 사랑이 그 이유라니. 그는 라탄에게 좋은 일이 무엇인지, 어느 것이 최선인지 제멋대로 상상하고 판단하는 잘못을 저질렀다. 너무나 오래 그를 보살피고, 그의 곁에서 분신 노릇을 하다 보니, 자신의 생각이 라탄의 생각이라는 착각에 빠진 것이다.

라탄이 서린에게 관심을 보였던 처음에는 날마다 되풀이되던 한순간의 유희라고 생각했다 한다. 서린과 헤어져 몸이 아플 정도로 상심했을 때도 곧 잊혀질 거라고 믿었단다. 그래서 현조가 죽었다는 소식도 전하지 않으려고 했단다. 대놓고 말로 표현하지 않았지만 서린에 대한 질투를 그는 감추지 못했다. 라탄이 서린을 사랑하는 만큼, 속에 감추어진 아시프의 증오는 커져만 가고 있었던 것. 카말라와 마찬가지로 그는 서린이 라탄의 이지를 가로막고 이성을 빼앗는 요물로 여기고 있었던 거다.

[재수가 없어서 무투와 이야기를 하는 도중 회장님이 알아차려 버렸지요. 하지만 지금도 제 생각은 변함없습니다. 마님은 회장님께서 오래 곁에 두실 만한 분이 아닙니다. 다시 한 번 기회가 온다면 전 똑같은 일을 할 겁니다. 회장님의 명예를 더럽히고 앞길을 가로막는 여자를 곁에 두게 할 순 없습니다. 절대로!]

카말라와 아시프는 그런 점에서 이해관계가 일치했다. 라탄과 서린이 믿는 만큼, 아시프는 그 신의를 이용해 독을 뿌릴 수 있었다. 계속해서 두 사람 사이를 교묘하게 이간질하고, 어긋나게 하고, 상처받게 만들 작정이었던 거다. 결국은 서린이 떠나거나, 라탄이 그녀를 버리거나가 되었겠지. 어찌하든 두 사람을 헤어지게 만들 작정이었던 거다.

아무것도 모르는 서린이 순진하게 묻고 있었다.

[아시프는요? 큰일을 끝냈으니, 같이 자축의 의미로 저녁 식사를 하겠다고 약속했는데. 왜 벌써 가지요?]

[그 친구 바빠. 델리로 가서 준비할 게 많거든. 우리도 내일 공작궁에 가야 해.]

[공작궁으로요?]

[타다 가문의 일족이 다 모이거든. 우리 둘도 반드시 참석해야 해.]

[할머님을 뵙게 되어서 기뻐요. 카말라님은 좀 불편해하시겠지만…….]

서린이 나지막하게 중얼거렸다. 라탄은 서린의 몸을 감싼 팔에 힘을 더 주었다.

[내가 가진 당신에 대한 욕심이 생각보다 많지 않다는 것을 아시면, 노여움이 좀 풀리시겠지요.]

[……어머니를 만나는 게 무섭니?]

[아니요. 그렇게 미리 생각하면 더 무서워요. 말했잖아요. 난 이 세상에서 당신 말고는 아무것도 두렵지 않다고. 나머지는 아무것도 문제되지 않아요.]

이런 깨달음을 얻기 위해 우리는 얼마나 오래 돌아왔는가.

라탄은 창밖을 건너다보았다. 아시프가 탄 차는 언덕 아래로 내려가고 있었다. 모퉁이를 돌아서 점점 멀어져, 이내 한 점이 되었다.

아시프, 여기까지야. 라탄은 마음속으로 중얼거렸다.

네가 주인이라 믿는 사람은 겨우 이 정도의 가슴뿐이다. 품에 담은 작은 이 사람을 감싸 안는 것만이 전부인 남자야. 네가 알듯 난 신이 아니야. 그저 이 지구상에 살고 있는 수억의 남자 중 하나. 불가항력적인 사랑에 빠진 사람일 뿐이야. 평범하고 어리석은.

라탄은 서린의 어깨에 낙인찍듯 키스했다.

[나도 그래. 당신이 내 곁을 떠나는 것 말고는 아무것도 두렵지 않아.]

가문을 버리는 것도, 어머니와 결별하는 것도, 심지어 분신이던 아시프, 너를 잘라내는 일까지도. 아무것도 두렵지 않아! 후회하지 않아.

델리. 공작궁.

공작궁의 시시마할. 오랫동안 열린 적이 없던 아름다운 궁전의 문이 열렸다.

화려한 조각으로 장식된 대리석 기둥이 줄지어 서 있는 광활한 연회장에는 모처럼 사람들이 가득 모여 있었다. 전국에 흩어져 있는 타다 가문의 사람들이 전부 모였기 때문이다.

대놓고 말은 하지 않았지만 모든 사람이 이미 알고 있다. 자신들이 무슨 이유로 이곳에 소집되었는지 그 이유에 대해서 말이다.

대체 수장인 라탄이 무슨 마음으로 일족을 소집했는지, 어떤 폭탄선언을 하려고 하는 건지, 조마조마하고 불안하다. 그래서인지 많은 사람들이 모여 있었지만, 한 사람도 없는 듯 침묵으로 가득 차 있었다.

한쪽의 문이 열리고 집사가 나타났다. 단단한 흑단 지팡이로 바닥을 쾅쾅 쳤다.

[마하라니님께서 입장하십니다.]

사람들이 일제히 일어섰다. 다들 경악한 기색이 역력했다. 근 사십여 년 동안, 수행을 위해서 기도원에 들어간 이후 한 번도 사람들 앞에 나타나지 않았던 마야이다. 그런 그녀가 나타난다니 대체 이번 소집은 얼마나 중요한 문제들을 다룬단 말인가. 하나같이 깜짝 놀라는 모습들이었다.

전신을 하얀 사리로 감싼 마야가 문을 들어섰다. 주름진 얼굴에 미소를 지으며 그녀만큼이나 늙은 하녀의 부축을 받아 연회장으로 들어섰다. 이내 같은 문으로 카말라와 네 딸들, 사위들이 뒤를 이어 일제히 입장했다.

오랜 수행 끝에 이제 거의 반 신(神)의 존재로 추앙받고 있는 마야이다. 모든 일족이 마야의 앞에 무릎을 꿇고 엎드려 그녀의 발에 키스했다. 축복을 받고 물러났다.

[여러분 앉으세요.]

마야가 먼저 중앙에 마련된 탁자 앞에 놓인 의자에 앉았다. 사람들이 전부 다 자리에 앉았다. 그러나 마야의 옆 의자, 라탄의 자리는 텅 비어 있었다.

[자기가 소집해 놓고, 자기가 나타나지 않는다니 이런 실례가 어디 있어?]

아들의 무례에 대하여 카말라가 먼저 망신을 참지 못하고 얼굴이 붉어졌다. 마야가 카말라를 응시했다.

[마음을 내려놓아, 카말라. 이곳에서 넌 네가 하고 싶은 모든 이야기를 다 할 수 있을 거다. 하지만 상대가 나타나야지. 대적할 사람도 없는데, 너 혼자 흥분한다면 넌 이미 진 거나 다름없어.]

그 순간이다. 마야가 등장했던 문이 열리고 라탄이 나타났다. 순간, 실내에는 죽음보다 더한 정적과 경악으로 가득 찼다. 일족의 원로들이 전부 모인 이 중요한 자리에, 게다가 그의 일탈을 견제하고 경계하기 위한 것이 목적인 이 자리에 감히 모든 문제의 근원인 그 여자 서린을 동반한 채 들어왔기 때문이다.

[늦었습니다. 역시 델리의 교통 사정이란 끔찍하군요.]

근 오십 명이 넘는 사람들을 기다리게 해놓고도 미안하다는 말 한마디 하지 않는다. 당연히 그들은 기다릴 것이고, 그는 기다리게 하는 것이 권리라는 듯한 표정이었다. 다만 그의 손에 잡혀 억지로 끌려들어 온 듯한 서린의 얼굴만이 민망함과 두려움으로 백지장처럼 하얗게 변했을 뿐.

마야가 무례한 손자를 향해 혀를 찼다.

[버릇없는 녀석, 당장 사과하지 못하겠니? 어르신들이 널 기다려야 한단 말이냐?]

[아하, 이런! 할머님까지 기도원에서 나오시다니. 역시 이번 문제가 심각하다는 것을 짐작하셨군요. 기다리게 해서 죄송합니다. 돌아가서 운전기사를 당장 해고하죠.]

라탄이 자신의 빈 의자 앞에 멈추어 섰다. 문 앞의 집사를 바라보며 명령했다.

[린의 의자를 가져와, 당장.]

[라탄! 대체 넌 무슨 짓을 하려는 거냐?]

카말라가 벌떡 일어서며 아들을 향해 날카롭게 소리쳤다.

마침내 인내의 줄이 끊어지고 말았던 것이다. 모든 일족이 모이는 어려운 자리였다. 카말라 자신조차 긴장이 되어 숨소리조차 조심스러워는 장소이기도 했다. 지금껏 타다 가문의 사람 말고는 그 누구도 들어온 적 없는 이곳에, 감히 카스트도 없는 외국인이 발을 디딘 것만으로도 수치스러운데, 지금 아들은 한술 더 떠서 허락도 없이 옆 자리에 그 여자를 앉히겠다고 나서고 있었다.

[용서할 수 없어. 네 옆 자리는 저런 하찮은 여자가 감히 앉아서는 안 되는 자리야. 절대로 안 돼.]

[어머니, 서린은 '저 여자'가 아닙니다. '이서린'이라는 아주 예쁜 이름을 가졌습니다. 부디 제 신붓감을 모욕하시는 실례를

저지르지 말아주기를 간곡히 요청합니다.]

라탄은 싱긋 웃으며 부드럽게 받았다. 카말라의 의견에 찬성하여 웅성거리는 일족을 향해 손을 들었다. 날카로운 눈으로 좌중을 한 바퀴 휘돌아 보았다. 좋은 말로 할 때 입 닥치라는 신호였다.

그가 탁자를 두 손으로 짚은 채 무서운 눈으로 일족을 노려보았다.

[좋습니다. 한마디로 끝내죠. 제가 타다 가문의 수장으로 왜 이런 자리를 소집했는지 모든 분들이 미리 짐작한 것 같으니, 시간낭비를 할 필요가 없죠. 내 입으로 분명히 말해서 모든 불만과 오해를 덜어드리고자 합니다.]

그가 어찌할 바를 모르고 달달 떨고 서 있는 서린을 자신의 옆으로 끌어당겼다.

[자부할 만큼은 아니지만, 아버지께서 돌아가신 이후 나는 최선을 다해 우리 가문의 사업과 우리 가문의 일을 도맡아 처리했습니다. 그다지 큰 과오도 없다고 생각합니다. 그러한 자의 권리로 요청합니다. 보다시피 이 사람은 내 신부가 될 사람입니다. 이름은 이서린. 한국 여자입니다.]

라탄은 불쌍할 정도로 떨고 있는 서린의 몸을 두 팔로 꼭 끌어안았다. 그의 온기로 그녀의 두려움과 초라함을 가득 덮어버렸다. 그는 마지막으로 그들의 가족에게, 그만이 세상 전부인 이 여자를 받아들여 달라고 요청했다.

[전, 이 여자를 간절히 원합니다. 사랑합니다. 가장 정직한 영혼으로 껴안습니다. 이 여자만이 내 전부입니다. 자, 마지막으로 타다 가문의 어르신들께 여쭙니다. 제가 이 여자와 결혼하는 것이 부당한가요? 절대로 허용될 수 없는 일입니까?]

얼음 같은 침묵이 대답으로 돌아왔다. 다만 한 사람 마야만이 세상을 달관한 듯한 미소를 지은 채 손자의 행동을 지켜보고 있었을 뿐이다.

하나하나 사람들의 시선을 더듬어가던 라탄의 눈길이 마침내 카말라와 만났다.

턱을 치켜든 카말라가 의기양양하게 그를 마주 노려보았다.

[아무리 원한다 해도 절대로 행할 수 없는 게 있지, 라탄 타다. 너의 이름이 갖는 준엄한 의무를 상기하기를 마지막으로 요청한다.]

아무도 너의 결혼을 원하지 않아. 네 여자는 절대로 우리 가문에 들어올 자격이 없다. 자, 어떡할 테냐? 이 여자를 택한다면 너는 지금 가진 것을 다 내놓아야만 해.

말하지 않은 말은 바로 그것. 침묵의 시선이 의미하는 것도 바로 그것. 한동안 두 사람의 시선이 복잡한 감정을 담고 마주 엉킨 채, 치열한 기싸움을 벌였다.

모자지간, 그 누구도 먼저 시선을 먼저 피하지는 않았다. 결국 어차피 그럴 것이라고 생각했다. 마침내 라탄의 눈동자에 은은한 분노와 함께 체념의 빛이 떠올랐다. 어머니의 카르마는 여기까지. 그녀는 아들을 영영 잃는 것으로 자신의 아집과 편견의 대가를 치르게 될 것이다. 라탄이 두 팔을 치켜들었다. 항복을 선언했다. 씩 웃으며 부드럽게 선언했다.

[좋습니다. 저에게 여러분의 뜻이 충분히 전달되었습니다.]

[이젠 네 뜻을 밝혀야 할 차례인 것 같구나, 라탄.]

눈을 반 감고 있던 마야가 한마디 내뱉었다. 냉담한 백 개의 눈동자와 두려움에 떨고 있는 두 개의 눈동자가 동시에 그에게로 모여졌다. 라탄, 제발 이러지 말아요. 날 위해 당신의 세상을 포기하지 말아요. 그러기에는 당신은 너무 고귀해. 애절한 서린의 시선이 애원하고 있었다. 하지만 라탄은 눈 하나 깜짝하지 않았다.

[이 여자를 선택한다면, 넌 타다 가문의 수장으로서 가진 모든 것을 박탈당하게 될 거다. 넌 어느 쪽을 선택할 테냐?]

갑자기 라탄이 양복 재킷을 벗었다. 빙글거리며 중얼거렸다. 넥타이를 풀고, 와이셔츠까지 벗어버렸다.

[여긴 좀 덥군요.]

[라탄, 무슨 추태인 게냐?]

카말라가 소리치거나 말거나, 갑작스럽고 엉뚱한 그의 행동은 계속되었다. 손목시계와 손가락의 반지도 뺐다. 왼쪽 귓불에 달랑대는 귀걸이도 마찬가지였다.

몸에서 떨어진 그 모든 것을 그는 하나하나, 전부 다 탁자 위에 올려놓았다. 그 점잖은 자리에서 그가 양복바지까지 벗어버렸을 때가 충격의 절정이었다. 그가 행동으로 말하고자 하는 바는 명확했다. 타다 가문의 아들로 살아오는 동안 누리고 받았던 모든 것을 다 내놓는다는 것. 맨몸으로 이 여자와 떠나 살겠다는 것.

모든 사람이 멍한 얼굴이 되었다. 광기라고밖에 표현할 수 없는 그의 행동을 침묵으로 주시하고 있었을 뿐. 누구도 감히 말리지 못했다. 모든 것을 버리고 서린을 택한다는 그의 의지 앞에서 카말라가 스르르 무너졌다.

아들에 대한 절망과 실망만큼이나, 서린에 대한 분노와 증오심은 더 강해졌다. 획하니 고개를 돌려 서린을 노려보았다. 질기고 질긴 독초와도 같은 여자. 아무리 뿌리까지 파내려고 해도 가능하지 않아! 대체 어디서 저런 가증스런 여자가 나타난 걸까? 발작을 일으키듯 카말라가 날카롭게 고함쳤다.

[자, 네가 감히 내 아들에게 한 짓을 보려무나! 이런 짓을 하고도 부끄럽지 않아? 네 사랑이 내 아들을 완전히 더렵혔어! 용서 못해!]

무참해진 얼굴로 서린이 두 손으로 얼굴을 가렸다. 하지만 그녀로서도 어떻게 라탄을 만류해야 할지 알 수가 없었다. 무엇을 어찌해야 할지 갈피를 잡을 수 없었다.

이제 라탄의 몸에 붙은 거라고는 얇은 팬티 한 장뿐이었다. 그것마저 벗어 던지려는 듯 그의 손가락이 허리춤으로 내려갔다. 그때였다. 마야가 탁하고 지팡이로 바닥을 내려쳤다.

[거기까지!]

마야가 몸을 일으켰다. 결국 일을 이렇게 몰아가고야 만 손자를 밉살스레 노려보았다. 언젠가는 이렇게 될 줄 알았지만, 정말 요란스레 마무리하는군. 그녀는 절로 혀를 끌끌 찼다. 이놈의 건방진 자식. 제가 이렇게 시위를 하면 일족들이 다 앞에서 엎어질 거라고 생각한 걸까?

[설마 팬티까지 벗어 던지려는 거냐?]

[당연하죠.]

[좋아. 그 팬티는 내가 선물로 준 것으로 생각하자. 네 녀석이 알몸으로 거리로 나가게 내버려 둘 순 없지. 네 뜻이 그렇게 분명하다면 막지 않아! 나가.]

그녀가 지팡이로 출입문을 가리켰다. 라탄이 바들바들 떨리고 있는 서린의 손을 꽉 잡았다. 망설이지 않고 문을 향해 성큼성큼 걸어가기 시작했다. 그들 등 위로 마야의 단호한 목소리가 따라가고 있었다,

[저 문을 나서는 순간, 저 아이는 다시는 돌아올 수 없습니다. 타다 가문의 수장도 아닙니다. 이제 누구도 라탄에게 더 이상 복종할 필요가 없습니다. 제 스스로 모든 것을 박차고 가는 사람인데 막을 수가 없지요. 이것이 저 애의 카르마인 모양이지요.]

[안 됩니다! 절대로!]

모든 사람의 시선이 문 쪽으로 갔다. 언제 나타난 것인가? 아

시프가 두 팔을 벌리고 라탄의 앞을 가로막았다.

[이러시면 안 됩니다, 회장님. 절대로, 절대로 불가합니다.]

[비켜라, 아시프.]

라탄은 냉담하게 내뱉었다. 그러나 그는 한 발도 물러서지 않았다. 죽어도 움직일 수 없다는 뜻을 분명히 했다. 피를 토하듯이 간절하게 외쳤다.

[어르신들! 지금 회장님은 제정신이 아닙니다! 제발 선처를! 회장님께서 떠나게 내버려 두시면 안 됩니다. 대체 누가 있어 이 거대한 집안을 이끌어가시겠습니까? 제발 회장님을 말려주십시오!]

[말린다고 해서, 내가 나가지 않는다면 이런 짓을 할 이유도 없어. 비켜.]

[회장님께서는 군림하기 위해 태어나신 분입니다. 저같이 평범하게 땅강아지처럼 살아가실 분이 아닙니다. 제발 정신을 차려주십시오! 이깟 여자 하나 따위가 무엇 그리 중요하다고 모든 것을 다 버리신다는 말입니까? 지금 회장님께서는 악령에게 홀리신 겁니다!]

'이깟 여자' 라고 서린을 모욕하는 말에 라탄의 표정이 험상궂게 일그러졌다. 망설이지 않고 손을 들어 아시프의 얼굴을 후려쳤다. 그럼에도 그는 끔쩍도 하지 않았다. 차라리 저의 몸을 밟고 지나가십시오! 그렇게 말하듯이 넙죽 바닥에 엎드렸다. 그리곤 품속에서 번쩍이는 비수까지 꺼내 제 목줄기에다 댔다. 비장하게 외쳤다.

[보내 드릴 수 없습니다. 회장님이 이 가문을 떠나시는 것은 보필을 제대로 하지 못한 저의 잘못, 죽음으로서 사죄하겠습니다. 어르신들! 부디, 회장님을 막아주십시오! 회장님이 안 계시면 타다 가문은 모래성처럼 무너지고 말 겁니다.]

라탄의 입술 사이로 피식 비웃음이 새어나왔다.

[내 여자 한 명 받아주지 못하는 가문 따위야 무너지든 말든 무슨 상관이야?]

라탄이 휙 몸을 돌이켰다. 한 손을 들어 일족들에게 얄밉게 바이바이를 해주었다. 대놓고 비아냥거려 주었다.

[잘난 체면과 관습들 끌어안고 잘들 살아보시지요. 자, 그럼 여러분. 〈타임 투 세이 굿바이〉로군요. 아디유!]

제 목숨을 두고 협박해 보았지만 소용이 없다. 부들부들 떨며 아시프가 이번에는 칼날을 라탄 쪽으로 겨누었다.

[우, 움직이지 마십시오! 절대로 못 나가십니다. 문을 넘어가시면 전 회장님을 찌를 겁니다!]

[오호! 날 죽여서라고 막으시겠다? 차라리 죽여! 서린과 함께 살지 못하느니 죽는 게 나아.]

필사적으로 만류하려는 아시프쯤이야 전혀 상관하지 않는다는 뜻이다. 라탄은 끝내 눈 하나 까딱하지 않았다. 심지어 칼을 움켜쥔 그의 팔을 들어 자신의 심장 쪽에 갖다 대주기까지 했다.

[이왕이면 정확하게 찔러. 즉사가 좋아. 아픈 건 딱 질색이거든.]

무슨 말로 어떻게든 설득하고 협박해 보아도 소용없다는 것을 깨달았다. 땡그랑 소리가 나며 힘없는 손에서 비수가 떨어졌다. 아시프의 팔이 축 떨어졌다. 낙심천만한 표정으로 멍하니 땅바닥만 내려다보았다. 눈 아래로 굵은 눈물이 흘러 바닥에 뚝뚝 떨어져 내리고 있었다.

라탄은 미련없이 서린의 팔을 끌고 그의 곁을 스쳐 지나갔다. 바로 그 순간! 고개를 돌렸던 서린은 반 미친 얼굴이 된 아시프가 다시 칼을 주워 움켜잡는 것을 보았다. 마지막까지 라탄의 발걸음을 막으려는 헛된 시도를 하려는 것이다.

[안 돼요!! 라탄!]

서린은 있는 힘껏 사랑하는 남자의 안전을 위해 두 팔을 벌리고 그를 가로막았다. 그를 향해 독사처럼 솟구친 날카로운 칼끝을 부드러운 그녀의 살로 받아냈다. 한순간 허공 어디쯤에서 찔린 서린과 찌른 아시프의 시선이 마주쳐 멈추었다.

찰나였다. 서린은 아시프의 눈빛이 전하는 말을 전부 읽었다. 사악한 여자 같으니라고! 네가 회장님을 홀렸어. 너 때문이야! 너만 사라지면 돼. 누구도 나만큼 회장님을 사랑할 순 없어! 너 따위에게 이 고귀한 분을 빼앗길 수 없어. 참을 수 없는 분노와 증오. 깊은 살의(殺意)를 품은 금속의 날카로운 끝이 그녀의 아랫배에 박혀 혈관을 파헤치고, 생명의 핏줄을 잘라냈다.

이 남자, 라탄이 아니라 사실은 날 죽이고 싶었던 거로구나. 그것은 그냥 흘러들어 왔다.

이것이었다. 그 순간의 찰나. 서린은 완전하게 이해했다. 현조 오빠, 그때 이렇게 아팠구나. 이렇게 아뜩하니 고통스러웠던 거였구나.

[서, 서린…….]

그녀가 사랑하는 남자가 믿을 수 없다는 표정으로 그녀를 응시하고 있다. 하얗게 질린 입술이 그녀의 이름을 부르고 있었다.

서린은 아랫배를 타고 흘러 땅바닥을 적시는 붉은 피를 무시하고, 서서히 흐려지는 의식의 끝을 따라오는 지독한 통증도 무시하고, 마지막 순간까지 오직 그녀가 지켜낸 아름다운 사람만을 바라보았다. 아시프가 바닥에 주저앉아 버리는 것도, 미친 듯이 사람들이 그들 곁으로 모여드는 것도 아랑곳하지 않았다. 오직 그 사람만 보았다.

비로소 그녀의 카르마를 발견했다. 그녀가 지금껏 살아온 이유는 단지 이것 하나. 이 아름다운 남자에게 기쁘고 아름다운 삶을 선물하기 위해서. 서린은 끝까지 미소 지었다. 그 사람의 얼굴을 쓰다듬으며 똑똑하게 말했다. 이것이 설령 삶의 마지막 순간이라 해도 이제는 기쁘게 말할 수 있어. 온 진실로서, 온 삶을 다해.

[마이 툼세 피아르 카르타 훙, 라탄.]

서린은 서서히 흐려지는 눈을 억지로 들었다. 캄캄한 어둠만이 존재하는 그곳. 끔찍한 허무만이 존재하는 무의 공간을 노려보았다. 그곳에 서서 그녀를 노려보는 그 존재에게 고개를 흔들었다. 싫어, 라고 분명히 말했다. 살고 싶어. 난 살아야 해.

의식이 흐려지는 마지막 순간까지 그녀는 소원했다.

하느님, 난 살고 싶어요. 제발 살게 해주세요. 이 사람을 다시는 슬프게 하고 싶지 않아요. 현조 오빠, 날 아직 데려가지 마. 제발…….

라탄, 나의 크리슈나.

왜 이제야 기억이 돌아오는 것일까?

영겁을 넘어 억겁을 넘어……. 아름다운 신의 사랑을 받은 라다. 검푸른 망각의 잔을 마신 신부 라다. 사랑하는 사람을 미워하고 잊어버리는 벌을 받은 슬픈 수인(囚人).

아뜩한 시공을 넘어 울려 퍼지는 검푸른 저주의 주문(呪文)을 들었다.

라다! 가증스런 여자. 남편을 배신한 너 따위가 우리들의 아름다운 신과 함께 살 수 있을 것 같아? 내가 살인자가 된다 해도 너를 절대로 그에게 내줄 순 없어.

기억은 거기서 끊겼다. 그녀의 의식도, 숨결도……. 이제 막 시작된 어린 생명의 빛도…….

[라탄, 나는요. 당신이 다치느니 차라리 내가 대신 다치고 싶어. 당신의 목숨이 위험에 처하는 때가 온다면 내가 죽어줄게요. 지금까지는 당신이 나 때문에 많이 힘들었잖아요. 이젠 내가 아프고 슬프고 싶어. 당신은 언제나 행복하기만 해요. 그래줘요.]

그가 사랑하는 그 사람은, 참 아름다운 그 사람은 언젠가 그런 약속, 했었다.

말로 하는 약속 따윈, 영원하지 않다고 말하던 사람이었다. 몇 번이고 강요했지만 입을 꼭 다물고만 있던 그 사람. 너무나 많은 사람들이 너무나 쉬이 내뱉는 유리알 같은 말 따위는 절대로 하지 않던 그 사람.

하지만 그 아름다운 사람. 딱 한 가지는 약속해 주었다. 당신 대신 아프고 싶노라고. 깊이 사랑하기에, 그에게 닥쳐오는 죽음마저 그녀가 대신 가져가겠노라고. 대신 그는 행복하고 안전해야 한다고.

하지만 그녀는 바보, 언제나 세상에서 제일 바보.

그의 심장은, 행복은 전부 다 그녀의 것. 그녀가 곁에 없으면 그의 행복이란 흩어지는 모래알인데, 어떻게 그 대신 다치거나 죽어준다는 말을 할 수 있을까?

그녀의 웃음은 그의 영혼이 꽃 피는 것.

그녀의 눈물은 그의 심장에 핏물이 흐르는 것.

그의 생명은 그녀의 심장 속에 감추어져 있다. 그런데 감히 어떻게, 어떻게 그를 버리고, 그의 눈앞에서 피를 흘리며 쓰러질 수 있을까? 그를 배신하고 무참하게 떠나 버릴 수 있을까?

남자는 깊은 침묵의 잠에 빠져든 연인의 침대가에 얼굴을 묻고 있었다. 오직 그녀가 깨어나기를 기다리며, 암흑에서 돌아올 날을 기다리며.

기다리고 있어. 영원히 손 내밀고 너만을 기다리고 있어. 여기 이 자리에서, 네가 돌아올 때까지 난 절대로 떠나지 않아.

남자의 얼굴이 슬프게 일그러졌다. 감은 눈 사이로 굳어버린 물기가 슬며시 흘러나오고 있었다.

날 버리지 마, 라다! 제발, 나 혼자 두지 마. 당신을 찾아 다시 수억 겁의 우주를 떠돌게 하지 마. 이제 더 이상은 네가 존재하지 않는 무서운 이 공허를 견딜 수 없어. 제발 돌아와.

바로 그 순간,

라탄은 번쩍 눈을 떴다. 힘없는 손가락이 손 닿은 곳에 무너진 그의 머리를 어루만지고 있었던 것이다.

왜 울고 있어요? 왜 슬퍼하고 있어요?

이렇게 내가 곁에 있는데. 그렇게 속삭이는 듯했다.

서로가 세상 전부인 연인들. 서로의 존재만을 담은 네 개의 눈동자가 허공 어느 지점에서 멎었다. 만났다. 얽혔다. 합쳐졌다.

그에게로 다시 돌아온 서린이 미소 짓고 있었다. 착하게 위로 올라간 입꼬리. 곱게 초승달처럼 변한 눈매. 산산조각으로 깨어진 그의 마음을 위로하는 작은 건드림 같았다.

[……라탄.]

그래, 라는 한마디의 대답을 하는데도 무한히 많은 기력을 필요로 했다. 사람의 말로는 표현하기 힘든 벅참과 기쁨, 안도감으로 가슴이 소용돌이 치고 있었다. 수백 년 치의 기력을 필요로 했다.

[가지…… 않아요. 당신 혼자 두곤 못 가. 약속했잖아요.]

라탄은 미친 듯이 서린의 하얀 손을 잡아 거푸 입 맞추었다. 돌아왔다. 그녀가. 살아 그와 더불어 생의 끝까지 가기 위하여. 돌아온다고, 언제나 당신 곁에 있겠다던 착한 약속을 지키러. 아아, 크리슈나. 감사합니다.

[나, 많이…… 다친 거예요?]

[……그래.]

연분홍 빛 미소를 살풋 머금고 있던 서린의 입술이 잠시 다물어졌다. 해야 할까 말아야 할까, 망설이는 듯했다.

[당신하고…… 오래 함께할 수…… 없을 만큼……일까?]

그 한마디를 하는데 얼마나 많은 용기가 필요했을까? 라탄의 손에 담긴 작은 손이 그의 심장이 느낄 수 있을 만큼 떨리고 있었다.

라탄은 가만히 고개를 끄덕였다. 아니, 그렇지 않아. 서린의 입술이 다시 꽃봉오리처럼 환한 생기를 머금었다. 안도하는 것이다.

[당신 수술은 잘 끝났지만, 그런데…….]

그의 손이 잡은 하얀 손이 다시금 순간적으로 굳어졌다. 라탄은 숨을 몰아쉬었다. 눈을 질끈 감고 잔인한 현실을 내뱉었다.

[우리 아기가 위험해.]

[……아기라니……?]

그렇지 않아도 창백한 서린의 얼굴이 더 하얗게 질렸다.

[칼이 아랫배를 관통했어. 자궁에 큰 상처가 났어. 여하튼 아직 초기니까. 아기가 무척 예민하게 굴고 있어. 그러니까 당신, 절대안정이야.]

서린이 본능적으로 두 손을 자신의 아랫배로 가져갔다. 붕대로 칭칭 감긴 아랫배 아래, 그들의 생명이 숨 쉬고 있다. 아기, 한 번도 예상한 적 없었다. 피임에 신경 써본 일이 없었다. 다른 것에 신경을 쓰느라 생리를 거르는 것도 몰랐다.

[당신 나빠. 낫기만 해봐, 때려줄 거야.]

라탄은 짐짓 못된 짐승처럼 으르렁거렸다.

[바보 같으니, 내가 설마 멍청한 아시프 녀석의 공격쯤 피하지 못할 줄 알아? 그 자식, 그냥 쇼한 거야. 위협한 거라구. 날 떠나지 못하게 만들려고 필사적이다 보니 잠시 돌아버린 거라고. 그런데 왜 위험한 짓을 하고 그래? 날 못 믿어?]

서린은 가만히 라탄을 바라보았다. 사실 그가 정말 죽이고자

한 건 바로 나인걸요. 당신을 공격하려 한 게 아니고, 정말 나를 죽이고 싶어했던걸요. 그러나 서린은 입을 꼭 다물었다. 라탄이 그렇게 믿고 싶다면 믿게 해주자. 삼십 년이나 동고동락해 온 형제 같은 이를 잃은 것은 그에게도 커다란 상처일 테니. 그는 아마 살아 있는 내내 자신이 저지른 죄의 무게를 감당해야 할 터이니.

한 시간 후, 서린이 깨어났다는 소식을 듣고 마야가 트리샤를 딸리고 병실로 들어섰다. 그러나 두 사람은 문 앞에서 걸음을 멈추어야만 했다.

라탄이 병실 침대 위에서, 그것도 절대안정을 해야 하는 서린의 옆에서, 그녀를 꼭 끌어안은 채 깊은 잠이 들어 있었다. 두 여인이 기억하는 한 가장 평온하고 행복한 얼굴이다. 창문에서 새어든 햇무리가 함께 잠이 든 아름다운 연인들의 이마에 꽃처럼 피어 있었다.

Epilogue

—삶이여, 고맙습니다—

—울면 안 돼. 울면 안 돼. 산타할아버지는 우는 아이들에겐 선물을 안 주신대요♪♩

12월. 크리스마스이브. 라탄의 뭄바이 저택.

TV에서는 신나는 캐롤 송이 울려 퍼지고 있었다. 선물 주머니를 짊어진 산타클로스가 거리를 누비는 모습도 방영되고 있었다. 마린 드라이브 쪽 도로는 반짝이는 작은 전등 불빛으로 화려하게 장식되어 있고, 백화점과 호텔마다 푸른 호랑가시나무와 빨강 포인세티아 장식을 달았다. 황금 별도 번쩍거렸다. 상점 문 앞에 선 가네샤 신마저 빨강 산타클로스 모자를 쓰고 있을 정도였다.

"이 나라, 정말 묘하다니까."

지하의 말에 같이 TV를 보던 서린도 맞장구를 쳤다.

"그렇죠? 인도는 힌두교도들의 비율이 85%에 가까운 나라여서 크리스마스 따윈 전혀 상관하지 않는 곳인 줄 알았는데, 다른 곳과 마찬가지로 흥청망청이네요."

"뭄바이는 외국인들이 많이 살아서 그런지, 아니면 국제적인 대도시라서 그런지 확실히 서양풍이에요. 내가 사는 푸네도 그렇고. 세상에, 크리스마스 휴가도 닷새나 준대요."

"저야 고맙지요. 지하 씨가 이렇게 날 보러 와줄 수 있으니까요."

"사실은 나, 에릭이랑 이 집에 빈대 붙으러 온 건데?"

지하가 익살맞게 혀를 내밀었다.

지하는 두 달 전 추석 무렵, 한국으로 귀국했다가 에릭에게 납치되다시피 라스베이거스로 끌려갔다. 반 어거지로 결혼식을 치르고 정식으로 지하 스톨만이 되었다. 얼굴을 보아하니, 반 강제이긴 하지만 결혼을 한 것에 대해서는 별 불만이 없어 보였다. 올해 크리스마스 휴가를 보내기 위해 덜 바쁜 남편이 더 바쁜 아내를 위해 뭄바이로 온다는 거다. 에릭 내외와 서린과 라탄 네 사람은 네팔의 시원한 산장에서 크리스마스를 즐기기로 미리 약속을 해놓은 상태였다.

"그런데 서린 씨, 생각보다 배 많이 부풀었다. 몇 개월이죠?"

지하가 서린의 아랫배 쪽을 신기한 듯 기웃거렸다.

“이제 칠 개월에 접어들었어요.”

서린이 두 팔로 봉긋 솟은 배를 감싸 안았다. 엄마가 편안하니 아기가 배 안에서 술렁술렁 놀고 있었다. 배만 부푼 것이 아니라 만삭이 다가오니 전체적으로 몸이 난다. 예전보다는 통통해진 지금이 훨씬 보기 좋다고 지하가 말했다.

“얼마 전까지는 그다지 부르지 않았어요. 그런데 한 달 사이 갑자기 막 늘어서 감당이 안 돼요. 몸도 둔해지고, 이젠 옆으로 누워서만 잠을 자야 해요.”

“정말 다행이야. 서린 씨도 무사하고, 아기도 무사해서. 세상에 그 점잖은 아시프가 그런 짓을 저지르다니…… 믿을 사람이 없지 뭐예요.”

“……그게, 그 사람이…… 라탄에게 너무 충성해서 저지른 짓이라는 데 할 말이 없지요.”

서린은 나지막하게 대답했다.

아시프는 그날 그 사건 이후, 영영 타다그룹을 떠났다. 라탄이 그를 위해 어떤 자리를 배려해 주었는지 서린은 모른다. 그는 말하지 않았고, 서린도 묻지 않았다.

“저 때문에 라탄이 모든 것을 다 버리고 떠난다고 하니, 그 사람 입장에서는 목숨을 걸고 막을 도리밖에 없잖아요. 그 사람은 태어나서 지금껏 라탄을 보살피고 충성하기 위해 살아온 사람이었어요. 삶의 목적이던 그 사람이 사라지는 상황을 받아들이기 힘들었을 것 같아요. 라탄은 군림하기 위해 존재하는 사람인데, 나를 만나 지상의 사람이 된 것을 용서할 수가 없다구요. 라탄이 평범해진 건 다 내 탓이라고 원망하대요."

"그런 게 어디 있어? 그런데 라탄은 팬티만 입고 가출하려 했으면 그냥 나가는 거지. 왜 다시 잡힌 거래요?"

"그게요, 다 할머님 때문이죠."

서린은 지하에게 그날 벌어진 소동을 설명해 주었다.

그날 서린이 공격을 받고 쓰러진 때문에 라탄이 궁전의 문지방을 넘어가지는 않았다는 거다. 타다 가문의 주인 자리를 버린 것이 아니라나 뭐라나. 마야가 딱 잘라 그렇게 주장하는 데 어쩔 도리가 없다.

게다가 그 일 이후, 라탄은 서린의 안전을 지키기 위해서라도 이 자리에 버티고 있어야 한다는 것을 깨달은 눈치였다. 그 뒤 서린은 석 달 동안 절대안정을 해야만 했다. 천문학적인 병원 입원비를 지불하려면 식당 웨이터로는 힘들다는 것을 확실히 눈치 챈 것이다. 돈을 더 벌어야 한다고 말했다. 지하가 혀를 찼다.

"에이, 그건 궤변이다. 라탄이 일 좀 줄이고 편안하게 살겠다는 게 왜 말도 안 되는 일인데? 그리고요, 라탄처럼 엄청 부자는 평생 놀아도 돼. 팍팍 소비하고, 엄청 사치하며 살아야 해요. 그래야 세계경제가 평등해지지."

"어머나, 지하 씨 그 말 멋지다. 적어둬야지."

서린은 웃으며 대답했다. 지하가 어린애처럼 머리를 긁적였다.

“그게, 내 말이 아니고 우리 오빠가 한 말이거든요. 내가 하는 멋진 말은 전부 다 우리 오빠 헛소리 표절이에요.”

“상하 씨는 안녕하시죠?”

“그럼요. 내년 가을 학기부터 기필코 뭄바이 대학으로 오는 모양이에요. 영향력을 행사해 달라고, 미국에 있는 불쌍한 에릭을 많이도 괴롭혔죠. 얼마나 들볶았는지 오빠 이름만 나와도 에릭이 경기를 일으키려고 그래요.”

지하가 서린의 손 아래, 부드러운 옷자락 아래 올록볼록 움직이는 태아의 움직임을 경이에 가득 찬 눈초리로 바라보았다.

“난요, 서린 씨는 용서해도요. 아시프라는 그 사람, 절대로 용서하지 못할 것 같아요. 아무리 정당한 이유가 있어도 누군가를 다치게 하고 공격하는 건 말도 안 되는 범죄라고 생각해요. 까딱했으면 이 아기까지 다칠 뻔했잖아요. 정말 하늘이 도운 거야.”

서린은 쓸쓸하게 웃었다. 지금껏 형제처럼, 자신의 분신처럼 생각하며 곁에 두었던 라탄만큼 아시프에 대하여 배신감을 느끼고 괴로웠을 사람은 없을 것이다. 서린이 아시프를 용서하기로 마음먹은 것은, 그녀가 착해서가 아니라 라탄을 위해서였다.

“……그가 그러더군요. 내가 임신한 줄 알았다면 감히 그런 짓은 하지는 않았을 거라구요. 그도 끝까지 악인은 아니었어요. 지금 당장은 용서할 수 없지만, 천천히 시간이 가면 잊게 될 거예요."

"결혼식은?"

"아무래도 출산 후에 해야겠죠. 내년 6월이 어떨까 생각하고 있어요."

얼마 전에 마야가 일족에게 자신이 판달 앞에서 두 사람의 결혼을 진행했다는 사실을 공포했다. 서린이 강가의 물에 몸을 적셨다는 사실과 함께 선처가 베풀어졌다. 신 앞에서의 결혼식을 무효로 할 수 없다는 관습 덕분이었다. 서린이 라탄을 지키기 위해 희생하려 한 것이며, 아기를 가졌다는 사실 때문에 카말라나 일족의 반대가 잠잠해진 것도 빼놓을 수는 없을 것이다.

"그렇구나. 그런데 여기 인도 사람들 결혼식, 엄청 화려하다는데요."

"공작궁에서 인도식으로 한 번, 보름 걸린대요. 한국에서 한 번. 런던에서 친구들만 모아놓고 또 한 번. 세 번 해야 한대요. 생각만 해도 무서워요."

서린이 부르르 몸을 떨며 중얼거렸다. 지하도 한숨을 푹 쉬었다. 분개해서 부르짖었다.

"마찬가지에요. 난요, 내년 신년파티에 에릭이랑 같이 가야 하는데, 스톨만 가문의 신년파티는 백악관 파티처럼 신문에도 난대요. 이게 사람 할 짓이에요?"

"안됐다, 지하 씨. 사람이 할 짓이 아니죠."

"그렇죠? 그런 데서 내가 방귀라도 뀐다고 생각해 봐요. 춤도 못 추는데, 옷자락 밟고 넘어지기라도 해봐요. 국제적인 망신이잖아. 진짜 무서워 죽을 것 같아."

솔직히 태생이 소박하고 뼛골까지 서민인 두 한국 여자. 어쩌다가 재수없어 세계적인 대부호와 결혼을 하는 바람에 팔자에도 없는 귀부인 노릇을 해야 하는데, 이것이 결코 쉬운 일이 아니었다. 인생에 있어 절대로 계획에 없었던 일을 감당해 내려니, 말 그대로 죽을 맛이다. 동병상련. 두 여자는 동시에 한숨을 푹 내쉬었다.

"역시 평범하게 사는 게 제일 좋은 거예요. 호강도 하루 이틀이지, 젠장! 부자들이나 우리들이나 삼시 세끼 먹는 건 똑같잖아. 그런데 스트레스는 천만 배나 더 심해요."

"그래서 후회해요?"

지하가 입을 삐죽 내밀었다.

"그건 아니지이!"

세상에서 가장 사랑스럽고 멋진 남자를 남편으로 얻었으니 손해 보는 장사라고는 할 수 없지. 거실 문이 열렸다. 라탄이 손가락 끝으로 똑똑똑 노크를 했다.

[들어가도 되나요, 마님들?]

서린은 그만 빙그레 웃고 말았다. 이미 몸은 반 들어와 놓고 새삼 묻는 것이 우스웠다.

[라탄, 장난치지 말아요. 지하 씨가 비웃어.]

[괜찮아요. 나도 현재 참깨 쏟아지는 신혼이니까, 이 정도의

닭살 분위기는 참아줄 수 있거든요. 내 남편도 내일이면 도착한다구요.]

지하가 라시 잔을 들며 기분 좋게 말했다. 서린의 코트를 들고 라탄이 들어왔다. 어깨 위로 얇은 캐시미어 롱코트를 걸쳐주며 재촉했다.

[마님들을 모시고 갈 차가 기다리고 있습니다. 떠나보실까요?]

[그럼요, 가야죠. 오늘의 특별한 공연을 놓칠 수가 없죠.]

지하가 발딱 일어났다. 몸이 무거운 서린은 라탄의 팔을 잡고 끙 소리를 내며 몸을 일으켰다.

[야외무대라서 말이지. 밤이라서 서늘해. 감기 들지도 몰라. 스카프는?]

언제나 그렇듯이 라탄이 병아리를 돌보는 어미닭처럼 서린에게 잔소리를 했다. 그녀는 사람인데, 언제나 깨어질 것 같은 유리 단지처럼 모시려는 이 버릇은 언제쯤 사라질까. 서린은 한숨을 쉬었다.

그들이 갈 곳은 시바지 공원이었다. 그곳에서 크리스마스를 기념해 아주 특별한 공연이 기획되었다. 세 사람은 그 공연을 보러 갈 참이었다. 공연이 끝난 후, 자정 무렵쯤 도착할 에릭과 함께 타지마할 호텔에서 벌어지는 크리스마스 파티에 참석할 것이다. 서린이 무사히 병원에서 퇴원하고, 순조로이 회복된 것을 축하하는 외출이었다.

한 시간 후, 시바지 공원.

조명등이 환하게 켜진 당당한 인디아 게이트를 등지고, 아라비아 해변에 만들어진 특별 무대 위로 사회자가 올라왔다.

—신사숙녀 여러분, 이날의 주인공을 소개하겠습니다. 이 분의 직업은 가수. 이분의 인생은 그가 부르는 노래 전부. 자유와 평화, 희망의 동의어. 이 먼 나라에 삶의 의미를 전하기 위해 지구를 한 바퀴 돌아오신 분. 여러분. 박수로 환영해 주십시오! 메르세데스 소사 여사입니다!

칠순이 넘은 나이이기에 부축을 받으면서 거구의 여가수가 당당한 동작으로 무대에 올랐다. 우레와 같은 박수와 환호성이 터졌다. 오케스트라가 열정적으로 늙은 여가수의 불후의 명작 〈인생이여 고맙습니다. glacias a la vida〉를 연주하기 시작했다.

억압받는 라틴 아메리카 민중의 영혼을 달래준 음악의 어머니. 메르세데스 소사 여사의 인도 방문공연이었다.

단지 그녀 자신이 살았던 나라의 현실과 민중의 삶을 정직하게 노래했을 뿐이지만, 아르헨티나의 독재정권 치하에서 체포, 수감, 테러의 위협까지 무수한 고초를 겪었다지. 또 음악 활동 금지. 남편의 사망. 결국 조국을 버리고 유럽으로 망명할 수밖에 없었다지. 칠십 평생, 삶의 온갖 신산한 고통과 슬픔을 맛본 사람. 그럼에도 언제나 다시 일어나 〈삶이여, 고맙습니다〉를 노래하는 사람. 모든 사람의 마음을 어루만져 주는 부드럽고 강인한 목소리에서는 숭고한 삶의 깨달음과 희망만이 드러나 있었다. 이곳에 모인 모든 사람들의 심장에, 서린의 마음속으로 흘러들었다. 메아리쳤다.

내가 눈을 떴을 때

하얀 것과 검은 것, 높은 하늘의 많은 별,

많은 사람 중에서 내 사랑하는 사람을 완벽하게 구별할 수 있는 빛나는 두 눈.

그것을 내게 준 삶에 감사합니다.

귀뚜라미와 카나리아의 노래, 망치 소리, 터빈 소리, 개 짖는 소리, 소나기 소리.

내 사랑하는 사람의 부드러운 목소리.

이런 소리들을 밤낮으로 어느 곳에서나 들을 수 있는 귀.

그토록 많은 것을 내게 준

삶에 감사합니다.

주마등처럼 지금까지 일어났던 모든 일이 떠오르고 있었다. 그녀가 인생의 길에서 만났던 사람들, 미워하고 사랑하던 사람들, 그리고 일어났던 모든 일들, 기쁘고 슬프고 고통스럽고 행복하고 절망스럽고 가슴 벅차던 그 모든 순간들.

살아 있어, 참 다행이야.

어디선가 바닷바람이 불어와 부드럽게 서린의 얼굴을 스치고 사라졌다. '그럼 그럼' 그렇게 말해주는 것 같았다.

'현조 오빠, 명윤아.'

서린은 마음속으로 그리운 이름을 불렀다. 고마워, 날 이생 안으로 돌아오게 해주어서. 이 사람과 함께 살게 해주어서. 열심히 살게. 열심히 살다가 돌아갈게. 열심히 살고, 마음껏 생을 누릴게. 언젠가 우리 다시 만나게 되면 참 많은 이야기를 할 수 있게.

서린의 심장이 감격에 떨리는 것처럼 아이가 뱃속에서 춤을 추고 있었다. 서린은 느꼈다. 행복했다. 이 아이도 알고 있는 거다. 네가 태어날 이 세상이 얼마나 아름다운지, 네가 살아갈 미래의 삶 또한 얼마나 아름다운 것인지.

[라탄…….]

[음?]

라탄이 고개를 돌렸다. 서린은 살짝 그의 손을 잡아 자신의 아랫배에 댔다.

[아기 코끼리가…….]

그를 바라보는 서린의 눈동자가 춤을 추고 있었다. 손바닥 아래 느껴지는 태아의 움직임을 따라, 라탄이 경이에 가득 찬 얼굴로 간신히 말을 뱉어냈다.

[세상에! 이 녀석, 음악을 듣고 있어. 춤을 추고 있군.]

새로운 생명이 뛰놀고 있는 아랫배에 손을 꼭 포갠 채 라탄과 서린, 사랑하는 두 사람은 여가수의 노래 가사처럼 그러한 모든 것을 주신 삶에 감사했다. 이제 그들도 마침내 행복했다. 지구상의 모든 연인들이 그러하듯.

그 사이로 고난과 역경을 이겨낸 늙은 여가수의 목소리는 계속해서 삶의 감사에 대하여 노래하고 있었다.

행복과 불행을 구별하게 하고
웃음과 눈물을 내게 준
삶에 감사합니다.
웃음과 눈물로 나의 노래가 만들어졌습니다.
모든 사람의 노래는 같은 노래이며
모든 사람의 노래는 또한
나의 노래입니다.

『아바타르(化身)』 끝…

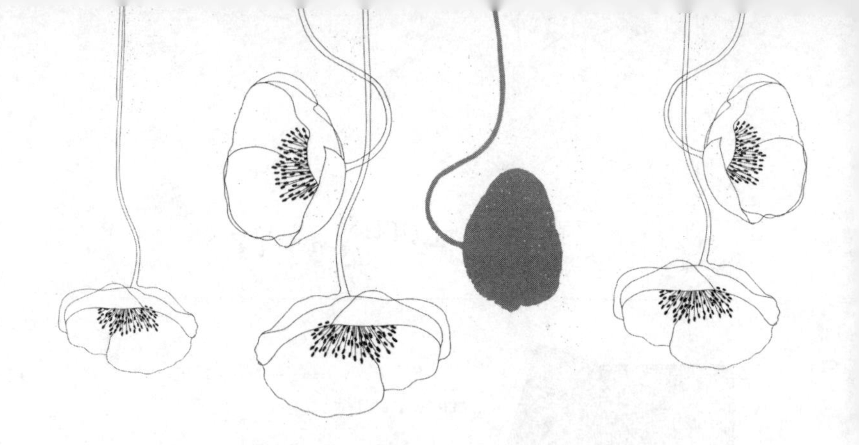

—<아바타르>를 마치며—

오랜 시간 동안 이글의 주인공인 라탄과 서린은 제 마음속에 사슬로 묶여진 꽃송이였습니다.

이 꽃들의 무게가 어느 정도인지 저는 잘 모릅니다. 무엇 때문에 이들을 그리도 집착했는지 모르겠습니다. 다만 아주 오랫동안 그들의 이름을 잠자다가도 생각하고, 밥을 먹다가도 생각하고, 혼자 걸을 때도 생각한 것은 거짓이 아닙니다.

이제 마침내 그 이름을 내려놓습니다. 신성한 갠지즈 강물에 꽃불로 띄워 보냅니다. 홀가분합니다.

이 글을 쓰게 해주신 우주심. 편재하는 존재 그 누군가에게,

이 글을 읽어주시는 모든 아름다운 분들에게,

이 글을 쓸 수 있도록 저와 인도에 동행해 준 가족에게,

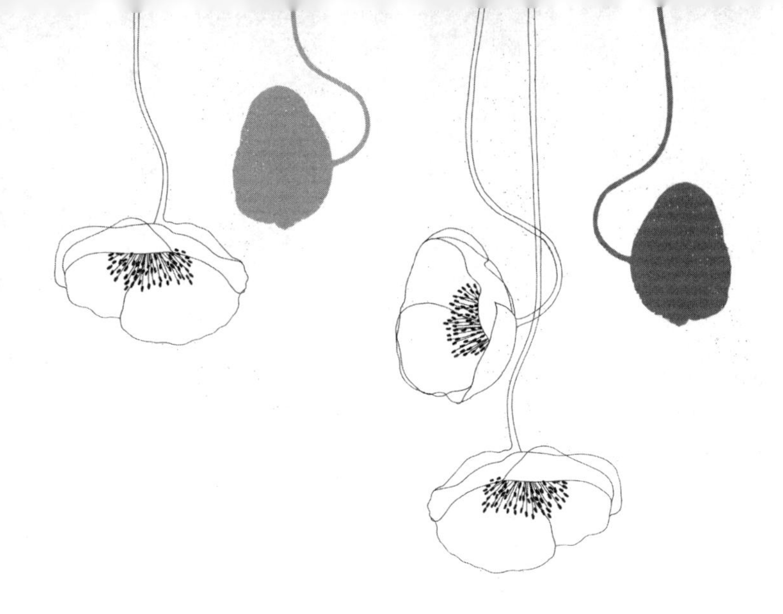

그곳에서 만난 많은 분들에게

두 손 모아 감사드립니다.

올해 이 글을 마무리하기 위하여 또 한 번 인도를 다녀왔습니다. 겨우 이 주일간의 짧은 여행이었지만 참 좋았습니다. 예전에는 혼자였던 여행인데, 이번에는 가족이 다 함께여서 더 좋았던 것 같습니다. 10년쯤 지난 후에 셋이 다시 한 번 가고 싶습니다.

바라나시의 가트, 얼굴 푸른 시바 신을 기억하며.

파테푸르시크리의 찬란한 유채꽃밭을 기억하며.

모든 분들에게 강가의 맑은 행복을 기원합니다. 샨티샨티.

—이지환 드림.

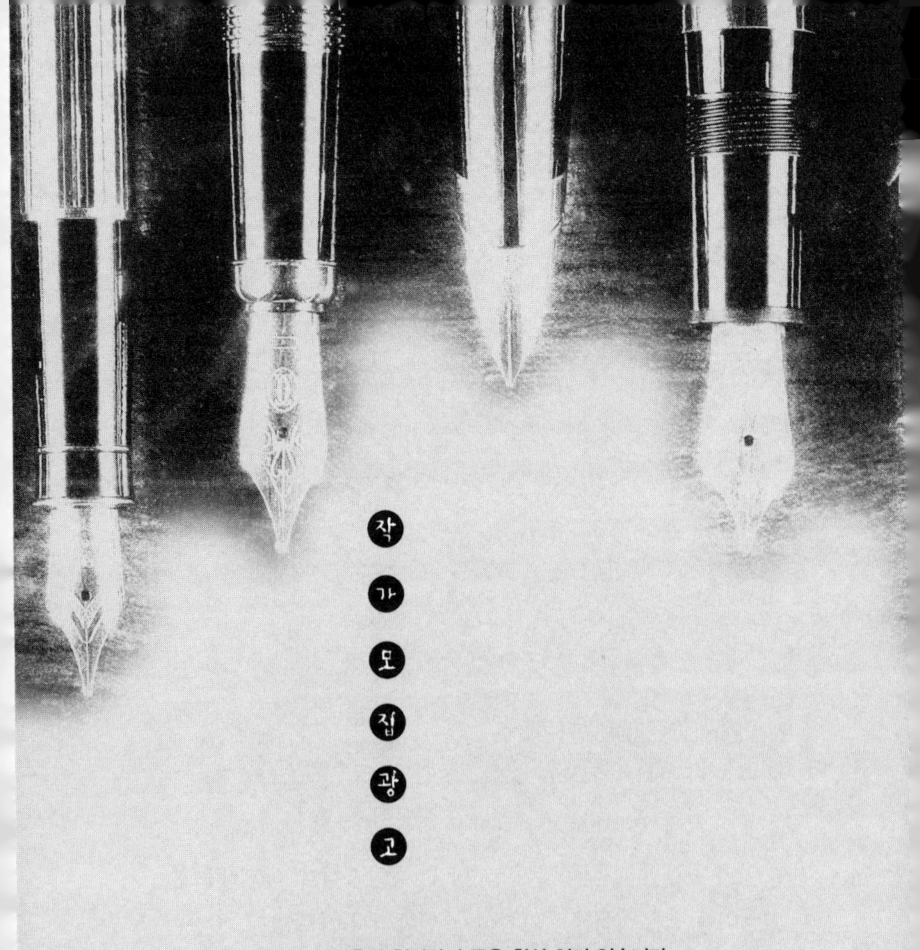
작
가
모
집
광
고